Über dieses Buch Gottfried Benns Korrespondenz mit dem Bremer Großkaufmann F. W. Oelze begann 1932 und endete wenige Wochen vor Benns Tod im Juni 1956. Da F. W. Oelze testamentarisch verfügt hat, daß man seine Briefe nicht veröffentlichen dürfe, beschränkt sich die Edition auf diejenigen Benns – 749 Briefe und Karten sind erhalten. Diese Menge war nur in drei Bänden unterzubringen, obwohl die Herausgeber Harald Steinhagen und Jürgen Schröder ihre Erläuterungen »so knapp, so präzise und so sachlich wie möglich« gehalten haben. Die sorgfältig aus den größtenteils handschriftlichen Originalen erarbeiteten Brieftexte werden ergänzt durch Anmerkungen und ein Personenregister für jeden Band. Der hier vorgelegte abschließende Band kumuliert die Personenregister der Einzelbände. Der erste Teil, der den Zeitraum von 1932 bis 1945 umfaßt, liegt bereits als Fischer Taschenbuch Band 2187 vor. Die beiden abschließenden Bände 5701 für den Zeitraum 1945 bis 1949 und 5702 für den Zeitraum 1950 bis 1956 erscheinen gleichzeitig.

»Was läßt das Interesse an der Veröffentlichung von Briefen Gottfried Benns an seinen einzigen Freund, den Bremer Kaufmann F. W. Oelze, immer noch wachsen? Vermutlich ist dies dem Phänomen zuzuzählen, daß Benns Werk nicht anders als in den allerersten Nachkriegsjahren von einer neuen Generation entdeckt worden ist und wird. Noch wesentlicher aber könnte der Umstand sein, daß angesichts der zunehmenden Neugier, nicht nur die Hitlerjahre, sondern auch die Nachkriegsära, ›authentisch‹ kennenzulernen, der Zeuge GB besondere Glaubwürdigkeit ausstrahlt. Nicht erst ›Holocaust‹ hat die Memoirenliteratur wie Unkraut aus dem Boden schießen lassen; und sie hat, trotz aller früheren Bemühungen der Historiker, denen freilich nur selten allzuwillige Massenmedien als Multiplikatoren zur Verfügung standen, den Vorstellungsbereich gerade der jungen Menschen geprägt. Doch es dauerte lang und dauert noch immer an, daß Angreifbares einerseits oder Außenseiterschicksale andererseits als solche erkannt werden. Schließlich dürfte Benns Skeptizismus, seine Melancholie und sein unwiderruflicher Entschluß ›ankommen‹, auch nach der Stunde 0 nicht ›mitzumachen‹, ihn besonders vertrauenswürdig machen.« Die Presse, Wien

Der Autor Gottfried Benn wurde am 2. 5. 1886 in Mansfeld/Westprignitz geboren. Zunächst studierte der Pfarrerssohn Philologie und Theologie, dann Medizin (Dr. med.). In beiden Weltkriegen war er Militärarzt, nach 1918 Facharzt für Haut- und Geschlechtskrankheiten in Berlin. Am 7. 7. 1956 starb der Lyriker, Dramatiker, Erzähler und Essayist, der die intellektuelle und literarische Szene der Nachkriegszeit nachhaltig beeinflußte, in Berlin.

GOTTFRIED BENN

BRIEFE AN F. W. OELZE
1950–1956

Herausgegeben von Harald Steinhagen
und Jürgen Schröder

FISCHER TASCHENBUCH VERLAG

Fischer Taschenbuch Verlag
Mai 1982
Umschlagentwurf: Jan Buchholz / Reni Hinsch
Umschlagfoto: Dr. Ilse Benn
Fischer Taschenbuch Verlag GmbH, Frankfurt am Main
Lizenzausgabe mit freundlicher Genehmigung der
Verlagsgemeinschaft Klett-Cotta Stuttgart

Druck und Bindung: Hanseatische Druckanstalt GmbH, Hamburg
Printed in Germany
1280-ISBN-3-596-25702-6

Lieber Herr Oelze – Dank für die wunderbaren Nelken, die am Sylvesternachmittag von Fleurop bei uns abgegeben wurden, zwar meiner Frau galten, aber von mir mit angeschaut und bewundert wurden. Und da ich die Dinge ja meistens nicht nur beschaue, sondern studiere, schlug ich eines meiner Lieblingsbücher auf: Victor Hehn, Kulturpflanzen und Haustiere in ihrem Übergang aus Asien u. Griechenland in das übrige Europa –, und fand: „Nelke, ital. garofolo, garofano, französisch oeillet, das Äuglein genannt, Dianthus caryophyllus, die Blume der italienischen Renaissance – in Italien selbständig aufgetreten" –. Also verdanke ich Ihnen wiederum nicht nur Reiz und sinnliche Anregung, sondern Tiefe und Belehrung!
Es war ein sehr liebenswürdiger Gedanke von Ihnen, uns das Jahresende so zu verschönen und meine Frau wird sich, hoffe ich, noch alleine bedanken.
Und Sie? wie war es in Häcklingen? Von einem Telegramm am 3. I. sah ich ab, da Sie dort von Ihren sonstigen Lebensbeziehungen doch wahrscheinlich in der Einsamkeit der Heide und der familiären Verstrickungen nichts wissen wollen, aber wir haben Ihrer gedacht. Ob mein Diarium Sie dort erreichte, weiss ich nicht, es soll Ihr Tagebuch für dies Jahr sein –, und ob Sie meine Steinbockkarte noch erreicht hat zum Bleigiessen, ist mir auch zweifelhaft – ausserdem ein so seriöser Mann wie Sie giesst wohl auch kein Blei, das ist für Charlatane, Künstler, Literaten und ähnliches Zigeunervolk.
Übrigens hat Herr Niedermayer einen Tag vor Ihnen Geburtstag – möge das ein gutes Zeichen für mich sein.
Von Vietta hatte ich einen Brief mit einer Notiz aus dem Munde Heideggers über den Gedichtband, den Sie ihm zu geben die Liebenswürdigkeit hatten. Überraschend schöne und mich bewegende Worte. Nun Herr V. wird Ihnen dar-

über berichtet haben. Also das vergangene Jahr brachte mir eine spontane Ovation von Curtius, von Jünger, und nun auch noch von H. – mehr kann ein Sterblicher nicht erwarten. Dagegen können die Pöbeleien von Döblin nicht ins Gewicht fallen, die er offenbar auch Herrn N. gegenüber wieder vom Stapel gelassen hat.

Das neue Buch also ist fertig. Mit Zittern sehe ich Ihrer Stellung dazu entgegen, besonders auch dem Titel gegenüber: „Doppelleben“. Aber Sie wollen bitte Ihr Urteil zurückhalten, bis Sie es oder wenigstens die Hauptteile daraus kennen gelernt haben. Ich bin mir über die Einwände klar – Feuilletonismus, Privatgeschwätz, leichtfertig im Stil und im Gedanklichen. Alles zugegeben, aber ein Buch ist ja eben auch eine Ware, die angeboten und vertrieben werden soll. Tiefsinnig und schwer bin ich ja anderwärts genügend oft gewesen. Nun, on verra. Ich bitte Sie aber mit Einwänden nicht zu sparen, das eine oder das andere lässt sich natürlich noch verändern.

1950 – das 50. Todesjahr von N. Der erste diesbezügliche Auftrag an mich kam aus Paris und wurde von mir prompt geliefert. Den Text sende ich Ihnen, nichts Besonderes, er wird vermutlich auch in dem neuen Buch an einer bestimmten Stelle stehn.

Ein sehr guter Aufsatz erschien im Dezember in „Europäischer Kurier“, Aachen, aus der Feder jenes Curtiusschülers, der mich im Sommer hier besuchte, ich sende ihn auch an Sie. Heute nur in Eile diesen Gruss an Sie, den ich mit auf die Post nehmen will, die weit abliegt von uns, in der Nähe meiner Beratungsstelle für G.Kranke.

Meine Schreibmaschine, wie immer mein Kummer, schreibt schon wieder nicht weiter.

Hier Schnee u Frost.

Tausend Grüsse an Ihre Gattin u Sie.

Ihr

G B

Lieber Herr Oelze,
Dank für den Brief vom 7. I. Den Merkur habe ich noch nicht, werde ihn aber studieren Ihren Weisungen gemäss. Übrigens schliesst Doppelleben mit Ihrem neulichen Hinweis auf das Heft Nr. 21 und einigen Folgerungen dazu. Darf ich dazu gleich bemerken, dass ich davon die letzten 10 Reihen ändere, da ich nicht mit dem gleichen Zitat schliessen will, wie den ersten Teil (34), was ich vergessen hatte. Ich habe N. das schon mitgeteilt. Ich erwähne das, weil Sie ja wohl schon die ersten Korrekturen erhalten haben und vielleicht den Rest auch bald erhalten. In den ersten Korrekturen habe ich einiges Unwesentliche geändert, z. B. gleich den ersten Abschnitt, von dem nur der Anfang stehn bleibt, das mit dem früheren Verlag nicht. Auch einige Namen hat N. an falsche Stellen nachträglich eingesetzt, nachdem ich einige Zusätze noch nach Übersendung des Manuscripts nach Wiesbaden gesandt hatte.
Zu Ihrer Anfrage betr. Curtius möchte ich gleich antworten, dass ich bitte, davon abzusehen. C. ist zwar schon wieder in Bonn, hat mir auch sofort einen sehr netten Brief geschrieben, aber ich möchte ihn nicht gebeten sehn, sich mir zu widmen. Er ist – auch nach dem Eindruck seines grossen neuen Werkes – eine so überragend bedeutende wissenschaftliche Persönlichkeit, dass er sicher nicht gern mit einem lebenden Literaten deutscher Observanz sich einlassen würde. Er würde das, wenn er es täte, doch in einer gewissen Herablassung tun und dazu hätte ich keine Neigung. Er schreibt stolz, Ortega habe ihm gesagt, er, C, habe aus einem Provinzautor einen Weltautor gemacht, nämlich ihn, Ortega. In dieser Weise möchte ich nicht von ihm protegiert werden. Ich bin eigentlich überhaupt der Meinung, dass der Einleitungsaufsatz garnicht so wesentlich und gehaltvoll sein muss, er kann ruhig etwas feuilletonistisch sein, also Vietta käme

in Frage oder *Maraun*. Dieser kennt mich ja sehr gut und ist ein kluges Bürschchen. Auch Bense scheint mir bei seiner Spezialbetrachtungsweise nicht so recht geeignet. Wie gesagt, lang und tiefgründig braucht das Alles garnicht zu sein, sonst fallen nachher die Aufsätze selbst zu sehr ab und alles lacht uns aus.

Was für Bücher von den vielen, die Sie bekommen haben, lesen Sie gerade? Wie ist bei Ihnen das Geschäftsleben? Hier entwickeln sich Zustände, die man für unhaltbar halten würde, wenn man das nicht schon zu oft innerhalb der letzten Jahre getan hätte. Der Magistrat ist pleite, die Krankenkassen sind pleite, die Geschäfte sind es ebenso, kein Mensch hat auch nur 1 Mark in der Tasche. Wo bleibt das Geld? Keiner zahlt mehr Miete, Gas, Strom alles bleibt unbezahlt, man liest immer von den 95 oder 45 Millionen, die aus Westdeutschland oder der E.R.P.hilfe hierher kommen, aber keiner sieht sie – entweder fliesst alles nach dem Osten ab oder die oberen Bonzen stecken alles in die Tasche – eine unbegreifliche Lage. Und England und China und Formosa – verstehn Sie noch, was eigentlich gespielt wird? Wird Kapitalismus gespielt oder Kommunismus oder ist beides dasselbe?

– „vergessen will ich rot und blassen Traum" –
„und am Schluss des Wahnes
(– man sagt es nicht gern –):
Domini canes :
Hunde des Herrn."

Bitte, wenn noch vorhanden, senden Sie mir den Aufsatz *Lind* zurück u., falls Sie noch besitzen, die „Hamburger Allgemeine" mit den Buchangaben von mir, falls Sie nicht mehr besitzen, auch kein Schade.

Immer Ihr G. B.

Lieber Herr Oelze, haben Sie vielen Dank für Ihren Brief vom 16. I. und dafür, dass Sie sich die grosse Mühe gemacht haben, sich die Korrekturen durchzulesen und mit so wesentlichen Bemerkungen auf dem weissen Blatt zu versehn. Von Ihren Vorschlägen habe ich den wichtigsten gleich berichtigt: die etwas rohe Stelle mit dem General und den Genitalien ist gestrichen. Auch klarerdenkend ist entschieden besser. Den Säbel und die Mütze werde ich wohl stehn lassen und weiter mit in den Salon nehmen lassen, – diese Belehrung damals interessierte mich so als Gegensatz zu den civilen Gebräuchen und ausserdem wissen Sie ja, ich liebe manchmal die barocken Schnörkel einmal an sich und dann um einen Satz zu unterbrechen und einen Moment in andere Richtung zu lenken.
Eine kleine Sache habe ich noch hinzugefügt als d) zu dem Abschnitt „Literarisches“ – eine kleine Studie zu Hamsuns letztem Buch, veranlasst durch eine mich ärgernde Kritik gegen dies Buch, die kürzlich in der „Neuen Zeitung“ stand. In diesem neuen Stück nun stehn eigentlich die gefährlichsten und provokantesten Sätze des ganzen Buches, ich hätte nicht auf ihrem Druck bestanden, aber Herr N. wünscht es dringend. Herr N. zeigt sich ja überhaupt als rabiater Fanatiker, er hat schon die Fahnen an alle möglichen Leute versandt und heimst schon Kritiken darüber ein z. B von Bense, der einen langen Brief darüber an ihn schrieb, den er mir heute abschriftlich sandte. Auch Sie, mein Lieber, werden in Mahlstrom mithineinbezogen, Bense schreibt: „haben Sie sich den Briefwechsel mit Oe. gesichert“? Was soll man dazu sagen! Ich hoffe, dass Sie die Briefe eher vernichten als der Öffentlichkeit zugängig machen. Übrigens Ihre Bemerkung über B. im letzten Brief trifft wirklich zu, der Ausdruck „faselhaft“ ist auch das, was ich oft an ihm empfinde und auch dieser lange Brief jetzt an N. ist von dieser Art.

Herrn N. scheint der Name von Vietta oder Maraun als Einleiter nicht zu genügen, er will wieder auf Schaeder oder Bense hinaus. Im Übrigen aber bekennt er, dass er in Bezug auf den Prosaband nicht mitreden könne.
Der Herr aus Berlin, der Ihnen so Günstiges über unsere Stadt erzählt hat, will Sie hoffentlich nicht zu einem Geschäft in unsere Richtung veranlassen – ich glaube, dass ausser Oberbürgermeister Reuter keine Seele hier anders denkt, als ich es schrieb – und auch Herr Reuter wird es nur sagen müssen. Die Baufirmen rechnen jetzt mit einem Aufschwung infolge von Krediten, aber damit rechnen sie auch schon lange.
Dass sich Ihre Gattin das ganze Zeug vorgelesen angehört hat, ist mir peinlich und Sie müssen sich bitte nachträglich dafür in meinem Namen entschuldigen. Und inzwischen hat meine Frau an Sie einen Brief gekritzelt, an dem ich sie nicht hindern wollte, da es ihr Spass machte.
Von den 7 Abenden der Woche – wieviel sind Sie im Durchschnitt zu Hause? Haben Sie in Bremen schon wieder grossen Gesellschaftsbetrieb? Ich frage, weil ich mir darüber Gedanken mache, dass Sie zuviel lesen und Briefe schreiben müssen z.B. an G.B. Acht Bürostunden ist überhaupt für Sie ein bischen viel ohne Mittagessen. Von den Büchern, die Sie lesen, wüsste ich gerne etwas über das von *Gebser*, für das ich mich schon lange interessiere. Ist es etwas Neues?
Erhielten Sie den Vietta-brief von mir und würden Sie ihn mir gelegentlich wiedersenden?
Nochmals vielen herzlichen Dank für Ihre Beratung und Kritik.

Ihr
alter
G.B.

Lieber Herr Oelze, ich habe Ihnen noch nicht gedankt für Ihren reizenden Anruf am Sonnabend. Wer selten kommt, kommt doppelt schön – so Ihre Telefonate. Dank auch für die Gauguinkarte mit dem weissen Pferd.
Was die Literatur angeht, so brachte diese Woche einen grossartigen Aufsatz – immer mal wieder – von *Maraun* „Der Geist in der Katastrophe“, er ist doch prädestiniert für das Vorwort, ich sandte den Aufsatz an N. mit diesem Hinweis u werde ihn Ihnen senden, wenn ich ihn zurückhabe.
Ein alberner Witz von Herrn *Kästner* in einer Süddeutsch. Ztg, ein Lausejungenwitz gegen Jünger u mich.
Ein erheblicher Angriff gegen mich in dem Münchener „Thema“, eine Monatsschrift, von einem Jüngerschüler namens Gerhard *Nebel*. Soweit er grundsätzlich gegen mich ist – ich bin ihm zu romanisch-mittelmeerisch –, bin ich einverstanden. Einige Sätze sind frech, einige dumm, das Ganze doch wohl auch eine Form von Hassliebe – immerhin mehr Hass. – Ich werde es Ihnen senden, da mich Ihre Meinung zu einer bestimmten Sprachzensur, einer schlechten, interessiert, ich bin ja, merke ich, sprachlich wohl tatsächlich inkorrekt, „schlampig“ sagt dieser Nebel, und Sie, Herr Oelze, sind ja sehr sprachkorrekt, also belehren Sie mich, bitte.
An „Doppelleben“ habe ich noch einige kleine Zusätze u Zulagen angebracht. Angeblich reissen sich Rundfunk u Zeitungen um Vorabdrucke, sagt N., schreibt Maraun.
Aus der Abrechnung, falls es Sie interessiert,
3 AM: 755 Exemplare verkauft
Ptolemäer: 1003 E.
Ausdruckswelt: 650 E
Stat. Gedichte: 716 E
Trunkene Flut: 241 E.

In dieser Woche habe ich etwas unternommen, was unter

„Provoziertes Leben" fällt. Ich folgte einer Einladung der hiesigen *Pädagog. Hochschule* vor einem Auditorium von Studenten u Lehrern über Expressionismus eine Vorlesung zu halten. Ich hatte es als Kolloquium angelegt, es war eine verfehlte Sache. Grosses Auditorium, etwa 200, ganz junge, Studenten. Mir alle unbekannt, Lehrer wie Zuhörer. Ich kam nicht in Schwung u. die Zuhörer auch nicht. Zum Schluss inaugurierte ich die Diskussion, die ich von Anfang geplant hatte Resultat: sie waren alle für das *Religiöse*, das erzieherisch verwertbare, das ordentliche, verständliche und glatte. Mir war das sehr lehrreich. Ich habe beschlossen, meine Einladungen nach Bonn, Darmstadt u Stuttgart nicht anzunehmen, Vortrag u. Erörterungen sind offenbar nicht meine Stärke. Mir liegt zu wenig daran, andre zu überzeugen oder mit ihnen konform zu gehn. Was gedruckt ist als Buch und Satz, das gilt, nicht die Diskussionen und die Exegesen. Aber die ganze Sache war mir nicht uninteressant.
Vergessen Sie mich nicht, bleiben Sie mir gewogen!

Tausend Grüsse
Ihr
GB

Nr. 465 1. II 50.

Lieber Chef, anbei einige Lektüre für eine Nachtstunde. Gelegentlich bitte zurück.
Dank für Brief vom 31. I. Komme darauf zurück. Nebel ist nicht wichtig, habe ihn schon vergessen, bin ja schon anderen Kummer gewohnt.
1886 – ja wenn ich die längere Fassung besessen hätte, würde ich sie genommen haben, aber sie fehlte mir. Nun wird es zu spät sein?
Ja, das neue Buch – es wird wohl von vielen Seiten etwas setzen.

Hat sich Vietta durch Phase II chockiert gefühlt, seine Erwähnung?
Viele Grüsse u. sehr bald mehr, falls der grosse Wirtschaftsführer noch für mich Zeit findet.

Ihr
G.B.

Bitte sprechen Sie über Nebel überhaupt nicht, das nimmt ihn ja zu wichtig. Curtius schrieb „ein Studienrat, der mit so grossem Recht Nebel heisst."
Noch hinsichtlich: *Selbstmord*, – Sie haben Recht, Heredität spielt eine Rolle, es giebt Familien, in denen er häufig ist, oft 3 in einer Generation, oft Mutter u dann Tochter, aber im grossen gesehn, ist auch die Erblichkeit nicht ausschlaggebend.

Gruss Ihr
G B

1) In „Psyche" wird der Brief an den Merkur stehn, ich gab auf Hürschs Bitte einen Durchschlag vor 1 1/2 Jahren an ihn dafür. Hörte nichts mehr davon.
2) 84 ist jene Zeitschrift, an die der Nietzschebeitrag ging.
Dies soll nach Herrn N.s Angabe auch ein Jünger-jünger sein.

Nebel – mir von Curtius zugesandt. Die roten Striche sind von ihm.

Nr. 466 10 II 50

Lieber Herr Oelze, ich habe Ihnen für Karten, Briefe, Zeitungen und Rücksendungen zu danken, tue es erst heute, da ich 10 Tage lang apathisch war. Und nun wollen Sie herkommen, welche Sensation! Aber wollen Sie nicht etwas damit warten, wenn die Geschäfte hier nicht allzusehr drängen? Bis etwas mehr Frühling und Heiterkeit in den Lüften ist? Meine Frau sagte sofort: unmöglich, in diese Stube, die einzig warme, kann Herr Oe. nicht kommen, an diesem niedrigen Tisch kann er nicht essen usw – ich teile diese Ansichten nicht, aber, wie gesagt, etwas dunkel ist es bei uns...

Inzwischen hörte ich von N., dass Sie sich telefonisch kennen gelernt haben – nun und? Wie war Ihr Eindruck vom guten N.? Einzelheiten weiss ich nicht über Ihre Gespräche.

Also wenn Sie dringende Geschäfte nach Berlin führen, bin ich enchantiert, Sie zu sehen, das wissen Sie, nichts Besseres in diesem trüben Dasein kann es geben. Das Zimmer im Haus ist besetzt u die Dame sitzt, glaube ich, im Kittchen wegen Stromsünden, excessiven, seit 5 Jahren.

Tausend Grüsse u mehr, wenn die Stimmung wieder besser ist.

Immer Ihr

G B

Nr. 467 17 II 50 10h.

Lieber Herr Oelze – das ist aber ein schwerer Schlag! Das durften Sie nicht tun, das war *ganz entschieden* verkehrt. Der Gedanke, dass Sie vor dem Haus stehn, während wir seit 2 Tagen stündlich auf Sie oder Ihren Anruf warten, ist niederschmetternd. Warum haben Sie das gemacht? Ich habe das Gefühl, dass Sie an mein Grab gereist sind (eine Reise, die ich Ihnen für immer erlasse), – so wirkt es auf mich.

Dank für herrliche Tulpen u Briefe von Ihrer Gattin u. Ihnen. Aber unter *den* Umständen soll ich nach Oberneuland kommen? Das erscheint mir ausgeschlossen! Das war

die Handlung eines *Fremden*, nicht eines alten guten Freundes.
Nochmals: ich bin ehrlich tief getroffen.

Ihr

G B.

Nr. 468 23 II 50

Lieber Herr Oelze,

vielen Dank für den Brief vom 21. II. Es bleibt bei meiner grossen Enttäuschung über Ihr Vorübergehn und ich ersehe mit Kummer, dass Sie mich nicht genug kennen, mich noch für viel irrer und erstarrter halten, als ich vielleicht tatsächlich leider bin.
Es ist kein Entgelt für die entgangenen Stunden mit Ihnen, dass ich nun eine in absehbarer Zeit bei Frl Dr. Nölle verbringen werde, die mich aus Anlass Ihres Besuchs bei ihr anrief. –
Zur Literatur: den Gebser sandte mir der Verlag inzwischen zu. Er sagt mir bisher nichts, kommt mir nicht gerade bestürzend vor. Den *Bense* kenne ich nicht, bin auch z Z. nicht auf ihn gestimmt. Dagegen eine Frage u Bitte: bitte teilen Sie mir mit, welche Bücher über Nietzsche Sie besitzen u. mir eventuell für einige Zeit leihen könnten. In West-Berlin giebt es ja keine öffentliche Bibliothek mehr, die alten liegen im Osten. Mich beschäftigt ein Aufsatz (eventuell, potentiell, virtuell) über „N. – nach 50 Jahren". Der NWDR hat mir zum 25 VIII, Freitag, darüber eine Sendung von beliebiger Dauer zur Verfügung gestellt. Ich erwäge. Es ist abhängig davon, dass ich gewisse Bücher z B Klages: „Über die psychol. Errungenschaften bei N", u.ä. erreichen kann.
Für eine Antwort wäre ich sehr dankbar. Viele Grüsse an Ihre Gattin (diese – u die Bozenerstrasse!) Ihr

G B

Lieber Herr Oelze, vielen Dank für Ihren Brief vom 26 II. Darf ich zunächst gleich auf die N.frage eingehn. Ich wäre Ihnen *sehr* dankbar, wenn Sie mir senden würden:

v. Martin

Salin.

Podach, Gestalten um N.

Die postalische Belästigung für Sie, Verpackung u dergl. bedaure ich sehr, ist nur gerechtfertigt unter dem Gesichtspunkt der trostlosen Buchverhältnisse in Berlin.

Ob ich das N.thema bearbeiten werde resp. kann, weiss ich noch nicht. Es ist doch eine unendliche Lesearbeit damit verbunden – mehr als ich mir zumuten kann in Anbetracht dessen, dass ich ja nicht voraus weiss, ob ich überhaupt zu einem nennenswerten geistigen Resultat kommen werde. Aber einige Wochen versuchen werde ich mich damit. Ich habe im Augenblick nichts Besonderes in der Hand resp. im Kopf u. irgendwas zum Basteln u Probieren muss man sich ja zurechtlegen, damit die Existenz nicht zu unerträglich wird. Vielleicht allerdings will ich mir auch nur einige Dinge verschleiern u. hinauszögern, die sich mir aufgedrängt haben u. denen ich noch nicht klar ins Auge sehn mag.

Bei Fr Dr Nölle war ich *noch* nicht, werde aber mit Spannung den Romantiker ansehn, der Sie mit Interesse erfüllt hat.

Das „Doppelleben" steht mir schon wieder sehr fern. Warum es erst in 2-3 Wochen erscheint, wie mir Herr N. eben sagte, weiss ich nicht. Am 6. IV soll ich in der Nachtsendung NWDR *1* Stunde lesen bezw. reden bezw. interviewt werden, *sie* wünschen – das Emigrantenproblem zu erörtern. *Ich* wünsche das allerdings nicht. Aber *1* Stunde ist viel Geld – Prostitution überall, allons enfants!

Es sind ja wieder allerlei Sachen über mich erschienen, aber ich lese es kaum bezw garnicht mehr. Es ist auch möglich, dass ich beschliesse, garnicht mehr zu arbeiten u zu schreiben, ich halte weniger von mir als je. Alle Einladungen nach Westdeutschland habe ich abgesagt; mir vorzustellen, dass sich einige hinsetzen und meine fade Grimasse anstarren, ist mir unerträglich. Auch in der Wohnung hier ist mir Alles zu laut, zuviel Menschen aus der Praxis, u. meine Frau stellt immerzu die Möbel um u. lässt sie polieren usw. Wie viel Zigaretten raucht Ihre Gattin am Tag? Ich nämlich rauche zu viel u da tröstet mich zu hören, dass andere auch so süchtig sind. Tausend Grüsse.

Ihr G B

Nr. 470 9 III 50.

Lieber Herr Oelze, vielen Dank für den Brief vom 5. III und für die drei gestern angekommenen Bücher. Soweit ich sie gestern Abend studierte, fand ich nicht das, was ich erwartete, das Verhältnis N. und Burckh. scheint mir kein zentrales Problem zu sein. Dagegen ist es sehr interessant, aus Podach eine zusammenhängende Darstellung über die meist genannten Personen zu bekommen, Rohde war mir schon aus anderen Veröffentlichungen immer etwas suspekt. Overbeck hatte ich unterschätzt. Anbei einige Notizen zu dem Thema, die ich zurückerbitte, erst Ansätze und Entwürfe.
Gestern war ich bei Frau Dr. Nölle, leider war Ihr Bild gerade nicht da, aber ich sah eine Photographie davon und zwei andere Bilder von W. im Original. Das von Ihnen erwählte schien mir nach dem Photo das schönste zu sein. Frl N. ist eine seltsame Frau, von einer Zurückhaltung und Verschlossenheit, die bemerkenswert ist. Aber nicht unangenehm. Sicher ist eine Galerie zu haben, im Augenblick auch keine angenehme Sache.
Nochmals vielen Dank. Vielleicht muss ich Sie noch um den Klages bitten, wenn ich ihn hier nicht bekommen kann.

In „Doppelleben“ sind einige seltsame Druckfehler, die im Fahnenabzug nicht da waren. z.B. S. 99 stand in den Fahnen und muss es heissen: in *e*inen Dunst, nicht: in *s*einen Dunst, was Blödsinn ist. S. 106 hiess es: „mir machen Sie nichts vor“, jetzt steht etwas anderes drin. Verstehe nicht, wie sowas zu Stande kommt. Ist aber natürlich nicht wichtig. Im Übrigen habe ich nicht viel darin gelesen, es ist Zufall, dass ich das fand.

Herzliche Grüsse! Ihr

G B

Eben kommt Ihr Brief vom 6. III Sehr vielen Dank.
„Legendär“ = d. h. treten Sie endlich ab durch Lebensbeendigung, – sehr höflicher Ausdruck dafür!
Herr N. schreibt eben: 1) Die *3 AM* werden auf Dänisch in einem Kopenhagener Verlag erscheinen 2) Der Abschluss für „*Ptolem.*“ in Paris ist gesichert. –
Inzwischen erhielt ich „Psyché“ aus Paris mit Übersetzung des Berliner Briefes. Ein Deutschlandheft mit Jaspers, Heidegger, Sieburg u G.B. Überflüssiger- u. fast ärgerlicherweise mit einer unpassenden Vorbemerkung des Herausgebers „wir lassen auch die Opposition zu Wort kommen, nämlich: je n'ai pas voulu priver les lecteurs de ‚Psyché‘ d'un témoignage insolent et libre comme celui de G.B“
insolent ist reichlich insolent, finde ich.
Ja die Quitten muss ich sehn!

G.B.

Nr. 471 14 III 50

L. H. Oe. Dank für Brief vom 11. III Ich möchte Sie nur gleich aufklären, dass es sich mit dem Bild anders verhält. Es war gerade an dem Tag zur Säuberung u. Klarmachung des Namens bei einem Restaurator. Frl N. rief mich dann Frei-

tag an, es sei zurück u ich möchte es betrachten, bevor sie es absendet. Ich konnte aber am Sonnabend nicht, leider. Aber ich habe über diese W. Bilder nachgedacht: ein grosser Frauenkopf u dahinter eine kleine Landschaft. Seltsame Art der Komposition, sowohl modern, aber noch mehr: 1400. Was die Dame selbst angeht, so ist sie früher gegen mich auch so seltsam befangen gewesen. Der lange Brief an Sie bedeutet aber sicher, dass sie in Ihnen eine verwandtschaftliche Beziehung zu mir u. ihrem früheren Kreis erblickt u. Sie sich wohlwollend erhalten will.
Die N.frage blieb 1 Woche liegen, da ich eine Kärrnerarbeit absolvierte für die „Neue Zeitung", hier, die sich plötzlich um mich bewirbt, sende Ihnen zu, wenn erschienen. Interview für den „*Spiegel*", (Revolverwochenschrift, aber unterhaltlich), Interview für „Kurier"; Einladung dem Gründungskomité für deutsch-französische Freundschaft beizutreten usw.

Herzlich Ihr

G B

Nr. 472

„Neue Zeitung", Berliner Ausgabe, von der ich eigentlich keine besonderen Sympathieen erwartete, bat mich in 2 Briefen, das Buch zu besprechen, das nur ein Mediziner u. Literat beurteilen könne. Daraufhin tat ich es.

Gruss! Be. 15 III 50

Lieber Herr Oelze, für Brief vom 16 III Dank. Sie müssen etwas gegen sich, *für* sich tun – das ist auch meine Meinung. Lange schon! Was Sie haben, ist mir klar. Eine mittelschwere Neurose, eine Sexualneurose, an dieser Diagnose zweifle ich nicht. Diese Bemerkung von mir ist nicht dummdreist u. tölpelhaft, sondern meine aerztliche Ansicht. Dagegen gibt es nur 2 Mittel: entweder Sie heilen sich selbst, indem Sie über Ihren Schatten springen (was man nämlich durchaus kann) oder Sie begeben sich in hypnotische und tiefenanalytische Behandlung. Das Letztere widerstrebt Ihnen sicher, dauert ja meistens auch lange. Leider wird in Bremen auch niemand sein, der Ihnen gewachsen ist, dem Sie sich übergeben würden. Ich kann Ihnen hierzu nicht ausführlicher schreiben, vielleicht tue ich es einmal nach Domshof 10.

Literatur: die Damen, die mich besuchten, waren charmante junge Frauen von 29 Jahren, meine Frau hatte die Discretion für 2 Stunden spazieren zu gehn u. ich konnte mich wie in alten Zeiten unterhalten. Ob u was sie nun produzieren werden, weiss ich nicht. Hinsichtlich des ominösen „Spiegel" bin ich sehr misstrauisch, das ist ja ein Revolverjournalismus, der sich dort gibt. Aber ist gut assortiert u zahlt gut, sagte die Dame. – Herr N. rief gestern an u sagte, Sieburg habe über „Doppelleben" in der „Gegenwart" einen Artikel geschrieben, der alles überböte an Herrlichkeit; N. strahlte. Seltsam dagegen ist, dass er sagte, die von mir genannten Druckfehler seien ohne Wissen von ihm u seiner Assistentin in der *Druckerei* offenbar von einem Beflissenen gemacht worden! Frage: hat er über seine Drucker u Setzer keine Gewalt? Mir recht unverständlich. –

Was Sie über die Todes- u Unglücksfälle in Ihrer Umgebung schreiben, interessiert mich. Als das Jahr begann, sagte ich zu meiner Frau: das ist ein Todesjahr. Und tatsächlich sind aus unserer Umgebung bereits unwahrscheinliche Leute gestorben oder tötlich erkrankt. Ich besitze ja gelegentlich u spurweise Ferngefühl, Telepathie usw. Ich fürchte, es wird sich weiter bestätigen. Ich selbst werde, wohl noch nicht in diesem Jahr, *plötzlich* sterben, Unfall oder dergl. Ich hoffe es allerdings auch. –

Einige schöne Frühlingstage waren hier. *Wann*, genau, blühen bei Ihnen die Quitten? Ich werde, wenn Ihre Gattin u Sie erlauben, Sie im Frühjahr besuchen, allerdings wohl erst im Mai. *Vor* Pfingsten; denn an dem berüchtigten Pfingsten wird man hier sein müssen, um seine Strasse zu verteidigen.... Kommen Sie vorher nochmals nach Berlin, mit Ihrer Frau, wie Sie schrieben?

Die französische Gesellschaft, die allerdings eine deutsche war, war schlimm. Einmal und nie wieder! Dieselben ewigen Politiker u. Magistratsbonzen wie überall u immer, die ganze „Prominenz“ dieser schwankenden City, – natürlich vorne „die Kunst“ u die Kultur u. dahinter „auch“ die „wirtschaftlichen Verbindungen“, die mit ihrer Hilfe entstehn. Mir fehlt ja tatsächlich jeder Sinn für Repräsentanz; u. wie es Leute, die doch garnicht so dumm u. unbeträchtlich sind, wie Thiess u. Schröder entzücken kann, sich gegenseitig zu feiern u. anzustrahlen, ist mir unbegreiflich, sie wissen innerlich doch ganz genau, dass das ein fauler Zauber ist.

Herzlichen Gruss! Ihr

G.B.

P.S. Der *Prosa*band macht mir grosse Schwierigkeiten. Wer hat etwas davon, wenn ich jetzt Stücke wie „Garten von Arles“, „Das letzte Ich“, „Querschnitt“ neu erscheinen lasse, das Höchste wäre, dass jemand konstatierte, dass einiges von dem, was dann später als Surrealismus, Joyce, auch Existentialismus in die Öffentlichkeit drang, schon Anfang der 20. Jahre bei mir in Andeutungen u Bruchstücken vorhanden war. *Ich* mache mir nichts daraus. Und wiederum nur

die kulturkritischen Aufsätze (Carleton, Medizinische Krise, Saison usw) sind zu dünn, um sie neu herauszubringen: Es bleibt eigentlich nur sowas wie: „Urgesicht", „Können Dichter die Welt ändern", die Reden auf Klabund, H. Mann, George, Akademierede u. einiges andere.
Kurz, ich schwanke immer noch.

Herzlich
Ihr
Be

Fand unter meinen Papieren dies lyrische Stück, überarbeitete es etwas, bleibt aber besser undatiert!

Be.

Nr. 474 23 III 50.

Lieber Herr Oelze, hier wieder einige Kleinigkeiten. Es tut sich allerlei jetzt hier. Am Sonnabend werde ich auf Bitte von N.WDR. mit Herrn Peter von Mendelssohn mich über „Emigration" unterhalten – als Teil der Sendung vom 6. IV, für die NWDR. telefonisch in Tübingen bei Sieburg um Sprechung auf Band seiner „Gegenwarts"-Kritik, erweitert, gebeten hat. Ferner Pressezeichner; Besuche von Leuten, die mich zu Vorträgen haben wollen; Manuscripte, die ich begutachten soll usw. Nun, das ist ein kurzer Sturm, der mich nicht mehr rührt. Mit N. in Wiesbaden muss irgendwas los sein. Ich erhielt heute das 1. Exemplar vom „Doppelleben" von einer *Düsseldorfer* Buchhandlung gesandt im Auftrag von Limes-Verlag. Was das bedeutet, kann ich mir nicht erklären. Nun, on verra. –
„Der 3. Mann": guter Kriminalfilm, nicht aufregend, auch das berühmte Zithermotiv fasciniert mich nicht so sehr. Aber Reclame usw gehört doch dazu. Ist doch gut so. „Die

wenigen, die was davon erkannt" – (wovon eigentlich? Ich nehme an: vom Satzbau), werden ja dadurch nicht geschädigt. –

Über seinen Schatten springen, ist wohl nicht Spannungslosigkeit, sondern äusserste Spannung.

Sie brauchen sich nicht röntgen lassen, Sie sind ja organgesund. Sie haben keine zerfressenen Organe. Aber auch gesunde Organe sind natürlich etwas übles, Gefahr drohendes u. obscönes, man schaut sie besser nicht an. Tumoren bekommen wir wohl alle zu gegebener Zeit, aber sie kündigen sich schon realistisch an, man braucht nicht vorher viel darüber nachzudenken.

Übrigens in der Sieburg-Kritik ist wohl ein Wortfehler: Mentität, gemeint ist *Identität.*

Hoffentlich war die Modeschau in Hamburg angenehm, Fath u. Dior sind ja wohl da.

Bald mehr über Neurose.

Herzlichen Gruss

Ihr

G B

Nr. 475 23 III. 50.

Zu *Neurose:*

1) Sie sind sich nicht klar darüber, daß es *organische* Ursachen gar nicht giebt. Was Sie schildern, sind *cerebrale* Zustände. Schmerz ist etwas centrales, etwas gänzlich irreales, metaphysisches.

2) Sie schreiben: „habe nie über meine *wirklichen* Neigungen sprechen können". Was ist das? Der Kern einer Neurose.

3) Sie schreiben: „Gespräche anderer *darüber* (!) sind mir extrem peinlich, Zoten unerträglich". Was ist das? Ausstrahlungen der Neurose.

4) Sie zitieren vielfach Sätze von mir unter Weglassung von solchen „peinlichen" Worten. z B kürzlich, wo ich gesagt hatte: „*Prostata*carcinom", lassen Sie Prostata fort u. zitieren nur: Carcinom. In der Discussion über 3AM. war mir sehr interessant u. aufschlussreich Ihre Kritik an gewissen Worten (die Sie einem anderen in den Mund legten), daraus sprach *Ihr* Wunsch, sie fortzuhaben. Was ist das? Die Neigung zur *Verdrängung* gewisser Vorstellungen u. körperlicher Sachverhalte – also wiederum: Neurose.
Über diesen Schatten kann man springen.

Be

5) *Gesundheit* ist ein Begriff aus der Zoologie, ebenso: „Leben". Für den Menschen haben sich entsprechend weiter entwickelte Begriffe noch nicht gebildet. Für den Menschen fällt unter den Begriff der Gesundheit alles, was Sie schildern: Magenschmerzen, Druckempfindlichkeit, Rückenschwäche, Angstzustände, auch unsere oft erwähnte berühmte Müdigkeit – alles Korrelate des *Bewusstseins*. Eine unter diesem Gesichtspunkt entwickelte Klinik, Pathologie u Psychologie liegt noch nicht vor, da die betreffenden Verwalter von Lehrstühlen dafür zu plump u. grob sind.
6) *Neurotisch* ist auch Ihre starke Reaction auf Erscheinungen wie „der 3. Mann", oder wie neulich auf die Beurteilung jenes Vater-Sohnsvorfalls in einer Gesellschaft in Bremen. Sie treten nicht genug von sich zurück, sind zu empfindlich, ein Distanzierungszwang an verkehrter Stelle.
Auch über *diesen* Schatten kann man springen.
7) Ihre Abneigung gegen Tabletten u. Medizin ist auch keine Abwehr *organischer*, sondern metaphysischer Natur.

Be

Nr. 476 16 IV 50

Lieber Herr Oelze,
wenn ich solange nicht schrieb, so waren es zuerst äussere Gründe (die Wohnungsrenovation) und dann innere: Downheit, Apathie, Müdigkeit, mir kommt vor, dass ich den Rest meines Lebens nur noch im Liegen verbringen werde. Ich folge ja meinen Dumpfheiten immer sehr u. bekämpfe sie nicht, lasse sie verweilen u. sich ausbreiten, in der Hoffnung auf ihre dialectische Natur.
Ich denke, murmele, döse vor mich hin. Es ist kalt, keine Gärten zum Beschaun, keine Blüten zum Ergötzen; keine Erlebnisse, die mich beschäftigen, keine Pläne, die mich reizten. Auch die Nietzschesache lasse ich liegen, was gehts mich an. Verfall oder Stille vor dem Sturm – qui lo sa. Sie sind ein aktiver junger Mann gegen mich gehalten!

Tausend Grüsse!

Ihr

G. B.

Nr. 477

1932 – 1950,
Freund Oelze,
der strengen apollinischen Gestalt vom armen „Dionysos einschliesslich Krampfadern“: (S. 175)

22 IV 50 Gottfried Benn.

Lieber Herr Oelze, dass Sie sich für grünen Salat und Rührei auch noch besonders bedanken, ist reichlich beschämend und wir fassen es als Hohn auf. Dass Ihre Rückreise so unangenehm war, tut mir aufrichtig leid. Von Lehrte nach Bremen ist eine ganz schöne Strecke!

Um es nochmals zu wiederholen: Sie sahen brillant aus, nichts von organischen oder psychischen Lasten! Was ist nun eigentlich die *Mathematik*? Auch nur eine Phantasmagorie oder ein Träger der Welten? Ich muss Bense lesen, um mich zu orientieren.

Die *Musik*: wenn man in seiner Jugend in Frankfurt a. O in den Militärkonzerten im Karthausgarten den Feuerzauber hörte, gleich hinterher „Unter dem Sternenbanner" von Bloom, war es einfach Musik, heute ist das eine andere, gefährliche, unheimliche Sache, abgründig und unter Gefahren angehört, wie kommt das, warum tritt das plötzlich so krass hervor? Alles, was mit Kunst zusammenhängt, ist letal geworden, starrt einen an und giebt keine Antwort. Liegt das an uns oder an der verwandelten Zeit?

Es ist alles in die Luft gestiegen und lebt dort allein und ist in andere Welten gewendet.

Zum *Prosaband:* aus der Georgerede habe ich die politisch überflüssigen Stellen entfernt, vielleicht kann sie doch mitgehn. Ich muss Sie bitten, Ihren Prosaband aus dem Kiepenheuerverlag Herrn Niedermayer eine Weile zur Verfügung zu stellen, ich schrieb ihm das, bitte entschliessen Sie sich dazu. Ich will auch über jedes Stück das Motto wieder setzen, das giebt den schönen Wahnsinn gleich an. Aus dem „modernen Ich" habe ich einige Partieen gestrichen. „Diesterweg" soll also kommen, Sie sind daran Schuld, dass ich es fortliess, Sie schrieben einmal Abfälliges darüber. Ich persönlich finde ja fast *Querschnitt* das Beste.

Meine Frau, die das ganze Zeug nicht kannte, findet die

frühen Sachen alle „genialer“ und interessanter als die späteren.

Ich will nichts Essayistisches und Gedankliches mehr schreiben, nur noch Lyrik, bis der Verfall evident wird und die Lethargie beginnt.

Dank nochmals für Ihren Besuch!

Viele Grüsse an Ihre Gattin.

Ihr

G.B.

Nr. 479 3/4 V 50.

Lieber Herr Oelze, haben Sie vielen Dank für Ihren Brief zu meinem Geburtstag und für den Band Goethegedichte, der auch pünktlich gestern eintraf. Ein sehr freundliches Geschenk und ein schöner Ersatz für den verloren gegangenen Reclamband. Mit dem neuen Band geschah etwas Seltsames. Ich suchte sofort ein Gedicht, nach dem ich seit Langem fahnde, ein bekanntes Gedicht und siehe es war nicht dabei. In den west-östlichen Diwan aber gehört es meiner Meinung nach auch nicht – also sagen Sie bitte, Goetheexperte und Buchforscher –, wo ist es? Ich meine das „Wanderers Gemütsruhe“ betitelte, das mit den bekannten Reihen beginnt: „übers Niederträchtige niemand sich beklage“ u.s.w Was sagen Sie dazu, Meister?

Und nun das ernste Thema der Reise nach Bremen! Ich fürchte, ich kann nicht sagen, dass ich meinen Plan für den Mai aufrecht erhalten kann. Alles Verlockende der Unternehmung steht mir vor Augen und vor Allem das Bedürfnis kennen zu lernen, wie und wo Sie leben und endlich Ihre Gattin von Angesicht zu Angesicht zu sehn. Aber diese Unternehmung für zwei Tage steht mir als eine so grosse innere und äussere Schwierigkeit vor der Seele in einem Augenblick, wo ich körperlich so abgespannt und elegisch bin wie nie und alle Kraft zusammen nehmen muss, um nur mein hiesiges tägliches Leben mit einiger Haltung abzuspulen und gewissen physischen Beklommenheiten auch nur einigermassen zu begegnen. Ich habe den Kreis, in dem sich mein Leben abspielt so eng gezogen und so genau determiniert, dass ich ihn im Augenblick kaum durchbrechen kann. Ich stelle mir vor, dass es vielleicht einer der ganz schlechten Tage wäre, mit Schlaflosigkeit und Migräne, der mich dort überfiele, und dann wäre ich keine Erscheinung, die Ihnen und Ihrer Gattin gegenübertreten könnte. Ich hoffe vom beginnenden Sommer viel, vielleicht dass er mir wieder aufhilft und meinen Elan noch einmal belebt, im Augenblick muss ich resignieren. Ich teile Ihnen das heute mit, damit Sie über Ihre Zeit und Ihre Räume verfügen können, ohne mich dabei in Rechnung zu stellen. Eine schmerzliche Absage dies für mich, aber ich halte es für das Beste, meiner deprimierten Stimmung zu folgen statt sie mit neuen Gefahren zu belasten. (Dies wäre also ein Schatten, über den nun ich meinerseits nicht springen kann). Ich lese gerade den Satz von Flaubert: „ich bin keine Nachtigall, ich bin eine Grasmücke, die sich im Waldesdickicht verbirgt, um nur sich selbst zu hören“ – so etwas liegt bei mir vor, und ich muss Sie bitten, dieser Grasmücke ihr armseliges Dasein zu verzeihn.

Und nun noch etwas Allgemeineres, das Sie vielleicht interessiert. Ich werde nun auch noch Mitglied der Bayerischen Akademie der Schönen Künste in München werden, ihr Generalsekretär, ein Graf Podewils, schrieb an mich, ob ich die geplante Wahl anzunehmen bereit wäre und ich bejahte das mit vielem Dank. Das ist in der Tat eine seltsame Sache. Ich kenne niemanden von dem Kreis und ersehe aus dem mir übersandten Mitgliederverzeichnis, dass in der Tat kein Norddeutscher dort drin ist, die Akademie hat nur wenige Mitglieder, dafür recht erlauchte wie Th. Mann als Ehrenmitglied, ferner Zuckmayer, Furtwängler, Hindemith, – von Dichtern sehe ich nur Carossa, Ina Seidel, Ihren R. A. Schröder, die alle in Bayern wohnen. Damit wäre ich also dann Mitglied von 3 Akademieen, ich weiss nicht, ob noch ein anderer deutscher Schriftsteller das ist. Also eigentlich brauchte ich nicht elegisch zu sein, aber umso schwerwiegender ist die tatsächlich vorliegende Depression, die eine endogene sein muss – wie ich sie allerdings schon aus früheren Epochen meines Lebens kenne.

Leben Sie für heute wohl. Zürnen Sie mir nicht, auch Ihrer Gattin lege ich mich mit vielen Entschuldigungen zu Füssen.

Immer Ihr

G B

Nr. 480 8/10 V 50

Lieber Herr Oelze, vielen Dank für die „Zeit". Dass der Artikel fällig war, war mir bekannt, aber ich kannte ihn noch nicht. Das Bild ist ja furchtbar, es war kürzlich ein Pressephotograph da, macht in einer Minute zwei Aufnahmen „im weissen Mantel", wie sein Auftrag lautete, warum auch nicht, mir ist meine Visage ja ganz gleichgiltig. Auch gezeichnet bin ich mehrfach und da die armen Leute ja dabei verdienen, gebe ich mich hin. Sagen Sie bitte, können Sie sich erinnern, ob der in dem Artikel mehrfach zitierte Ausdruck: „*Nichts, aber darüber Glasur*" von mir ist? Ich kann mich absolut nicht daran erinnern, ich würde abschwören, dass er von mir ist. Wie denken Sie darüber?

Und da wir bei Gedächtnislücken sind, die bei mir noch viel grösser sind als bei Ihnen – betr. *Diesterweg!* Sie schrieben etwa vor 2 Jahren, Sie würden von der alten Prosa alles bringen vielleicht mit Ausnahme der „ersten Fassung von Diesterweg". Das ist mir unumstösslich im Gedächtnis geblieben, weil ich garnicht wusste, dass es zwei Fassungen giebt. Hier kann ich mich nicht irren. Ich verweise ferner auf das Gedicht „Rosen", von dem Sie einmal schrieben, in die Statischen Gedichte würden Sie vielleicht „das zarte, melancholische Gedicht Rosen" nicht aufnehmen – dann war Ihnen diese Bemerkung entfallen – also auch Sie sind dieser charakteristischen, allgemein verbreiteten Zeiterscheinung des Vergessens mitverfallen. Das Auffälligste in dieser Richtung erlebte ich bei meinem alten Verleger Erich Reiss, jetzt in New-York, der abstritt, mit mir eine Woche Urlaub, etwa 1930, im Hotel Weisser Hirsch in Schwarzburg in Thüringen verbracht zu haben, er bestritt es aufs Äusserste, bis ihn meine Erinnerung daran, dass er bei unserer Rückkehr seine Sekretärin ins Hotel Habsburger Hof am Anhalter Bahnhof bestellt hatte, um dort die Nacht zu verbringen und sich über alle Vorfälle des Verlages gleich zu orientieren, zum Erwachen brachte. Da dämmerte ihm die Erinnerung wieder auf – (was aber bleibt, stiftet der Eros).

Dank für Ihren Brief vom 6. V mit abgeschriebenem Wanderergedicht. Also doch aus dem Divan! Dank für freundliche Aufnahme meiner vorläufigen Reiseabsage. Was Konformismus angeht, so wären Sie, grosser Oelze aus Bremen, einer meiner Schritte auf diesem Weg, den ich aber nicht zu begehn gedenke. Sie sind es, der gegen gewisse Provokationen u. sich immer wiederholende Aggressionen von meiner Seite nach der stilistischen und moralischen Richtung eine unverkennbare Aversion bekunden, die mich beeindruckt; Sie, Verehrter, schätzen meine unakademische saloppe schnoddrige Art nicht und versuchen mich vielfach in den Bremer Ästhetizismus einzuspinnen. Legen Sie die Hand auf Ihr Herz und geben Sie es zu. Ich bin ein Flügel und ein Rüssel in einem Tanz von Mücken an einem der vielen Sommerabende, Sie aber wollen mir ein Haupt anzaubern, das vor Honorationen und Olympiern bestehn kann – das ich aber leider nicht mein eigen nennen kann. – Viele neue

Aufsätze und dergl über mich erschienen im „Standpunkt" (Meran) ein guter von Kreuder über „Trunkene Flut" – sehr gut, ein bischen billig. Von Krämer-Badoni ein langes Rundfunkgespräch für den Rias von bester Qualität, von so guter Qualität, dass es der Rias nie bringen kann (liegt zur Zeit bei Niedermayer, kann Ihnen, falls Sie Interesse haben, zugesandt werden, klüger, als ich ihm das zutraute, tatsächlich interessant). Heute in der „Neuen Zeitung" Kritik über „Doppelleben", gefällt mir nicht vollkommen, aber das Buch ist ja problematisch. Tanz von Mücken, wie gesagt, alles, was man machte, Surren, Gewisper, wohl nichts dahinter.

Herzlichen Gruss.

Colerus: „Kehrrichthaufen" – „Komische Macht" – „letzter Ausläufer" – „Berufung" usw. mit solchen Drohungen lockt man doch keinen Hund mehr vom Ofen, das ist alles Idealismus, untatsächlich, Bramarbasieren – wo es die Mathematik *nicht mehr* giebt, beginnt die Fragestellung. Ach, wenn er noch Recht hätte, das wäre ja ein Sonnenschein u. alle Wäsche trocknete, alle die nassgeweinten Taschentücher!

Ihr

G.B.

Nr. 481 16 V 50.

Lieber Herr Oelze, Dank für Ihren Brief vom 12. Wer Herr Nette ist, weiss ich nicht, habe seinen Namen nie gehört. Seine Herkunft von Nebel ist unverkennbar, ich habe den Eindruck, dass eine Gruppe von Leuten im Westen mich „fertig machen" möchte und mir kommt sogar der Gedanke, ob Herr Lüth vielleicht seine Hand dabei im Spiele hat, denn nur er kann Ihnen die Nummer gesandt haben. Vielleicht

steht auch ein Angriff gegen Herrn Niedermayer dahinter, gegen den ja Lüth immer sehr animos war und dessen relativ günstiges geschäftliches Gebahren immer Lüth sehr zu Angriffen veranlasste. Wie dem auch sei, sehr rührt mich der Artikel nicht. Die drei Vorwürfe, die sich immer wiederholen: *Sprachschlamperei* (für die ich die gewählte Stelle sehr ungünstig finde, denn sie ist ja durchaus treffend und sagt durchaus das, was ich an der Stelle meinte), dann *Materialismus* (hiergegen kann ich nur ein Gelächter setzen, da ja andere wieder mir Formalismus und Esoterismus vorwerfen und ich immer und überall nur einen Materialismus anerkenne: den Materialismus des Wortes, der Form, der Ausdrucksmittel) und schliesslich das *„19. Jahrhundert“*, gegen das ich ja gerade den geistigen Extremismus des 20. setze – alles dies zeigt mir, dass man entweder absichtlich oder aus Unfähigkeit den Kern meiner Arbeiten nicht sehn will oder kann. Die „Allgemeinen Zeitungen“ Westdeutschlands, wie auch die „Hamburger Allgemeine“ sind ja alle C.D.U. Zeitungen, müssen also alle eine gewisse religiöse Note wahren und gegen „Zersetzung“ opponieren, das muss man in Betracht ziehn. Im Grunde wollen sie alle zum lieben Gott zurück, der uns Denken und Selbstverantwortung abnimmt und alles zum guten Ende führt. Während meine Position ja die ist, dass bei der augenblicklichen Lage das Individuum nur andere Zuflüchte acceptieren kann, darunter die Selbstgestaltung und Innenprägung seiner selbst.
Interessanter finde ich noch den darunter befindlichen Artikel des Feuilletonchefs Karl Korn, der die Gedichte von Gan bespricht und dabei mir einiges auswischt. Korn gilt als einer der ersten Kritiker und Redaktöre Westdeutschlands und geniesst ein gewisses Ansehn. Ist mit Frau Boveri befreundet und kennt auch Niedermayer gut. Wenn ich überhaupt an Kritiker schriebe und Kritiken als Anlass von Kontroversen nähme, würde ich ihn fragen, was er mit dem Ausdruck „Asphaltgeilheit“ meint und welche Verse aus der Tr.Fl.

ihm diese Impression beigebracht haben. Erstens kann ich mir kein Wesen vorstellen, das auf Asphalt geil ist und zweitens finde ich, dass die Tr.Fl. so ausgewählt ist, dass alle meine radikalen Neigungen darin keine Darstellung finden. Aber wer Gedichte liebt, deren Titel „an meine Lampe" und „an meinen gläsernen Briefbeschwerer" sind, kann wohl nicht anders als die meinen verächtlich finden. Nun, lass sie drehn und stäuben, und meines Wanderns Gemütsruhe werden sie nicht stören.

Ich las in diesen Tagen *Platen.* Was für ein grosser Lyriker! Natürlich viel Verstaubtes drin und Antikisierendes, aber wo er rein lyrisch ist, ist er grossartig und von jenem Pessimismus, der immer bewegend ist. Man kann ihn als Ganzes genau so einen Nihilisten nennen wie uns Moderne – auch der Prolog an Goethe oder das Sonett an Schelling („du aber tauchst die heil'ge Bienenschwinge herab vom Saum des Weltenblumenrandes in das geheimnisvolle Wie der Dinge") gross! Er ist wohl auch sehr viel angepöbelt worden und hat manches durchgemacht, sonst hätte er nicht zu so seltenen Erkenntnissen kommen können. Merkwürdig, dass er eigentlich immer noch als Aussenseiter gilt und nirgends voll genommen wird im Gegensatz zu Novalis und Hölderlin, die in breiter Front in der Öffentlichkeit vorliegen.

Herr N. ist über Wochenende zu – *Dwinger* auf seinen Erbhof im Allgäu gefahren, er will dessen neues Buch bringen. Ob das vernünftig ist, weiss ich nicht. Aber ich habe über die Stimmungen u. Strömungen in Westdeutschland kein Urteil mehr.

Herzlich Ihr

G B.

Nr. 482 22 V 50

L.H.Oe. ich rief eben sofort in Ihrer Pension Krichner an, um Ihnen bestellen zu lassen, dass Sie mich, bitte, nach Ihrer Ankunft gleich anrufen möchten, damit wir ein Zusammensein bei uns verabreden können. Vielleicht können Sie doch eine Stunde erübrigen.
Dies in Eile u vergessen Sie nicht, das nächste Mal Ihre Gattin mitzubringen.

Ihr G.B.

Sehr guter Aufsatz in „Süddeutscher Zeitung" u., wie Niedermayer sagt, auch in Züricher Weltwoche.
Bewundert viel u vielgescholten.
Helena..

Nr. 483 25 V 50.

Lieber Herr Oelze, Dank für den Brief vom 24. V. der heute kam, mein Bedauern, dass Sie nicht kommen und gute Wünsche für Pfingsten! Vietta muss – verzeihen Sie – ein Quatschkopf sein, im von Ihnen zitierten Fall verwechselt er doch ganz offensichtlich wieder einiges miteinander. Und da wir bei dem Thema sind: vor einer Woche schickte mir sein Verlag in Krefeld sein Stück Monte Cassino mit folgendem Brief zu: „anbei geht Ihnen das mit so grossem Erfolg aufgeführte Drama von E. V. zu, das zweifellos auch Ihr besonderes Interesse finden wird. Wir senden es Ihnen zur Besprechung und bitten uns sofort nach Erscheinen zwei Belegexemplare Ihrer Besprechung für unser Archiv zuzusenden". Ich nahm den Brief, schrieb darunter: „wenden!" und antwortete: „anbei zurück. Ich bin kein Buchbesprecher und bin Schreiben der umstehenden Art nicht gewohnt. Ich bedaure im Interesse von Herrn V., dass sein Verlag keine passendere Form gefunden hat, mich mit seinem Werk bekannt zu machen. Hochachtungsvoll --" Buch und Brief ging zurück, – dies zu Ihrer Orientierung, damit Sie wissen, dass ich Herrn V. persönlich damit nicht treffen wollte. Aber mir scheint, alles was mit V. zusammenhängt, ist irgendwie etwas demimonde.

Ihr überschäumender Garten würde mich wohl sicher sehr beeindrucken und vielleicht sogar in meinem alten Gehirn zu neuen Expressionen führen. Aber ich muss mich mit den Schrebergärten begnügen, übrigens vermeide sie jetzt auch noch, da sie mich anöden und in ihrer Kümmerlichkeit kränken.

Der Aufsatz in der „Weltwoche" ist lang, aber sehr oberflächlich und etwas herablassend – nicht mein Geschmack. (Nr. vom 12.V.). Aus Florenz bekam ich via Arche-Verlag eine italienische Zeitschrift gesandt mit einem langen Aufsatz über mich, den ich nicht lesen kann, vielleicht finde ich jemanden, der die Sprache kennt. Den Zitaten nach, die deutsch sind, scheint es keine schlechte Arbeit zu sein. Seltsamerweise bezieht sich der Aufsatz auf: 1) die Gedichte der Schmiede (1927), 2) Gesammelte Prosa (Kiepenheuer), 1928 und 3) Statische Gedichte aus dem Archeverlag.

Aus der Universität Minnesota in U.S.A. bekam ich ein Schreiben eines amerik. Studenten, der dort seine Doctorarbeit über mich macht „mit Zustimmung der Fakultät", wie er hinzufügt. Von einem Deutschen desgl., der an einer deutschen Universität seine Promotion mit mir machen will, leider schreibt er nicht, um welche Universität es sich handelt. (Dass Prof. Werner Milch plötzlich verstorben ist, lasen Sie wohl in der Zeitung).

Gestern abend um 10 sandte N.W.D.R zehn Minuten lang die 5 Epiloggedichte aus „Trunkene Flut", die ich auf Band gesprochen hatte. Meine Frau hörte zu, war sehr angetan, ich sass in meiner Kneipe und zischte mein Bier, von Patien-

ten hörte ich, es sei ergreifend gewesen, zum Schluss kam schöne Musik.
Lieber Herr Oelze, würden Sie nicht die Güte haben, an Herrn Niedermayer den Band „Gesammelte Prosa“ leihweise zu senden, damit die Setzung des neuen Bandes in Gang kommt? Ich wäre Ihnen sehr dankbar, ich denke, Herr N. hat auch schon an Sie dieserhalb geschrieben. Herr N. kommt Mitte Juni wiedermal her. Mit Dwinger ist er nicht handelseins geworden. D. wollte zwei alte und ein neues Buch gleichzeitig herausgebracht haben und das war dem vorsichtigen Herrn N. zu viel.
Und nun nochmals schöne Feiertage! Hier wird nichts passieren, denke ich, und ich kann in Ruhe dem Boxkampf zwischen ten Hoff und Walcott in Mannheim am Radio lauschen. Aus U.S.A. habe ich einen Privatbrief von einem Juden, der klagt, dass der Antisemitismus dort überhand nimmt und zwar seien die eigentlichen Antisemiten die Neger und wenn der Tag da ist, würden sie diesen überantwortet werden und dann würde Hitler ein Kinderspiel dagegen gewesen sein. Im Übrigen spricht man von einem in einiger Zeit erfolgenden Ultimatum der U.S.A an Russland mit der Forderung, sich aus Europa zurückzuziehn – und dass dem dann entsprochen werden wird (gegen Dollaranleihe). Durchaus möglich, scheint mir.

Herzlichen Gruss!

Ihr G.B.

Auch an Ihre Gattin bitte viele Grüsse von meiner Frau u. mir

Nr. 484 Montag 29 V 50.

Lieber Herr Oelze, eine Sonderbotschaft:
wie Herr Niedermayer gestern am Telefon sagte, kommt er am 9. VI – 11. VI hierher, geschäftlich, und um mich zu besuchen. Wie wäre es, wenn Sie Ihre Berliner Reise in die gleiche Zeit verlegten und ihn hier kennen lernten? Das wäre doch vielleicht eine gute Sache und sie würde mir eine grosse Freude sein. Vielleicht kommt Ihre Gattin mit und unsere kleine Wohnung wäre gefüllt mit Prominenz, Freundschaft und Geist. Bitte lassen Sie sich das durch den Kopf gehn, gewinnen Sympathie dafür und kommen?
Ich finde, es wird Zeit, dass Sie sich mit N. kennen lernen. In ihm entwickelt sich auch immer mehr ein Doppelleben u. eine Doppelseele – nach dem deutschen nun das englische Rommelbuch (erste Ausgabe mit 15 000 Vorbestellungen schon fort, die zweite im Gange) – – und nun lesen Sie die anliegende Karte, die dem Rommelbuch beiliegt. Entschuldigend sagte er gestern, dass er ausserdem wahrscheinlich Auden: „Das Zeitalter der Angst" von Suhrkamp übernähme, also extreme moderne Literatur im Verein mit Militarismus – für jeden etwas.
Dies meine kurze Pfingstsonderbotschaft, mit herzlichen Grüssen an Sie und Ihre Gattin.
Hier ist es so kalt, dass wir beide Feiertage geheizt haben.

Ihr
G.Benn

Nr. 485 31 V 50

Dank, lieber Herr Oelze, für den schönen Brief von Pfingsten mit den schönen Versen von Matthisson. Aus der Zeit habe ich einige Lieblinge, auch Hölty gehört dazu.

Das italienische Heft gebe ich Ihnen mit, *wenn Sie kommen.* Was Sie über den italien. Philosophen schreiben, ist interessant insofern, als das „analogische mystische Denken", das das Ich bei der Berührung mit den Dingen anstimmt, von Levy-Bruhl in seinem Buch „Das Denken der Primitiven" als Charakteristikum der Frühzeit u. des animistischen Weltfühlens dargestellt ist. So sind wir also! Aber ist das Spätere das Bessere? Das ist ja die Frage.
Wenn Sie können, verschaffen Sie sich bitte Heft 5 (vom Mai) der berüchtigten „Frankfurter Hefte" (Herausgeber: Kogon), darin längere Ausführungen über mich, 2 Kritiken, teils gut teils schlecht. Konfrontation eines Gedichts von Brecht u. einem von mir. Die Versuche, mich ganz auf die Lyrik zurückzuschieben, sind mir immer besonders interessant.
Also Sie kommen, verehrter Herr?

Tausend Grüsse

Ihr

G B

P.S.
War in dem neuesten amerikanischen Rummel „Endstation Sehnsucht", angeblich der Comble, – war nix gut. Wedekind + Hanneles Himmelfahrt, ganz altmodisch und 3¾ Stunden lang.

Nr. 486

Wie ist das nur – ich will die Quitten sehn –
nun sind die Rosen da und blühn und eilen.
Werde ich nie durch Ihren Garten gehn,
auf der Terrasse schweigend mich verweilen?

Werde ich nie an Ihren Deichen sein
im Blick das Bild der windgebogenen Bäume –
bald ist es Herbst, Madame, wir schlafen ein,
long, long ago die Glück- und Rosenträume . . .

9 VI 50

Gottfried Benn.

Oberneuland – Berlin.
Frau Charlotte Oelze.

Nr. 487 12 VI 50, Montag

Lieber Herr Oelze, ich danke Ihnen nun nochmals aufs Herzlichste, dass Sie sich die Mühe gemacht haben herzukommen, um Herrn N. kennen zu lernen. Mir ist es eine grosse Genugtuung, dass Sie jetzt persönliche Beziehungen mit einander haben. Ich habe Sie noch nie so blendend, so sicher, so unternehmend, so weltmännisch gesehn wie am Freitag Abend. Sie spielten ja den guten N. völlig an die Wand. Gut so! Sie haben ihm ungeheuer imponiert u. er schwärmt von Ihnen. Hoffentlich war Ihre Rückreise erträglich u Sie kamen nicht zu ermüdet u. abgespannt zu Hause an.
Eine Frage ist noch zu erörtern: was war das für eine weisse Blume, die Sie im Knopfloch trugen? Eine Nelke war es wohl nicht. Eine Gardenie? Eine weisse Oleanderblüte? Darüber haben wir uns den Kopf zerbrochen. U.Aw.g., bitte.
Dies Amerikanische brachte Herr N. mit. Soweit ich es lesen kann, – ganz interessant. Herr N. blieb bis heute früh, flog zurück. War noch viel bei uns, gestern abend „zischten“ wir noch in meiner Boxer-Kneipe.
Dass Sie am Sonnabend Nachm. nicht auf unserer Party wa-

ren, ist kein Verlust für Sie. Es war nicht sehr unterhaltend.
Was Sie über meine Sprachmethode sagten, war äusserst fesselnd u. etwas ganz Neues. Beschäftigt mich sehr.
Was die mitgegebenen Gedichte angeht, so muss man auch gelegentlich mittelmässiges machen, es wirkt innerlich in einem als Sprungbrett für Besseres. Man steckt die Krallen in den Sand, wo man gerade liegt, u es ist nicht immer Rubin drin, nicht mal Bernstein.
Bitte grüssen Sie Ihre Gattin von meiner Frau u mir, auch ihr danken wir, dass sie Ihre Reise hierher gutgeheissen hat.
Der Roman von Br. ist harmlos, aber liest sich nett – stellenweise.
Dank u Grüsse und Bitte um weiteres Wohlwollen bei Bewährung des Partners. Worum sich bemüht

Ihr

G B

Nr. 488

Das ist wohl nicht *Ihr* Chopinspieler, da er als alt u südländisch geschildert wird?

Be 14. 6. 50

Nr. 489 19 VI 50.

Lieber Herr Oelze, ich habe Ihrer verehrten Gattin und Ihnen für Briefe zu danken. Ich freue mich, dass Ihre Gattin den Brentano gelesen hat, der Anfang ist ganz nett, dann allerdings mangelt der Griff und die Energie, um ein Zeitgemälde zu schaffen.

Sie schneiden so viele Themen an, dass ich nicht weiss, ob ich sie heute aufgreifen kann. z.B. Ritter Kurts Brautfahrt. Ich las es nochmal. Natürlich haben Sie Recht im Wesentlichen. Aber ich bin nicht dafür, dass man sich bei Gedichten immer nochwas dazu denken soll („symbolisch"), ich will lieber das Ganze aufnehmen und entweder wirft es mich um oder das erfolgt nicht. Die hohe Braut umzudeuten in etwas Allegorisches, kostet mir zuviel Zeit. *Schönheit ist nicht symbolisch, Schönheit ist.* Aber ich bin immer wieder überrascht, wie Sie namentlich Goethe immer wieder zu vertiefen wissen und meinen blinden Augen neue Gesichtspunkte nahe bringen. Ich bin an Ihnen gemessen sehr oberflächlich und damit berühren wir ein sehr ernstes und weitreichendes Thema, nämlich den Hintergrund und den Vordergrund, die Substanz und die Oberfläche, die innere Anschauung und den Ausdruck. Ich bin mir ja sehr bewusst, dass meine Ausdruckslehre nur ein Fragment ist.

Was Sie vom Reim und vom freien Rhythmus schreiben, ist ebenso treffend. Mir scheint, dass Rilke als Letzter vom Reim das Naive und das Raffinierte noch einmal abgeschöpft hat und dass alle folgenden sich am Reim erschöpfen und nur sein Schwächendes und Konformistisches verwenden können. Ihre Meinung über Lyrik ist überhaupt sehr interessant. z.B. Mörike. Ich rechne Orplid mein Land zu den höchsten Stellen der deutschen Dichtung überhaupt, es ist unvergleichlich, sein Übriges liegt mir nicht sehr. Ihr Urteil über die Droste kann ich auch nicht teilen, zuviel Naturgewaber und Innerlichkeit und Versponnenheit. Aber, wie gesagt, ich habe nur spezifizierte Antennen und bin für vieles unerreichbar.

Hat Ihnen Herr N. von meiner Idee in der Boxerkneipe geschrieben, eine lyrische Anthologie über die letzten 50 Jahre zu machen in der Form, dass eine Reihe von Künstlern und Kritikern gefragt werden: welches sind für Sie die schönsten 10 Gedichte dieser Jahrhunderthälfte? N. war begeistert und

scheint es verwirklichen zu wollen. Nach dem neumodischen Wort sagte ich: Lyrikquiz. Ob was bei herauskommt, weiss ich nicht.
Viel Besuch hier, sehr ermüdend. Züricher Rundfunk, N.W.D.R. – alles schon Vorläufer jenes Kongresses für kulturelle Freiheit (besser: Verwirrung), der nächste Woche beginnt. Herr Maraun kommt auch her und darauf freue ich mich, sonst möchte ich ein Schild anbringen: verreist oder erkrankt, mich strengen ja Besuche dieser Art enorm an.
Denken Sie, völlig unbekannt waren mir aus Ihrem geschenkten West-östlichen Buch die Reflexionen und Maximen. Da sind ja tolle Sachen drin. „Die Meisterschaft gilt oft als Egoismus“ u.s.w. Ich bezweifele nicht, dass Nietzsche seine Neigung zum Aphoristischen hier sich hat bestärken und nähren lassen. Aber sehr interessant auch gleich der Unterschied: bei G. alles in der Form so vorsichtig, man könnte sagen: konformistisch, bei N. alles böse und luziferisch – dies Vorsichtige, Milde, Nachsichtige bei G. ist ja eines der seltsamsten Phänomene. – – – – Und wieder finde ich einige Gedichte nicht, die ich suche: „In tausend Formen magst du dich verstecken, gleich Allerliebste doch erkenn ich dich –“ und: „ach, um deine feuchten Schwingen“, das berühmte Mariannegedicht – im Inhaltsverzeichnis nicht zu finden.
Dank für die Übersetzung der U.S.A Notiz. N. druckt schon wieder einen neuen Prospekt über mich, darin hat er, finde ich, keine sehr glückliche Hand, aber es tut nichts.
Soviel für heute. Mit Dank u Gruss an Sie beide

Ihr Benn.

Meine Frau fährt natürlich nicht nach Paris, das ist nur ein Traum von ihr, eine Gaukelei, um sich über die Einöde an meiner Seite hinwegzutrösten, sie fährt nach Bansin – östlich.

Cher ami, merci pour votre lettre du 25 VI avec les deux pièces ajoutées, – Henry Miller erscheint mir etwas bombastisch u. altmodisch, épater le bourgeois – das war vor 80 Jahren. Berlin ist z.Z so international, dass man deutsch kaum zu sprechen u zu schreiben wagt. Ich bin zu dem Kongress nicht eingeladen u. wäre auch nicht hingegangen. Doch! Zur Eröffnungsfeier im Titaniapalast hatte man die Frechheit, mir 2 Karten II Parkett 12. Reihe zuzusenden. Auf solche Plätze pflege ich nicht zu gehn. Meine Frau u Maraun gingen hin, die ja beide naiv und sensationslüstern sind. Meine näheren Bekannten von früher George Grosz u. Lernet-Holenia sind nicht gekommen, also bin ich freier, als ich zu hoffen wagte. Herr Paeschke war mehrere Stunden bei uns. Ein langer, dünner Jagdhund, ein Lackel fast, aber nett u. angenehm u. von guten Formen. Er ist auf der Jagd nach Geld für den Merkur. Ganz durchschaue ich ihn nicht in dieser Richtung. Aber anregende Unterhaltung. Verblüfft bin ich immer von Neuem, wieviel alle diese Leute *trinken*, Coctails, Wein, Bier, was man ihnen giebt. Alles giessen sie sich in den Schlund. Auch gewisse Rundfunkleute, die hier waren – alles Alcoholiker. Einen traf ich gestern in meinem Boxerlokal: pompöses Auto vor der Tür, aber nicht soviel Geld, um sich einen Schnaps oder eine Cigarette zu kaufen, ich musste ihn einladen. Was bin ich für ein Spiessbürger mein Leben lang gewesen, wenn ich kein Geld hatte, blieb ich zu Hause. Schulden habe ich nie gemacht.

Maraun hier zu haben, ist sehr nett. Er ist sehr bedrückt u. nervös. Wohl auch Geldsorgen. Er hat 3 Frauen u 4 Kinder zu versorgen – mit Journalismus u. Rundfunkreferaten u das ist natürlich heutzutage ganz unmöglich zu schaffen. Tut mir leid, der arme Kerl, der nur ein Bein hat u. nicht sehr beweglich ist.

Man spricht von der Benseschen Schrift: Mauretanier u. Ptol. Ich habe sie noch nicht gesehn. Jüngers Secretär u. Adjutant, ein Schweizer Schriftsteller, schrieb mir heute: die Brüder böten mir an, zu ihrem Verlag überzugehn! Ein seltsamer Vorschlag! Herr Ernst Jünger weilt in Antibes u. bleibt noch lange im Mittelmeerbereich.
Herr Nebel hat in der Kornschen Zeitung ein neues wüstes Pamphlet losgelassen, diesmal gegen Th. Mann, mich in einem Nebensatz anrempelnd. Tut nichts.
Meiner Frau haben Sie mit Ihren Bemerkungen gegen Bansin einen schweren Schlag versetzt. Sie weint, dass sie in ein fischduftendes Ostseebad fahren muss oder will.
Anbei 3 sogenannte Gedichte zu den anderen fürs Archiv. Was sagen Sie eigentlich zu l'Heure bleue? Meine Frau sagt: „sehr schön – bester Walther von Hollander." Ich finde es garnicht so übel. „Dünungen" schrieben Sie, – in der Tat, ein in Verse gefangener erotischer Anfall. Die neuen sogenannten Gedichte sind ja wohl alle eines Akademikers u. Olympiers unwürdig. Aber Sie wissen, wie sehr ich die Unwürde liebe.
Tausend Dank an Ihre Gattin für ihren reizenden Brief.

Ihr G B

Nr. 491 28 VI 50

Lieber Herr Oelze,
im Anschluss an meine gestrige, etwas zu spontane, Zusendung von 3 Poemen eine Bitte: bitte sagen Sie, welche Gedichte ich dem „Merkur" übergeben soll, der neue Verse von mir bringen möchte.

Ich denke Folgende in folgender Reihenfolge:
Denk der Vergeblichen
Zerstörungen

Fragmente
Notturno
Restaurant
Finis Poloniae
Wir ziehn einen grossen Bogen
Reisen.

Bitte Gegenvorschläge u Kritik.

Dank

Ihr

Benn

Nr. 492 2 VII 50

L.H.Oe, dies kleine Gedicht könnte man noch dazu nehmen. Ich merke, dass ich zur Zeit im japanischen Stil dichte.
Heute vor 5 Jahren kam meine Frau um in jenem bösen Ort, oben auf dem Boden auf einem Kartoffelsack fand man sie.
Ach, es giebt Dinge, um die kommt man nicht herum und nicht hinaus.

Ihr

G B

Nr. 493 4 VII 50.

Lieber Herr Oelze, Dank für Ihren Brief vom 2. VII. Was Korea angeht, bin ich völlig Ihrer Meinung: eine der raffiniertesten Fallen und die Amis sind rein getorkelt, wie sie herauskommen werden – on verra. Hier sagt man allgemein: Spanien – die neuen Waffen und Methoden werden aus-

probiert. Also Manöver, aber selbst Mac Arthur wird wohl seine Sorgen haben.
Die Gedichte sind meistens, wie ich sehe, noch nicht perfekt, müssen noch vielfach in die Retorte. Unverändert werden wohl bleiben: Denk der Vergeblichen (das ich übrigens schon für den Stuttgarter Rundfunk hier auf Band sprach) und Ein Schatten an der Mauer. In dem Dunklen wird veilchenschwer durch ein anderes Wort ersetzt – denken Sie nicht, dass mir veilchenschwer nicht schon vor Ihrer Ermahnung manche Sorgen machte. Ich strebe an, von der weichen gesammelten introvertierten *edlen* Lyrik abzukommen, der heiligen grossen Lyrik – auch hier: on verra.
Ihr Bremenbuch hat die Grundlagen meiner Beziehungen zu Ihnen erschüttert, ich wage kaum noch, Ihnen literarisch zu kommen. Ihre Bemerkung über den Alkoholismus der Geistigen ist Firma Ebbecke, Wein, Rum und findet meinen Beifall. Am letzten Kongresstag sammelte sich in meinem Stammlokal durch Herrn Schüddekopf vom N.W.D.R allerlei Volk an, das sich mit mir bekannt machen wollte, darunter Carl Linfert von der Gruppe N.W.D.R. Köln, der seinerzeit das Gespräch mit Schaeder getätigt hatte, ein netter, gepflegter Mann.
Anbei eine Karte des Grossen Bruders – bitte zurück.
Die Rosen, ja die Rosen! Meine Frau hat mir verboten, noch in einem Gedicht das Wort Rosen zu verwenden, – schade, es ist so ein schönes Wort.
Ich bin dabei, mittels Passbildern, Fragebogen u. Empfehlungsschreiben aus Kopenhagen meine Reise dorthin bei der Danske Militärmission hier zu erwirken. Es soll 4-6 Wochen dauern. Dann wäre vielleicht der Augenblick, von Hamburg nach Oberneuland zu reisen.

Tausend Grüsse!
Ihr GB

Lieber Herr Oelze, ich bin in meiner Antwort auf Ihren letzten Brief auf den Hauptpunkt garnicht eingegangen u. hole das hiermit nach. Ich meine die Sache Bense. Es ist von Ihnen sehr, sehr liebenswürdig gewesen, an B zu schreiben und seine Antwort ist sehr erfreulich. Falls Sie weiter mit ihm darüber in Erörterungen eintreten, würde ich sagen, Sie schlagen ihm vor, seine Ausführungen in der Richtung zu bewegen, die in seinem Aufsatz „Expressionistische Prosa" im Merkur seinerzeit eingeschlagen war, das erleichtert ihm auch das Weitere und enthebt ihn besonderer neuer Arbeit. Wenn er diese Gedankengänge etwas vertiefte und ausführte, namentlich in Bezug auf die von ihm angeschnittene Frage expressionistische und existentialistische Prosa, die mir nicht ganz klar erschien, käme schon ein interessanter Aufsatz heraus. Haben Sie sehr vielen Dank für Ihre Bemühungen.

Ich könnte Ihnen in Parallele zu der Karte von E.J. ein neues überraschendes Dokument beilegen, das gestern bei mir einging: aus dem Dolder Grand Hotel Zürich (Golf Links) von – – Erika Mann, die sich in sehr liebenswürdiger Weise, man könnte auch sagen in sehr anerkennender Weise für meine Äusserungen über Klaus M. bedankt – sicher auch im Namen ihres Vaters, wie ich annehme, der ja dort den 75. Geburtstag, wie bekannt, feierte. Ich sende Ihnen das Dokument zu, wenn ich es noch einige Tage selbst betrachtet habe. Das Buch ist vor einigen Tagen im Queridoverlag in Amsterdam erschienen. So treffen sich bei mir die seltsamsten Paradoxieen. Und wenn ich *Sie* dazu nehme, der Bremens Welthandel repräsentiert und gleichzeitig 6 Stunden in die ungekürzte Matthäuspassion geht, so bin ich von Widersprüchen und Geheimnissen umgeben.

Aber Korea! Etwas ungemütlich scheint mir die Sache doch

zu werden, am Eingreifen Chinas ist wohl kaum zu zweifeln u was dann?

Ihrer Gattin u Ihnen viele Grüsse.
Ihr
G.B.

Nr. 495 11 VII 50

Lieber Herr Oelze,
anbei den Bensebrief zurück. Mit vielem Dank an Sie. Hinsichtlich N. irren Sie sehr. Er hatte mir sofort, schon vor 10 Tagen, begeistert darüber am Telefon erzählt u. am Sonntag von Neuem. Gleichzeitig erzählte er, dass auch „Doppelleben“ von Paris zur Übersetzung angenommen sei.
Was macht eigentlich das italienische Heft? Könnte ich es zurück haben, auch wenn Ihre Gattin keine Zeit fand, sich mit ihm zu beschäftigen?
Im Heft der „Basler Studentenschaft“ steht ein langer u guter Aufsatz über „Doppelleben“ – in der Stadt Burckhardts u. N.'s ein mich erfreuendes Ereignis.
Herzliche Grüsse in der Hoffnung, dass es Ihnen gut geht.
Ihr
G B

Nr. 496 17 VII 50

Lieber Herr Oelze, vielen Dank für den Brief vom 14. mit Rückgabe der Karte von E.J. und dem italienischen Heft. Was die Gebrüder M. angeht, glaube ich doch, Sie müssen

Ihr Urteil etwas modifizieren. Woher diese so betonte Abneigung bei Ihnen kommt, sehe ich nicht klar. Sie müssen doch zugeben, dass diese Brüder die grössten literarischen Begabungen Deutschlands in diesem Jahrhundert waren und H. sogar das einzige Genie. Müssen Sie dieser Tatsache gegenüber nicht doch etwas objektiver in Ihrem Urteil werden? Denken Sie einen Augenblick daran, dass wir nur v.Molo, der jetzt als Hindenburg der Literatur aufgezogen wird, oder Unruh oder Kolbenheyer gehabt hätten – das wäre doch noch weniger angenehm. Übrigens denke ich nicht darüber nach und werde es nie tun, ob, warum und seit wann die Herren Korn und Lüth von mir abrückten, es beschäftigt mich so wenig. Interessant ist, dass Herr N. mir schrieb, Korn habe erst einen guten positiven Artikel bringen wollen, aber dafür nur Ablehnungen gefunden, daraufhin habe er den von Nebel gebracht – sonderbar für einen Chefredaktör, muss man wohl dazu sagen. Und was L. angeht, so ist er seit dem 1. VII von der Zeitung fort, hat 200 000 M in der Tasche, einen neuen grossen Wagen und ist beauftragt, eine Untergrundbewegung in Westdeutschland zu Stande zu bringen, über deren Charakter Herr N. nichts weiss. Aber seitdem ich in der Zeitung las, dass General Vinzenz Müller mit grossen Geldern in der Westzone tätig sei, denke ich, man geht nicht fehl in der Annahme, dass L. hier seine Geschäfte macht. Ich habe ihn immer in dieser Richtung beurteilt.

Das Heft der Basler Studentenschaft ist z.Z. bei Herrn N., es gefällt ihm ausnehmend, sowie ich es zurück habe, werde ich es Ihnen senden. Was ist denn das für eine ganz vermessene Bitte hinsichtlich des Herbstbandes? Ich bin sehr gespannt darauf.

Ich bin allein und meine Frau verreist. Habe noch nichts von ihr gehört, aber anderes aus der Ostzone, die Armut dort muss erschreckend und tragisch sein und die Ernährung unvorstellbar erbärmlich (für die regulären Bewohner), wer mit Westgeld operiert, kann sich vielleicht etwas mehr leisten. So schlimm es ist: ich werde immer antiöstlicher.

Überhaupt schlechte Zeiten! Zum Beispiel: Bach! Ich bin ein unglücklicher Mensch und habe eine tierische Natur – Sie sind humaner und differenzierter. Ich bin ein ekelerregendes Beispiel dafür, wie der Verfechter einer kleinen Gabe verdammt ist, an Grossartigkeiten und Einmaligkeiten vorbeigehn zu müssen, um seine kärglichen Reben zu pflegen. Also was ist mit Bach? Wer ist das eigentlich? Für mich hätte er nicht zu existieren brauchen, ich habe nie das Geringste von ihm gesehn, gehört, geschmeckt, gefühlt. Auch bringt er – angeblich – meine These zu Fall, dass der Protestantismus nichts Grosses an Kunst und Philosophie hervorgebracht hat (Goethe und Nietzsche waren keine Protestanten, Schiller ein Moralist). Bach soll Protestant gewesen und geblieben sein und seine Musik sei Protestantismus. Ist das der Fall? Oder gab es damals für ihn und sein Milieu nur das Luthertum wie es früher für die Maler einmal nur die Katholizität gab, einschliesslich Antike? Ist Bach überhaupt existentiell christlich, ist die Matthäuspassion Christentum oder Musik (Geburt der Musik aus dem Neuen Testament?) Sie sind so klug und dazu musikalisch, antworten Sie mir doch gelegentlich andeutungsweise hierauf.

18 VII 50. –

Nun ist die Nacht vorbei – ich liebe diese Nächte, wo man um 3 aufsteht, sich ans Fenster stellt und in jenes Grün sieht, das ich in „Nachzeichnung“ zu fassen suchte. Meine Frau hat aus Anlass meiner letzten Gedichte wieder ein erschreckend wahres Wort gesagt: „man sieht, dass in dir nichts mehr drin ist und nichts mehr draussen“ – es wird stimmen. Die Leere! Wie füllt man die Leere? Mit Arbeit, mit Liebe und mit Sünden – versuchen wir es mit allen Dreien!

Was haben Sie für Pläne in Bezug auf Reisen? Kommen Sie

nicht bald einmal wieder nach Berlin? Berlin – „die metaphysische Stadt“, wie mir zwei Schweizer Studenten kürzlich schrieben. Und dabei fällt mir ein, ich habe Ihnen vergessen mitzuteilen, dass ich vor einigen Wochen Frl. Dr. Nölle im Krankenhaus besuchte und sie war völlig irre (in der Richtung des Maniakalischen) infolge ihres schweren Schädelbasisbruchs. Hieraus ergab sich etwas, wo Sie eine Rolle spielen. Ich sagte ihr beiläufig, Sie seien hier gewesen und wünschten ihr gute Besserung. Daraus machte sie ihrer Kompagnöse gegenüber die Bemerkung, ich hätte gesagt, Sie hätten erklärt, Sie verhandelten nur mit ihr, lehnten ihre Mitinhaberin völlig ab. Diese rief mich entsetzt an und ich klärte sie auf, dass davon kein Wort wahr sei. Ich rate Ihnen, zur Zeit mit Verhandlungen mit Frl. N. vorsichtig zu sein, ihre Gefährtin will sie und alle ihre kaufmännischen Entschlüsse als krankhaft hinstellen, wozu sie meinem Eindruck nach Recht hat, zweifellos ist die N. nicht geschäftsfähig, was mir ihr behandelnder Nervenarzt auch bestätigte.
Langer und langweiliger Brief. Schluss. Leben Sie wohl. Wie war die Bremer Sendung? Bremen ist wohl nicht die Atmosphäre für G.B. Wo ist diese Atmosphäre – in einigen Fragmentären: „Keinem Ufer gewidmet, keinen Seiten anvertraut, die reine Lockung dieses Liedes“ –. Immer nur in Fragmenten, in einigen Reihen, in zwei Versen ist der Geist so einsam u so gross, wie wir ihn uns wünschen.

Ihr

G. B.

Nr. 497 22 VII 50

Lieber Herr Oelze, trotz Ihres neuen Geschäfts ab 1. VII – welcher Art? welcher Ware? – bei Ihrem freundlichen Interesse für den Autor, bitte ich Sie, nun noch einmal diesen Bilderbogen in toto auf sich wirken zu lassen u. mir Ihren Eindruck zu schreiben. Sie wissen, verletzen kann es mich nicht, einerseits bin ich meiner Dynamik in gewisser Weise sicher, andererseits bin ich mir der Problematik der Dinge zu bewusst. Entschuldigen Sie die Bitte. Schreiben Sie mir bitte ganz einfach, welche Seiten Sie annehmbar finden, welche nicht. Es eilt nicht. Fühlen Sie sich nicht bedrängt.

Dank u Gruss

Ihr

G B

Ihnen unbekannt ist wohl „Gladiolen" und „Ideelles Weiterleben".
Eine *Sehnsucht* zum Reim, bleibt natürlich immer.

Nr. 498 23 VII 50

Lieber Herr Oelze,
hoffentlich haben Sie mir mein „Stimmungsbild" nicht übelgenommen. Ich lasse mich augenblicklich treiben und bändige mich nicht. Will abwarten, wohin es führt. Sitze abends in meiner Bierkneipe – horribile dictu – u. notiere meine Einfälle. Kein Bremer kann das billigen!
Anbei der kleine Aufsatz aus Basel.
Falls Sie Ernstliches über den Herbstband sagen wollen, bitte bald, es wird schon gesetzt u. könnte Schwierigkeiten geben. Schreiben Sie es aber bitte unverblümt, interessiert mich sehr.
Dank für Brief über Bach. Ich hatte gehofft, Sie würden auf die „Honigwaben" zurückkommen, jenen glänzenden Einfall von Ihnen. – Das Wiegenlied las ich sofort, es ist bezaubernd, niederschmetternd grossartig. Er baute alles hoch, andere – unglückliche – bauen alles ab. Darum ist er grösser u zu gross.

Lawrence (aus „Merkur") ist ein jüdischer Emigrant: Leo Matthias aus Berlin, den ich gut kenne u der mir kürzlich – ohne Adressenangabe – einige sehr freundliche Worte aus Paris schrieb. Er soll konvertiert sein u in einem Kloster leben. Herr Paeschke verriet mir das. Der 2. Aufsatz im letzten Heft ist auch recht originell. Früher war er verworren u schrieb Reisebücher.
Bühlerhöhe – gut. Dafür schlage ich Ihnen noch etwas Lektüre vor.

Herzlichen Gruss

Ihr G B.

Vornehmheit ist *nur* etwas Inneres! Zu Lebzeiten!

Nr. 499 27 VII 50

Lieber Herr Oelze, Dank für Ihren Brief vom 25. Ich wäre sehr damit einverstanden, ja mehr: sehr angenehm berührt davon, wenn jene von Ihnen beabsichtigte Bemerkung auf der ersten Seite des neuen Buches stände, es enthöbe mich der Verantwortung, es verringerte meine Belastung, es objektivierte das ganze Unternehmen. Ich wäre gerührt, wenn Sie das machen würden, ich werde sofort an Herrn N. schreiben.
Die Dame mit Augenglas ist eine Dame, die durch die Brille erotisch benachteiligt ist, aber auch sie beziehe ich in meinen Schenkungsrausch und meine olympische Indifferenz mit ein, auch sie soll es gut haben, weil ja vor dem Auge des nicht mehr Fragenden, dem still Gewordenen, dem Abgehäuteten dem alle Felle fortgeschwommen sind, weder Glück noch Unglück mehr besteht – also soll auch diese benachteiligte Dame, deren Glückschancen in Bezug auf Abenteuer und coitus geringe sind (ich persönlich empfinde Frauen mit

Brille als absolut unerotisch) voll entschädigt werden. Der übergeordnete Begriff ist der der völligen Horizontalität, des Wertverlustes aller irdischen Dinge, eines dionysischen Nitschewo, eines halkyonischen Nihilismus – (nur aufgehalten, aufgehoben durch das Gedicht in dieser Form – in der Form) Mein altes Lied: „überall der tiefe Nihilismus der Werte, doch darüber die Transcendenz der schöpferischen Lust". H.Mann-Rede)

Diese Gedichte sind so, dass ich sie selbst Herrn Paeschke nicht zumuten kann, ich weiss noch nicht, wann u wie ich sie verwerte. Vielleicht sende ich Ihnen nochmals alle, so wie sie jetzt fertig vorliegen, zur Ansicht u Meinungsäusserung. Vergessen Sie nicht: die edle einfältige Lyrik fasst das Heute in keiner Weise. Selbst Wiegenlied, selbst Orplid wären, ins Heute projiziert, nicht ehrlich u. echt. Wir sind böse u zerrissen u. das muss zur Sprache kommen.

Dank für Teilnahme.

Ihr

G Benn

Nr. 500 4 VIII 50

Lieber Herr Oelze,

Dank für Ihren Brief vom 2 VIII. Wie schwer es Ihnen ist, an diese Gedichte heranzukommen, Sie Ärmster, alles sträubt sich in Ihnen, in Ihrem nach Harmonie u Tonalität strebenden Herz dagegen. Ich bitte um Rücksendung von Manuscript mit Vorwort, da ich keine guten Duplikate habe.

Dank für den Brief von Samson. Anbei zurück. Herr N. hatte ihn mir schon gesandt. Sehr erfreulich.

Ich habe nun doch den Aufsatz: „Nietzsche – nach 50 Jahren" verfasst. Nicht sehr lang. NWDR., Stuttgarter Sender u der Berliner „Kurier“ haben ihn bestellt u streben nach ihm. NWDR bietet hohes Honorar für *Allein*besitz. Bin noch nicht entschieden. Da es ja mit Hilfe des Radio nun eine *Rede* wird, will ich es an den Schluss des neuen Prosabandes setzen. Ich werd Ihnen demnächst Manuscript senden.

Herzlichen Gruss! Ihr G B

Ihre N.bücher gehen demnächst an Sie zurück.

Nr. 501 6 VIII 50.

L.H.Oe.

anbei! Der N.WDR. hat das alleinige Senderecht für den 25. VIII 50 für die höchste Summe erworben, die je für 1/2 Stunde Literatur gezahlt wurde. Also in *der* Richtung wäre es ein Erfolg – ob geistig, lasse ich dahin gestellt.

Bald mehr.

Herzlich

Ihr

G B

Nr. 502 7 VIII 50

Lieber Herr Oelze, ungebührlich nehme ich Ihre Zeit mit meinen ewigen Sendungen in Anspruch – nur kurz heute dies: 1) Wie mir Herr N. gestern sagte, wollen Sie also doch Ihren Namen nicht mit dem Herbstband verbinden, ich bedaure es, aber ich verstehe Ihren Standpunkt (wer Pech angreift, besudelt sich). Aber der Redactor und spirituelle Leiter bleiben Sie ja zum Glück doch, darum: ich will die Vorbemerkungen zu der H. Mann-Rede streichen, das ist ja Gewäsch, wie ich heute an den Korrecturen sehe. Ich habe es ja auch garnicht nötig, mich nachträglich zu entschuldigen. Aber die Rilkenotiz am Schluss möchte ich eigentlich lassen – wie denken Sie darüber?

2) wie denken Sie über die Aufnahme des Nietzscheaufsatzes zum Schluss? Einverstanden?

3) im N. aufsatz werde ich noch Kleinigkeiten korrigieren z.B. auf S.9 statt Erledigung der Wahrheit: *Auflockerung* der Wahrheit.

4) Ich laufe herum wegen meines Auslandspasses (Kopenhagen) usw. schauerlich diese Behörden. Bitte: darf man deutsches Geld über die Grenze nehmen? Und wieviel? In Kop. habe ich ja dänisches Geld durch die *3AM.*, auch ist meine Tochter ja in guten Verhältnissen. Falls Sie das wissen, bitte geben Sie mir Auskunft.

Dank, Grüsse.

Ich beschäftige mich mit dem D-Durdreiklang am Schluss: c-e-g. Ich bin in Bezug auf Lyrik u Reim nicht ganz der von Ihnen dargelegten Meinung.

Gruss!

Ihr

G.B.

Nr. 503 13 VIII 50

Lieber Herr Oelze, tausend Dank für Ihren Anruf vom Mittwoch, der mich hocherfreute, und Dank für den Brief vom 11. VIII. Hinsichtlich der Klabundstelle – sehr einverstanden – hätte ich Sie doch schon früher kennen gelernt, dann hätte sich meine Sprache vielleicht bessern können. Sie müssen unbedingt in die Akademie für Sprache und Dichtung von Herrn Oscar Jancke und Pechel, die sind so sehr für Sprachreinigung, und da Sie ausserdem noch Zitate ge-

nau kennen und korrigieren können, kommen Sie gleich in das Präsidium, ich werde Sie vorschlagen. Hinsichtlich des „Moderne Ich" habe ich Herrn N. geschrieben, dass Ihre Korrekturen gelten, ich bin Ihnen so dankbar, dass Sie sich damit befassen.
Schimpfen Sie nicht über mich wegen der Reise, das war alles nicht anders zu machen, aber wir werden uns sehn, ich gebe Ihnen Nachricht. Sie reisen also am 20. etwa nach Bühlerhöhe und Ihre Gattin – wann fährt sie?
Die Lyriksache, zu der ich Herrn N. animiert hatte, scheint ganz interessant zu werden, obschon sie mich schon wieder ennuyiert, anbei ein Brief von Heidegger, der Sie vielleicht interessiert, da er ein Gedicht von mir nennt, das auch Ihre Zustimmung fand.
Dabei fällt mir ein, bitte, da Sie Procura haben für Korrekturen jeder Art: bitte nicht jene Stelle aus dem „letzten Ich" verändern, die Sie hier am 9. VI zitierten –: „– für die Matros" u.s.w. – das ist ein Zeichen dafür, wie meine Sprache in dem Augenblick, wo sie sich einem bestimmten Milieu nähert, in diesem Fall einem ordinären, sofort in den Argot-Rotwelsch-Cockney-Jargon übergeht, automatisch, dem sie gerecht werden will. Gehört in das Thema vom Übergang des Sachverhaltes in den Ausdruck!
Könnten nicht vielleicht Sie den Nietzscheaufsatz von sich aus an Bense senden zu seiner Orientierung? Das wäre nicht nur nett von Ihnen, sondern vielleicht auch zweckmässig. Ich stehe ja eigentlich garnicht mit ihm in Verbindung und eine Zusendung von mir sähe so persönlich aus, das möchte ich vermeiden. Ich sende Ihnen eine andere Abschrift dafür.
Schöne Sommertage jetzt hier mit erstem Anflug von Herbst und dem Ruf der Sonnenblumen.
Dank für Mitteilung über das Geld, das man mitnehmen darf. Ein Blödsinn! Wenn man es drüben nicht benutzen darf, nutzt es einem dort nichts, und wenn man zurück-

kommt, ist es zu wenig für die Rückreise, falls man noch ein par Tage wo anders bleiben will.

Tausend Dank, tausend Grüsse.

Ihr

G B

Nr. 504 19 VIII 50.

Lieber Herr Oelze, bitte stellen Sie mir noch einen Augenblick Ihrer – kapitalistisch gesehn – sicher unbezahlbaren Zeit zur Verfügung und sehn Sie sich doch diese Sache aus London an. Ich glaube, wir fügen nichts hinzu, es ist ja für die Leute gleichgiltig, ob ich ein Buch mehr oder weniger geschrieben habe und mir ist es auch ganz gleich. Ist es eigentlich eine grosse Auszeichnung, in diesem Who's who zu stehn oder kommt da Kreti und Pleti rein und jeder, der es bezahlt?

Dank und Gruss und bitte Nachricht,
wann Sie reisen.

Ihr

Benn

Nr. 505 22 VIII 50.

Lieber Herr Oelze, Ihr Gedanke und Vorschlag, Herrn Bense um eine Einleitung zu dem Prosaband zu bitten, hat eine glänzende Erfüllung gefunden. Gestern bekam ich die Korrectur davon und las sie mit grösstem Interesse u. Bewunderung. Der Mann weiss über erstaunlich viel Bescheid. Mir sehr angenehm ist, dass die Ausführungen so unpersönlich hinsichtlich meines Namens sind, dafür so sachlich u. zusammenhangsreich. Ich würde nur noch einen Gesichtspunkt einfügen, – den Satz aus dem Nietzscheaufsatz: „sein

Inneres mit Worten zu zerreissen" –; das scheint mir immer mehr eines der Hauptsymptome des heutigen Künstler- bezw. Literatentyps zu sein, sein elementarer Drang, sein Trieb. Aber das sage ich ja in dem Aufsatz, vielleicht genügt das, andere darauf aufmerksam zu machen. Ich muss Ihnen von Neuem sehr dankbar sein, dass Sie auf diese Idee gekommen sind u sie in die Wege der Realisation leiteten. Hoffentlich honoriert Herr N. diesen Aufsatz gebührend, so dass Bense sich auch daran freut.

Von Jünger bekam ich einen Aufsatz „Über die Linie" aus einer Heidegger-Festschrift (Verlag Klostermann, Frankf. a M), der mir recht gut erscheint, eine seiner besten Arbeiten. Ich bin doch verblüfft, wie sehr sich seine u. meine Gedankengänge z.T. berühren, thematisch, natürlich kommen wir beide zu verschiedenen Resultaten u. Perspectiven. Der Aufsatz ist auch nicht mehr so christlich – da Sie – Gestaltung, Umgestaltung – ja neuerdings für die Gebrüder J. etwas übrig haben, sende ich Ihnen, falls es Sie interessiert, die Arbeit. Aus Freiburg bekam ich die Nachricht, dass Heidegger in seinem ersten Kolleg, das er wieder vor Studenten hielt, 4 Gedichte von mir vorgelesen hat, z B. „Dennoch die Schwerter halten", „In Memoriam Höhe 317", „Gedichte", „Ach das Erhabene" u. ein 5., das der Schreiber nicht mehr weiss. „Das von ihm Gemeinte glaubte er in diesen Gedichten festgehalten zu sehen", schreibt der Briefverfasser an mich.

Wie geht es bei Ihnen? Steht Ihr Reisetermin fest? Ich habe meinen Auslandspass immer noch nicht. Vielleicht bekomme ich ihn garnicht, da ich beim Finanzamt Schulden habe, keine grossen, aber im Augenblick will ich sie nicht zahlen. Es ist ja wieder eine grosse universale Pleite hier, selbst N.WDR. zahlt nicht trotz Ankündigung u. allerlei Redensarten, von Patienten ganz zu schweigen.

Tausend Grüsse. Dank. Ihr

Benn

Eben kommt Ihr Brief vom 20 VIII
Die Vorbemerkungen zu der H. Mann-Rede sollen ja fortfallen, ich schrieb Ihnen das wohl schon, sind ja dumm.
Die Bensevorrede haben Sie offenbar noch nicht erhalten, hoffentlich sendet sie Frl. Schlüter (Limes) sofort an Sie
Eben kommt eine offizielle Einladung der Universität Marburg, unterschrieben vom Rector, in einem Kurs internationaler Art Sommer 1951 einen Vortrag über Lyrik zu halten. Ich steige auf!
„Weltwoche" las ich noch nicht
Der Zug von Hamburg nach Kopenhagen kann doch wohl kaum über Bremen gehn? Hamburg – Kiel – Flensburg denke ich? Vielleicht sehe ich mir *Schleswig* an in memoriam Hörselberg.

Gruss

Be

Nr. 506 ⟨25. 8. 1950⟩

Die „freie Universität Berlin" ist der Sammelpunkt des letzten Abschaums fäuliger bürgerlicher Intelligenz, die sonstwo nicht weiterkommt u. hier mit offenen Armen aufgenommen wird – Herr Redslob an der Spitze.

Be

(C.D.U Zeitung).

Nr. 507 29. 8 50

Lieber Herr Oelze, Dank für zwei Briefe! Die Sendung im N.W.D.R. habe ich mir nicht angehört, ich drehte an, vernahm die Ansage, dass noch weitere recht fragwürdige Personen zu Worte kommen würden und drehte wieder ab.

Am nächsten Tag war der hiesige Herr vom N.W.D.R bei mir und entschuldigte sich über die missglückte und unwürdige Sendung, an der er unschuldig sei und die in Hamburg gestartet worden war. Er war empört über das Ganze. Er will erwirken, dass meine Rede noch einmal zu besserer Stunde allein gesendet wird. Aber das wird ihm wohl nicht gelingen und mir ist es gleich. Nach den Presseerzeugnissen, die ich Ihnen heute sandte, besteht offenbar gar keine Neigung, dem Phänomen N. freundlich gegenüberzustehn. Aber es ist ja sehr nett von Ihnen und mehr, dass Sie dahin geschrieben haben, aber diese dickfelligen Radiobonzen mit ihren horrenden Gehältern werden sich sicher nicht viel daraus machen. Nun ich habe mein Geld und kann reisen, alles andere – je m'en fiche.
Erscheinen tut der Aufsatz in der Zeitschrift *Lot* im September, von der vor 2 oder 3 Jahren drei Hefte erschienen – eine der besten Publikationen der Nachkriegszeit, dann ging ihnen das Geld aus, aber jetzt haben die Amis wieder was dafür gegeben, da die Herausgeber alles junge Amis sind (bezw. jene internationalen Literaten bestimmter Charakterisierung, vous comprenez) Herr Bosquet, Herr Roditi ua.. die mich seit Langem umwerben, auch angeblich übersetzen und denen ich eine Revanche schuldig war. Ebenso dem Verlag: Karl H. Henssel, der 1946 jene drei Exemplare der Statischen Gedichte zu meinem 60 Geburtstag herausgab, als es noch verboten war.
Lieber hätte ich es natürlich im Merkur herausgebracht, aber Paeschke ist ja im Disponieren immer etwas gehandicapt und lässt die Sachen lange liegen – nun, nachdem ich ihm eine Fahne des Aufsatzes geschickt habe, ist er untröstlich, dass es ihm entgangen ist.
Anbei der gute Aufsatz von Jünger, dem ich meine Anerkennung sehr freundschaftlich ausgesprochen habe. Mir scheint es eine seiner besten Sachen aus den letzten Jahren zu sein.

Und nun die Reise! Endlich habe ich Auslandspass u.sw. zusammen und werde Freitag oder Sonnabend fahren. Lange bleibe ich nicht in Kopenhagen, vielleicht halte ich mich noch ein par Tage an der Küste auf, Glücksburg soll so hübsch sein.
Und Sie? Vielleicht rufe ich Sie am Donnerstag Abend an oder Mittwoch.
Eine weitere Einladung habe ich nach Basel von der Studentenschaft für einen Vortrag im Winter, sie wollen mich ehren und feiern. Aber da fahre ich bestimmt nicht hin. Marburg ist eine Schwäche von mir, da ich dort als 17jähriger zu studieren begann, und ich habe dem Rector zugeschrieben – nun das ist noch ein Jahr bis dahin.
Wenn Sie auf Ihrer Reise etwas ganz Interessantes lesen wollen, kaufen Sie sich für 1,50M den Rowohlt-Roman von Graham Greene: Brighton Rock, zu deutsch: am Abgrund des Lebens – der Verfasser vom Dritten Mann, aber das Ding ist nicht ohne.
Las die spanische Trilogie von Rilke, die mir unbekannt war – schwierig, aber gut, das Mittelstück scheint mir das Beste.

Tausend Grüsse u Dank

Ihr

G B

29 VIII 50.
Schlechte Presse hat der arme Herr N! Der Tagesspiegel brachte das Bild von ihm als Artillerist in *Uniform mit gezücktem Säbel.*
Oh Deutschland, denk ich Dein zur Nacht . . .
Wann reisen Sie?

Ihr Be

Nr. 508 Hamburg 1. IX 50.

Lieber Herr Oelze, ich habe Sie gestern Abend nicht mehr anrufen können, zuviel Scherereien noch zum Schluss.
Verbringe den heutigen Tag von 11h bis nachts 3 Uhr hier, in dieser geräuschvollen Stadt, aber Städte mit Wasser sind doch schöner als Städte nur mit Steinen u. Staub, einschliesslich Berlin. Fuhr wie ein Provinziale mit einem Alsterschiffchen u. sah mich an Wasser satt. Fand mit grosser Mühe – da hier Messe – ein Zimmer zum Ruhen im Hotel „Der Kronprinz“, dicht am Bahnhof. Den Tagen in Kopenhagen sehe ich mit Grausen entgegen, aber ich muss „Alimente“ zahlen, sage ich mir.
Der Zonenübergang heute vormittag war hinsichtlich Finanzen nicht ohne Gefahren, plötzlich durften nur *M.50.* mitgenommen werden, der Rest wurde abgenommen!* Aber durch Kaltblütigkeit u Glück rettete ich meine bescheidenen Existenzmittel. Ein doller Zustand! –
Wie lange ich in K. bleibe, weiss ich noch nicht. Und Sie? Sind Sie schon fort?
* Selbst im „Fliegenden Hamburger“, der als besonders privilegiert und international gilt!

Tausend Grüsse!

Ihr G B

Nr. 509 9. IX 50.

Hornbaek (am Kattegat, 20 km. n.w von Helsingoer).

Lieber Herr Oelze, nach treuer Pflichterfüllung eine Woche lang in Familienidyll (meine Tochter ist bezaubernd, die Zwillinge Engel, mein Schwiegersohn gut u. liebenswürdig, – die dazugehörige, mir bisher unbekannte Familie [Eltern geschieden, also doppelte Feiern nötig] äusserst nett u. gebildet und alle deutsch redend – es ging hoch her mit Hummern, gross wie ein Huhn, und Aquavit u. zum Schluss alter Sherry aus einer Karaffe, die beim Einschenken ein Lied spielt) – kurz: nach einer solchen Woche, in der ich nichts zu tun hatte, als um meiner Tochter willen einen guten Eindruck zu machen, spendierte sie mir einige Tage ganz allein an der See, mit einem Zimmer mit Blick aufs Meer u. einem eigenen Duschraum nebenan, zur Belohnung, weil mich ihre Verwandten „reizend" fanden. Da sitze ich nun in einem erstklassigen Hotel, schon leer, nur einige englische Familien lärmen so, dass ich sie eher für Amerikaner halte, brauche kein Wort zu sprechen, alles geht am Schnürchen, es ist zwar Herbst, aber das *Meer* ist schön wie je, vor 16 Jahren war ich das letzte Mal in Kopenhagen u. sah es das letzte Mal, nun be- u. verzaubert es mich von Neuem u. macht mir klar, wie verstockt und ranzig man in dem belagerten Berlin lebt, wo ja schon der Wannsee am anderen Ufer russisch ist.

Es war für mich eine Überraschung, in diesem Milieu eines Tages am Morgen 2 blaue Briefe zu bekommen, die doch ausschliesslich nach Berlin zentriert sind – haben Sie tausend Dank. Ihre Bemerkungen betr. Hamburg sind äusserst liebenswürdig, aber abwegig, es stünde mir wohl schlecht an, Sie zu einem Besuch nach Hamburg zu veranlassen, Sie wissen, ich bin abgespannt an solchen Tagen u war froh, ein Bett zu finden, um mich auszuruhn, denn die Nacht durch musste ich ja weiter fahren. Leider schreiben Sie Ihre nähere Adresse in Bühlerhöhe nicht u. ich muss den Brief nach Br-O. richten, wo er ja wohl nachgesandt wird. Post aus Berlin lasse ich nicht nachsenden, aber ich sprach telefonisch mit meiner Frau, sie sagte, dass auch dort von Ihnen etwas sei. Nun gut, dann ist mein Empfang dort freundlich u. interessant.

Was Sie über E. Jünger schreiben, trifft den Nagel auf den Kopf – wie immer.

Nun machen Sie schön Kur, erholen Sie sich bei Massage u. Flirt u. Spaziergehn! Kommen Sie gesund zurück. Haben Sie an Bense geschrieben u ihm Ihren Beifall über seine Vorrede ausgesprochen?

Tausend Grüsse.

Ihr

Benn

Ich reise in den nächsten Tagen ab, bin Ende der Woche wieder in Bozenerstreet.

Nr. 510 11 IX 50 Hornbäk.

Lieber Herr Oelze, diese Tage allein hier machen mich nachdenklich über mein persönliches Leben; mein privates. Ob es menschlich richtig war, meine Tochter von ihrem 7. Lebensjahr an in einem fremden Land u. bei ganz andersartigen Leuten aufwachsen zu lassen, sie 2-3 Mal im Jahr zu besuchen, solange das ging, dann alle 5-6 Jahr, auch länger, sie einige Tage zu sehn und im Übrigen mich garnicht um sie zu kümmern. Meiner Frage, wie sie heute darüber dächte, sie ist jetzt 35 Jahre, u. ob sie in Deutschland nicht doch wahrscheinlich in den allgemeinen Strudel geraten wäre (H.J., Frauenschaft u.sw.), wich sie aus. Jetzt, wo sie Kinder hat, die sie glühend liebt, wird sie mich sicher völlig unbegreiflich finden. – Dann die Frauen! Sie traten ein in mein Leben, in eine bestimmte Periode meines Lebens, und dann schieden sie wieder aus. Die jetzige kennt nun 4 Jahre dieses Lebens, mehr nicht, weiss von Früher nichts. Die diversen Freundinnen sind weit verstreut, einige sehr anhänglich u. überraschend lieb, schreiben nette Briefe aus New York, Paris, London, Montecarlo – „die Dänin“ ist tot, viele sind tot. Es giebt keine Kontinuität menschlicher Art in meinem

Dasein – ausser den blauen Briefen von Herrn Oe seit 18 Jahren. Meine erste Frau starb 1922 an einer Gallenblasenoperation in Jena, ausgeführt von dem berühmten Prof. Magnus, erstklassiger Chirurg. Dann war ich garçon bis 1938, die 2. Frau starb 1945, 2. VII. An kein Grab kann ich: meine Eltern im polnischen Revier, die beiden Frauen im russischen. Der Vater meiner 2. Frau fiel 1914 in Charleroi, ihre Mutter starb in Hannover, ihr Grab ist von amerikanischen Bomben zerfetzt, besteht nicht mehr. Die Heimat meiner Mutter in Yverdon hat keiner von uns je gesehn. Nun sitzt man hier an einem fremden Meer, nachts Leuchtfeuer von 3 Ufern, u bedenkt das Alles. Eigentlich ist mein privates Leben völlig undurchsichtig, eine Kontinuität aus Lücken und Verlusten, keiner könnte von mir etwas erzählen, einen Zusammenhang erblicken und schildern. Eine seltsame Parallelität zu meinem sogenannten Oeuvre, das ja auch nur aus Auf- u. Niederbrüchen besteht u. keine Linie hat, die man ablesen kann. Dies alles ist mir hier nahegetreten aus Anlass des Wiedersehns mit meiner Tochter, die zu mir eine grosse Liebe, aber auch eine, wie ich sehe, äusserst klare Erkenntniseinstellung hat, eine kalte, von Wehmut verschleiert. Ich habe ihr ja in der Tat nichts gegeben u. kann ihr nichts hinterlassen u. jetzt leiht sie mir noch dänische Kronen für Sonne u Meer. –
Nun genug des Privaten.
Ich besuchte in Koph. meine Verlegerin, die die 3 AM für 200. Kronen erworben hat. 3 Übersetzer haben sie zurückgegeben, da sie das nicht übersetzen können, jetzt ist es beim 4. Wenn Sie Dänemark kennen würden in seiner Wohlhabenheit, Gepflegtheit, Bürgerlichkeit, Materialität u. nationalem Grössenwahn, würden Sie die Wahl dieser Verlegerin doppelt nicht begreifen. Und nun diese Dame selbst: eine der distinguiertesten, vornehmsten alten Damen, die mir je begegnet ist. Elegant, sehr gut gekleidet, von vollendeter Haltung, zurückhaltend. Etwa 60 Jahre. Inhaberin,

als Witwe, einer hier sehr angesehenen Druckerei, (also ähnlich Niedermayer) u hat bisher nur ein einziges Buch als Verlag herausgebracht. Ich schlug ihr vor, in Anbetracht der grossen Übersetzungsschwierigkeiten einen Essayband zu bringen, den ich ihr zusammenstellen wolle – aber nein: gerade diese 3 AM. will sie herausbringen. Unbegreiflich! Ich vermute, sie ist Jüdin, aber, wie gesagt: erster Rang (über Frauen täusche ich mich selten). Unsere Unterhaltung war kurz, sachlich, überaus höflich. (Wie ich überhaupt bei diesen vielen Besuchen in Kph. *nur* höflich bin u. konventionell, sodass meine Tochter zu mir sagte: ich fange an, Dich für einen reinen Charlatan zu halten, ich glaube Dir kein Wort mehr, Du redest ja nur, was der Betreffende, mit dem Du gerade sprichst, hören will. In der Tat, sie hat Recht, u ich antwortete: ein Deutscher in einem fremden Land *kann* nichts anderes sein, wenn er seiner Tochter nützen will).
Eine Episode wirkt hier sehr nach: vor etwa 4 Wochen fuhr ein Industrieller aus Düren, der mit 2 Riesenprivatautos reiste, im 1. er, im 2. seine Frau, in Roskilde 3 dänische Kinder tot. Nun sagen sie: nun, es scheint ja bei Ihnen schon wieder recht gut zu stehn, wenn man mit 2 grossen Wagen ins Ausland reisen kann! –
Meine Tochter fährt einen kleinen Austin u. holt mich morgen ab. Alles in Allem werde ich froh sein, wenn ich wieder in Berlin bin, so trostlos es dort ist. Ein Land, dessen Sprache man nicht kann – u. ich kann *gar kein* Dänisch – ist doch sehr belastend u. irritierend. Die Sprache ist eine Art 6. Sinn, ohne den man sich als Krüppel fühlt.
Genug. Ich bin gespannt, von Ihnen ebenso ausführlich aus Bühlerhöhe zu hören.

Dank.

Ihr

Benn

Nr. 511 18 IX 50.

Lieber Herr Oelze, vielen Dank für den Brief aus Bühlerhöhe! War mir eine grosse Freude. Ich bin sicher, dass die Aerzte nichts Schlimmes bei Ihnen finden werden u. dass Sie, fern den Geschäften im Domshof, sich erholen werden. Bei meiner Rückreise sah ich *Schleswig* bei Morgenlicht u gedachte Ihrer. Diese unheimliche Brücke bei Rendsburg, auf die man zufährt u die völlig im Imaginären zu schweben scheint – und dann muss man darüber!
Herr N. rief gestern an, schien mir etwas froissiert, hat er vielleicht die ganze G.B Tour satt? Er sendet Ihnen in dieser Woche die Umbruch-Korrectur des neuen Buches, – werden Sie Zeit finden, sie zu lesen? Schreiben Sie ihm doch bitte wieder einmal. Er sprach von „Herrn Oelzes Sender" (der Bremer), der von Brentano eine lyrische Sache von Umfang gebracht hatte.
Alles Gute – 800 m über dem Meer. Immer

Ihr
G Be

Nr. 512 27 IX 50

Lieber Herr Oelze,
neben Ihren Zeilen hat mich der Prospect von Bühlerhöhe intensiv interessiert. Sowas lese ich gar zu gerne. Mir gefallen am Besten die Sätze: „Es fehlt nicht an Sturmübergängen, bei denen die Häuser *jede Geborgenheit entfalten u sichern*", ferner: „ein Bezirk ganz für sich mit alles durchdringender *Berufung*" –: das ganze Panorama der gesellschaftlichen Welt ist in solchen Sätzen enthalten u man kann ihnen stundenlang nachsinnen. Ich *schmecke* sie förmlich auf der Zunge mit Lüsternheit u mit Degoût. Das *Gepflegte*

– wie stilvoll, aber wie es im Grunde stinkt! Auch Ihre sonstigen Schilderungen der haute Société sind anregend. Ja, es ist immer wieder sehr erregend zu sehn, wie das *Gespräch* ein tiefes Verlangen des modernen Ich ist, sich im Gespräch gross zu machen, abzuheben, zu wirken, – eine primäre Emanation des abendländischen Bewusstseins, – des mittleren allerdings.
Und nun Ihre Untersuchungen? Was ergab sich in Baden-Baden bei der Kontrolle der Passagen von Wismuthbrei u. allem Übrigen? Blieb es bei der Diagnose: spastische Obstipation oder drückte man es noch subtiler aus? *U.Aw.g.*
Wie lange bleiben Sie noch? Dass ich Baden-Baden nicht kennen gelernt habe, ist ein altes Leidwesen von mir, – Baden-Baden u Budapest (in der alten ungarischen Zeit), das hätte ich gerne noch gesehn u in mich aufgenommen.
Inzwischen werden Sie die Korrectur von der frühen Prosa bekommen haben. Bitte haben Sie die Güte, es zu studieren. Wenn ich ein Motto einsetzen würde, wären es die Verse von Platen: „Wer in der Brust ein wachsendes Verlangen / nach schönen Augen fühlt u schönen Haaren / den mahn' ich ab –". Ein junger Mann in Bonn, stud. der Germanistik, macht gerade eine Doctorarbeit über mich u schreibt mir öfter, anscheinend kein dummer Mann.

Viele Grüsse u Dank von

Ihrem

G B

Nr. 513 29 IX 50.

Lieber Herr Oelze,
schnell ein par Worte zu Ihrer Karte vom 27 IX. Aufrichtigen Dank, dass Sie sich mit den Korrecturen beschäftigt haben. Den einen Punkt Ihrer Kritik habe ich schon korri-

giert: die Jahreszahl muss bei *allen* Stücken stehn. Das Fehlen von Zwischenblättern zwischen Bense u mir (u auch zwischen Prosa und „Reden") ärgerte mich auch, aber Blätter kosten *Geld* u. je nach dem, ob gerade ein Bogen (32 Seiten) genügt oder nicht, wird von den Verlegern verfahren. Immerhin ist Ihre Monition in dieser Richtung mir sehr angenehm. Falls kein neuer ganzer Bogen dafür erforderlich wird, wird Herr N. es wohl tun. Auch das Inhaltsverzeichnis als Ganzes hätte ich gern gesehn.
Wie geht es gesundheitlich? Wie lange bleiben Sie noch? Wo ist Ihre Frau? Schon in Ascona?

Tausend Grüsse.

Ihr

Be

Nr. 514 ⟨4. 10. 1950⟩

Herr Paeschke schreibt von einem *herrlichen* Gespräch mit Herrn Oelze – kein Wunder nach der Restauration in Bühlerhöhe. Freut mich, dass Sie bei ihm waren
Heimkehrende soll man mit einem Scherz begrüssen – voilà! Und wie lange sind Sie noch allein ohne Gattin? Waren Sie in Heidelberg?

Nr. 515 10 X 50.

Lieber Herr Oelze, vielen Dank für Ihren Brief vom 8 X, gestempelt am 9. X. 8h., Eingangsstempel in Berlin: 9. X 50 – 22h, also an einem Tag gekommen. Ich bedaure, dass Sie nichts über Ihre Gesundheit schreiben, ob Sie nun Ihren unpässlichen Blinddarm weitertragen wollen (was ich täte) oder ob Sie doch noch an Operation denken (was ich nicht täte). Haben Sie nun Vorschriften für das weitere Leben bekommen, Diätetik, Psychosomatik, Training usw ? Werden Sie nun etwas freier leben, essen u. trinken können? Wie lange sind Sie noch allein? Wer kocht für Sie? Essen Sie im Ratskeller Ihren Lunch? –

Was Sie über Paeschke schreiben, ist traurig. Er machte mir einen angenehmen Eindruck. Aber sein „Merkur" ist doch auch schon ein wenig im Abgleiten, wohl zwangsläufig, zuviel deutsche Stimmung u. Inhaltsschwere. – Was Sie über „Brighton Rock" schreiben, wundert mich. Ich las es mit grossem Interesse; die Kombination von Kriminalität mit Asexualität bezw. Hass gegen Sexualität fand ich einen genialen Einfall. Ich finde das Buch recht gut. (Sollten Ihre antibritischen Komplexe in Ihrem Urteil mitsprechen?) Das „Erledigthalten" von Völkern hat uns schon öfter zu Revisionen unserer Meinungen geführt. Ich glaube, dass *politisch* England den Amerikanern immer noch über ist, kann sich aber wohl nicht mehr durchsetzen. Dabei fällt mir ein: Ein Londoner Bekannter schickte mir einen längeren Aufsatz über mich aus The Times, Literary Supplement, vom 6 X. 50. Kann ihn leider nicht lesen, soll aber ganz gut sein. Vielleicht darf ich ihn Ihnen senden?

In der Industrieausstellung war ich leider noch nicht, da die Überfüllung mich abhält. Soll aber sehenswert sein. Sie finden anerkennende Worte über Berlin . . ., ich bedanke mich dafür!

Zu der Dänischen Familie meines Schwiegersohns gehören Cauxanhänger, die zu jeder Tagung hinreisen. (Reiche Leute). Sind jetzt da u sandten mir ein dickes Programm- u Propagandaheft darüber. Dolle Sache! Einer Betrachtung wert, aber niemand würde diese Betrachtung drucken. Stabschefs, Luftwaffenkommandeure, Ministerpräsidenten, Gewerkschaftler – alles telegrafiert u. macht mit, alles rüstet moralisch auf. Wunderbares Hotel, 1074 m über dem Meer,

Seen u. Eishügel – ein modernes Lourdes –: „wo wir Menschen zu einem neuen Leben helfen durch das Horchen zu Gott", schreiben die Dänen dazu. – Und wie war der Bremer Philosophenkongress? Immer klarer wird mir eins: die Philosophen u. die Biologen, die Geisteswissenschaftler u. die Physiker: sie alle möchten eigentlich Dichter sein, irgendetwas in ihnen ist nahe dran, das zu erfassen, zu erkennen, es zuzugeben u. alles Sonstige in ihnen als Notbehelf u. Surrogat zu empfinden. (Nachtrag zu Caux: reichlich kommunistisch scheint mir die Sache auch zu sein, im Sinne jener bequemen, schurkischen Auffassung des Westens dem Kommunismus gegenüber). Tausend Grüsse! Anbei „Lot". Auch eine hebräische Kritik aus Tel Aviv über G. B. steht zu Ihrer Verfügung, im Original wie übersetzt.

Ihr

Be.

Nr. 516 28 X 50.

Lieber Herr Oelze. Dank für die letzten beiden Briefe. Der erste war missmutig, hoffentlich haben Sie keinen Ärger ernsterer Art.

In vielen Punkten, die Sie in den Briefen erwähnen, bin ich ganz gegenteiliger Ansicht von Ihnen.

1) ich halte nicht dafür, dass das Bonmot aus dem Jahr 1939 des Engländers heute noch gilt. Berlin verhält sich seit einiger Zeit ganz anders.

2) ich halte Korea für einen grossen Glückszufall für Europa. Die *ganze* Asienpolitik der Westmächte ist ja davon durchdrungen, dass Asien verloren ist. Da kommt es auf die Ressentiments betreffend 300 000 Korealeichen nicht mehr an. Asien wird erst wieder ein Positivum, wenn Russland besiegt ist u es wird besiegt werden, u dann öffnet sich Asien wieder dem Im- u Export der USA trotz Korea.

3) Korea ist auch *strategisch* ein Wunder an Glück. Die ganze amerikan. Strategie stellt sich um (auf Luftwaffe grössten Stils, Vermeidung von Landplänkeleien) auf totale Vernichtung Russlands.

4) Ich halte nichts von Ihrer Theorie, dass wir nur am Osten gesunden können, sei es wirtschaftlich, sei es gesellschaftlich, sei es metaphysisch, wenn ich kürzlich von dem *schuftigen* Verhalten des Westens schrieb, meinte ich zwar keineswegs Sie persönlich, [Ihre Stellung zum Osten bezw. Kommunismus würde ich vielleicht als artistisch bezeichnen, von Letalfaktoren durchsetzt, vielleicht es in die Nähe dessen rücken, was man von 1918-1933 Salonbolschewismus nannte (einerseits Bühlerhöhe, andererseits Mongolen)], aber meine Meinung ist, dass nur die prosowjetistisch sein können, die nie aus der Nähe das kommunistische Air zu betrachten Gelegenheit hatten. Diese können noch träumen und hoffen, andere nicht.

Es geht weiter:

4) Eine Märtyrerkrone würde ich an Herrn Paeschke nicht sehn. Ein reizender Mensch u. der Merkur eine rühmenswerte Zeitschrift –, aber mit 700 M. brutto am Ersten, wenn man damit seine innerste Passion u. geistige Leidenschaft befriedigen darf, würde ich den Empfänger nicht als Märtyrer bezeichnen. Herr Oelze, werden Sie zum Spass einmal romantisch?

Sie können in allen 4 Punkten Ihrer Meinung bleiben, aber was ich meine, ist: Europa ist alt u krank, aber es ist *unser* Alter und *unsere* Krankheit, u. darüber schweben immer noch reizvolle u. verführerische Träume, die Bilder an den Wänden in Zürich, wie Sie schrieben, sind herrlich – und die Frauen kleiden sich nett. Genug für die uns verbleibenden Monde u in Anbetracht der Gebrechlichkeit der Welt.

Tausend Grüsse. Immer Ihr

Benn

Lieber Herr Oelze, sehr vielen Dank für schnelle Rücksendung von Zeitungen! Dank für Übersetzung. Sehr gütig, hatte aber schon hier mir Übertragung vorlesen lassen. Jetzt ist noch „Dagens Nyheter“ aus Stockholm dazugekommen, die deutschfeindlichste Zeitung Schwedens, wie mein Zusender schreibt, daher der Ton des Aufsatzes etwas gedämpft, aber nicht schlecht. Übersetzung liegt bei Niedermayer. Den „Rheinischen Merkur“, von dem Sie schrieben, habe ich noch nicht zu Gesicht bekommen, aber Niedermayer wird ihn schicken. Eine Holländische Zeitschrift „Litterair Paspoort“ vom VIII/IX 50 brachte langen Aufsatz, deutschen, von dem schon einmal über mich sich äussernden Herrn Bächler, sehr gut. Wenn Sie wünschen, sende ich. –

Hinsichtlich Merkur Nr 32 kann ich mich nicht äussern, da ich keinen Merkur mehr geschickt bekomme, ich war ja nicht Abonnent, sondern Wohlfahrtsempfänger u. offenbar sind sehr viele gestrichen worden von den Freiexemplaren (womöglich ohne Wissen von Herrn Paeschke). Nicht sehr höflich gegen mich in Anbetracht meiner schönen Notiz am Schluss von „Doppelleben“. Aber kaufen tue ich ihn mir nicht.

Von E. R. Curtius erhielt ich ein neues Buch: „Kritische Essays zur europäischen Literatur“ (A. Francke Verlag, Bern), ein wahrhaft interessantes Buch, er ist doch ein bedeutender Kopf. Dann studiere ich Auden: „Zeitalter der Angst“, das Niedermayer bringen will, mit Vorwort von mir (vielleicht).

Nein, ein Haus in Antibes würde ich mir nicht kaufen, überhaupt kein Haus. Es ist zu spät, mich äusserlich und innerlich zu wandeln. Die Praxis würde ich aufgeben mit ihren Erniedrigungen, Kassenscheinen, Jeder kann in die Wohnung kommen u mich in Anspruch nehmen, Zahlungsbefehle über

30 u 50 M an lümmelhafte Patienten usw. Das wäre alles, was man zu diesem Witz sagen könnte.
Allerseelen, Nebel, u. ich bin apathisch und ruhelos, keine angenehme Kombination.

Ihr

Benn

Nr. 518 8 XI 50

Lieber Herr Oelze,
vielen Dank für Schreiben vom 6 XI. Natürlich ist das Politische alles zum Kotzen u nur danach zu beurteilen, ob es einem persönlich auf den Leib zu rücken droht u einem die Ressourcen zu beschneiden. Sehr guter Satz von Ihnen, dass unsere Begierden unsere Axiome bestimmen. Wissen Sie, wo ich das auch gerade las? In dem Buch von Curtius, über Ortega, u. er stammt wohl von Nietzsche: „jeder Trieb hat seine Perspectiven".
Zu *Merkur:* ich bekam Nr 33. Der Ausfall von 32 ist also wohl postalisches Malheur gewesen.
Zu *Auden:* er gefällt mir von Neuem, aber ob ich eine Einleitung dazu mache, bin ich nicht sicher.
Die Berliner *Freiheitsglocke*, nach der Sie fragten: Sie bimmelt jeden Mittag 2 Minuten, wozu u. für wen sie bimmelt, weiss wohl niemand. Kümmert auch niemanden, zZ. macht alles in Wahlkampf für den 3 XII.
Neulich war jemand aus Bonn hier u sagte: die ideale Regierung wäre: Der Bremer Bürgermeister K., unser Herr Reuter u. Carlo Schmid . . . . Wer weiss . .
Anbei die Schwedische Studie in Übersetzung.
Das holländische folgt.
Ein Herr aus Hannover, mit dem Briefkopf: „*Ratsherr der Hauptstadt Hannover*" spricht mir seine Anerkennung über „Doppelleben" aus.

Sie wollen nach Berlin kommen? Sehr gut! Meine Frau bemerkt dazu, es käme ihr *sehr* lange vor, dass Sie nicht hier waren.
Ja, Goethe über alles und immer! Lasen Sie einmal seine Anordnungen als Theaterdirector in Weimar, wie viel Taler Strafe Zuspätkommen kostet u dass man die Hand auf die Brust nicht mit allen Fingern legt, sondern mit Daumen u 4. Finger, die übrigen abgespreizt, u wenn man auf einem Stuhl sitzt u ihn vorwärts rücken will, darf man nicht mit der Hand zwischen die Schenkel fassen u ihn vorwärts ziehn. Ich habe hier unter den Büchern meiner Frau eins gefunden: „Weimarische Dramaturgie", da steht das Alles drin.
Möge sich Ihre Stimmung bessern! Viele Grüsse

Ihr

Benn

Den Aufsatz im „Rheinischen Merkur" finde ich ausgezeichnet.

Nr. 519 13 XI 50.

Lieber Herr Oelze, Herr N. sendet mir das beifolgende Heft aus Österreich, in dem ein langer und, wie mir scheint, sehr schöner Aufsatz über mich steht. Falls Sie einen Blick hineinwerfen wollen, würde ich mich freuen. Um Rückgabe wird gebeten.
Heute erhielt ich das 1. Exemplar der „Frühen Prosa". Äusserlich sehr gut wirkend. Ich nehme an, dass Sie es auch erhielten. Ich sende Ihnen aber noch ein Exemplar persönlich als Dank für Ihre besondere Teilnahme an dem oeuvre.
Wenn es Sie interessiert, sende ich Ihnen den Curtius, bestellen Sie ihn in der Schweiz.
Es wäre schön, wenn Sie bald wieder nach Berlin kämen, der

Kurfürstendamm hat neue Lichtreklamen u. Leuchtfeuer u. sieht abends wirklich hübsch aus.

Tausend Grüsse.

Ihr Benn

Bekamen Sie von Herrn N. seinen neuen aparten Verlagsprospect? Aus Anlass seines 5jährigen Bestehens.

Nr. 520 15 XI 50.

Lieber Herr Oelze, Dank für Brief vom 14 XI. mit Beilagen. Stroomann-Brief anbei dankend zurück. – Gratuliere zu Ihrer vornehmen Nachbarschaft mit Juwelen u Kronen! – Entschuldige mich wegen Veruntreuung, zeitlicher, Ihrer N.-bücher. Sie sind alle 3 unbeschädigt vorhanden u. gehn an Sie ab. Bedanke mich hiermit sehr für (Niessnutz.-) Nutzniessung muss es wohl heissen. –
Warum soll der „Phänotyp" nicht dabei sein? Da doch, wie ich annehme, das *Buch* „Der Ptolemäer" angenommen ist u der Phänotyp darin ist, wird er doch wohl auch übersetzt werden, wenn es dazu kommt.
Anbei der Stroomann-Brief zurück. Ich wollte schon längst einmal bitten, dass Sie mir den Str. schildern, innerlich u. äusserlich. Ist was an ihm dran oder ist er nur ein raffiniert psychosomatischer Voyeur?
Neulich hörte ich im Rias, Stimme Amerikas, Ihren Freund Vietta, der offenbar auch drüben ist oder war; er sprach über den Architecten Gropius; seine Stimme war nicht eindrucksvoll, was er sagte, nicht bedeutend.
Ihnen steht bevor, von mir gebeten zu werden, das Manuscript des jungen Doctoranden aus Bonn zu lesen, das die Grundlage seiner Dissertation über mich bilden wird: „Studien zu G. Bs Sprachstil", nicht uninteressant, zu meiner

Zeit gab es eine so sublime Wort- u. Satz- u. Sprachanalyse in der Literaturwissenschaft noch nicht. Hier werden die Diphthonge gezählt u. alles geröntgt u. durchleuchtet. Für den Autor, rückblickend, recht aufschlussreich. Es werden 2 Textstellen behandelt: eine aus dem „Geburtstag“, eine aus „Saison“. (Der Student hat mit Curtius nichts zu tun, er promoviert bei dem *Germanisten.*) Ich werde mir erlauben, es Ihnen zu senden – Bei Ihnen häufen sich die ungelesenen Bücher, bei mir die unbeantworteten Briefe, wenn ich nämlich einen Brief nicht sofort beantworte, beantworte ich ihn meistens nie.

Sie Glücklicher, der Sie nichts trinken, ich habe abends meistens Durst u. Unruhe u. gehe in eine Kneipe, da distanziert sich das Leben von mir u. wirft sich als Figuren an die Wände; ein Beruf, den man in seiner Wohnung verrichtet, ist kein guter Beruf, man muss abends müde nach Hause kommen u zu Hause bleiben. Das ist für die Frau angenehmer u. für den Mann billiger.

Viele Grüsse. Ihr

G. B.

Dem Abend vom 6 XII sehe ich natürlich mit einiger Besorgnis entgegen, da ich nicht weiss, ob es Sinn hat, mich der Öffentlichkeit vorzuführen. Sie müssen es wissen, aber sich selbst mit diesem Pech zu besudeln – das täte ich nimmer, Herr Oelze. Bitte teilen Sie mir freundlicherweise einmal die Adresse von Herrn Westphal mit.

In Bischof Lilje's „Sonntagsblatt“ ein langer Aufsatz: „Von Mutter Wolfen zum Weinhaus Wolf“ – langweilig.

Nr. 521 23 XI 50.

L. H. Oe.
anbei die Vivisectionsstudie. Falls Sie etwas daran interessant finden, wäre es reizend von Ihnen, wenn Sie dem jungen Mann ein Lob spendeten, er wird dankbar dafür sein u sich seinem Chef gegenüber (dem Ordin. für Literatur in Bonn) stark fühlen.

Herzl. Gruss
Ihr GB

Ich habe von Limes noch nicht meine 20 Vertragsexemplare, Herr N. ist unzuverlässig geworden, sonst hätten Sie schon eines von mir erhalten. Aber Herr N. sagte mir schon vor 10 Tagen, Sie hätten eins erhalten.

Be

Nr. 522

1916 - 1950:
Die Gitter sind verkettet,
ja mehr: die Mauer ist zu –
Du hast Dich zwar gerettet,
aber *wen* rettetest Du?

Drei Pappeln an einer Schleuse,
Eine Möve im Flug zum Meer
Das ist der Ebenen Weise –
Da kamst Du her.

Dann streiftest Du Haar und Häute
alljährlich windend ab
und lebtest von Trank und Beute,
die Dir ein Anderer gab –

Ein Anderer – schweige –, bitter
fängt diese Weise an –
Du rettetest Dich in Gitter, 24. XI.
Die niemand öffnen kann. 50.

Herrn Friedrich Wilhelm Oelze
in Dankbarkeit für Anregung, Mitarbeit,
Kontrolle zu diesem Buch.
Gottfried Benn.

Nr. 523 14 XII 50.

Lieber Herr Oelze, wenn ich wenig schreibe, so bedeutet das nicht, dass ich nicht an Sie denke, im Gegenteil, das tue ich oft und freue mich über jede Nachricht von Ihnen so sehr. Dank für die letzten Briefe. Ich hätte auf Vieles einzugehn, aber ich bin beschäftigt in Gedanken und auch in Praxis und die Stimmung ist aus begreiflichen Gründen in Anbetracht der Lage nicht sehr rosig.
Haben Sie eigentlich am 6.XII im Zimmertheater getagt?
Ich versuche die Einleitung zu Auden zu schaffen, eine schwierige Sache. Kennen Sie eigentlich das Zeitalter der Angst? Wenn ja, schreiben Sie mir doch bitte Ihr Urteil. Die Arbeit von dem Studenten aus Bonn senden Sie mir doch bitte gelegentlich zurück. Herr N. sandte mir zwei neue Zeitungen, die sich mit mir beschäftigten, die ich vielleicht Herrn Oe. weitersenden sollte – „dem eleganten Herrn Oe“, dem vielleicht eine Modeglossierung aus der Neuen Zeitung Spass macht, in der ich angefrozzelt bin wegen unauffälliger Binder und Gegner von weissen Kravatten. Werde das tun. Das andere ist ein sehr schöner Aufsatz aus der Furche, Wien, kathol. Blatt, wo Reinhold Schneider (meines Wissens ein sehr geschätzter Dichter oder Philosoph – ich lese ja

wenig deutsche Literatur) über mich schreibt mit der Schlusswendung: „Hier ist Vollendung, die nicht mehr angegriffen werden kann".
Warum bin ich so melancholisch? Ich weiss es nicht. Das kommende Jahr werden wir wohl nicht alle überleben und dann ist auch die Melancholie behoben.
Wie bereiten Sie Ihr Fest am 3. I. 51 vor? Bankett in Oberneuland oder in der Stadt oder privat in Häcklingen?

Ihnen und Ihrer Frau viele herzliche Grüsse.

Immer Ihr

Benn.

Herr Hürsch war wieder im Land, zerfahrener und inhaltsloser denn je. Jetzt ist er schon wieder nach Paris, wo ein neues Mädchen ihn lockt.

Nr. 524 18 XII 50.

L. H. Oe.

Dank für die schönen Karten. Bei La belle Angele hätte ich nie auf Gauguin getippt. – Die van Gogh-Zeit ist wohl – nach den Kunstexperten – etwas vorbei, aber wenn man diese Karte sieht, auf der der Baumstamm u der Mann u die Sonne gleich gigantisch sind, sagt man doch immer noch: allerlei!
Sandte Ihnen beiden je ein Buch, keines Dankes wert, bitte, – nur eine Verneigung vor Ihrem Tannenbaum.
Kämen Sie am 3 I wäre es wunderschön, aber laden Sie sich das nicht auf! Sie *müssten* Ihre Frau mitbringen, ohne dem ginge es nicht, und das ist für Sie beide Last u Mühe. Feiern Sie lieber in Häcklingen, es wird Schnee liegen und wohl zum letzten Mal friedlich sein. Nein, ich, wir verdienen nicht, dass Sie kommen.
Ihr Urteil über Auden macht mich mutlos. Aber ich werde

die Einleitung Herrn N. zu Gefallen machen müssen. Allerdings muss ich auch sagen, ich finde das Werk stellenweise grossartig u immer interessant, wunderbare Verse darin, die in anderem Milieu nicht entstehen könnten.
Liegt der Tendelerhof nicht bei Ehrwald?

Tausend Grüsse.

Ihr

G B

Nr. 525 ⟨27. 12. 1950⟩

Dank für Stolle, Dank für Porto, Dank für Rum! Neujahrgrüsse, Wünsche u. einen Handkuss für die gnädige Frau.

Also am 3 I in Häcklingen?

Herzlich Ihr

Be.

Nr. 526 1. I 51

L. H. Oe.
Dank für Ihren Anruf am Sylvester! War sehr nett von Ihnen. Dank auch nochmals an Ihre Gattin für schriftlichen Weihnachtsgruss mit Wümme-Landschaft.
Anbei die Audensache. Schreiben Sie mir – eilt nicht –, ob Sie es interessant finden.
Was Sie über Claudel schreiben, verblüfft mich. Las ihn vor 30 Jahren, fand ihn sehr schön, seitdem habe ich nichts mehr von ihm gelesen.
War ein Herr aus Florenz hier, in Italien (wie in Frankreich) wird der *frühe* Expressionismus jetzt entdeckt u übersetzt, so meine Morgue, Nachtcafé usw. Merkwürdig.

Am 3 I wird nur 1 Telegramm Sie feiern, habe sonst nichts an Geschenk.

Herzlichen Gruss. Ihr

G B

Bitte Rückgabe der Korrectur an mich.

Nr. 527 ⟨3. 1. 1951⟩

Dank und Glückwunsch zum feierlichen Tag
Grüße an Ihre Gattin.
Ilse und Gottfried Benn.

Nr. 528 9 I 51

Lieber Herr Oelze – diese Chinesen! Wir wissen beide, dass das mit dem Alter so ist, wie sie sagen. Die Verlogenheit des Abendlandes ist wohl der Grund, dass das keine allgemeine Erkenntnis hier zu Lande ist. Ihre Folgerungen, dass nur die geistige Beziehung aere perennius sei, nehme ich nicht so völlig auf; ich fand in meinem Leben auch körperliche Beziehungen sicher nicht ausschlaggebend wichtig, aber im Allgemeinen u vielfach sehr angenehm. In Ihnen lebt ja ein gewisser Widerstand gegen das Somatische, in mir nicht.
Dank für Wellershoff-Brief u vor allem Dank für die roten Anstreichungen! Diese fremden Handschriften sind mir unmöglich zu lesen.
Zu *Auden*. Sie haben Recht mit der Bemerkung über Antimarxistisches. Ich hielt es für zweckmässig, im Interesse von Herrn Niedermayer, es so darzustellen, da in Deutschland doch leicht Kunst = Kultur*bolschewismus* gesetzt wird. Den

Angriff von dieser Richtung aus wollte ich abbiegen. Ich bin nicht sicher, dass Ihnen das Gedicht gefällt. Rate Ihnen im letzten Heft des *Monat* den Akt von Christopher Fry zu lesen, diesen neuen englischen Star u. Konkurrenten Eliots. Sprachlich sehr reizvoll, ähnlich gelockert wie Auden, nur Rokoko. Und hinter beiden scheint mir plötzlich der grösste Sprachauflockerer u Wortspieler zu stehn, den das Abendland besass: Shakespeare. – (Im Monat eine kurze Entgegnung über *Asien* von einer Journalistin, Zehden, die Ihnen gefallen wird).
Nun – wie ist es im 7. Jahrzehnt? Am auffälligsten ist mir an Ihnen Ihr neuer *Stempel*, erstes Zeichen von Mechanisierung u. Typisierung, das ich an Ihnen bemerke. Wer sind Sie eigentlich Alles: Ebbecke u noch 2 weitere Firmen kenne ich jetzt schon als Ihre Absender? Enorm! –
Vor einigen Tagen besuchte mich ein Musikschriftsteller aus Florenz, der *Auden* persönlich kannte: ein total aufgeschwemmter, versoffener Homosexueller, der von früh bis Mitternacht ohne Unterbrechung trinkt, z Z in Capri mit amerik. Freund – also eigentlich nicht ganz unser Geschmack ... (Überhaupt, wie die Menschheit lebt: Herr Hürsch in Paris hinter einem Mädchen her; meine Tochter mit Mann zur *Sylvesterfeier* nach Nizza geflogen, eingeladen von einem dänischen Freundespaar; Gastein ist überfüllt u. auf dem Schneefernerhaus kostet ein Schnitzel 5 M. – Mir als Kleinbürger alles unbegreiflich.)
Erhielten Sie eigentlich mein amerikanisches Tagebuch u. führen Sie es gewissenhaft? Nulla dies sine linea! –
Ihr Porto war ein extremer Genuss. Habe nichts von abgegeben, allein geschlürft! – Herr N. hat mir zu Weihnachten eine Einladung zum 2. V nach Wiesbaden geschenkt: Flugkarten für meine Frau u mich hin u zurück, Hotelaufenthalt für 3 Tage. Nett. Zunächst habe ich dankend angenommen. Wie wäre es, wenn Sie mit Gattin dazu kämen und wir bankettierten da einen Abend? Ich werde meine

Tochter mit Mann dazu auffordern (können mit Auto kommen.) – Familientag (vorausgesetzt, dass sich der Eiserne Vorhang bis dahin nicht verschoben hat)
Aber ich hoffe, Sie kommen vorher nochmal nach Berlin!

Tausend Grüsse!
Ihr
G Benn.

Nr. 529 3 II 51

Lieber Herr Oelze, der Sonnabend-nachmittag gibt mir die innere und äussere Ruhe, endlich einmal wieder mit Ihnen zu sprechen. Dank für den Brief vom 2 II, der heute ankam. Die Konzeption von Kunstwerken im Ausland, namentlich im romanischen Raum, hat mich auch schon öfter beeindruckt, bei Nietzsche, bei H. Mann in seiner genialen Epoche, bei Platen – aber als Prinzip wird man es doch wohl nicht ansetzen können, das Haus am Frauenplan, Bach und der von Ihnen geschätzte Mörike sprechen dagegen als Grundsatz. Wo, wann, was die Produktion in Bewegung bringt, ist wohl doch schleierhaft. Dies ganze Gebiet wird mir überhaupt immer rätselhafter, ich könnte auch sagen fragwürdiger, aber das führte heute zu weit.
Einige Rückgriffe. Der Prolog von R. A. Schröder, den Sie mir schickten, für die Aufführung, an der Sie mitwirkten, gefiel mir sehr, war sprachlich hübsch. Seine Nationalhymne weniger – der nächste Schritt wäre dann ein Kaninchenfell als Reichsflagge. – Anbei den Brief von dem Studenten aus Bonn zurück. Eigentlich habe ich beschlossen nach neueren Erfahrungen, keinen Mann unter 45 Jahren mehr in meine Wohnung zu lassen, diese jungen Schnösel sind alle unmöglich. A propos: war etwa Ihr Freund tom Möhlen vor etwa 3 Wochen in Berlin und wollte mich besuchen? Da kamen

eines Abends um 7 Uhr ein Mann mit Frau (sie halb so gross wie er, ich sah sie flüchtig auf dem Flur) und wollten mich „privat" sprechen. Er nannte meiner Hausangestellten einen Namen, den sie mir als *von Orz* überbrachte. Natürlich liess ich mich nicht sprechen. Sie zogen indigniert ab. Nun ist diese Hausangestellte nicht ganz auf der Höhe in dieser Richtung und am nächsten Tag kam mir der Gedanke, ob der Mann vielleicht gesagt hatte, er käme *von Oelze*. Der Mann war riesig gross, die Frau sehr klein, meine Frau meinte, das könnte tom Möhlen gewesen sein. Sollte das der Fall gewesen sein, bedauerte ich es doch, obschon abends um 7 Uhr unangemeldet mir nicht passen würde. Bitte schreiben Sie mir, ob es sich so verhält. – Dann anbei, da es Sie vielleicht interessiert, Korrektur des Anfangs jener Lyrikanthologie, deren Idee von mir stammt. Wer das Vorwort entworfen und seinem Verleger zur Verfügung gestellt hat, werden Sie sich vielleicht sagen können – aber bitte in dieser Richtung kein Wort an Herrn N. der gerne es mit seinem Namen zeichnet.
Und nun den Essayband, den N. bringen will. Vielen Dank, dass Sie sich damit befasst haben. Herr N. sandte mir Ihren Entwurf. Darf ich fragen, haben Sie die einzelnen Stücke in letzter Zeit nochmal gelesen? Ich bin, wie meistens, sehr unsicher in der Beurteilung. Würde wohl doch manches fortlassen. Bitte haben Sie die Güte, mir zu sagen, welche Stücke Sie bestimmt, welche nur relativ vorschlagen. Summa summarum soll sicher nicht herein, – was haben Sie gegen Genieproblem? Nicht dass ich das besonders bemerkenswert finde, aber mich würde interessieren, was bei Ihnen dagegen spricht. Auch: Problematik des Dichterischen, Nach dem Nihilismus, Aufbau der Persönlichkeit erscheinen mir überholt. Es wäre sehr nett von Ihnen, wenn Sie mir gelegentlich eine Antwort gäben.
Übrigens nicht deswegen rief ich neulich an. Ich wollte nur hören, wie es Ihnen geht. Die Äusserungen Ihrer Gattin

klangen nicht ganz beruhigend in dieser Richtung. Macht Ihnen Wermuth u. Co Sorgen? Übrigens Spirituosen: es ist unvorstellbar, was getrunken wird, selbst hier in Westberlin. Ebenso ist es auffallend zu sehn, wie der Fasching Berlin erobert. Vor zehn Jahren wusste hier kaum jemand, was das ist, heute tanzt und feiert die ganze Stadt drei Tage und Nächte auf hohen Touren. Also müssen die Luxus-weine und Rum's doch gehn?
Ihre Handschrift ist die vollendetste des Abendlands. *Ihre* Briefe würde ich sicher *getippt* nicht entziffern können.
Ja, Verlaine – das ist ein raffinierter grosser Mann!

Viele Grüsse an Ihre Frau und Sie. Immer

Ihr

Benn

Nr. 530 19 II 51

„Wer malte die Winde
unter Doctor Gachet?
Das war, ich finde,
eine reizende Idee –"

L.H.O. ich würde den von Ihnen gerühmten Roman des Schotten sehr gern lesen, wenn Sie ihn mir leihen würden. Ich revanchiere mich durch Vathek, nach dem Sie fragten, von dem ich garnichts weiss ausser durch einen kleinen Aufsatz von Carl Einstein in einem alten Essayband, 1916. Werde ihn senden.
Hinsichtlich Lyrikquiz: Allmers starb 1912; ich hatte auch schon N. auf die Inkorrectheit hingewiesen, aber er liess es stehn. Jetzt ist es zu spät. Dumm, dass der ganze Band gerade mit diesem deplazierten Gedicht beginnt. Abgesagt hatten: Rychner, Jünger, Curtius; ihre Zusage nicht gehalten

Gründgens, Carossa u.a. Ob R A Schröder sehr interessant geworden wäre, weiss ich nicht.
Prostituierte mich im NWDR gestern mit „Urgesicht"; war mir grässlich, bekam es nicht mehr über die Zunge, aber d'argent.
Kommen Sie nicht mal hierher? Wäre schön u. wünschenswert.

Herzlichen Gruss. Ihr

Be.

Nr. 531

von Bremens Schwesterstadt
bis Sils-Maria –
ich hab das Alles satt,
die Vita mia,

weiss Gott, ich weiss nicht mehr,
was ich geschrieben,
ein Zug von d'outremer
hat mich getrieben,

doch jetzt kein Hafenglück,
man kehrt nicht wieder,
man sieht aufs Meer zurück
und senkt die Lider.

22 II 51 Be

Lieber Herr Oelze, der Roman vom Mönch Malachias hat mir gut gefallen und ich bedanke mich für den Hinweis und die Zusendung. Er hat mich nicht umgeworfen, nicht hingerissen, aber er ist von einer angenehmen Nüchternheit und in der Grundhaltung von einem überzeugenden Cynismus. Die Gesellschaftskritik hat man ja wohl schon öfter in dieser Art gehört, auch dass die Religion unseres Kulturkreises auf dem Wunderglauben beruht, aber an das Wunder nicht glaubt, ist uns ja evident. Etwas ist der Roman ein Kampf gegen Windmühlen, aber er ist witzig und streng durchgeführt und vor Allem blickt man hier in ein landschaftliches und kulturelles Milieu, das man sonst kaum sieht. Mich hat das Lokalkolorit eigentlich am meisten gefesselt. Irisch-schottisch und dann Mönchtum – das ist einmal was Neues. Haben Sie vielen Dank, ich sende das Buch in den nächsten Tagen zurück.

Anbei eine Sendung für das Archiv: 20 Gedichte, von denen Sie einige kennen, ich weiss heute noch nicht, ob und wann ich sie publiziere. Sie haben nur Sinn, wenn sie alle zugleich publiziert werden, sie ergänzen einander und heben sich gegenseitig auf. Wenn Sie sie gelegentlich betrachten, bedenken Sie bitte meine These, man muss immer wieder den Ast absägen auf dem man sitzt, nur dann kommt man weiter, nur dann wird man sich weniger langweilig, als man es an sich schon in hohem Masse ist. Ob man sie tief oder flach nennt, brutal oder sentimental, gut oder schlecht, ist mir nicht nahegehend – sie drücken eine Situation aus auf dem sinnlosen Kalvarienweg des Ausdruckslebens. Was ist man überhaupt – die ersten Gedichte, die der Morgue und der Nachtcafés, die meinen Namen begründeten, will man heute nicht mehr wissen (auch Sie nicht), die „tiefen" der mittleren Periode, die jetzt in den Anthologieen stehn, sagen mir nichts mehr, das meist genannte: „sieh die Sterne, die Fänge"

– finde ich sogar unerträglich, also man hat gar keinen anderen Massstab als die Laune, die Stimmung, die Malaise in sich selbst, wenn man eben so alt wird und weiter dichtet. Man kann sich nicht aussuchen, wer und was man eigentlich ist, man ist alles oder nichts von dem, was man aus sich entwickelt. Dass das Ganze nicht angenehm ist, habe ich Ihnen gegenüber oft genug ausgesprochen. Ich sende Ihnen die Sachen für den Fall, dass ich unversehens umkomme, meine Frau hätte vermutlich kein grosses Interesse für die Dinge, sie liebt Gedichte nicht mehr und sie fände sich bei der notorischen Unordnung, die in meinen Sachen herrscht, auch garnicht durch. Isolierung von „Fragmenten" zu Ihren treuen Händen.
Hinsichtlich Curtius wäre ich Ihnen dankbar, wenn Sie den Brief *nicht* absenden würden. Er könnte denken, ich stünde dahinter, und das wäre mir peinlich. Die Korrespondenz mit ihm ist mir sehr reizvoll, aber dass er über mich schriebe, möchte ich garnicht.
Eine grosse Freude, wenn Sie im März kämen! Aber nur, wenn Sie hier Geschäfte hätten.

Herzlichen Gruss!
Ihr
Benn

Nr. 533 6 III 51

L.H.Oe – 9/10 März klingt gut und freudeerregend! Man soll jetzt im *Hotel am Zoo* gut wohnen, nahe von Joachimsthalerstr. u. Kurfürstendamm, im Centrum der Westcity: W. 15. Kurfürstendamm 25, Tel. 910491.
Dank für Brief vom 4/5 III. War bei den Gedichten nicht eines dabei: „Du übersiehst Dich nicht mehr"? Eigentlich das charakteristischste für die momentane Stimmung.

Es wird in den nächsten Tagen wärmer werden u. Sie können ohne Frostgefahr reisen!

Auf Wiedersehn.
Herzlich
Ihre
Benn's

Nr. 534 Sonntag Vormittag, 11. III 51

Lieber Herr Oelze, der Abschied von Ihnen fällt mir immer schwerer, jedes Mal, und mein Dank wächst für jeden Ihrer Besuche. Einem so alten müden Mann –, so fragwürdig und mit keinem seiner Probleme fertig geworden, – soviele Stunden zu widmen, eine Reise, eine Hotelübernachtung, Anstrengungen u. Ausgaben, erschüttert mich nahezu. Sie wissen das auch, und ich will dazu nicht ausführlich werden. Ich bin zur Zeit sehr erschütterungsfähig und mein Sitzen abends in einer Kneipe ist ein Versuch, mich von mir abzulenken für Stunden, für eine Stunde ...
Nach Ihrem Anruf heute früh, begann ich den Tag mit Lesen von „Amaryllis" von Rückert. In der Tat sehr sehr schön. Dann begann ich den I Teil der Doctorarbeit aus Bonn zu lesen, der die weltanschaulichen Fragen behandelt, eine neue interessante Studie über meine Bücher, das ist ein kluger Kopf dieser junge Mann, es wird nichts übrig bleiben, als dass ich Sie bitte, es gelegentlich auch zu lesen. Dann studierte ich den Picasso und es tröstete mich zu lesen, dass auch die Grossen, Arrivierten, die Matadore, deren Existenz einheitlich u klar wie ein Bogen der Bogenschützen dazuliegen scheint, Zerrissenheit, Unsicherheit, ja Haltlosigkeit kennen u durchmachen genau wie wir, die immer nur problematisch u fragmentarisch bleiben.

Dank für Osterei, Stier und blaue Bilder –
von Ihrem Benn.

Sie sind entschieden auf der Höhe Ihres Lebens, glänzend in Habitus und Haltung – gratuliere!

Am 2. V? Vielleicht.

Be

Nr. 535 19 III 51

Grosser Agrippa (im Sinne Audens) – Dank für Brief u. Cézanne-Karte. Gut, machen wir den Essayband, wie von Ihnen proponiert. Tausend Dank.
Haben Sie schon den Lyrikband von Limes? Ganz interessant. Ich bin der Einzige noch Lebende von S. 320 – nicht sehr angenehm. – – –

Gruss Ihr

Be

Nr. 536

22/III ⟨1951⟩ Gutes Ostern Ihnen beiden! Ihr Be

Nr. 537 3 IV 51

Dank, lieber Herr Oelze, für die Osternelken. Unverzeihlich von uns, Sie ohne Dank solange gelassen zu haben. Fing Brief an, war unfähig zu vollenden. Seien Sie nicht böse.
In Ihrem Brief vom Karfreitag viele gute Sachen! Nietzsche

spürte den christlich-moralischen Armeleutegeruch in den Hauptbegriffen auf; jetzt müsste man den sozial-collectiven Wohlfahrtsgeruch der Ideologieen enthüllen, das industrielle Präservativ u. die kommerzielle Teleologie („wirklichkeitsfremd“, als kriminelles Stigma).
Herr Suhrkamp wurde in Fr. a M. 60 Jahre, wurde Ehrendoctor der Universität; abends Festessen im Frack, Herr Niedermayer dabei, R A. Schröder hielt die Festrede – „humoristisch“ (sagt N.). Herr Kogon, Herr Kasack, Herr Adorno – die ganze Prominenz dabei. („Einen Tropfen der Lethe nur –“)
Ist das Wasser der Wümme versickert u. der Boden wieder trocken? Bald werden die Quitten kommen. – (Trank *Dressler*-Porter aus Bremen, war schlecht!)

Tausend Grüsse an Sie
und Ihre Frau Ihr
Benn

Von Ihnen angeschlagene Themen:
1) „Der Bettler“ von Keller ist grossartig. Auch das folgende: „Das Köhlerweib ist trunken“ äusserst seltsam. (Aber hebt es meine These auf, dass Epiker nicht Lyriker sind – mit Ausnahme unseres olympischen Urgrossvaters?)
2) „Brot u Wein“, nicht verworrener u. schlampiger als das Übrige. Wenn man H. überhaupt acceptiert, muss man auch „Brot u Wein“ hinnehmen.
3) Holthusen (Merkur): nette fleissige Arbeit. Worauf er hinaus will, sehe ich nicht. Kein Funken. Einzelheiten ganz ordentlich.
4) Ihr neuerlicher Ringelnatz: im Limesbuch wohl nicht überwältigend?
5) „Silberelegieen“ guter Ausdruck! Oelzesche Prägung?

Frau Boveri schreibt mir, sie fände Gedichte unerträglich u vor allem *Lyrik!* Da sie eine grosse Musikerin ist, klassische

Musik, antwortete ich: „verstehe durchaus, auch mir sagt Toska mehr als die Kunst der Fuge".

Habe mich entschlossen, am 21. VIII in Marburg im Internationalen Ferienkurs Vorlesung zu halten: „Probleme der Lyrik".

Besitzen Sie Hofmannsthals Essay über die Gedichte von George? (Prosa I, S. Fischer Verlag).

Nr. 538 7 IV 51.

Lieber Herr Oelze, meine Frau macht mir Vorwürfe, dass ich in meinem letzten Brief an Sie nichts über Wiesbaden geschrieben hätte. Also: wir werden wohl fahren, ich werde es wohl müssen aus Höflichkeit gegen Herrn N., der mir ja jetzt sozusagen mein Brod giebt, nachdem die Praxis kaum noch vorhanden ist. Ich fahre nicht gern, aus inneren und äusseren Gründen, aber es scheint festzustehn, dass wir am 1. V im Nassauischen Hof antreten werden. Wenn Sie und Ihre Frau kommen würden, wäre das natürlich ein grosser Lichtblick für mich, aber wie kann ich Sie darum bitten, wenn ich Sie nicht einladen kann? Sie sagten am Telefon zu meiner Frau, Sie könnten vielleicht eine geschäftliche Unternehmung damit verbinden, wenn das möglich wäre, wäre es nicht so belastend und beschämend für mich, (obschon ich natürlich weiss, dass Sie diese Geschäfte nur aus Liebenswürdigkeit vorschützen.) Das Ganze eine fatale Sache. Ich muss natürlich auch Herrn N. freie Hand lassen, einzuladen und mich bekannt zu machen, mit wem es ihm angenehm u. nützlich erscheint, allerdings hat er in der Richtung vorbeugende Versprechungen gemacht.
Wenn Sie nicht Einspruch erheben, werde ich Herrn *Laaths*,

dem Herausgeber der Münchener Anthologie, abschriftlich u wörtlich Ihre im letzten Brief gegebene Kritik zugehn lassen. Das wird ihn sicher sehr interessieren, wenn ich hinzufüge, dass sie nicht von einem Literaten, sondern einem Gentleman stammt. –
Heute steht die Verabschiedung des neuen *Versorgungsgesetzes* in Bonn in der Zeitung. Das giebt mir Hoffnung, dass ich vielleicht doch noch eine Pension ergattere, da ich mindestens 18 Dienstjahre nachweisen kann. Hoffen wir; vielleicht steigt Erfüllung, die schönste Tochter des grössten Vaters, wie es in Iphigenie heisst, zu mir hernieder.
Erzählte ich Ihnen, dass Herr Lüth von der Staatsanwaltschaft unter die Lupe genommen wird, soweit ich Herrn N. verstand, wegen Unterschlagung, Betrug usw (wundert mich ja nicht.)

Herzliche Grüsse an Sie beide.
Dank für Ihren Brief an meine Frau.

Ihr

G.B

Herr N. drängt *sehr* wegen des Essaybandes. Wollen Sie ihm unsere Wahl mitteilen?

Nr. 539 17. IV 51

Lieber Herr Oelze, vielen Dank für den Brief vom 15. IV. Ich bin sehr glücklich, dass Sie kommen wollen und dass Herr N. auch Zimmer für Sie bekommen hat. Ich hoffe aufrichtig, dass auch Ihre Gattin mitkommen kann, und dass sie meinen Brief gnädig aufgenommen hat. Aber nun häufe ich noch eine unverschämte Bitte auf Ihr freundschaftliches Kommenwollen: wäre es Ihnen möglich, 2 Flaschen von Ihrem so überaus köstlichen Porto an N. zu senden zur Eröffnung unseres Abendessens, es ist mir so sehr peinlich, dass

N. da uns alle einladen wird (Sie wissen, ich bin u denke kleinbürgerlich in diesen Dingen), und dann wäre das ein Beitrag von *unserer* Seite und zwar einer, an dem sich jedes Herz erfreuen würde. Wäre das möglich? Belasten Sie mein Konto damit, es würde mein an sich schon beklommenes Herz erleichtern. Finden Sie mich bitte nicht unverschämt, es ist mehr Verlegenheit dieser ganzen N.-schen Aktion gegenüber, so nett sie gedacht ist. Was Anzug angeht, so bringe ich nur 1 dunklen Anzug mit, mehr kann ich nicht aufweisen, genügt auch vollständig.
Das Kunstamt Zehlendorf veranstaltet am 2 V einen G.B Abend mit einem ganz guten u. namhaften Recitator, 15 Gedichte u. 3 Prosasachen. Ich bin froh, dass ich nicht hier bin, sonst müsste ich wohl erscheinen.
Die „Neue Zeitung" brachte ja eine entschieden unpassende und missgünstige Kritik über die „Geliebten Verse", telegrafierte aber trotzdem nach einem Gedicht für den 2. V. Habe nicht geantwortet, ich muss mich da mit N. solidarisch erklären, da er das als sehr beleidigend empfunden hat. (Ihm wurde Mogelei zu meinen Gunsten vorgeworfen.).
Mit Eschmann kann ich leider gar keine Vorstellung verbinden und die Weltwoche bekomme ich nur sehr unregelmässig zu Gesicht, bezw. in letzter Zeit garnicht mehr. Ist er ein Deutscher?
Über die Audeneinleitung sind ja jetzt einige sehr schmeichelhafte Bemerkungen erschienen, offenbar erregt das Buch doch rechtes Aufsehn.
Bewahren Sie mir Wohlwollen und Freundschaft trotz meiner Bettelei.

Viele Grüsse an Ihre Frau und Sie
von Ihrem
G B

Nr. 540 21 IV 51

Lieber Herr Oelze, vielen Dank für Brief vom 19 IV. Anbei einige Zeitungsausschnitte der letzten Zeit, darunter auch die N.Z. mit dummdreister Kritik, dazu Briefkopie von N. an den Verfasser. Ich persönlich nehme ja alles nicht mehr wichtig. Heidegger typischer Wissenschaftler: sowie sie mal einen Schritt ins Artistische, Feuilletonistische wagen, gleich hinterher haben sie Angst um Ruf und Renommé. Kann mir nicht imponieren.
Hinsichtlich *Ihrer Gattin* habe ich nun doch Bedenken, ob ich sie nicht zu einem Unternehmen veranlasse, das dann fade u leer ausläuft ....
Vietta: verzeihen Sie, aber ich bin mit „Etappe" *nicht* einverstanden. V. ist mir zusehr ein Allerweltsjongleur u Appeasementtyp.
Dank für Rücksendung von Zeitschrift, war nicht nötig, ich sammle das Zeug nicht.

Tausend Grüsse! Ihr
Be

Nr. 541 I V 51

Lieber Herr Oelze, mein dankbares Willkommen für Ihre Gattin und Sie! Jede Stunde Sonnenschein am heutigen Tage machte mich glücklich, da sie Ihre Reise verschönte. Wir kamen vormittags, sind jetzt zu N. zur Begrüssung und kommen etwa um 6 h. zurück. Dürfen wir hoffen, Sie beide dann zu sehn u mit Ihnen zu essen? Wir sind totmüde, da die Nacht im schmutzigen kalten Interzonenzug gereist u fast nicht zurechnungsfähig vor Mattigkeit. Aber an Ihrer Seite hoffen wir zu genesen.
Tausend Grüsse u einen Handkuss an Ihre Gattin

Ihre
Benns

Nr. 542

In der Deutschen Ausgabe stand:
Herrn Friedrich Wilhelm Oelze in Dankbarkeit und Freundschaft –,
ich füge dies der Dänischen Ausgabe von Neuem zu.

Gottfried Benn.

2 V 1951
Wiesbaden.

Nr. 543 Sonntag 6 V 51.

Lieber Herr Oelze, von der grausigen, schlaflosen, kalten, durch die Russenkontrolle sehr unangenehm bedrohlichen Nachtfahrt mühsam erholt, ist mein Erstes, Ihrer Gattin u. Ihnen für Ihr Kommen nach W. zu danken. Ohne Sie wäre, – wenn es schon einmal eine Feier sein sollte – es keine Feier gewesen: „Herr Oelze aus Bremen", mir so verbunden, und Herr Oelze in seiner unnachahmlichen Haltung und Figur füllten den Tag u seinen Inhalt. Dass sich Ihre Gattin der Mühe unterzog, Sie zu begleiten, wird mir immer als Last auf meiner schon so beladenen Seele liegen, aber meine Dankbarkeit für ihr Erscheinen dort und ihre Nachsicht mit der in ihren Augen sicher wenig repräsentativen Veranstaltung – „der Meister zwischen zwei Biergläsern" – werden mich immer rühren. Und die silbernen Cafékannen! Und die Flaschen Porto! Summa summarum: Beschämung und Dank!
Der Eindruck, den Sie gemacht haben, war allgemein gross. Wollen Sie wissen, was meine Tochter, deren Gedanken sich viel mit Ihnen beschäftigen, unter Anderem sagte? „Eine unheimliche Erscheinung! Man muss damit rechnen (!), dass er nachts ein schwarzes Trikot anzieht u. auf Einbruch

geht". Nun? Wenn das kein Effekt ist! – Hier viel Post u Telegramme. U.a. vom Berliner Senat einen Glückwunsch mit Hortensienarrangement! Dank, Gruss und Handkuss an die gnädige Frau! Ihr

G Benn

Nr. 544 13V51

Lieber Herr Oelze, Dank für Ihre beiden post-Wiesbadener Briefe. Hoffentlich erholen Sie sich in Häcklingen über Pfingsten, Sie sahen bei der Abfahrt vor dem Spielkasino blass aus u. auf den Bildern, die Maraun schickte, haben Sie auch einen aetherischen, tragischen Zug. Die Bilder sind alle nicht schön. Erhielten Sie von ihm welche? Am besten sieht Ihre Gattin aus, gesammelt, vornehm, unberührbar von dem Gewimmel des Lebens u. der Dinge. –

Anbei einige Zeitungssachen, von Herrn Niedermayer mir gesandt mit der Bitte, sie über Herrn Oelze an ihn zurückgelangen zu lassen. Ich kann nicht sagen, dass ich Alles gelesen hätte.

Die Bemerkung meiner Tochter ergänzte sie dann auf meine Rückfrage – wieso Einbrüche? – dahin: aus Sensationsbedürfnis, aus Abwegigkeit, aus Perversion. Also: Manolescu als Dämonie, ich wollte, Sie gäben mir davon ab!

Herzlichen Gruss und einen Handkuss an die überlegen ruhige gnädige Frau.

Ihr

G B

Lieber Herr Oelze, Sonnabend Nachmittag und von den 65 Briefen + Telegrammen sind etwa 30 beantwortet, der Rest wird wohl vergeblich gratuliert haben oder noch warten müssen. Wie geht es Ihnen? Wie war es in Häcklingen? Nicht schön in Bezug auf Wetter, fürchte ich, aber umso besser haben Sie Ihre Absicht, sich auszuschlafen, durchführen können. Und die grossen Entscheidungen, die Sie dann zu treffen hatten?

Herr N. fährt Montag im Wagen für 3 Wochen nach Spanien, Barcelona. Zweck und Ziel der Reise ist mir nicht bekannt. Seine Äusserung, dorthin Druckerei usw. eventuell zu verlagern, scheint mir nicht überzeugend. Ich vermute eher, dass er dort emigrierte Nazis trifft, um von ihnen Memoiren oder dergl. zu erwerben. Das läge ja auf seiner politisch-militärischen Verlagslinie.

Wenn Sie Lust u Gelegenheit haben, verschaffen Sie sich die beiden letzten Hefte des „Literarischen Deutschlands", Nr 9 u Nr 10, da steht allerlei G.B. betreffendes drin. Auch Herr Vietta leitarticelt in Nr. 10. Er hält heute in Wiesbaden in der Keyserling-Gesellschaft einen Vortrag über den von ihm entdeckten französischen Philosophen Guernon (?), schrieb mir Herr N.

Für die Glückwünsche, die Sie mir von Heidegger übermittelten, bedanke ich mich sehr, war mir eine Freude.

Eine sehr merkwürdige Anthologie deutscher Lyrik erhielt ich aus Florenz: Verlag Sansoni, Herausgeber 2 Italiener, aber der Inhalt deutsch. 530 Seiten, soweit ich sehe, eine gute Auswahl, sehr ähnlich der Münchener – aber wer soll das lesen u. kaufen? In Süd-Tirol werden sich doch kaum soviel Deutsche finden, die sich dafür interessieren u sonst in Ober-Italien doch auch kaum. Also wer finanziert dies teure, aussichtslose Unternehmen?

Ich beschäftige mich mit allerhand Büchern u diesbezügli-

chen Arbeiten im Hinblick auf die Marburger Vorlesung. Da ist besonders interessant das vielgenannte Buch von Sedlmayr: „Der Verlust der Mitte“. Bestimmt sehr aufschlussreich und voll diagnostischen Scharfblicks, ein sehr bemerkenswertes Werk. Aber im Kern des Grundgedankens mich zu starker Opposition anregend. Nämlich: der Mensch verliert seine Substanz, seinen Sinn, seine Fähigkeit, den Menschen als Ganzes noch zu sehn, er ist krank, entartet, verflacht, gegenmenschlich und antihumanitär. So Sedlmayr. Ich dagegen: entweder der Mensch ist auch heute tief oder er war es nie; entweder ist Verwandlungsfähigkeit und zeitweise Untergangsfähigkeit sein Gesetz oder er hat überhaupt kein Gesetz. Das Bewusstsein war vermutlich von Anfang an eine Krankheit u wird es immer sein (gemessen an moralischen, aesthetischen, biologischen Massstäben); das Bewusstsein war immer eine Entfernung vom Substantiell-Dunklen und ohne Hoffnung Klarheit zu erlangen. Entweder ist ihm etwas auferlegt, das er auf jeden Fall zum Ausdruck bringen muss oder ihm ist garnichts auferlegt; u. die Massstäbe eines Kulturkreises, eines halben Kulturkreises, seiner letzten 500 Jahre, sind keine Massstäbe für das anthropologische Problem an sich. Wir stehn hier wieder vor dem Wort aus den 3AM: sagen Sie nicht *apokalyptisch* usw. Mir wird immer klarer, dass die „Krise“ in allen ihren Variationen, die ja zweifellos vorliegt, vom Abendländler gelöst werden muss u. gelöst werden wird, er hat gelitten, er denkt im Rahmen dessen, was ihm möglich ist, u er ist stabil. Alle anderen Voraussichten u. Voraussagen sind kurzsichtig u. durch Spezialgläser gesehn. Die Möglichkeiten des Menschen muss man doch wohl als ganz ungeheuer ansehn und – siehe Schluss vom Radardenker – erst anfänglich erprobt u. durchgestaltet. Übrigens begrenzt Sedlmayr sein Material streng auf Architectur, Malerei u Gartenbaukunst. Auf jeden Fall: ein fesselndes Werk.
Dies u. manches Andere beschäftigt den abgeklärten Denker.

Was herauskommt, weiss er noch nicht. Ich komme zum Schluss mit einer ganz besonderen Bitte: bitte teilen Sie mir das Geburtstagsdatum Ihrer Gattin mit. Ich bitte darum.
Von meiner Frau viele Grüsse. An Ihre Gattin von mir herzlichen Gruss.

Immer Ihr
Benn

Nr. 546 23 V 51

Lieber Herr Oelze, vielen Dank für Ihren Brief vom 21. V. Ich war nicht so ungezogen, nach dem Geburtsjahr Ihrer Frau zu fragen, sondern nur nach dem *Tag*. Nun weiss ich ihn. Vielen Dank!
Ich komme mit einer Bitte. Sie waren so liebenswürdig, mir die leihweise Überlassung des Aufsatzes von *Rychner* in der Schweizer Rundschau über mich in Aussicht zu stellen. Wollen Sie so freundlich sein, ihn mir für kurze Zeit zu leihen? Ich würde ihn gerne nochmal lesen, habe ihn nicht.
Zwischen dem Zitat des Ptol., das Sie anführen, u manchem, was ich zur Zeit fabriziere, besteht in der Tat ein Widerspruch. Aber nicht alle Widersprüche heben sich auf, auch Widersprüche kann man weiterführen besonders, wenn man seine Suiten nur als Melodie und Stimmungsofferten anbietet. Mal sieht man gern in einen Abgrund u mal lieber aufs Meer, es ist alles nur eine Kopfwendung von einander entfernt. Es wird mich sehr interessieren, was Sie zu Sedlmayr sagen. Ich sehe inzwischen, dass auch in anderen neuen Büchern der Begriff der *Mitte* eine grosse Rolle spielt, sogar bis Schopenhauer will man ihn zurückführen. Man wird also wohl sagen müssen, dass überall Mitte ist, auch heute, wo Produktion, dichterische, entsteht. Hier treffen sich die materielle u. ideelle Dialectik, die sonst keinen Ort der Begeg-

nung mehr finden u wie 2 Seeungeheuer voneinander fortjagen, sich mit Gischt u Gift, mit Streiks u Büchern bespeien u. verfolgen. usw.

Dank u Gruss!

Bitte teilen *Sie mir Ihre* Reiseprojecte mit. Severin fährt immer u ich werde kommen. Ihr Be

Nr. 547 29 V 51.

Lieber Herr Oelze, tausend Dank für Brief und Schweizer Rundschau. Und – unersättlich wie man ist, wenn man zu arbeiten anfängt – und da Sie sich zu meinem Mitarbeiter herabzuwürdigen nun doch schon entschlossen haben, – frage ich an, ob Sie besitzen: etwas von Walter *Pater* (Engländer), oder von Ruskin oder von Picard. Die Kalamität, dass wir hier keine Bibliothek mehr haben, lastet wieder sehr auf einem.

In der Kopenhagener „Nationaltidende" (das ist *nicht* die Zeitung meiner Tochter) ist ein überaus langer Aufsatz über 3AM erschienen mit Bild von mir, u. meine Tochter schreibt, es sei ein zwar voller Kritik, aber äusserst glänzender Aufsatz. „Dass ein kleines Buch von 59 Seiten eine so Riesenbesprechung bekommt, ist sensationell", schreibt sie. Freut mich für meine Tochter, die – Sie erinnern sich meines Augenzwinkerns an Sie beim Frühstück im Nassauer Hof – über die gewisse Ptolemäerstelle tief betroffen war u. unsere weiteren Beziehungen in Frage gestellt sah. Das war mir schrecklich u. ich litt sehr darunter. Aber nun scheint sie meinem Rat gefolgt zu sein, darüber zu lachen.

Viele Grüsse an Ihre Gattin und Sie.

Ihr

G. Be.

Nr. 548 5 VI 51

Lieber Herr Oelze, Dank für Ihren besonders netten Brief vom 2 VI. Anbei der Artikel aus Kopenhagen, den ich allerdings zurückerbitte, da ich ihn Herrn N. – z.Z in Las Palmas, Mallorca – vor Augen führen möchte. Dazu eine Sache aus New-York vom Kaftanjuden Bab, der mich schon vor 33 nicht leiden konnte u. als „ephemere Sumpfblüte der Moderne“ bezeichnete. Bitte auch zurück. –
Die „Fragmente“ sandte ich Ihnen nicht, da sie ja so sehr gegen die Grundsätze der Bremensischen Poetik verstossen. Nun, tut nichts. Besser jedenfalls als Einrosten u. christlich werden – vor dem Einrosten hat man ja als Produzent u. Lieferant eh schon so grosse Angst. Schreiben Sie herein: „Gedichte um den Bayerischen Platz herum“ . . .
Ihre Schilderung von Garten und Sträuchern in Oberneuland ist fascinierend. Ja, der Norden hat seine Vielseitigkeiten, – so empfand ich im Sommer den Oeresund von Klampenborg bis Helsingör immer als einen Streifen vom Gardasee, wenn man ihn am Strand entlang fuhr. Beet an Beet, Rittersporn an Rosen, Gartenvillen an Badepavillons, unaufhörlich, und sehr windgeschützt. Dank an Ihre Gattin, dass sie meiner gedachte. (Das „Herr“ muss sie fortlassen!)

Herzlichen Gruss!
Ihr
Benn

Nr. 549 7 VI 51.

Lieber Herr Oelze, vielen Dank für Pater und Ruskin. Im Pater las ich; das Nachwort mit seiner Biographie interessierte mich sehr. Er selbst ist wohl stark 19. Jahrh. mit seinem schöngeistigen Habitus, der einzelne Erlesene Sätze nicht ausschliesst (wollte Renaissance sein, wurde Jugendstil). – Dann Dank für Weserkurier! Die Sache ist natürlich nur *Ihnen* zu verdanken –, aber, bitte, meinen Dank u. meine Reverenz an den Stier tom Möhlen. Kennen Sie Hausmann eigentlich persönlich?

„Fragmente" werden mir natürlich einige Nackenschläge einbringen, ich gebe mir ja manche Blösse darin. Aber ich bin ja für catch as catch can. (Der neue Ringerstil, war gestern Abend auf dem Turnier). Frl. Schlüter sendet eine „Frankfurter Nachtausgabe", darin dichtet einer, die erste Reihe lautet: „auf dem Tisch der letzte Benn, in der Schale Rosen" .....

Zu den gütigst erwähnten Korrecturen zu den Essays werde ich mich – natürlich in Ihrem Sinne – demnächst äussern. Ihre Ironie über den „weiten bitteren Weg" von 1933-1941 ist berechtigt. Aber auch Sich lächerlich machen gehört zu meinen Farben u. Ingredienzien. Über nichts denke ich im übrigen mehr nach als über die Fragwürdigkeit eines langen geistigen Lebens. Wohl dem, bei dem eine bestimmte Periode als massgeblich und Standardepoche gefunden werden kann, u das Andere verblasst. Kennen Sie den Satz aus den Reflexionen u Maximen: „Alt werden heisst, ein neues Geschäft antreten, alle Verhältnisse verändern sich u man muss ein neues Rollenfach übernehmen". Ich lese täglich in dem von Ihnen geschenkten Buch!

Meine Frau sagte neulich, ich glaube, Herr Oelze kommt bald wieder her. Irrt sie? Sandte Ihnen Herr Maraun die „Deutsche Zeitung" vom 2. VI, – gutes Wiesbadener Bild drin von mir. Daneben ein botanischer Aufsatz: „Die schönen Lügen der Samentüten." Da soll sich einer halten u. dichten, wenn täglich soviel durch einen hindurch will: Freistilringer, Pater, Samentüten, Weserkurier, Korrecturbogen, Receptformulare, u draussen Jasmin und täglich Gewitter.

Dank u. Gruss für Alles.

Ihr

G B

Nr. 550 16 VI 51.

Lieber Herr Oelze, ich bin betrübt, dass Sie mir die Zeitungsausschnitte nicht zurücksenden – oder haben Sie sie garnicht bekommen? Ich bin sehr lange ohne Nachricht von Ihnen. Sind Sie krank?
Z Z ist Herr Maraun hier, aus Anlass der Filmwoche und geht mit meiner Frau jeden Tag in 2 Filme.
Es ist schwül. Ich las von Malaparte „Die Haut" u. von Herrn von Salomon: Den „Fragebogen", von Herrn Rowohlt an mich geschickt. Beide Bücher sind nicht ohne Reiz, aber beide sehr übel.

Herzliche Grüsse
Ihr
Benn

Nr. 551 Berlin, den 19. 6. 51

Lieber Herr Oelze,
vielen Dank, dass Sie endlich mal wieder geschrieben haben und Dank für die zwei zurückgeschickten und den neuen Zeitungsausschnitt. Was den dänischen Zeitungsaufsatz angeht, so würde ich sagen, es kommt ja nicht viel dabei heraus, wenn Sie den liebenswürdigerweise übersetzen liessen. Die Dänen werden uns auch nicht mehr über uns sagen können als wir schon wissen. Meine Tochter hat mir seinen Inhalt in grossen Zügen erzählt. Amüsant scheint der Schluss zu sein. Da schreibt Herr Paludan die Gespräche der drei alten Männer erinnerten ihn an seine Unterhaltungen mit einem deutschen Emigranten, die auch sehr tragisch gewesen wären, aber zum Schluss hätte der Betreffende immer ganz gerne ein Bier getrunken und wäre mit einer Blondine schlafen gegangen. Meine Tochter schreibt, die Familie ihres Mannes sei über diese Bemerkung entsetzt gewesen, aber sie

hätte ihren Schwiegervater damit beruhigt, dass sie gesagt hätte, der ist gar nicht so schlimm, der geht auch mit Braunen schlafen. Übrigens ist meine Tochter wieder ausgesöhnt hinsichtlich jener Bemerkung, im „Ptolemäer".
Hinsichtlich der Gedichte um den Bayerischen Platz herum betrachten Sie das Beiliegende. Ich hatte dies und einiges andere einem Redakteur des „ABEND" in die Fragmente geschrieben, da er selber auch öfter bei Flint sitzt. Nun druckt er es ab, aber es schadet ja nichts.
Darf ich Sie bitten, den dänischen Zeitungsausschnitt nunmehr direkt an Herrn Niedermayer zu senden, der aus Spanien zurück ist und der sicher seine Freude daran hat. Ich wäre Ihnen dankbar, wenn Sie es vielleicht bald täten.
Ihre Bemerkungen über den Essay-Band sammle ich und werde entsprechend verfahren. Allerdings glaube ich, dass gaia etwas anderes ist als gaea, nur das Letztere heisst Erde.

Dank und Gruss wie immer

Ihr Benn

Nr. 552 20 VI 51

Lieber Edler, Pater u Ruskin gehn dieser Tage an Sie zurück. – Dank für Dänische Zeitung u. Brief. – Schon wieder eine Frage: habe ich Ihnen vor einiger Zeit einen kleinen Band: „*Schöpferische Konfession*" gegeben, geschenkt, in dem moderne Künstler sich über sich selbst äusserten, 1921, Erich Reiss-Verlag? Wenn ja, wäre ich unendlich dankbar, es für einen Tag zu erhalten. Wenn nein, – verzeihen Sie die Störung.
Reisen Sie oder Ihre Gattin fort? Wann?
Seien Sie nicht melancholischer Laune, kurz ist der Sommer.

Ihrer gedenkend

Ihr

Benn

Lieber Herr Oelze, der Marburger Vortrag ist fertig u ich kehre wieder in das normale Leben zurück. Das Erste darin ist unser Dank an Sie für den Thee! Leider liegt keine Rechnung bei – wir bitten sehr, sie uns zu senden, damit wir den Preis mit den hiesigen schwarzen und weissen vergleichen können. Er schmeckt ausgezeichnet. Dann nochmals Dank für die Korrecturbemerkungen. Denen werde ich mich jetzt zuwenden. Da die neue Marburger Sache das Thema des lyrischen Ich nochmals ausführlich aufgreift, werde ich wohl „Epilog u. lyr. Ich" von 1923 fortlassen.

Meine Frau war 10 Tage an der Ostsee, in Bansin, hatte schlechtes Wetter u kam missmutig zurück. An sich haben es aber Badegäste dort nicht schlecht; nur die Einwohner selbst sollen in grossem Elend leben, namentlich in Bezug Ernährung. Wie sind denn nun Ihre Pläne u. die Ihrer Gattin? Das Wetter verführt Sie sicher zu südlichen Plänen?

Ich hatte Besuch von George Grosz u Frau, die ich seit 20 Jahren nicht gesehen habe. Wir verlebten einen äusserst alkoholischen Abend bei Stöckler, der aber reizend war. Gr. hat drüben einen reichen jüdischen Schwager beerbt u. reist für 1/2 Jahr durch Europa. Auch andre amerik. Emigranten waren bei mir, weniger erfreuliche, sonderbar steril sind diese semitischen Intellectuellen, kommen sich aber sehr überlegen u global vor.

Interessiert hat mich, via Niedermayer, einige Zeitungsausschnitte über die Aufführung des „Unaufhörlichen" in Frankfurt a M beim Deutschen Sängerfest (in Gegenwart des Bundespräsidenten) zu bekommen – (der stark Beifall klatschte, wie man las.) Die Kritiken sind hinsichtlich des Textes freundlicher als es 1931 bei der Uraufführung war, sind sogar recht freundlich.

Lasen Sie von dem so erfolgreichen G B-Abend im Münchener Ateliertheater, das sich damit eröffnete? Die ganzen

3AM. wurden vorgelesen – der Erfolg so gross, dass Wiederholung einige Tage später gemacht wurde. Dazu Gedichte, u.a die beiden „Gewisse Lebensabende" – . . .
Es ist stille Zeit hier, keine Patienten, kein Telefon, wenig Post (Gottseidank). Übrigens lese ich eigentlich nur noch Ihre u Niedermayers Briefe, keine anderen mehr. Ein Brief von Vietta, der vor 10–14 Tagen kam, ist noch ungelesen bei den Akten; – sehr unrecht von mir, aber ich bin nicht aufnahmefreudig z.Z.
Schreiben Sie bald wieder. Grüssen Sie Ihre Frau bitte vielmals.

Herzlich
Ihr
Benn

Nr. 554 9 VII 51.

Lieber Herr Oelze, in etwas roher Form als Päckchen verschnürt, gehn morgen Pater, Ruskin, Schöpferische Konfession an Sie eingeschrieben zurück. Vielen herzlichen Dank.
Anbei auf Wunsch Herrn N's. einige Zeitungen, die Münchener Sache betreffend, über Sie mit der Bitte an N. zurück.
– *Ihre* 3AM machen plötzlich Furore. Dazu Brief der Dame, mir unbekannt, an N. Erzählen Sie bitte gelegentlich Herrn Westphal von dem Erfolg, damit er sieht, dass er nicht allein steht mit seinem Zimmertheater.
Nochmals Dank für Thee. Er schmeckt grossartig. Bitte Rechnung!
Und schreiben Sie bitte mal dem alten „grand old man" – wer weiss, wie lange noch.

Immer Ihr
G B

Nr. 555 11 VII 51.

mit herzlichem Dank zurück. Die Marburger Arbeit wird in Wiesbaden schon gesetzt, Sie erhalten Korrectur noch in dieser Woche. Den Aufsatz in der „Welt“ habe ich noch nicht gelesen, aber von 3 Seiten schon darüber gehört, davon eine aus England. Ich hoffe, Herr N. sendet sie mir. Aber Herr N. fährt schon wieder für 10 Tage in die Schweiz ... Ob ich die Zeitungen über das Oratorium noch finde, weiss ich nicht – doch: anbei, anliegend, inliegend. Wollen Sie sie bitte ins *Archiv* nehmen – dies Archiv – was ist das eigentlich?

Herzliche Grüsse an Ihre Frau u Sie

Ihr

Be

Nr. 556 Sonntag 15 VII 51.

Lieber Herr Oelze, – die Korrektur von dem Marburger Vortrag haben Sie, wie mir Herr N. mitteilte, direkt aus Wiesbaden erhalten. Ich hoffe, dass keine sinnentstellenden Druckfehler drin sind, sodass Sie einen Eindruck bekommen können. Ihr Urteil interessiert mich nicht nur hinsichtlich des Vortrages selbst (G. B. wird positiv – bitte Kritik!), sondern auch im Hinblick auf den Essayband, dessen Korrekturen ich in diesen Tagen lese. Ich habe den Eindruck, dass dieser neue Vortrag die ganzen alten Essays aufhebt, da er eine neue Gedankensituation bringt, die im Gegensatz zu vielen Ausfällen und Einfällen der alten Essays steht. Ich habe daher vor, eine ganze Menge aus den alten Sachen fortzulassen, nur das bestehn zu lassen, was an sich etwas Interessantes enthält. So will ich fortlassen: *Epilog und lyrisches Ich*, da ich das im neuen Vortrag ja genügend er-

örtere. Ferner: *Expressionismus* darüber habe ich mich ja auch oft genug ausgesprochen, an vielen Stellen der neuen Bücher, auch müsste ich gerade in diesem Aufsatz vieles streichen, es entsetzt mich wie viel. Ferner: *Kunst und Staat*, ferner *Medizinische Krise* – das ist alles schon zu oft erörtert. Erinnern Sie sich an eine Buchbesprechung: „Dein Körper gehört dir" (in Gesammelte Prosa, Kiepenheuer, enthalten) – würden Sie so gut sein und es noch einmal in sich aufnehmen und mir zu sagen ob ich das mithineinnehmen soll? Es ist aktuell und ganz schlagkräftig.
Dank für den Brief vom 11. d.M. Was Sie über Malaparte schreiben, ist richtig, aber ich finde, dass das Buch doch an einzelnen Stellen jenen oberflächlichen und reizvollen Schimmer hat, der einen gewissen Zauber ausübt und den Romanen eigen ist.
Den Stadtrassismus in Dorische Welt lasse ich ruhig stehn – warum eigentlich nicht?
Heute nur dies. Herzliche Grüsse. Auf der Karte suchte ich Tarent und Barletta und fragte mich, was Sie gerade in diese Gegenden zieht.

Ihr
Benn

Nr. 557 16 VII 51.

L.H.Oe. in Ergänzung meines gestrigen Briefes betr. Essayband bitte ich Sie noch um folgende Betrachtung u. Rückäusserung dazu:
Herr N. erwog einen Augenblick, den Marburger Vortrag als Sonderdruck erscheinen zu lassen, will ihn aber doch lieber in den Essayband nehmen, um diesen zu aktualisieren und kauffähiger zu machen. Schön, einverstanden – aber *wo* soll er in dem Essayband stehn? Ich würde sagen als 1. Ar-

beit, zum Köder für das Übrige. Aber wie dann den Band abschliessen, mit welchem Stück? Ich dachte:
Marburger Vortrag
Dorische Welt.
Saison
Aufbau der Persönlichkeit
Irrationalismus u mod. Medizin
Carleton
Genieproblem
(Zur Problematik des Dichterischen.)
Die neue liter. Saison.
Nach dem Nihilismus
Fazit der Perspectiven. oder als Letztes:
Zur Problematik des Dichterischen.
Haben Sie die Sachen noch so im Kopf, dass Sie diesen meinen Vorschlag erwägen könnten? oder den Marburger Vortrag als Letztes? U.Aw. g.

Gestern Nachmittag 6-8 Uhr war ein Besuch bei uns, der Sie überraschen wird: R A Schröder! Er war aus Anlass des Kirchentages hier u. las vielerorts vor. Da er gelegentlich seines Goethevortrags vor 2 Jahren mir hatte sagen lassen, er würde mich besucht haben, wenn er mehr Zeit gehabt hätte, sandte ich ihm in einen der Gemeindesäle, wo er las, einen Gruss mit Rosenstrauss. Er rief an u kam. Es war ein ganz netter Besuch, wir haben versucht, ihm aufzuwarten u zu laben. Ich hatte ihn mir nicht so schwerfällig, alt, massig, unbeweglich vorgestellt. Aber allerdings manchmal denkt man plötzlich, dass er sich das Fett, das Alter u das Greisentum nur überhängt u. dass darunter ein ganz verschmitzter u gerissener Bauernjunge steckt. Auch die Brasilzigarre war da u dann sieht er ja wie Churchill aus, – aber, wie gesagt, er hat mir gut gefallen. Er fährt von hier nach Bremen u wird Ihnen wohl unsere Grüsse überbringen. –
So genug mit meiner kritzlichen Handschrift. – Las von

Windhosen, Gewittern u. Überschwemmungen in Ihrem Gebiet – möge der Gott der Fluren die Oberneulander Landstrasse schützen u bewahren.

Herzliche Grüsse
Ihr
Benn

Nr. 558 16 VII 51

L H Oe, mir scheint, Limes hat Ihr Korrecturexemplar mit an mich gesandt – anbei ist es – nix Gutes, nix Neues, mich kotzt das Alles an, – ans Kreuz genagelt, man kann nicht runter.

Ihr
Be

Nr. 559 17 VII 51.

Lieber guter Herr Oelze, haben Sie sehr herzlichen Dank für Ihren Brief vom 15. d. Ms. mit der freundlichen Zustimmung zu dem Vortrag. Es ist mir eine grosse aufrichtige Genugtuung, dass Sie ihn gutheissen. Ich bin in einer erheblichen Depression, mehr aus persönlichen Gründen (zu heikel, sie darzustellen, s. „Blaue Stunde“, bitte nie erwähnen!), vielleicht auch aus garkeinen Gründen, nur aus Alter u. Ermüdung. Kurz: darum freut mich Ihr Brief so sehr. Ich hatte schon beschlossen, ihn garnicht zu halten, unter den Tisch fallen zu lassen, den ganzen Essayband zu unterdrücken ... Kurz, ich möchte mit Ihnen einmal in dieser Woche *telefonieren*, um Ihre Meinung zu hören in Sonderheit über:

1) Vortrag als Sonderdruck?

2) Wenn im Essayband als Anfang oder Schluss?
3) Wenn als Anfang, – was dann als Schluss? zB. „Nach dem Nihilismus“ oder „Fazit d. Perspectiven“?
Es hebt sich eben eigentlich alles gegeneinander auf
Sind Sie z B. *Freitag abend nach 7 h* zu Hause? Ich werde es versuchen.

Dank u Gruss! Viel Dank
Ihr
Benn

Bitte denken Sie auch darüber nach, ob man den Essayband jetzt *nicht* bringt, es sind so viele Bücher von mir erschienen, die Kritiker mokieren sich schon darüber – also *nur den Vortrag* u den Essayband vertagen?

Nr. 560 23 VII 51

Lieber Herr Oelze – würden Sie wohl die Ihnen von mir zugesandte Korrectur des Vortrages an mich zurücksenden? Über mein Telefongespräch am 20. ds Ms. waren Sie, fürchte ich, nicht entzückt, da Sie vorzeitig Ihr Büro verlassen mussten u zu Ihrem Banquier zu spät zu kommen, fürchteten. Aber mich hat es gefreut, Sie wieder zu sprechen.

Herzlichen Gruss
Ihr
Benn

Nr. 561 3 VIII 51

Lieber Herr Oelze, das Geburtstagstelegramm an Ihre verehrte Gattin haben wir nach Bremen gerichtet, obschon Sie vielleicht in Häcklingen sind. Ich wollte Ihrer Frau dazu den neuen Thomas Wolfe senden: „Es führt kein Weg zurück“

(Rowohlt), aber meine Frau sagte, Oe's haben soviele Bücher, die werfen sie doch bloss in die Ecke. (Die Verachtung meiner Frau für Bücher spricht sich hier aus). Falls Ihre Frau aber den Wolfe gern lesen will, sende ich ihn ihr. – Tausend Dank für die neue Theesendung! Sehr beschämend. Man kann mit Ihnen nicht über solche Dinge reden, da Sie nicht objectiv im Geschäftlichen sind. Schlimm! Aber unseren herzlichsten Dank. –

Der Marburger Vortrag erscheint also Ihrem u meinem Vorschlag zu Folge als Sonderdruck; äusserlich ähnlich wie „Fragmente", sagt Herr N., u zwar im September. Der Frankfurter Sender, der ihn ja Anfang Oktober sendet, hat nichts dagegen, dass er schon gedruckt vorliegt. Der Essayband dann später.

Was Ihre Einladung angeht, so möchte ich nicht von Marburg aus kommen, sondern, sofern Sie noch dort sind, über Sonntag den 2. IX., also Sonnabend 1. IX. – 2 oder 3. IX. mit Autobus, der Nachm. in Bremen ankommt. Schreiben Sie mir bitte, ob Sie das genehmigen. Vielleicht kommt meine Frau mit? Darf sie?

Die „Weltwoche" ist sehr nett. Freut mich sehr. Eine Dame in Köln macht jetzt auch noch eine Doctorarbeit über mich. Das für heute. Abends ein Glas auf das Wohl Ihrer Frau! Ihr

G B

Nr. 562 16 VIII 51.

Lieber Herr Oelze, haben Sie Dank für Ihren Brief und Ihre Frau für den an meine Frau. Über der Reise nach Bremen standen Komplikationen, die aber jetzt wohl beseitigt sind. Etwas Seltsames hatte sich begeben. Ich wurde vom Belgischen Ministerium eingeladen, zu einem Europäischen Dich-

tertreffen in Knokke zu kommen vom 7.-11. IX, freie Fahrt in Belgien, Hotel und die Ankündigung, dass ich zum Vicepräsidenten der Tagung gewählt werden sollte, einerseits als Ehrung für meine Person, zweitens als Ausdruck dafür, dass man die kulturellen Beziehungen zu Deutschland als besonders wertvoll betrachte. Der Belgische Gesandte in Bonn sei angewiesen, die Bundesregierung zu bitten, mich als Deutschen Delegierten zu signieren u. mir von Berlin bis zur Grenze ebenfalls freie Reise zu gewähren. Ich war verblüfft und liess das Schreiben liegen, aber dann kam tatsächlich aus Bonn: *Auswärtiges Amt* ein amtliches Schreiben per Luftpost und Eilboten, das mir davon Mitteilung machte und um meine Entscheidung bat. Ich habe reiflich überlegt, aber dann mit Gesundheitsgründen meine Absage sehr höflich begründet. Ich habe keine Lust; die Dichtertreffen werden dort eben so blöd sein wie bei uns, ausserdem ist es anstrengend und kostet Geld und mit meinem Französisch ist es auch nicht mehr weit her. Immerhin, der Belgische Aussenminister, die Unesco, der PENclub und viele herrliche Körperschaften standen unter den Namen des Ehrenausschusses. Aber das ist nichts für mich, ich kann nicht plötzlich gesellschaftlich werden. Dafür kann ich nach Bremen kommen, wenn es Ihnen passt.
Leider wird meine Frau doch nicht mitkommen können. Wir bekommen in den Tagen Besuch von unserem amerikanischen Trudchen, das so viel für uns getan hat und die können wir nicht alleine lassen. Ich würde also allein kommen. Herr Niedermayer rät mir, Herrn Westphal kennen zu lernen und den Wunsch habe ich auch. Könnten wir das arrangieren? Macht es Ihnen viel Mühe? Sie haben natürlich völlig freie Hand, mich mit jedem bekannt zu machen, der Ihnen gut erscheint. Ich werde weltoffen sein und mein Knie ist seit Monaten wieder vollkommen heil. Ich kann die Wümme entlang gehn und über das Horner Moor laufen.
Nach Marburg scheint allerhand Volk zu strömen. Ganz

wohl ist mir nicht dabei. Ich komme am Montag hoffentlich dort an, um 5 Uhr Dienstag ist der Vortrag und ich hoffe abends mit Nie. im Auto zu entkommen und eventuell noch 2 Tage nach Ems zu gehn oder gleich retour und noch einen Tag nach Hahnenklee (Weihnachten 1935!). Nach Bremen käme ich dann von hier aus mit dem Bus am I. IX. Meine Adresse in Marburg ist Hotel Europäischer Hof.

Nehmen Sie herzliche Grüsse, die auch Ihrer Gattin gelten.

Ihr

G B

Nr. 563 Marburg 21. 8. 51

„Die wenigen, die was davon erkannt"

– Goethe –

wovon eigentlich?
Ich nehme an: vom Satzbau.
Schönsten Dank für Ihren Brief – er hat nicht zuviel verheißen. Ihren Besuch freudig erwartend

H. H. Schaeder

Benn.
Max Niedermayer.
Ernst Schulin

Nr. 564 ⟨22. 8. 1951⟩

Ein Glück, dass Sie nicht da waren! Ging schief! Zu grosser Hörsaal, zu viel Leute u. miserable Akustik, die hintre Hälfte schrie: „lauter", peinliche Sache, ich musste kürzen. Schlechte Organisation. Einmal u nie wieder. Nur der Bayerische Platz ist mein zu Hause.

Auf Wiedersehn. Ihr

G. B

Nr. 565 27 VIII 51

Lieber Herr Oelze, Dank für Ihren Brief vom 19 VIII Über Marburg werde ich erzählen.
Vorausgesetzt dass Ihre englischen Gäste wieder fort u Sie nicht zu erschöpft sind, komme ich Sonnabend Nachmittag. Ich bitte sehr, mich nicht vom Autobus in Bremen etwa abholen zu wollen, ich werde schmutzig u. erschöpft sein u. muss mich erst einen Augenblick verschnaufen. Ich treffe etwa 5 1/2, denke ich, in Oberneuland ein. Sollte meine Frau doch mitkommen, was möglich u. sehr ihr Wunsch ist, gebe ich noch Nachricht. Wir fahren am Montag früh wieder mit dem Bus zurück.
Ich freue mich riesig, nun endlich die lange fällige Reise in Ihr Land zu machen und bin mit vielen Grüssen an Ihre verehrte Gattin u Sie

Ihr

G B

Falls Ihnen der nächste Sonntag besser passt (also 8/9.) mir wäre es gleich

Nr. 566 29 VIII 51.

Lieber Herr Oelze,
meine Frau kommt definitiv *nicht* mit. Dank für Ihren Brief vom 26 VIII. Wenn Sie mich wirklich mit Wagen am Bahnhof Bremen abholen würden, wäre es doch sehr schön, da ich nicht weiss, ob ich dort ein Taxi finde. Der Autobus ist 4 1/2 dort, meistens etwas früher.
Auf Wiedersehn, herzlichen Gruss, auch an Ihre Gattin.

Ihr

G B

Nr. 567 12. 9. 51

Lieber Herr Oelze, es ist unverzeihlich, dass ich Ihnen noch nicht gedankt habe für Abholen, langes Warten, Koffer tragen, Finger abgequetscht bekommen, Wümmedemonstration, Hilfe beim Wachtmeister, Autofahren, Telefonat nach Berlin –, aber ich fand hier soviel Arbeit vor, dann der Besuch von „Trudchen" und neue Gedanken u. Kompositionen. Inzwischen haben Sie den Vortrag von M.N. erhalten, wie er mir am Telefon sagte. Die Marburger Universität hat 80 Exemplare gleich blanko bestellt u. sendet ihn allen Kursteilnehmern zu.

Ich hätte Ihnen viel zu erzählen, aber auch heute habe ich keine Ruhe dazu. Nur meinen Dank u. die Versicherung meines dauernden stillen Gedenkens an Ihre grosse Gastfreundschaft soll endlich an Sie abgehen. Ich denke öfter jetzt über Sie nach, nachdem ich Sie in Ihrem Milieu gesehen habe. Unsere Beziehung erscheint mir doppelt seltsam.

Herzlichen Gruss an Sie beide u auch an die mir sehr sympathische Frau Borchardt, bitte.

Immer Ihr

G B

Nr. 568 15 IX 51

Lieber Mister Oelze, im Anschluss an Oberneuland kam ich in eine gemässigte lyrische Produktivität – anbei die Ergebnisse.

Zur Erinnerung an die Tage Ihnen, Ihrer Gattin u. Misses Borchardt vorgelegt.

Ihr

G Benn

Nr. 569 17 X 51

Lieber Herr Oelze, vielen Dank für Karten und Briefe von der Reise u. den Brief aus Bremen. Aber ich bitte Sie *sehr*, nicht nach Darmstadt zu kommen. Da bin ich ja sicher sehr in Anspruch genommen u. könnte Sie garnicht sprechen. Lohnt auch nicht, ist doch nur Staffage, um der A. etwas Auftrieb zu geben.
Herzliche Grüsse an Ihre verehrte Gattin und Sie.

Ihr
Benn

Es gehörte zu der Bedingung des Preises, dass ich ihn *persönlich* in Empfang nehme.

Nr. 570 25 X 51

L. H. Ö. Darmstadt: ein glorreicher Tag, der glänzendste meines Lebens völlig gelungen in Stimmung, Äusserem u. Gesellschaftlichem. Am 18 X las ich in Hannover die Marburger Rede vor, auf Einladung. Auch da wurde ich als grosser Mann gefeiert u aufgenommen, Minister zu Füssen u. ein Bilderbuch über Hannover mit eingesetztem Blatt: zum Dank u zur Erinnerung an seinen Besuch in der Hauptstadt Hannover wurde mir überreicht.
Rückflug von Frankfurt nach hier ging leidlich, war mein 1. Flug.
Bitte grüssen Sie Vietta's, die mir beide gut gefielen, V. viel besser, als ich erwartete, viel seriöser. – Auch Thiess war da u R A Schröder.

Herzlich Ihr
G B

Nr. 571 7 XI 51.

Lieber Herr Oelze, Dank für Ihren freundlichen Brief in Sachen Darmstadt u Vietta. Wenn Sie die Darmstädter Rede lesen, bedenken und beachten Sie bitte die Sätze über die Dämonen. Sie sind nicht von Ohngefähr mir in die Feder geflossen; vielleicht wenden sich Ihre Gedanken eines Tages an sie zurück. Nehmen Sie mich so grausig u so haltlos, wie Sie es können. Immer wieder vom Olymp verstossen, bei Apollo eine Stunde geträumt, aber von Dionysos auch immer wieder zerrissen u in allen Hörselbergen genossen u. versündigt. Und alles ohne Reue u. ohne Vergebung. –
Die „(Oberneulander)" Gedichte sind ja im Lit. Deutschland erschienen am 20 X als Gabe von mir an das Journal der Akademie. –
Hat Herr N. Ihnen mitgeteilt, was er für Pläne hat mit den Dramen u den frühen Gedichten? Schwierige Sache.
Herzl. Gruss an Ihre Gattin u Sie – (Sie wohlgeborgener, gehüteter, abgeschlossener, vollendeter Mann!)

Ihr

G B

Nr. 572 d. 28. 11. 51

Lieber Herr Oelze,
ich hoffe, es geht Ihnen gut, ich meinerseits sitze über neuen Gedankengängen und komme nicht zum Schreiben. Heute schreibe ich aus einem besonderen Grunde. Herr Schifferli schrieb mir vor einiger Zeit, ein deutscher Kritiker sei bei ihm gewesen, habe ihm erzählt, dass Sie und ich seit Jahrzehnten eine eingehende Korrespondenz führten und hat ihm gewissermassen diesen Briefwechsel, wie ich seinen Worten entnehmen muss, angeboten zum Druck, und Herr Schifferli

schreibt mir, dass er sich dafür interessiert. Ich muss sagen, ich bin sehr überrascht. Wer ist dieser deutsche Kritiker, und hat er in Ihrem Auftrag gehandelt? Ich kann mir das nicht denken, Sie wissen ja, ich glaube, wir haben auch im Mai in Wiesbaden darüber gesprochen, dass ich niemals zu meinen Lebzeiten einverstanden sein würde. Auch nach meinem Tode wünsche ich eine Veröffentlichung nicht. Aber es muss doch irgend etwas Derartiges sich abgespielt haben, denn Herr Niedermayer schrieb mir, dass er von Herrn Rychner auch schon vor einiger Zeit etwas Derartiges gehört habe. Ich bitte Sie also sehr, mich aufzuklären.
Ich möchte Sie auch noch auf folgendes hinweisen. Herr Vietta hatte in einem seiner Aufsätze anlässlich der Darmstädter Sache auch Sie und unsere Korrespondenz erwähnt, und ich muss schon sagen, das Zitat, das er daraus brachte, war wirklich wenig eindrucksvoll und nichtssagend. Also, wenn in den Briefen nichts Besseres steht, (ich bin ja kein grosser Gedächtniskünstler und weiss von den Briefen nicht mehr viel) dann lohnt es sich wirklich nicht, davon viel Wesens zu machen. Andererseits ist mir klar, dass die Briefe rechtlich Ihr Eigentum sind. Aber ich glaube, dass Rechtsfragen zwischen uns gar nicht zur Erörterung stehen werden.
Sagen Sie mir doch bitte, was mit der Sache los ist. Mit vielen Grüssen an Ihre Gattin und Sie

Ihr

Benn.

Nr. 573 10 XII 51.

Lieber Herr Oelze, ich freue mich sehr für Sie, dass Sie wieder einmal in England waren.
Dank für Ihren aufklärenden Brief. Die Sache ist erledigt.

Der „Deutsche Kritiker" kann wohl nur Herr Vietta gewesen sein.
Bin down u. brüte über neuen faulen Eiern. Auch privat keine Rosenzeit, – sehr privat, allzu privat, doch das schriftlich nicht zu erledigen.
Ich hoffe, es geht Ihnen beiden gut.
Habe Einladungen, seriöse, nach Wien, Basel, Zürich zum Vorlesen, aber ich bin parterre, ich kann mich nirgends mehr zeigen, besonders nicht, wenn Limes „die frühen Gedichte u Dramen" herausbringt, u das Neue, was ich schreibe, ist auch recht trübe.

Herzliche Grüsse
Ihr
G B

Nr. 574 15 XII 51.

Lieber Herr Oelze,
ich möchte hiermit meinen Standpunkt hinsichtlich der an Sie gerichteten Briefe ändern. Ich habe nichts gegen eine Veröffentlichung aller Stellen, die nicht-persönlicher Natur sind, wobei ich unter persönlich auch alle Bemerkungen rechne, die sich auf lebende Literaten und Künstler u. überhaupt Zeitgenossen beziehn. Sofern Sie selber sich an der Herausgabe beteiligen, was ich wünschte, bin ich sicher, dass Sie absolut fair in meinem Sinne verfahren würden. Für den Fall, dass Sie die Briefe aus der Hand geben, bitte ich, den eben geäusserten Wunsch sicherstellen zu wollen. Ich bin dafür, mit jeder Publikation bis nach meinem Tode zu warten.
Dieser Entschluss gehört zu den Inhalten der Krise, in der ich mich persönlich seit einiger Zeit befinde, über deren Charakter ich mich jedoch hier nicht äussern kann. Sofern

ich tot bin, bitte ich ferner, meine Frau an dem Unternehmen zu beteiligen u. ihr ein Einspruchsrecht zuzugestehn.

In alter Freundschaft

Ihr

Gottfried Benn.

Nr. 575 19 XII 51

Hochinteressant: alles *Jesuiten* (S. J. = Societas Jesu)! Bitte nur als Lektüre, u. dann an Herrn Niedermayer zurücksenden.

Be

Nr. 576

Herrn F W. Oelze:
Wenn Sie zwischen Punsch und Pfefferkuchen
In dem stillen Haus in Oberneuland
Einmal eine Stunde Kurzweil suchen,
Neues fragen oder Altes buchen,
Nehmen Sie die Blätter in die Hand.
Weihnachten 1951. Gottfried Benn.

Nr. 577 17 I 52

Lieber Herr Oelze, ich bin zu müde u. mutlos, um Briefe zu schreiben, ich kann nur auf diesen schmalen Zetteln kritzeln. – Tut mir unendlich leid, dass Sie krank waren. Hoffe sehr, dass alles wieder gut ist. Dank für Brief vom 14 I. Sind nicht

die „Arien“ im I. Teil reine Lyrik? Sie schrieben, Sie vermissten die Lyrik der 3AM.
Schrieb ich Ihnen von der Sache in Genf? Bin in eine 5köpfige internationale Jury gewählt, die 1953 einen grossen Literaturpreis verteilen soll (Garantie: 100 000 Exemplare u 10 000 Schweizer Frank) Roman, Erzählung oder Biographie. Jury: Ein Engländer, 1 Franzose, 1 Scandinavier, 1 Italiener (Silone) u. für alle deutschsprachigen Länder (Schweiz, Österreich, Germany) *ich*. Nahm an. Ist ja ganz ehrenvoll u. Ende Januar oder Februar Reise nach Genf, Einladung, alles frei. Macht Arbeit, aber wird bezahlt. Bei der Gelegenheit Basel u Zürich, Studentenschaft. Kotzt mich an, aber hier ist es auch unerträglich.

Herzlich Ihr G B

Nr. 578 21 I 52

Lieber Herr Oelze, würden Sie als Angloexperte wohl so freundlich sein u diesen amerikanischen Brief studieren u mir Ihren Eindruck sagen? Wäre Ihnen sehr dankbar für baldige Erledigung. *Falls Sie wieder gesund sind.* U A w g.

Dank u Gruss Ihr
Benn

Nr. 579 26 I 52

Lieber Herr Oelze, vielen vielen Dank für die schnelle u interessante Beantwortung meiner Bitte betr. U S A u Gedichte. Ich werde, wenn Sie erlauben, Ihren Brief an die beiden Herrn in Cambridge senden. Ich selbst besitze diese Gedichte nicht, zerschnitt mein Belegexemplar, um Marion

Davis in die St. h. d. V. einzusetzen u verlor den Rest. Vergass auch alles. Es ist mir ganz neu, dass ich Reim: Kiel u Spiel anbrachte. Aber Zickzack meinte ich *deutsch*, wusste nicht, dass das auch ein Tanz sei. (Ist es das überhaupt??) Ich gebrauche ja Zickzack mehrmals in St. h d V im Sinne von verdreht u. Durcheinander.
Die Konferenz in Genf findet jetzt nicht statt. Also musste ich auch Basel – Zürich absagen, da die Reise für diesen Zweck alleine zu teuer, die Studentenschaften können nur 300 Fr. zahlen u die Fahrt hin u zurück kostet allein 3 – 400 Frc. Bedaure es nicht, hatte wenig Lust.
Anbei interessante Einladung nach Paris, Teilnehmerliste bezw. Einladungsliste bemerkenswert! Werde nicht fahren, da politische Demonstration. Bitte zurück.
Schreiben Sie über Ihre Gesundheit!
Würde sehr glücklich sein, Sie hier zu sprechen.

Herzlich Ihr

Benn

Lebe wohl –

Lebe wohl – du Flüchtige, Freie
die Flügel zu Fahrt und Flug,
geschlossen die Rune, die Reihe,
die deinen Namen trug

Ich muss nun wieder
meine dunklen Gärten begehn,
ich höre schon Schwanenlieder
vom Schilf der nächtigen Seen

Lebe wohl, du Tränenbereiter,
Eröffner von Qual und Gram,
verloren – weiter
die Tiefe, die gab und nahm.

G B

Kleines Abschiedslied an eine der seltsamsten und gefährlichsten Affären meines Lebens. Die Frau der „Blauen Stunde", der Liebesstellen aus „Spät", vieler Sätze aus den „Arien", die Frau, die über den Sätzen von den Dämonen schwebt aus der Darmstädter Rede. Eine leere, ungebildete gemeine Person, die weder orthographisch schreiben, noch manierlich mit Messer u Gabel essen konnte, obschon sie Kellnerin in einem der elegantesten First-class-Etablissements des Westens hier ist. Keine sexuelle Hörigkeit von mir, das wäre ja harmlos und uninteressant; sondern eine unheimliche innere Verbundenheit, deren Quellen weit zurückreichen müssen in kaum erahnbares psychisches Magma, in eine von grauen Vorzeiten verschleierte Doppelung meines Gen, das ich liebte u hasste u. dem ich verfallen war. Sie betrog mich seit einem Jahr mit einem Käsehändler, der seine Wechsel nicht bezahlen konnte, die sie dann übernahm z T. mit Hilfe meines Geldes. Ich wusste das Alles. Brachte meine Ehe bis an die äusserste Grenze der Gefährdung, war mir gleich, war bereit zu Grunde zu gehn, aber der Käsehändler war stärker. Lange hagere grauhaarige Person, das Gesicht Pfeffer u Salz, die Unterhaltungen über Kleider und Geschäftsklatsch und Haarfrisuren: – Interessierte mich. War hingerissen *und litt.* Sie in Ihrem sicheren Leben u der Sie einmal schrieben, Sie hätten in Ihrem ganzen Leben nie geliebt, können das nicht verstehn und Sie müssen mich verachten, aber, lieber Herr Oelze, so ist das Leben, *wenn man es ernst nimmt.* Das sind die Zahlungen für Kunst u Ruhm. Jetzt ist es Gottseidank zu Ende, dem Hades entstiegen, wieder einmal den Styx durchschwommen – mit 65 Jahren – aber was hat man eigentlich sonst?
Das kleine Gedicht bitte ins Archiv, ohne Datum, *diesen Brief bitte sofort vernichten.* Ihr Benn
Falls Sie antworten wollen bitte auf Extrabogen u Kouvert.

Ich schrieb während dieser Zeit: „N – nach 50 Jahren"; Vorrede zu Auden; Probleme der Lyrik; Gedichte: Spät; Die Stimme hinter dem Vorhang. (III) 1950 - 1951. (31. XII).

Nr. 580 16 II 52

Lieber Herr Oelze, Sie schreiben nicht mehr. Ihre Verachtung meiner Persönlichkeit als Mensch u. Autor ist deutlich fühlbar. Was soll ich machen? „Leb' ich doch stets um derentwillen, um derentwillen ich nicht leben soll" sagt der Wahlvater aus Weimar. –
Wie finden Sie Gide's Konfessionen über seine Ehe? Finde sie nicht sehr angenehm. („Merkur").
Lesen Sie Ihres Dorfgenossen Thiess neuesten Roman? Begann ihn, fand es nicht gut möglich.
Las *Ibsen*. Sehr gut! „Wildente" ein geniales Stück, abwegig, abgründig, entzaubernd – 1886! Auch „Rosmersholm" nicht ohne: „Die Weltanschauung der Rosmer adelt, aber sie tötet das Glück".
Trete nächsten Sonnabend im British Centre zum 1. Mal seit 20 Jahren vor das Berliner Publikum: 10 Minuten über die Lasker-Schüler, Gedächtnisabend, war ja mal meine Freundin, 1912, – ach wie Sie mich verachten wegen aller meiner Affären! – Plane Ende März 2 - 3 Wochen nach Meran oder Lugano zu starten. Herzlich Immer

Ihr Benn

Nr. 581 18 II 52

Lieber Herr Oelze,
anbei ein an Sie gerichteter Brief aus U.S.A – Sie werden in den Malstrom hineingezogen. Ich wäre Ihnen äusserst

dankbar, wenn Sie den Brief beantworteten u. mit den beiden Herren in Fühlung blieben.
Da es sich offenbar um eine seriöse Angelegenheit handelt, sie an mich auch schon wieder ausführlich u mit zahlreichen Spezialfragen geschrieben haben, würde ich sogar den Vorschlag an Sie wagen, ob Sie ihnen zur Verfügung stellten:
Rychner: das lyrische Ich
Grenzmann (aus „Stimmen der Zeit", November 51)
Ich besitze keinen der Aufsätze, aber ich glaube bestimmt, dass sie Ihnen die Journale zurückschicken werden. Ihren Brief sandte ich hin, er ist auf fruchtbaren Boden gefallen!

Viele Grüsse. Herzlichen Dank.

Ihr

Benn

18 II 52

L.H Oe. Dies sind neue Übertragungen, die heute kamen. Würden Sie Zeit haben, sie gelegentlich anzusehn?

Ihr

Be

Nr. 582 20 II 52

L. H. Oe. Dies ist nun die 4. postalische Nachricht innerhalb 5 Tagen. Pardon! Aber Ihr Hinweis auf *Locarno* hat es mir angetan. Ich ginge ja lieber an einen See als nach Meran, zu dem ich eigentlich schon entschlossen war.
Kennen Sie persönlich Locarno u kennen Sie dort Hotel oder Pension? Merkwürdigerweise gibt es hier kein Schweizer Reisebüro, während es ein italien. gibt, das einem alles besorgt: Pass, Billet, Devisen, Visen. Wieviel Devisen bekommt man für die Schweiz? (Für Italien 420 M pro Reise). Ich will reisen etwa am 31. III, Dauer je nach Geldlage 3 –

4 Wochen. Seien Sie nicht böse, dass ich Sie nach solchen Banalitäten frage. Anbei noch Brief an mich mit rührendem Fragebogen, den ich ausführlich beantwortet habe, von den Amerikanern.

Herzlich Dank Ihr

Benn

Nr. 583 23 II 52

Lieber Herr Oelze,
anbei ein süsser Brief von unserem Herrn Lohner, dessen Name auch auf ihm ersichtlich ist. Bitte senden Sie ihn an Herrn Niedermayer, der sich auch an seinem „Doppelleben" erfreuen soll.
Vielen Dank für den Brief vom 20 II.
Ich glaube, dass ich nach Meran fahre, etwa 30 III, die Reise dorthin ist bequem – München-Meran durchgehender Wagen, 2x täglich – u. erstaunlich billig: II Klasse München-Meran M. 27! Locarno wird doch wohl sehr snobig u. emigrantenüberladen sein.
Ich hoffe, es geht Ihnen gut.
Ihrer Frau u Ihnen herzlichen Gruss u Ihnen Dank.

Ihr

G B

Nr. 584

L H Oe. In dem kleinen Aufsatz über E.L.Sch, den ich Ihnen sandte, u den ich eben erst durchlas, ist ein Druckfehler: statt *H*ang bitte ich *R*ang zu setzen. Nicht wichtig, aber stört mich. Entschuldigen Sie die viele Schreiberei.

Ich habe aus Ovation für Sie in meiner Stammkneipe das *Beck-Bier* aus Bremen-Neustadt eingeführt. Immer ein Glas auf Ihr Wohl!

Ihr

24. II 52 Benn

Nr. 585 12 III 52

Lieber Herr Oelze, vielen Dank für den Tee, der heute zur grössten Überraschung eintraf. Wie kommen Sie dazu? Darf ich es auslegen als Erinnerung an Ihren Besuch am 10. III voriges Jahr, also vor 12 Monaten? Sie sehen, ich führe Buch über die wesentlichen Ereignisse in der Bozenerstr. (in unleserlichen Chiffern).

In St.h.d.V. ist auf Seite 36 folgendes zu korrigieren: hinter Honduras kein Fragezeichen, sondern: –. Ferner einige Reihen tiefer: „Auge sicherer" (nicht: sich).

Nun wie wirkt es gedruckt auf Sie? Die Mischung G. B. in Reinkultur: cynisch und melancholisch.

Hier war grosse G.B.-Krise im *Rias*. Wollten vorige Woche eine halbe Stunde, ausgerechnet abends um 9 Uhr, wo sonst nur Musik kommt und ganz Berlin am Radio sitzt, eine Sache von Peter de Mendelssohn gegen mich senden über bzw. gegen Doppelleben. Man sandte mir das Manuscript mit der blöden Aufforderung, mich bei einer stattfindenden Diskussion zum Wort zu melden. Daraufhin las ich das Geschmier und fand derartig unverschämte persönliche Beleidigungen darin, dass ich sofort durch eingeschriebenen Brief mit Klage drohte. (Gegen Rias kann ein Deutscher nicht klagen, da es amerik. Unternehmen und d.M. Engländer – dies nebenbei). z.B. schrieb dieser Bursche, ich sei geistig und moralisch verschwägert mit dem Atomspion Dr. Fuchs – der spaltet Atome und verrät sie und ich spalte Gedanken

und verrate sie – sollte man nicht gegen einen Mann wie mich Gesetze erlassen, die ihm die Veröffentlichung verbieten? Ich munkele im Dunklen, ich sei verlogen, Antisemit, Militarist u dergl. Es gab eine Palastrevolution im Rias, in die sich die amerik. Leitung einschalten musste, die die Sendung dann verbot. Also zunächst ein Sieg von mir, aber doch etwas bedenklich machend.
Die Einladung nach Köln kommt nicht von mir, ich selbst habe auf 4 dringende Einladungen zu kommen, garnicht geantwortet. Sie selber tragen Ihren Namen und Ruhm durch die Öffentlichkeit.
Dank für die beiden letzten Briefe, der zweite mit Dorfgenossen-beilage. Ich bemühe mich so sehr, Fr. Th. nett zu finden, seit ich ihn in Darmstadt kennen lernte, aber es ist wirklich schwierig.
Was Sie über die E. Lasker-Schüler schreiben, kann nicht stimmen. Sie haben in Bezug auf Lyrik eine klassizistische Einstellung mit einem anti-Sinnlichkeits-Komplex (Anti-Prostata-Komplex) –, beraubt Sie vieler Erlebnismöglichkeiten u. Genussströmen –, dachte schon oft darüber nach, wieso, woher, mit welchem Hintergrund! „Hebräische Balladen" besitze ich nicht, nur den grossen Band von 1917 bei Kurt Wolff, grosse Rarität, sende ihn Ihnen gelegentlich.
Abreise auf 29 III angesetzt. Herzlich Ihr

Benn

Nr. 586 23 III 52

Lieber Herr Oelze, Dank für Ihren letzten Brief. Bitte schicken Sie mir keine Sachen von den Amerikanern, ich verstehe ja doch kein Englisch, ausserdem liegen von Herrn Lohner schon neue Fragen vor, die zu beantworten mir mehr Zeit kosten würde, als ich z.Z. habe.

Radio Bremen also will senden, sagte Herr N. am Telefon. Desgl. NWDR Köln. Ich bewundre den Mut der Herren. Heute im „Tagesspiegel“ die erste Kritik darüber von Herrn Blöcker, es ist eine religiöse Dichtung, meint er. Leider enthält die Kritik keinerlei Warnung vor der Bösartigkeit der Sache, ich fürchte ja, dass es deswegen einige Kontroversen geben wird.
Anlässlich „Grüner Teppich“ in Köln bin ich ja in der „Welt“ recht verrissen, von einer Dame. Ich meine übrigens selbst, dass heute: über 4 Jahre nach Erscheinen manches hätte gekürzt werden müssen, ich fand das schon in Darmstadt. Fr. a M. sendet die Darmstädter Aufnahme am 6 V nochmals in einer Nachtsendung.
Am 28. abends fahre ich mittels Interzonenzug nach München, bin, wenn alles gutgeht, am 29. abends 10 h. in Meran, Adresse: *Hotel-Pension Westend.* Bitte schreiben Sie mir mal. Ich habe ja immer Heimweh nach dem Bayerischen Platz u freue mich über Briefe aus der Heimat! Viele Grüsse an Ihre Frau u Sie.

Herzlich Ihr G.B.

Nr. 587

L.H.Oe. Der Frühling ist auch entartet wie in ganz Europa, die ersten Tage waren regnerisch und kühl. Aber ein wunderschöner Ort, – ich bin den ganzen Tag draussen u. erhole mich, wie mir scheint.
Viele herzliche Grüsse an Sie und Ihre Gattin. Ihr
2. IV 52 Benn

Nr. 588 14 IV 52

Lieber Herr Oelze, einen Abschiedsgruss von hier. Es waren herrliche 16 Tage. Jetzt ist nicht nur Frühling, sondern schon Sommer. Ich habe kaum ein Wort gesprochen, keine weibliche Bekanntschaft gemacht, keine Frau könnte aufkommen gegen den Ort, die Blüten, die Sonne u den Expresso auf dem Sesselliftrestaurant. Nun bin ich eine Woche in Stuttgart u München u. am 22. oder 23 IV wieder zu Hause. Dank für Ihren Brief u Ihre Mühe mit den Amerikanern, ich antworte nicht mehr, keine Lust.
Immer Ihr G B

Nr. 589 18 IV 52 München.

Lieber Herr Oelze, ich sitze im Hofbräu u. lese Ihren netten Brief vom , den ich nachgeschickt hierher aus Meran erhielt. Die letzte Station der Reise, es wird Zeit, etwas bin ich reise- u hotelmüde. Aber überall war es schön; auch die 2 Tage in Stuttgart, beim Rundfunk, Thema: „Hörspiel u. Literatur", zu dem allerhand Einladungen ergangen waren, waren zwar etwas öde, aber ich lernte einige Leute kennen z B. *Bense*, der nett aussieht u. ganz nett ist, aber den ich nach persönlicher Kenntnisnahme weniger schätze als vorher. Ein ganz eleganter, jugendlicher, lebhafter Mann, sehr vordringlich, geltungsbedürftig, etwas angeberig u. keineswegs immer überwältigend interessant. Aber er ist jetzt ord. Professor in Stuttgart u. man hört sehr auf ihn. Im übrigen haben wir uns ganz gut verstanden. Ich war der Senior von allen u wurde gebührend beachtet. – München macht keineswegs einen so zerstörten Eindruck wie Berlin. Ich will hier der Bayer. Akad der Schön Künste einen Besuch machen, dann dem „Merkur", der jetzt hier etabliert ist u. Dr. Werner von der „Neuen Zeitung". – In der „Tat" ein merkwürdiger bösartiger Verriss von der St.h.d.V. Merkwürdig. Vielleicht ist Rychner verreist u jemand hat einen alten Hass gegen mich losgelassen. In den „Frankfurt. Nachrichten" von Korn ein sehr langer Aufsatz darüber, wie mir scheint u soweit ich gelesen habe, ganz interessant. Maraun u Schwedhelm in Stuttgart fragten nach Ihnen u lassen Sie grüssen. – Der Süden ist sehr eindrucksvoll, aber der Norden auch. Die Liebe ist sehr eindrucksvoll, aber der Hass auch. Die Tugend ist sehr eindrucksvoll, aber die Sünde auch. Ich finde nicht mehr durch, ich kann immer wieder nur sagen, die Produktivität ist das Einzige, das einen sichert u führt. – In Gardone möchte ich nicht eine Nacht wohnen. Der See ist ein totes Meer, kein Boot, kein Schiff (die Autobahnen beiderseits besorgen den Verkehr), kein Strand, keine Badeanstalt – nur klobige, protzige Hotels (Grand u Palace u Royal usw), eine abgestandene Façade, eine abgestorbene Welt. Ich war froh, als ich wieder in dem stillen, alten Meran war.

Tausend Grüsse an Ihre Frau u Sie

Immer Ihr

Benn

Nr. 590 2 V 52

Lieber Herr Oelze, ich melde mich also zurück. Und danke Ihrer Gattin für die Karte aus Rom und Ihnen für Ihren Geburtstagsbrief. Sie erwähnen die Tage im vorigen Jahr – ja, diese kommen mir immer unheimlich vor, irgendwie beunruhigend und unnötig u. ich denke oft darüber nach, dass es unverantwortlich von mir war, Sie beide zu bitten, dorthin zu kommen. Die ganze Sache war ein Gemisch von Überspanntheit und Kläglichkeit, – jedenfalls eine sonderbare Affäre. –

Als ich von der Reise zurückkam, lagen etwa 40 Briefe u Manuscripte uneröffnet auf meinem Schreibtisch. Das ist eine furchtbare Last. Ich kann sie nicht lesen u. mag sie auch garnicht lesen, ich weiss nun alles über mich u. setze meine destruierende Funktion gegen mich selber an, die sonst später Alter, die Zeit u. die allgemeine Vergessenheit übernehmen. Ich habe die Absicht, vorläufig nichts mehr zu publizieren. In München besuchte ich Paeschke im neuen Büro u 3 Häuser weiter in seiner Wohnung, wo er eine reizende, nicht mehr junge, Gattin hat. In Fühlung kam ich nicht recht mit ihm – aber mit wem komme ich noch in Fühlung? In Stuttgart lernte ich eine Reihe junger Autoren kennen, etwa 30 Jahre – u war beeindruckt von der Andersartigkeit ihrer Gedanken, Ziele u Thesen. Mit Herrn Holthusen u de Haas war ich dann in München einen Café-Nachmittag zusammen, beide ganz nett u. erzogen u. nicht frech.
Was in dem Band „Frühe Gedichte u Dramen" stehn wird, weiss ich nicht oder habe es vergessen. Korrectur habe ich noch nicht bekommen. Das Kleeblatt Niedermayer 2 u Frl Schlüter waren jetzt 10 Tage in Paris.
Heute Abend werde ich mit Bremer Beckbier auf die Hansestadt trinken, in der Sie u Herr Westphal so freundlich meiner gedenken.
Den Amerikanern habe ich seit Wochen nicht mehr geantwortet. Ich kann nicht, alle meine eigenen Sachen sind mir so fremd.
Hier war grosser Schriftsteller Kongress, ich war nicht da u. habe mich um niemanden gekümmert.
Leben Sie wohl. Tausend Grüsse an Ihre Gattin u Sie.
Immer Dank

Ihr

Benn

Eben Ihre Blumen! Dank!

Lieber Herr Oelze, Dank für Ihren Brief von Anfang Mai. Verreist – und zurück? Sehr bedauert habe ich, von der Erkrankung Ihrer Frau zu hören. Wie steht es jetzt? An Reisen ist natürlich dabei nicht zu denken. Kann sie denn wieder gehn und sogar radeln? Womit wird sie behandelt? Neuerdings behandelt man ja mit Blutegeln. U.A w g.
Dies Jahr ist ein kritisches, für meine Frau u. mich. Beruflich, familiär, stimmungsmässig. Leider ist auch meine nette Tochter einbezogen: ihr Mann lässt sich scheiden u. lässt sie mit den zwei reizenden Kindern sitzen. Hat sich in eine andere verliebt, eine entfernte Kusine meiner Tochter, aus der Familie ihrer Mutter, alte, erstklassige Schweizer Familie, die sie voriges Jahr in Kopenhagen besuchte, u. die selber garnicht daran denkt, diesen etwas unzuverlässigen u. als Ganzes recht törichten Mann zu heiraten. Nun, da kann man nichts machen. Für meine Tochter ist es gut, diesen keineswegs ebenbürtigen Partner loszuwerden.
Vorige Woche hatte ich Besuch von – – Ernst Jünger! Gross angekündigt: er käme inkognito usw. War ganz nett. Bescheidener als ich erwartet hatte. Wie sieht er aus? Nicht so eitel u. affektiert wie seine Bilder. Meine Frau sagte, er könnte ein Tischlergeselle sein, äusserlich. Der Abend war ganz interessant. Wir tranken ganz reichlich u dabei kamen wir uns näher u wurden offen miteinander. Schrieb ich Ihnen über Bense, den ich in Stuttgart kennen lernte? Sie müssen herkommen, lieber Herr Oelze, zum Schreiben ist alles zu lange.
Anbei eine Zeitung. Es ist gefährlich, mit diesen jungen Leuten Café zu trinken. Sie verwenden dann jeden Satz. Dass ich eine komische Figur bin, weiss ich längst, aber nun wird es mir deutlich.
Bin ganz unproduktiv, völlig gesperrt. In Berlin wird es heikel – neue Blockade? Wenn ich meine Pensionssache end-

lich in Ordnung haben werde, ziehe ich vielleicht doch von hier fort. Nähe von München, Rhein oder Lüneburger Heide.
Radio Bremen hörte ich nicht. Ein Unbekannter aus Westdeutschland schrieb mir, kein Wort zu hören, Sender Tirana übertönte alles. – Köln soll *sehr* gut gewesen sein, schreibt Niedermayer, er war begeistert, ich hörte nur ein par Sätze.
Bitte viele Grüsse an Herrn Westphal.

Ihrer Gattin u Ihnen herzlichen Gruss.

Immer Ihr
Benn

Nr. 592 25 V 52

Lieber Herr Oelze, unsere Briefe begegneten sich postalisch, vielen Dank. Tut mir leid mit Ihrem Fuss! Ruhen muss der unruhige Geist, der lebhafte, bewegliche – schlimm für Sie. Um Ihnen die Zeit zu vertreiben, bringe ich eine seltsame Sendung auf den Weg. Eine Drucksache von Gewicht mit den Kritiken, Bemerkungen, Urteilen über mich aus den letzten Wochen als Ersatz für Unterhaltung und Briefe, zu denen ich z Z. so schwer zum Entschluss mich bringen kann. Ich habe kaum eine gelesen; meine Frau, die damit beauftragt ist, die meisten. Wenn es Ihnen Spass macht, werfen Sie einen Blick hinein, einige will Herr N. bezw. Frl. Schlüter wieder haben, aber ich weiss nicht mehr welche – vielleicht werfen Sie sie nicht sofort weg, vielleicht meldet sich Herr N. noch dazu. Viel Vergnügen – „bewundert viel und viel gescholten – Helena."
Ich störe Sie so schnell mit einem neuen Brief vor allem wegen der von Ihnen genannten 70 % (U.SA). Das kann nicht

stimmen. Ich sprach gestern mit N. im Sonnabendtelefongespräch, er gibt an, er habe 7 % vom Ladenpreis des verkauften Exemplars verlangt, – das sei üblich. Er war etwas betreten, als ich danach fragte. Natürlich ist es im Interesse unserer U.SA Freunde u. der Sache gut, wenn Sie Herrn N. auf die Lage der beiden Autoren u ihren so guten Willen hinwiesen. Ich merke übrigens neuerdings an manchen kleinen Stellen, dass N. in punkto Geld sehr genau ist u sich nichts entgehen lässt. (Herr Jünger nannte Herrn Schifferli einen „Halsabschneider").
Dies für heute. Gute Besserung allerseits.

Ihr Benn

Nr. 593

Bitte baldige Rücksendung! Ihre beiden Genossen vereint an einem Abend! Wann kommen Sie her?

Ihr

15 VI 52 G B

Nr. 594 16 VI 52

L.H.Oe. ich habe Ihnen anscheinend bei meiner Sendung einen falschen Brief eingelegt – ich dachte, dass Sie der heute anliegende von Herrn Stroomann interessieren würde.

Herzl. Gruss

Ihr

G B

Nr. 595 23 VI 52

Cher Essayist, ich hatte mir erlaubt, Ihren Brief über *Pound* an Herrn Niedermayer zu senden. Er ist äusserst beeindruckt von Ihrem Scharfblick, „bewundernswert", schreibt er u. schliesst: „seltsam, dass er nichts schreibt". Also vielleicht beginnen Sie nun endlich, sich public u populär zu machen!
Ich denke, Sie sind zurück aus der Schweiz. Dank für Brief aus Montreux. Sie sind jetzt allein u. für wie lange? Herr Stroomann hat ein 2 Mal an mich geschrieben u um Revision meiner Absage gebeten.

Herzl. Gruss Ihr
Benn

Nr. 596 24 VI 52

Lieber Herr Oelze, antwortlich Ihres Briefs vom 22 VI – mit vielem Dank – die Erwiderung, dass Madame und ich sehr glücklich sein werden, wenn Sie an diesem oder nächsten Sonnabend uns besuchen werden. Sollen wir Ihnen Hotel besorgen? Hotel Imperial, Kurfdamm 59/60. W. 15., wo z Z Herr Maraun wohnt oder Hotel Steinplatz, Uhlandstr. 197, Charlottenburg 2, wo diese Woche Herr Fr. Sieburg Hof hielt. Bitte verfügen Sie.

Auf Wiedersehn herzlich
Ihr
Benn

Nr. 597 24 VI 52

L.H.Oe. wollen Sie mit meiner Frau hingehn? Es ist ein kleines Haus, das als das exclusivste von Berlin dato gilt. Wenn ja, besorgen wir Karten. Da Sommerfest sicher kein Abendanzug erforderlich.

Herzlich

Be

Nr. 598 27 VI 52

Willkommen in Berlin! Ich erwarte morgen früh Ihren Anruf.
Schlafen Sie gut.

Ihr

Benn

Nr. 599 29 VI 52 11 h.

Lieber Herr Oelze, jetzt haben Sie die Grenze überschritten u sind gleich in Hamburg. Ich hoffe, Sie schliefen die par Stunden in Ihrem Hotel u. sind frisch. Wir, ich, danken Ihnen nochmals für Ihren Besuch, der besonders nett u. anregend und belebend war.
Erfüllen Sie bitte weiter Ihr Brief- u Schreibsoll! Wenn ich gelegentlich etwas aus Ihren Briefen vergesse, für einen Moment, so besagt das nichts. Meine Gedanken kommen oft auf alles zurück, nur mein Gedächtnis ist nicht immer up to date. – Das letzte bei Neumann angeschnittene Thema beschäftigt mich sehr: die Sammlung der Dinge noch um einen individuellen Autorkern oder das Schwebenlassen im Raum an einer imaginären Kette.

Dank u Gruss.

Ihr Benn

Nr. 600 7 VII 52

Lieber Herr Oelze, ist Ihre Gattin gut zurückgekommen? Dank für Ihren Rückmeldebrief.
Heute im neuen „Merkur" gelesen. Heidegger zeigt den ganzen Nonsens und die ganze Genialität seiner Art auf diesen par Seiten. Eigentlich ist es inhaltlich viel Lärm um Nichts u. allein dies Betonen u. Hinweisen auf dieses Nichts ist interessant. Furchtbar diese Sophie Dorothee – wie kann Paeschke sowas bringen, aber vermutlich gehört sie zu dem Geldgeberkreis. Und Holthusen? Scheint mir auch ein bischen abgespielt.
S. 693, Mitte, ist ein Zitat von mir, das ich nicht kenne. Kennen Sie es? Wissen Sie, wo es steht?

Herzlichen Gruss
Ihr
Benn

Lasen Sie „Sackgassen" in Sonntag – Neue Zeitung?

Nr. 601 26 VII 52

Lieber Herr Oelze, heute vor 4 Wochen waren Sie hier, mit Dank u Freude denke ich zurück. Ich sandte nun endlich, verabredetermassen, den neuen Jünger u. Stephen Spender. Jünger gelegentlich bitte an mich zurück, Spender an Herrn Niedermayer. – Dank für letzten Brief betr. „Merkur". – Inzwischen 3. Brief von Prof Stroomann, ich solle kommen, die Tagung ist auf Anfang Oktober verlegt, ich solle „zu Heidegger" kommen. Werde aber nicht fahren. –
Im September-Heft von „Merkur" 6 neue Gedichte von mir, darunter jenes „Lebe wohl", das Sie im Archiv haben; ferner „Aussenminister", von dem ich sprach (in jenem journalistischen Stil wie „1886", „Clémenceau" usw). Einiges wird Ihnen missfallen, hoffentlich nicht Alles. – Mehrere scharfe

Angriffe gegen mich wegen „St. h d. V" u. ganz Allgemein, ich bin vielen ein Ärgerniss u. „überholt" und „überschätzt". Nun, abwarten. – Bin beschäftigt mit Durchsicht u Korrectur der „frühen Gedichte u. Dramen". N. drängt schon wieder. Lasen Sie zufällig meine Recension von „Sackgassen" in der N.Z. vom 5./6. VII? Wenn das Buch in meinen Händen ist, sende ich es Ihnen. Meine Frau ist verreist (Riccione, Adria) u. ich bewege mich auf freier Wildbahn.

Herzlich immer Ihr

Benn

Nr. 602 29 VII 52

Mein lieber guter verehrter strenger
u. bewunderter Herr Oelze,
ich muss Sie um einen sehr grossen Gefallen bitten: ich komme nicht weiter mit diesen Korrecturen, würden Sie die grosse Güte haben, die ganze Sache einmal auf sich wirken zu lassen? Sagen Sie mir bitte Ihren Eindruck, Ihre Einwände, Ihr Urteil. Mein Urteil lautet etwa so: ich kann die Korrecturen nur lesen, nachdem ich zahlreiche Schnäpse u. Cocktails im Gemüt u Magen habe – dann allerdings finde ich es im Ganzen als Wurf u. Wahnsinn gut. Eine reine Krankheit das Ganze, encephalitische Excesse, Ejaculationen von Zwangsvorstellungen u. Nonsens. Bitte sagen Sie mir als Hauptsache nicht, ob es *zweckmässig* sei, es zu veröffentlichen, betrachten Sie bitte nur die *Qualität*, das Phänomen, das vorliegt. Denken Sie weiter, ich sei tot, u. das Existentielle dieses G.B stände zur Diskussion.
Könnten Sie mir den grossen Gefallen tun, *Ihre* Massstäbe anzulegen u. mir dann alles mit Ihrem Urteil zurückzusenden? N. drängt bereits wieder.

Dank, wirklichen u. sehr innerlichen. Ihr

G B

Nr. 603 30 VII 52

L.H Oe. Es ist mir sehr angenehm, dass Sie in dem heute von mir erhaltenen Brief, für den ich danke, nach den „Frühen Gedichten usw“ fragen. Dadurch wird mein Überfall auf Sie mit den Korrecturen weniger aufdringlich u zumutungsartig.
Was die 6 neuen Gedichte angeht, so habe ich bekanntermassen, kein restliches Manuscript u erst die Korrectur – falls ich sie erhalte – könnte ich Ihnen senden. –
Unter meinen Kritikern befindet sich jetzt auch Lernet-Holenia, den ich immer für einen ganz guten Freund hielt. Ich verdiente zu viel, meint er in einer österreichischen Zeitschrift, ich sei neben Jünger u Salomon (!) der meistgenannte u verdienende Schriftsteller. Es wäre besser, wenn ich wie früher nur 800 M im Jahre verdiente! Klingt etwas brodneidisch, finde ich, u nicht sehr fair u. auch sachlich unzutreffend. Ich warte jetzt nur noch drauf, dass auch Curtius abrückt. Aber es rührt mich alles nicht. Entweder man hat sein Schicksal u trägt es oder man hat es nicht.

Ihr G B

Nr. 604 5 VIII 52

Lieber Herr Oelze, vielen Dank für Rücksendung der Korrecturen u Ihren Brief dazu. Ich bedanke mich sehr, dass Sie sich die Mühe gemacht haben, sich durch die chaotischen Seiten durchzuarbeiten u. Ihr Urteil zu präcisieren. Ihre Beantwortung ist so, wie ich sie erwartet habe u. Ihre Antwort hat in Allem recht. Ich bin auch voll eines starken Widerstandes gegen eine Publikation u. ich weiss mich heute von Neuem nicht zu entscheiden. Nicht wegen der Gefahr, angegriffen zu werden – das werde ich wegen der neuen Bü-

cher seit 1945 auch – sondern weil es Themen u. Spannungen einer versunkenen Epoche sind, die diese Sachen hervorbrachten. Es waren die Jahrzehnte, in denen der Gegensatz von Trieb u Geist, von Körper u Seele, von Konstitution u. Erkenntniss nicht nur Klages, sondern uns alle bedrängte, die Jahrzehnte nach Nietzsche u Freud, die heute merkwürdig entfernt u fast nur noch eine Erinnerung sind. Die Schlacht ist ja eigentlich entschieden, jedenfalls ruhen im Augenblick die Waffen, der Geist hat gesiegt u die Rolle des Fleischlichen u. des „Es" hinabgewiesen. Auf der andren Seite bringt gerade diese Lage wieder die Gefahr mit sich, das eigentlich Schöpferische, dessen Gefäss ja doch der Körper ist u bleibt, zu verkennen u seine Ursprünge in das „Niedere" zu verweisen. U. damit stehn wir wieder vor dem Primat des „Edlen", des „Seraphischen" u. in der Lyrik des Schulbuchfähigen, Präsidentengefälligen, mit anderem Wort: des alten Augiasgemüts, in dem sich der Unrat unzähliger lyrischer Herdentiere staute. Eine schwierige Lage!
Mich beschäftigt z Z. ein Buch sehr stark: André Malraux: Psychologie der Kunst. Ein äusserst fesselndes Werk, wenn ich es nicht jetzt erst in die Hände bekommen hätte, würde ich annehmen, dass es mich grundlegend beeinflusst hätte, in seinen Grundgedanken deckt es sich mit meinen, nur ist alles dort kenntnisreicher u. genialer formuliert. Leider sehr teuer (36 M), ich habe es mir geliehen. – Dann sekkiert mich Knokke, wo ich ein Referat halten soll, französisch. Das Auswärtige Amt in Bonn hat schon wieder an mich geschrieben, gewährt mir 250 belg. Franc am Tag (= 22 M) u. Reise. Dank u Gruss

Ihr Benn

L.H.Oe. Dank für den Epilog! Sie sagen ja darin eigentlich das Gleiche, was ich Ihnen schrieb. Übrigens sind diese puerilen Elaborate doch weiter in der Öffentlichkeit bekannt, als man in Anbetracht der langen Zeit annehmen könnte. Erinnern Sie sich, dass die „Weltwoche“, als sie nach 1945 wieder über mich zu schreiben begann, zu den „Statischen Gedichten“ sagte: Gemessen an den ersten lyrischen Eruptionen von G. B sind die „Stat. Gedichte“ zu gedämpft u schwach. Und ein andermal: was redet man soviel von Sartre u seinem Lebensekel? 25 Jahre nach G.B.?! – Also die Dinge sind noch im Bewusstsein. Nicht häufig, aber manchmal überfällt mich der Gedanke, dass ich nun 66 Jahre bin, also am Ende, darüber kann ich mir keine Illusion mehr machen, jeden Tag kann es ohne Präludien aus sein. Es zieht sich doch eine Linie von: „Die Krone der Schöpfung, das Schwein, der Mensch“ bis zu dem letzten Siegel: „im Dunkel leben, im Dunkeln tun, was wir können –“ also wir sollten nicht das Geschlecht sein, das aus dem Dunkel ins Helle strebt, sondern endlich bescheiden uns begnügen, wir strebten garnicht ins Helle, sondern ins Überhebliche, Hybride, nun sollten wir uns endlich etwas im Dunkeln verbergen.
Eine Stelle bedaure ich für die „St. h d V“ zu spät notiert zu haben. Es müsste da zum Schluss noch einer sagen:
„Und der Höhere Mensch??“ Der Chorführer: „1886!“ –

Herzlich Ihr

Benn

Nr. 606 7/8/52

U.R

L.H.Oe –

der 4. Brief, aber ich habe wieder, sehr höflich, abgeschrieben. Etwas peinlich diese Einladerei!

Ihr

Be

Lieber Herr Oelze,

an welchem Augusttag hat Ihre Frau Geburtstag? Ich kann u kann das Datum nicht finden u Ihr Brief, in dem es stand, ist verschnürt. U A w g.

Herzlich

Be

Nr. 607 10 VIII 52

Lieber Herr Oelze,

ich habe mich mit Herrn N. dahingehend geeinigt, dass der Band erscheint: limitierte Ausgabe, keine Reclame, keine Besprechungsstücke, – nur für Liebhaber bestimmt. Ich schreibe dazu ein Vorwort, was ich heute tat, u das ich Ihnen zusenden werde, wenn ich die Korrectur habe. Sie kommen darin vor, als Warner u. getreuer Eckehart. Nach N. liegen schon zahlreiche Vorbestellungen vor. Also, machen wir den Sprung ins Dunkle –, wieviel solche Sprünge habe ich schon gemacht.

Dank für angeheftete Texierkarte! Sicher der klassische Weinbrand, Herr Flint versichert es mir auch. Einsamer, lautloser Sonntag, August, Gladiolenstrauss u Gewitter – in sich selbst leben u. am Ende sich in sich selbst verdunkeln lassen, noch einmal zurück sehn u dann die Lichter löschen, felice notte, – caro mio.

Ihr

Benn

Nr. 608 27 VIII 52.

Lieber Herr Oelze, Dank für Karte aus Amsterdam. Also wieder heimgekehrt u hoffentlich ist die Heizung nun gemacht. Bald wird man sie brauchen können, wenn der Herbst so weiter geht.
Tausend Dank für Malraux. Sehr, sehr nett von Ihnen, aber etwas peinigend für mich. War wirklich nicht richtig von Ihnen. Soviel Geld!
Bin sehr im Brüten über Knokke, wo ich ein Korreferat zum Hauptreferat eines belgisch. Schriftstellers halten soll. Ausser mir noch ein Schwarzer aus Kamerun u. 2 Franzosen. Das Hauptreferat ist mir völlig fremd; kommt mir provinziell vor, ja unverständlich. Die romanische Welt! Aber nicht in bestem Exemplar.
Dank für Schreiben aus Mexico.

Also: immer Dank.

Gruss Ihr

G B

Nr. 609 1. IX 52

Jahrestag von meinem Besuch in Oberneuland!
Lieber Herr Oelze, Dank für Schreiben vom 31. VIII 52. Zur Beruhigung: ich habe auf Seite 2 der Vorrede einiges fortgelassen, gemildert, entbanalisiert, modifiziert, bremen-

isiert.... Schuld daran ist meine Frau, die es meiner unwürdig fand, mich auf Kosten der kleinen „Wisperer" zu rühmen.
Ja Knokke! Abreise am 9. IX.-15 IX Flug nach Hannover, dann weiter. So sehe ich Brüssel nochmals. – Auch hier bei den Festwochen habe ich mich anwerben lassen, bei einer Matinée aufzutreten. (Sehr unwürdig).
Herzlich. Immer Ihr

Be

Nr. 610 2. 9. 52

Anbei, lieber Herr Oelze, mit vielem Dank den Brief aus Mexico zurück. Ich wäre Ihnen unendlich zu Dank verpflichtet, wenn Sie die Verbindung zu den beiden Herren in U.S.A aufrecht erhielten u auch gelegentlich erwähnten, wie sehr ich an dem Anteil nehme und den beiden dankbar bin.
Die Reise nach Knokke kommt mir recht abenteuerlich vor, ist natürlich völlig sinnlos, u. es ist ein Grosses Opfer, das ich bringe (Diners u visite de Bruges (Illumination!) u Gala de Poésie im Kasino 4 Tage lang). Das Einzige, das mich etwas interessiert, ist vielleicht die Herren Kollegen aus den anderen Ländern von Angesicht zu Angesicht zu erblicken, als Gesichter u. Typen u Kleidungsträger – lohnt aber natürlich die weite Reise nicht.

Herzlichen Gruss
Ihr
G B

Nr. 611 9/9/52

L. H Oe. heute geht es nach Knokke. Da wird ebenso wenig herauskommen, wie bei den nationalen u lokalen Gesprächen. Am 1. Tag referieren drei: 1 Herr aus Equador, 1 aus Allemagne (Ich), 1 aus Senegal, ein Schwarzer also 3 Nigger!

Gruss

Ihr

Be

Kommen Sie doch hin!

Nr. 612 17. 9. 52

Lieber Herr Oelze, melde mich zurück. Vieles war recht interessant: die Allmacht der französischen Sprache, die vom Senegalneger ebenso geschmeidig gesprochen wurde wie vom Mestizen aus Equador wie der kleinen Japanerin wie dem polnischen Emigranten wie dem fetten italienischen Kollegen. Dann die Schwarzen: die elegantesten u. gepflegtesten der Assemblée, hochmütig –, eigentlich zogen sie uns ins Gespräch. Der Senegaleser schloss sein Exposée: „*l'Afrique va parler*". Drohend u. sicher.
Wunderbares Wetter, strahlende Sonne, *Wärme*, alles badete. Ich wurde persönlich sehr aufmerksam behandelt, Schallplatten, Radiointerview, das schönste Zimmer im Hotel, Blick über das Meer u eigenes Bad. Meine Rede *kam nicht an*. Gegen das französische Element konnte nichts bestehn. Deutsche Botschaft war vertreten usw. Gestern zurück. Montag mit Niedermayer in Köln u. den Rhein hinunter. Sah in Brüssel Rönnes u Pameelens Geburtshaus, vom Zahn der Zeit benagt, nämlich die untre Etage von einem grossen Installationsgeschäft ausgefüllt mit Badewannen u. Bidets. Belgien ist unbeschreiblich teuer durch Steuern u. Pourboires, sodass ein Zimmer doppelt so teuer ist als sein notierter Preis. 1 mässiges Zimmer im Metropole kommt auf 30 M.
Die deutschen Kollegen, ein Thema für sich! Schlecht angezogen, salopp u schnorrend. –

Und Sie? Dank für den Brief vom 14. 9. Und die Gedichte im „Merkur“? Wohl nicht der Rede wert? Ihr Herr Italiaander hat hier von der Presse ungeheure Grobheiten zu hören bekommen und man weiss garnicht, was ihn dazu berufen hat.
Haben Sie noch Reisepläne? Niedermayers fahren am Sonntag für 3 Wochen nach Ibiza (südliche Balearen). – Dank, dass Sie an *Lohner* geschrieben haben, tausend Dank. Den Vortrag, wenn er gedruckt ist, hätte ich gern. Dank, mein Lieber! Vergessen Sie mich nicht.

Ihr Benn

Nr. 613

Dieser Berliner Korrespondent ist mit mir gereist, stellte sich aber dann doch als etwas unzulänglich heraus. *Senghor* ist Klasse! Gruss Ihr

Be 22/9/52

Nr. 614 23 IX 52

Lieber Herr Oelze, hinsichtlich der Gedichte: 1) natürlich muss es heissen: wurde (nicht: würde)
2) Vergehendes (nicht: vergehndes) in „Keiner weine“
3) *den* Seltsamsaft! *Ihren* wäre ganz unmöglich, zerbräche den Vers, entstellte ihn, nähme ihm jeden Reiz. Wundert mich, dass Sie das meinen!!
Sie haben immer noch nicht geantwortet, ob Ihre Zentralheizung jetzt funktioniert. Im ganzen Haus oder nur bei Ihnen? Ölfeuerung oder Koks? Wird das grosse Terrassenzimmer warm?
Heute beginnt bei uns das Heizen – Gottseidank, ein prächtiger Herbst, das! – Gestern trafen Frau Sternheim (68) u

Tochter (46) von Paris hier ein, aus dem Buch „Sackgassen" wird – Festspielwochen – hier vorgelesen u sie wurde eingeladen. Sah sie 20 Jahre nicht, Gott, wie verwittert u krumm u von den Knochen gefallen sieht man aus. Sende Ihnen die „Sackgassen" zum Lesen, wenn sie wieder fort ist. – Wie gehn die Geschäfte? Die Saison beginnt doch, wo man Stärkendes u. Wärmendes geniesst. Sind Sie guter Laune? Grüsse an Ihre Frau u Sie. Ihr G B

Nr. 615 28 X 52

Lieber Herr Oelze, meinen Dank für Brief aus Zürich, aus Venedig, aus Bremen. Auf der Reise müssen Sie, nach Ihren Briefen zu urteilen, äusserst schlechter Laune gewesen sein, der aus Zürich war durchtränkt von einem totalitären Hass gegen All u Jedes. Meine Frau bedankt sich für die schöne Karte von Ihrer Gattin.
Sie schreiben vom „Merkur". Auch mir schrieb Herr Paeschke von seinen Nöten. Sie schreiben, Sie wären „grundsätzlich" bereit, ihm zu helfen. Ich fürchte, „grundsätzlich" nützt ihm nichts, grundsätzlich helfen Sie ihm ja schon seit 2 Jahren – aber natürlich haben Sie wahrhaftig keine Veranlassung, ihm detailliert und gegenständlich beizuspringen.
Von hier nicht viel Neues. Da ich zum Schreiben wenig Zeit habe, bezw. in Dämmer u. Dösen meine Tage verbringe, sende ich Ihnen, mit der Bitte um baldige Rücksendung, einen Briefwechsel öffentlicher Art, der Ihnen sicher unbekannt geblieben ist, da Sie fort waren. Hat mir viele Zuschriften eingetragen, einige liegen bei, bitte auch zurück.
Bald werde ich hoffentlich wieder „auf Draht" sein u. von mir hören lassen. Herzliche Grüsse.

Ihr

G B

Nr. 616 30 X. 52.

Äusserst nett von Ihnen, lieber Herr Oelze, mir zu schreiben wegen Lohner, obschon ich so schreibfaul u. schlechter Laune war. Anbei Lohner-Brief mit Dank zurück. Bin natürlich sehr erfreut. Aber ob Sie nicht den Brief ruhig an Niedermayer schicken? Er enthält soviel Details, die Sie garnicht schreiben könnten. Ich könnte eigentlich keine Indiskretion darin erblicken.
Anbei eine andre USA Publikation: „Poetry". Ich habe mir die Kritik hier übersetzen lassen, sie sieht mehr das Politische von 33/34; aber mir scheint sie nicht gehässig. Und wie sind die Übersetzungen darin?
Seien Sie nicht immer so ingrimmig über Alles, Sie stürzen sich wahrhaftig in jedes Schwert, das Sie irgendwo erblikken am Wege. – Ihr Brief aus Zürich war richtig bitter – warum? Heiterkeit, güldene, komme über Sie.

Dank u Gruss
Ihr
Benn

Nr. 617 6 XI 52

Lieber Herr Oelze, vielen Dank für die Rücksendung der L.-H. Zeitungen und Ihren Brief dazu. Sie haben vollkommen recht, L.H. wollte etwas verschleiern. Ich weiss nicht, ob ich seinerzeit schrieb, dass L. in einer österreichischen Zeitschrift vor etwa 5 Monaten eine recht bösartige Kritik über die St.h.d.V. schrieb, in der nicht der literarische Teil interessant war, sondern der persönlich unangenehme Ton. Er schrieb, ich gehöre jetzt zu den meistgelesenen deutschen Autoren, verdiente nicht weniger als Jünger und Salomon (!) und es wäre mir besser, wenn ich wieder nur 4,50 M im

Monat verdiente wie früher. Da L. das wider besseres Wissen schrieb aus einer Art Neid und Eifersucht, fand ich das in Anbetracht unserer guten Beziehungen ein starkes Stück. Ich nahm es ihm übel, ich hatte ihn immer für einen gentleman gehalten. Im Zug nach Knokke nun, auf dem Bahnhof von Brügge, wo schon das ganze lyrische Geschmeiss sass, stürzte er aufs Freundschaftlichste auf mich zu, streckte mir die Hand entgegen was ich mit eisiger Kälte und Zurückhaltung beantwortete zum allgemeinen Ergötzen. In Knokke wohnten wir dann im selben Hotel und er kam gleich nach unserer Ankunft zu mir und bat mich um Entschuldigung und bat, dass ich das Vorgefallene vergässe. Nun, Sie wissen, ich bin nicht sehr seriös und im Grunde auch nicht nachtragend und wir wurden wieder nett mit einander. Er ist ja persönlich ein sehr eleganter und gewandter Mann, er war der einzige Österreicher da und sass immer mit mir am selben Tisch im Restaurant, schloss sich sehr an mich an. Er sieht aus wie Manolescu und bewegt sich, wie ich ihm sagte, mit der Eleganz einer Hotelratte im schwarzen Kostüm, die einbrechen will. Er war glücklich, dass ich wieder nett mit ihm. Darum schrieb er wohl seinen Brief, der mich sehr überraschte, und darum antwortete ich so höflich, nachdem die Neue Zeitung mich gebeten hatte, eine Antwort für sie zu verfassen. Das steht also hinter der ganzen Sache.

Es ist sehr gütig von Ihnen, eine Übersetzung von Poetry machen lassen zu wollen, aber ich habe es mir hier übersetzen lassen, bezw. Frau Sintenis war so nett es zu tun, sie liest und spricht perfekt englisch. Mich freut, dass auch Sie den Eindruck haben, dass die Bemerkungen nicht bösartig sind.

(Herr Niedermayer wollte den Briefwechsel mit L.H. sofort als Broschüre fertig machen, aber ich war nicht mit einverstanden. Ich habe zur Zeit einen gewissen Horror vor Zeitungen und Öffentlichkeit).

Hinsichtlich Herrn Lohner habe ich schon letzten Sonn-

abend bei unserem wöchentlichen Telefongespräch Herrn N. von seiner Absicht erzählt, es wäre also wohl gut, wenn Sie die Freundlichkeit hätten, ihn offiziell zu orientieren.
Sie wollen vor *Weihnachten* – oh schreckliches Wort! – noch nach Berlin kommen, sehr guter Gedanke! Freuen uns sehr.
„Nicht-Zufall“ ist gut, aber doch wohl auch sehr idealistisch u. fast ein Gebet. Gott ist so abgenutzt, man soll das Wort ruhig stehn lassen.

Herzlichen Gruss Ihr
G B

Nr. 618 11. 11. 52

Lieber Herr Oelze, Dank sehr für Brief vom 9. XI. Ja, ich wäre Ihnen verbunden, wenn Sie freundschaftlich, aber offen an L. im Sinne Niedermayers schrieben. Nicht meinetwegen, sondern wegen N., der ja verdient, dass seine grossen Bemühungen um mich auch eine finanzielle Entsprechung finden. Der Brief von ihm lag nicht bei, aber er hatte mir Abschrift gesandt.
Rührendes, nettes Telegramm von Herrn *Westphal* aus Bremen. Bitte zurück. – Seltsam leerer, gewundener Brief von Herrn *Lernet*. Ist doch wohl ein grosser Schaumschläger. Bitte zurück.
Von Mauriac nie eine Zeile gelesen. Was Sie da von ihm zitieren, ist ja ganz übel. Man müsste ja eigentlich doch einmal aussprechen, dass das so viel erörterte Abendland auf keinen Fall *allein* durch seine Christianisierung zu Glanz u Tiefe kam, sondern bestimmt auch durch das Vulkanische, Eruptive, Dämonische, das *Heidnische* seiner grossen schöpferischen, an sich selber leidenden Geister. –
Lesen Sie doch bitte im neuesten *Merkur*heft die nachgelas-

senen Gedichte von Rilke. Darunter ist eins („Dialog") aus dem Jahre 1924, von dem ich, ohne grössenwahnsinnig zu sein, behaupte, dass mein Einfluss spürbar ist. *Nie* vorher oder nachher hat R. meines Wissens diese 8reihige Strophe verwandt, die damals meine Specialität war, und auch sonst glaube ich, gewisse Züge von mir zu erkennen? „Chronik" darin interessierte mich auch recht.

Leben Sie wohl. Wir sollten unsere Frauen öfter in unseren Briefen grüssen lassen (weil sie so wertvoll sind) – ich tue es hiermit herzlich an Madame Charlotte Oe.

Ihr

G B

Nr. 619 20. 11. 52

Lieber Herr Oelze!

Vielen Dank für Ihren Brief vom 16. 11. und vielen Dank, dass Sie an Dr. Lohner in dem vereinbarten Sinne geschrieben haben. *Poetry* ist ja eigentlich in der Richtung ganz günstig insofern, als es zeigt, dass die beiden Herren L. und C. doch keine reine Monopolstellung in Bezug auf mich drüben haben.

Darf ich noch mal auf das Rilke-Gedicht zurückkommen, das im „Merkur" stand. Ich bin in meiner eigenen Bibliographie auch nicht sehr bewandert, aber ich erinnere mich genau, dass die Gedichte *Palau* und *Spuk*, *alle Skalen* und ich glaube, auch *Meer- und Wandersagen* 1922 in einer süddeutschen Zeitschrift standen, die meines Erinnerns der „Neue Merkur" hiess und in München erschien. Es wäre also doch möglich, irgendeinen Zusammenhang anzunehmen, besonders weil diese Gedichte damals von vielen bemerkt und erörtert worden sind. Aber die ganze Sache ist natürlich nicht so bedeutungsvoll.

Haben Sie nun schon die „Frühen Gedichte und Dramen" vom Verlag erhalten? Ich habe das erste gebundene Exemplar bekommen, noch keine Belegexemplare. Sowie ich diese erhalten habe, sende ich Ihnen eins, und Sie werden dann nicht umhinkönnen, mir noch einmal Ihren Eindruck zu schreiben oder zu sagen, falls Sie herkommen, was, wie ich Ihnen ja schon schrieb, meine Frau und mich sehr freuen würde. Ich würde Ihnen wieder ein Zimmer bestellen und bei Rollenhagen darauf hinweisen, dass ein besonders illustrer Gast die erste Etage betreten würde.
Dass Herr Westphal Bremen verlässt, kann man für ihn selber wohl nicht bedauern, da er auf seinem neuen Posten wohl mehr Auswirkungsmöglichkeiten haben wird. Für Sie bedaure ich es, denn er war Ihnen doch ein ganz angenehmer Stadtgenosse.

(Dictierter Brief).

Mit herzlichem Gruss
Ihr
G B

Nr. 620

Es gibt Zerstörung – wer sie kennt, kennt Meines,
jedoch nicht nötig, dass sie jemand kennt,
kein Goldenes, ein Nebel-Vliess, ein reines
Bedecktsein von der Schwaden Element.

Da kann Dich kein Gefühl von Glück beschwören,
von nichts, das hält – Du willst nicht mehr
von Dingen wissen, die Dich nicht zerstören,
willst als Musik am Funk nur Wolga hören
und Fernes, Fremdes u. von Steppen her.

Es gibt Zerstörungen, nicht dass ich leide,
man kann die Götter ja nicht anders sehn –
und eine Liebe, arm und krank ihr beide,
Du musst für sie auf Höfe singen gehn.

Gottfried Benn.

Herrn F. W. Oelze
(Der Ring schliesst sich, man kann gehn)
28 XI 52.

Nr. 621

Sie hatten bei mir Aufsatz über H. bestellt u sie zahlen sehr gut.

Besten Gruss, lieber Herr Oelze.
G B 8/12 52

Sie wedeln schon wieder vor ihm herum u. machen ihn zum arbiter literarum. (s. S. 2)

Nr. 622 16 XII 52

Lange kein Oelzebrief angelangt, lieber Herr Oelze! Und Ihr Weihnachtsgeschenk, dass Sie noch nach Berlin kommen wollten, ist wohl auch im Nebel und Glatteis untergegangen. In der Tat ist wohl jetzt zu reisen, nicht angenehm.
Ich sende Ihnen und Ihrer Gattin ein Buch, dessen äussere Umhüllung in dem einen Fall nicht mehr gut ist, da von uns gelesen: Frau Sternheims „Sackgassen“. Vielleicht finden Sie Anschluss daran, etwas schwierig u. manchmal ärgerlich ist es.

Und nun etwas Überraschendes, bitte nehmen Sie Platz, Sie würden sonst schwanken. Der hiesige Kultursenator rief mich gestern an u teilte mir mit, der Herr Bundespräsident habe mir das Verdienstkreuz verliehen. Er fragte nicht: „nehmen Sie es an", sondern er teilte mir den Tatbestand mit. Also, was nun? Ablehnen wäre Angeberei, also nehme ich es hin. Tragen werde ich es nicht („es ist wie E.K I unter der Brust zu tragen, eine höhere Klasse"). Was sagen Sie dazu? Unerwartet, muss ich sagen.
Am 24/25 III 53 ist in Genf die Sitzung der Internationalen Jury, wo ich Mitglied bin für Deutschland. Ende März ist es vielleicht dort schon ganz schön.

Tausend Grüsse Ihr

G B

Nr. 623 19 XII 52 8 h.

L.H.Oe. Dank für Ihren reizenden Anruf u gute Besserung für die Grippe. Ich gehe nicht zum Arzt u. Sie trinken keinen Alcohol – wir wissen, was wir von unseren Geschäften u Materien zu halten haben. Ihr Brief betr. Frühe Lyrik war vom *1.* XII, wie ich eben feststellte, nicht vom 7. XII. Oder haben Sie am 7 XII auch einen Brief geschrieben? Den hätte ich nicht bekommen. Übrigens denke ich oft, wie sehr alles, was zur Post gehört, Weihnachten hassen muss, diese Pakete schleppende Menschheit mit Pulswärmern u. einem Taschentuch drin – alles um Liebe. Wenn ich zur Post gehörte, würde ich sicher alles vernichten, was ich unbemerkt erreichen könnte.
Dank u gute Besserung

Ihr

Benn

Nr. 624

Mein Partner vom hohen Zwiegespräch, Herr A. L - H., meinem Partner von brieflichen Duetten besserer Art.

Gottfried Benn

Weihnachten 52

Frau Charlotte Oelze mit herzlichem Gruss.
Weihnachten 1952.

Gottfried Benn.

Nr. 625 7 I 53

Lieber Herr Oelze,
ich hoffe, Sie sind wohlbehalten in Ihr neues Lebensjahr gekommen, ich wünsche Ihnen nochmals dafür vor allem Gesundheit. Dann dankt meine Frau, die vor Arbeit wenig schreiben kann, tiefgerührt für die schönen Nelken, die Sylvester von Ihnen kamen. Fleurop ist doch eine nette Institution u. was sie liefert, ist immer gute Ware. – Falls es Sie interessiert, Ihren werten Namen einmal wieder in der Zeitung zu finden, müssen Sie sich die Frankf. Allg. Ztg vom 3 I besorgen, wo Vietta über die Frühe Lyrik einen längeren Aufsatz schreibt u Sie zitiert. Dabei nennt er Sie wieder „nobel", ein Wort, das ich immer als ausschliesslich von Lakaien für ihre Chefs anwendend empfinde. – Hier schneit es seit Tagen ununterbrochen, bald wird man Schlitten fahren können, u Sie werden Ihr Haus nicht mehr verlassen können, sondern am Heizungskörper bleiben müssen, sinnend und lesend. Viele Grüsse an Ihre Gattin u Sie

Ihr

Benn

Nr. 626

Wollen Sie nicht kommen, schweigsamer Lord?
Haben Sie schon Ihre 3 Bücher bekommen??
22/I 53 Gruss.

Nr. 627 ⟨1. 2. 1953⟩

L. H. Oe. Tausend Dank für Brief, Übersetzung des C.briefes (Nied. sagte, er habe 3aM geschickt) u. die R A. S. Zeitungen. Typisch deutsch: zu dick alles.

Herzlich Ihr
Benn.

Kolbe Museum-Abend war sehr erfolgreich, ausverkauft, 100 Voranmeldungen für Wiederholung (mache ich aber nicht), glänzende Kritiken. Aber ich habe nichts.
Aus einem neu entstehenden Gedichtband: Eingeengt
Orden jetzt ausgehändigt!!

Nr. 628 13 II 53

Lieber Herr Oelze, vielen Dank für den Brief vom 8. II. Es ist sehr nett von Ihnen, zu schreiben, obschon ich so wenig von mir hören lasse. Aber Arbeiten aller möglichen Art schlagen über mir zusammen und dazu das Lesen der Manuscripte für Genf, das mich ganz in Beschlag belegt. Sie müssen nicht böse sein, wenn ich Fragen, die Sie ganz präcise an mich gestellt haben, nicht beantwortet habe z.B über Gerhart Hauptmann, oder in der Cormansache. Inzwischen erhielt ich Origin mit den 3AM, habe aber noch keinen Blick

hineingeworfen. Auch ein neuer Amerikaner hat sich inzwischen gemeldet, ein Herr Exner aus Los Angeles, der auch über mich schreibt, einer aus England u.sw.
Dass Sie dem dummen Brentano zu seiner Anmerkung geschrieben haben, ist von Ihnen zwar sehr nett, aber es ist zuviel Ehre für ihn. Sie übersehn die Hintergründe dieser Bemerkungen nicht. Nämlich: in der Fechterschen Literaturgeschichte kommt sein Name überhaupt nicht vor. Der von v.B. erwähnte Herr Bischoff ist der Generalintendant des Südwestdeutschen Rundfunks in Baden-Baden, Professor und grosser Bonze, der v. B. viel sprechen und Geld verdienen lässt – darum ist er nun ein grosser Lyriker, sonst weiss niemand davon. Schliesslich ist die ganze Darmstädter Gruppe gegen mich animos, da ich ihnen (und vielen andern) zu gross geworden bin, sie wollen mich ducken. Die Vorstellung, dass Sie nun auch noch dies Schundblatt abonniert haben, ärgert mich geradezu. Es ist doch der deutsche Mittelstand kat exochen, der sich da ausspricht. Aber als Orientierungsblatt ist es ja ganz gut.
Das Manuscr.-Lesen für Genf ist nicht uninteressant. Eine Vorjury prüft die Eingänge und begutachtet sie und die drei besten von allen gehn an die 6 Mitglieder der Internat. Jury zur Entscheidung, am 24. III ist in Genf die abschliessende Sitzung, wo wir entscheiden. Dann wird das Kuvert geöffnet und der Sieger herantelegraphiert und am 26. III ist die Bekanntgabe und Presseempfang u.s.w. Folgende Zahlen interessieren Sie vielleicht: Eingänge an Manuscr: italien. 55, engl. 9, französische 83, spanische 23, deutsche 192. Von denen also bekommt jeder der Intern. Jury die 2-3 besten zugeschickt und muss sie studieren. Die engl. sind so schlecht, dass darüber nur kurze Referate uns zugesandt sind. Unter den 3 deutschen ist einer so über alle Massen interessant und beunruhigend, dass er künstlerisch betrachtet wohl den Preis verdiente, aber er wird ihn nicht bekommen können, da er im höchsten Masse krank, abwegig, tragisch und nihi-

listisch ist. Bitte dies Alles unter uns. Ich vermute dass der französische das Rennen macht, aber – das ist ein *polnischer*, übersetzt ins Französische, spielt in Warschau 1945/46, nicht schlecht und inhaltlich interessant.
Herr Niedermayer ist vom Hohen Kommissar mit einigen andern Verlegern für 10 Tage nach Paris eingeladen und fährt Ende Februar dorthin, ist sehr stolz darauf, Gast von Herrn François-Poncet zu sein.
Ich dachte immer, Sie kommen her, Sie wollten doch, aber nichts geschieht. Wo war Ihre Gattin im letzten Jahr am Genfer See? Da ich ja bei der Affäre etwas Schweizer Franken verdiene, bleibe ich vielleicht eine Woche dort oder fahre nach Lugano oder in die Heimat meiner Mutter an den Neuchâteler See.

Waren Sie bei der *Schaffer*mahlzeit? Mit schwarzer Frackweste?

Viele herzliche Grüsse!
Ihr
Benn

Nr. 629 4 III 53

Lieber Herr Oelze, herzlichen Dank für Brief vom I. III u den mit Lohnereinlage. Anbei diese Anlage zurück. Tausendfachen Dank für das Studium der Übersetzungen in Origin u Ihre Korrespondenz mit Lohner. Zum Lohnerbrief vom 9 II: 1) die beiden Exemplare von „Frühe Lyrik" habe ich mit Widmung an die beiden Herren gesandt 2) Die jungen deutschen Dichter: keiner primär, alle Halb- u Halbnaturen, wenig interessant. Den Namen Moslé habe ich noch nie gehört. *Schwedhelm* – nun er versucht sich. *Krolow* ein „Bewisperer", Schule Wilhelm Lehmann, hat oft böse gegen mich geschrieben u. immer darauf hingewiesen, daß er selber viel bedeutungsvoller sei. *Scholl, Bächler* mittlere Klasse. *Piontek* wird jetzt viel gedruckt, ist aber schwach. *Eich* ist ein versierter Hörspieldichter, hat schon einen Wagen sich verrundfunkt, höre ich. Ich finde ja doch *Holthusen* am begabtesten, wobei ich weiss, dass er alte Platten spielt. Diese jungen Leute, die hier nicht viel zu bestellen haben, werden hingerissen sein, wenn Origin sie bringt. 3) Die Dissertation von *Wellershoff* habe ich leider auch nicht im Besitz, ich bat schon Herrn Niedermayer, sie sich doch zur Abschrift zu erbitten. Es werden jetzt 3-4 neue Doctorarbeiten über mich gemacht

---

Was nun unser Wiedersehn angeht, so reise ich am 21. III ab u bleibe 10-14 Tage fort. Ich kann Ihnen nicht zumuten, vorher noch zu kommen. Es ist anstrengend, teuer u. vielleicht warten wir bis zu meiner Rückkehr, so leid es mir tut.
Ich kann Ihnen den Autor des von mir so gut gefundenen Romans nicht nennen, da ja die Manuscripte nur mit Stichwort versehn sind, dazu ein verschlossenes Kuvert mit dem Namen drin. Erst am Abend des 24. III nach unserer Sitzung in Genf wird das Kuvert geöffnet u der Autor herantelegrafiert, um am 26 III den Preis in Empfang zu nehmen. Aber der Deutsche wird es nicht sein.
Wie eigentlich beurteilt Ihre Gattin die „Sackgassen"? Ich bitte ergebenst um Urteil.
Vielen Dank, wie immer, viele herzliche Grüsse.

Ihr
Benn

Nr. 630 5 III 53

Wenn Sie, Verehrter, in Ihrem letzten Brief schreiben, dass Sie täglich 10 Stunden arbeiten, muss ich in der Richtung nachdenken, dass, wenn ein Kopf wie der Ihre das tatsächlich tut, Sie ein Vermögen verdienen müssen. Was ich Ihnen sehr wünsche.
Wenn Sie, Verehrter, gelegentlich einen Blick in die beiliegenden Songs werfen wollen, werden Sie in der Richtung nachdenken, dass Ihnen einige keinesfalls gefallen können.

Herzlich Ihr
G B

Nr. 631

Hat Ihnen, lieber Herr Oe., Niedermayer ein Exemplar gesandt? Wenn ja, Interessiert Sie vielleicht diese rührend eingehende Besprechung von Rychner.

Ihr G B 6 III ⟨1953⟩

Nr. 632

8/3 ⟨1953⟩ Bitte sehen Sie selbst, wie Schwedhelm dichtet. Sehr verworren u zuviel GB-reminiscenzen. An Euern Schülern könnt Ihr Euch erkennen – u erschrecken!

Nr. 633 10/3 ⟨1953⟩

Lieber lieber Herr Oelze, tausend Dank für die *Druckfehler*. Rief sofort Wiesbaden an u. hörte, dass Sie schon dorthin geschrieben hatten. Sehr gütig von Ihnen!

Danke sehr! Mit Con Sordino wollen wir es so lassen. Frl. Schlüter hatte mir schon das gleiche Monitum erteilt, aber mir gefällt es so besser u schliesslich ist Con Sordino – *gross-geschrieben* – ein musikalischer Begriff, den man als Hauptwort verwenden kann . . .

Das Urteil Ihrer Gattin über „Sackgassen" ist ja niederschmetternd, aber nicht ganz falsch. Wenn ich die Autorin, die im September 52 hier war, vorher gesprochen u. beobachtet hätte, würde ich wohl kaum für den Roman bei Herrn N. eingetreten sein.

Dank u Grüsse. Nun werde ich wieder eine Weile Sie nicht belästigen.

Ihr

G B

10/III.

Aufsatz von Sieburg über Frühe Lyrik. Ganz interessant. (Photokopie, mir von unbekanntem Verehrer aus Westdeutschland zugesandt. Original Gegenwart habe ich nicht.)

Herzlich

G B

Nr. 634 17 III 53

Lieber Herr Oelze, vielen Dank für Brief vom 15. (gestempelt: 16. III. Endlich gehn Briefe wieder nur 1 Tag.). Ich beeile mich Sie zu bitten, mir den Lohnerbrief vorläufig nicht zu senden. Erst wenn ich von der Reise zurück bin; liegt sonst hier herum u. über meine Post wird hier etwas lässig gewacht.

Streichen Sie bitte F.W O nach: An-. 1) sachlich: wenn nicht Sie, wer wäre innerhalb der Schwelle? 2) historisch: An – eine reizende Frau, elegant u rassig, die sich die Sache aber zu leicht vorstellte.

Ich vermisse Ihre Abneigung gegen das Gedicht von Schwedhelm. Dieser nette Mensch! Dass er nun auch noch dichtet! Ich kann ihm garnicht mehr gut gesonnen sein.
Freut mich, dass Sie in den Destillationen vom alten beliebten Experimentellen was spüren. Ich fürchte, es sind langweilige altmodische Aussagegedichte.
Meine Tochter schickt mir einen langen Aufsatz mit Bild aus einer dänischen Zeitung. „Es sei bedauerlich, dass ich im Mittelpunkt der deutschen Literatur stünde, da ich ‚von einem geradezu *unverzeihlichen Trotz* bin'". Ein langer spanischer Artikel ist auch erschienen. – Nach Genève fahre ich zaudernd. Wohne im Hotel de la Paix, Quai Montblanc, also für mich zu feudal, liebe das nicht. Werde ich mich behaupten können innerhalb soviel internationaler Beflissenheit im Palais *Wilson*? Nun, ernst kann ich natürlich das Alles nicht nehmen. Eine Vergnügungsreise, die ich bezahlt bekomme. Herzlichen Gruss.

Ihr Benn

Nr. 635 25/3 ⟨1953⟩

Wunderbares Wetter! Alles sehr nett u. interessant. Mein Autor bekommt halben Preis (trotz starkem katholischen Widerstand). *Einstimmig* als das bedeutendste u. erregendste Manuscr. unter 200 anerkannt. Ein ganz unbekannter Herr aus Westfalen!

Herzl. Gruss an Sie beide.
Ihr Be.

Nr. 636 14. IV 53.

L. H. Oe. Dank für Brief vom 12. IV. Endlich einmal wieder ein Blauer Brief. Einige Richtigstellungen: 1) in den Deutschen Zeitungen hat nur allzuviel über Genf gestanden, es war ja eine richtige Sensation. Wie im Märchen, dieser Herr W. W., wacht auf u ist berühmt. In Frankfurt gab es auch noch einen Empfang, wo ich auftreten musste, auf der Rückreise. 2) Herr Rychner hat mich im Hotel besucht, nicht ich ihn; mir rote Rosen gesandt, war charmant, die erfreulichste Bekanntschaft von der Reise. Wir sprachen von Ihnen. Der Konsul heisst – ich weiss es nicht. Ist aber wohl Bremer, oder seine Frau. Kennt Sie gut. Ähnelt Ihnen, ins Robuste und etwas Steife projiziert. Über ihn mündlich. – Der Franzose war eine widerliche Erscheinung. Auch darüber lieber mündlich, u. einiges andre hinsichtlich der allgemeinen u. politischen Stimmung in dieser Jury.
Heimat meiner Mutter von weitem gesehn: Yverdon, Neuchâteler See. Reizend. Wie diese arme Frau aus der Weingegend u. der heiteren Berggegend es in dem grausigen kahlen neumärkischen Dorf aushalten konnte, mir unbegreiflich. Also Sie werden kommen? Freue mich sehr. Gruss an Ihre Frau. Ihr

Benn

Nr. 637 17 IV 53

L H Oe. waren Sie einmal hier (umstehend)? Herr Hürsch fuhr mich hin, es ist etwas wunderbar Schönes. – Der *Bremer* Senator für das Bildungswesen hat mich in langem freundlichen Brief gebeten, in das Preisrichterkollegium des R.A.Schr. Literaturpreises einzutreten u. lädt mich zur Besprechung ein. Soll ich? Nein, ich werde nicht. Ihr

Be

Nr. 638 27 IV 53

L. H. Oe. Herzlichen Dank für Brief vom 25.4 u. Lohnerbrief. Ich hätte eigentlich Lust, beides Herrn N. zuzusenden, beide Schreiben enthalten ja kein beleidigendes Wort gegen ihn, sondern nur Klagen. Ich muss sagen, ich begreife ihn nicht ganz. Zugegeben, dass sehr viele Ausländer sich um Bücher von mir bei ihm bemühn, so haben doch Lohner u. C. soviel geleistet, sind so *nachweislich* interessiert, dass er seinen Standpunkt revidieren müsste. *Ich* stehe nicht hinter den Geldforderungen, wäre sogar bereit, selber die Kosten für die Exemplare zu übernehmen. – Sie wollen am 2 V kommen? Grossartig! Dann reden wir auch über diesen Punkt. – Anbei Schreiben Ihrer Vater- u Mutterstadt! Sie gehn garnicht auf meine Mitteilung darüber ein! – Auf Wiedersehn! Kommt Ihre Frau mit?? Wann kommen Sie? Am 1. oder 2. Herzlich

Ihr Benn

Nr. 639

Frau Charlotte Oelze, der Herrin von Oberneuland, die Gedichte im Zusammenhang mit 1/3 IX. 1951 zu Füssen gelegt.

Gottfried Benn.

2 V 53

Nr. 640 5 V 53

Lieber Herr Oelze, anbei der Herr aus Kempten u. dazu eine Zeitung vom Sonntag mit Ihrem neuen Favoriten aus Genf. Dank für freundlichen Brief vom 3 V. abends,

– 10 Stunden Fahrt, entsetzlich u. zu Hause sicher nicht gut empfangen, – ich lebe immer der Überzeugung, dass Ihre Gattin Ihre Beziehungen zu mir geringschätzt u. überflüssig findet. Daher sandte ich der Herrin von Oberneuland sofort ein Weihgeschenk.
Was den Sect angeht, so hatte ich lange keinen getrunken u. er enttäuschte mich, aber an sich trinke ich ihn ganz gern.
Wir standen am Sonnabend Abend noch lange am Abschiedspunkt u sahen Ihnen nach, bis Sie im Hotel verschwanden (ohne sich umzusehn). Jetzt wird er sich sattessen, sagte ich zu meiner Frau, u. noch etwas trinken, mein Essen war zu kärglich.
Zu dem Amoklauf gegen mich, der z Z stattfindet, ist noch eine Groteske gekommen. Der Schriftstellerverband (dem ich nicht angehöre), Abt. Nordwest, Gruppe Hamburg, hat Stellung genommen zu der *Ordens*verleihung an mich und will, anscheinend, protestieren! Sowas ist doch wohl nur in Deutschland möglich. Dieser Hass, den ich mein Leben lang immer erzeugte, ist mir ein Rätsel. Aber tut nichts. Ich mag nur einen makabren anrüchigen Ruhm, keinen lauteren, idealistischen.

Bald mehr. Dank u. Grüsse

Immer Ihr

Benn

Nr. 641 — 13 V 53

Lieber Herr Oelze, vielen Dank für den Brief vom 10 V (mit Strindberg-Gauguinsache, mir schon bekannt) u. den vom 3 V.
Anbei der eine Lohnerbrief zurück. Jenen, den Sie Ihrem Brief vom 25 IV beigelegt hatten, hat offenbar Herr N. versehentlich zurückbehalten; ich habe ihn darauf aufmerksam gemacht u. ihn gebeten, ihn an Sie zu senden. Hinsichtlich

Wellershoff haben wir vereinbart, dass N. an L. schreibt, der ja die Arbeit von W. nun gelesen hat, ob seine Arbeit andre Gesichtspunkte bringt u. welche u. er möchte sich doch etwas spezieller über Anlage u. Inhalt der Arbeit aussprechen. Herr N. hat ja Recht, wenn er sich über ein Manuscript nicht entscheiden will, das er nach Umfang u. Gehalt garnicht kennt. N. ist ja weniger an Wirkung in U.SA interessiert, wo ja auf jeden Fall für ihn „nicht viel einkommt", als an Erfolg in Deutschland u. europäischen Ländern. Ich danke Ihnen sehr, wenn Sie weiter die Mühe auf sich nehmen, Ihre Teilnahme an der Sache nicht erlahmen zu lassen.
Dank für Rücksendung der Druck- u. Schriftsachen!
Reisen Sie? Wann reisen Sie? Zu Pfingsten ist N. auch in Genf. – Herzlichen Dank Ihrer Gattin für ihren Brief. Grüsse an Sie beide.

Ihr G B

Nr. 642 21. V 53

Lieber Herr Oelze, sind Sie auf Reisen oder im Garten mit den alten Bäumen zu Pfingsten zu Hause? Im Tropenanzug und Milch schlürfend? Was blüht jetzt eigentlich? Jetzt ist wohl jene Zeit der Zwischenblüte, wenn Kastanien und Rotdorn zu Ende u die Rosen noch nicht da.
Sie haben mir garnicht erzählt, dass Heidegger wieder in Bremen gesprochen hat. Waren Sie da? Über Nietzsche! Was verbindet ihn so mit Bremen? Sie haben mir ferner nicht erzählt, dass ein Herr Schwerte, Literaturhistoriker aus Erlangen in Ihrem Amerikahaus einen Vortrag über mich gehalten hat (s. Bremer Nachrichten vom 17. IV 53) Stand wohl nichts in Ihrem Weserkurier darüber?
Und schliesslich muss ich Ihnen die mir sehr peinliche u. ärgerliche Mitteilung machen, dass Limes den Lohnerbrief,

der Ihrem Brief vom 25 IV beilag, nicht gefunden hat. Er muss also wohl leider als verloren gelten. Bei mir ist er nicht in Verlust geraten, Limes hat ihn erhalten, was Herr N. auch zugibt, aber bei der Rücksendung lag er nicht an. Ob Sie wohl noch wissen, was er ungefähr enthielt?
Und damit gute Pfingstfeiertage. Ich liebe diese Hitze eigentlich sehr, zumal es in der Parterrewohnung immer kühl ist.
Was für Bücher lesen Sie z Z? Oder sind Sie in Häcklingen?

Ihnen beiden unsere herzlichsten Grüsse!

Ihr

G B

Nr. 643 29 V 53

Lieber Herr Oelze, vielen Dank für Brief vom 26. V. über Heidegger u.sw. Den Dr. Schwerte aus Erlangen kenne ich nicht, las aber, dass er öfter über mich redet.
Anbei einen rührenden Brief von Lohner an N. Ich habe L. sofort gedankt u. ausführlich geantwortet. Nämlich vor Allem, dass N. wohl sich weder für Wellershoff entschieden hat noch für sonstwen. Er zaudert, scheint mir, z. Z. in allen Verlagsangelegenheiten. Hat keine rechte Erfolge mit seinen Sachen in letzter Zeit. Hat sich auch zu sovielen französischen Sachen breitschlagen lassen, bei denen auch nichts herauskommen kann. Dafür hat er Pfingsten in Genf u. Lausanne im Hockey gewonnen, wie mir eine Ansichtskarte mitteilt.
Sie sahen am 2 V so jugendlich aus, mit markanter gewordenem Schädel, denkerisch u. geistig. Freute mich.

Tausend Grüsse u Dank,

Ihr

Benn.

Nr. 644 2 VI 53

Lieber Herr Oelze, anbei sofort den Brief von Lohner vom 16 V mit Dank zurück. Was Sie über N. schreiben, beunruhigt mich fast. Sagen Sie bitte, Sie hatten doch gelegentlich meiner Aufnahme der Beziehungen zu Limes eine Erkundigung über N. eingezogen – wissen Sie noch, wie die etwa lautete? Soweit ich mich erinnere, war die Auskunft nach der finanziellen Seite nicht ganz ungünstig?
Falls Sie reisen – meine Wünsche begleiten Sie auch hinsichtlich der gesundheitlichen Belange. Mit Schifferli hat N. jetzt in Zürich verhandelt: nichts zu machen, er will nicht „aus Prestigegründen", ob N. allerdings ein konkretes finanzielles Angebot gemacht hat, weiss ich nicht. Wohl kaum. Ich möchte *nicht*, dass Rychner hineingezogen wird. Lassen wir die Sache also treiben. Wie lange bleiben Sie fort? Viele Grüsse an Ihre Frau u. Sie

Ihr
Benn

Nr. 645 30 VI 53

L. H. Oe. Dank für Karte nach Besuch von Frau Zimmer, für 2 Reisekarten, für Brief vom 29. VI. Reise war also wohl sehr schön. Ist Ihre Gattin weiter nach Rom?
Da Sie so rilketrunken sind, sende ich Ihnen eben erschienenes Buch über den jungen R. Seltsame Sache. Bitte gelegentlich zurück. Ferner „Zeit". „St. h. d. V." in Köln Bombenerfolg. Ebenfalls seltsam. Jetzt soll es sogar in den Berliner „Festspielwochen" aufgeführt werden. Weiss nicht, ob ich das erlaube.
Mit *Lohner* zwei Briefe gewechselt. –
Schreckliche Sache: man will mir meine Pension streichen,

weil ich dazu verdiene. Sie ist doch meine Existenz, das Einzige, was mir etwas Ruhe gibt; ich habe also nur die Wahl, Praxis aufzugeben u nichts mehr zu schreiben oder Pension zu verlieren. Die Praxis bringt im Monat keine M. 100 mehr ein, gebe ich gerne auf, aber das Schreiben? Dilemma. Grässlich.

Ihr

Benn

Olle Kamellen – neu aufgegossen in einem Brief an den Regisseur Herrn Siems, auf dessen Wunsch.

Be

Nr. 646 14 VII 53

Mein lieber Herr Oelze, Gottseidank mal wieder ein Brief von Ihnen! Tausend Dank. Ich selber bin ja seit Langem so schreibapathisch, dass es nur zu Receptformularberichten langt, aber ein junger knuspriger Mann wie Sie sollte mehr zur Feder greifen!

Ihre Analyse von Rilke ist gut, ich hätte eine so spezialistische Betrachtung von ihm nicht zu Stande gebracht. Ob das mit dem Geschmack stimmt, von dem Sie schreiben, er sei bei ihm unsicher gewesen, weiss ich nicht, ich habe solche Züge nicht finden können, nur gelegentlich in früheren Sachen snobige, wichtigtuerische z B. der Laurids Brigge (?) war mir immer äusserst langweilig. Er war wohl ein bischen dumm, dieser René, aber ohne diese Dummheit hätte er sich kaum entwickeln können. – Zu Thomas Mann: Ein richtiger Reisser. Sicher ein Bombenerfolg. Alle Damen werden sich auf diese Novelle stürzen. Wenn man von dem Lächerlichen dieser gespreizten Affäre absieht, natürlich auch wieder ganz kühn und unterhaltlich. Ein frecher Kerl dieser Th. M.

Er kann sich alles erlauben u sein Volk bewundert ihn immer mehr. Der „Merkur“ wird sehr schwach in letzter Zeit, finde ich. Hoffentlich haben Sie nicht vergessen das *Darmstädter* Käseblatt abzubestellen?
Meine Pensionssache läuft immer noch. Ich war bei einem höheren Referenten u. habe in dem Sinne, wie Sie schrieben, mit ihm geredet. Dieser neue Beamtentyp hier ist recht höflich u interessiert u vorsichtig u. ganz angenehm, aber was sie dann beschliessen u. entscheiden, weiss man ja nicht. Ich warte täglich auf den Bescheid. Übrigens etwas Einschneidendes habe ich in diesem Zusammenhang schon getan: seit dem 1. VII mache ich keine Praxis mehr, wenigstens keine Kassenpraxis. Einerseits habe ich etwas Heimweh nach dieser armseligen Tätigkeit, die mich seit 1917 mein Leben hat fristen lassen, andererseits juble ich, dass nun nicht mehr jeder ankommen kann von Morgens bis Abends u mich belämmern u. von mir verlangen, dass ich mir seine Flechten u. Juckstellen ansehn muss u seine Pilze zwischen den Zehn u seinen Grind auf dem Kopf. Nur meine „Salondamen“ betreue ich weiter, das ist bar Geld u nicht unamüsant u. geht schnell.
Herr Niedermayer ist schon wieder auf Reisen, Luzern u Como u was weiss ich. Angenehme Berufe gibt es, wie sich zeigt. Ob ich noch reise, hängt von der Pensionssache ab. Ob meine Frau reist, steht auch noch nicht fest. Wir müssen viel Steuern zahlen. Dagegen schreibt mir meine Tochter eine Karte aus Seelisberg (Uri), wohin sie mit ihren beiden Kindern in ihrem Volkswagen (ohne Panne) gefahren ist – 1 500 km. Tüchtig.

Herzliche Grüsse.
Ihr
Benn

P.S. ich war in den letzten Wochen körperlich etwas gestört: bekam an einem der tropischen Tage abends in meinem Lokal, ohne dass ich besonders viel getrunken hatte, plötzlich ein so schweres Nasenbluten, dass Taschentücher, Oberhemd, Schlips, Manschetten ganz voll waren, ich nach Hause eilen musste, hier weiter in Strömen blutete, bis ich nach 2 Stunden festem Zuhalten u. Tamponade die Sache zum Stehen bekam. Liess mich nun mal durchuntersuchen, Blutdruck, Nieren, Electrokardiogramm usw, war aber alles in Ordnung. Der Nasen-Kollege sagt, so was käme vor, ohne dass immer Allgemeinerkrankungen vorlägen. Hoffentlich wiederholt es sich nicht. Also vorläufig noch – über Gräber vorwärts.

Be

Nr. 647 18 VII 53

Lieber Herr Oelze, Dank für Ihren freundlichen Brief vom 17 VII. Ich möchte Ihnen gleich mitteilen, daß meine Pensionssache günstig ausgegangen ist und ich wohlwollender beurteilt wurde, als ich zu hoffen wagte. Ich glaube, nun für den Rest meiner Jahre im Gröbsten ohne Sorgen sein zu können. Oh, wie wohl das tut! Und ohne Praxis, – auch das ist schön. Vom 1. XI 1917 an bis 30. VI 53. (mit Ausnahme der Hannoverschen 2 Jahre) habe ich das Geschäft betrieben – nun ist es genug.

Meine Frau, die am 27 VII nun 7 Jahre „mit mir geht“, wünscht, endlich einmal mit mir zusammen zu verreisen u. ich werde es tun. Nicht lange, nicht üppig, nicht Pontresina u. nicht Capri, sondern nordwärts an die Ostsee für 2 Wochen. In ein kleines Kaff: Heiligenhafen, gegenüber von Fehmarn. Soll nett sein; wenn gutes Wetter ist, ist es überall schön, wenn nicht, ist es überall nicht gut. Also versuchen wir es. Leider liegt Bremen nicht an der Strecke, sonst kämen wir zum Café vorbei. 1-15 VIII.

Wenn ich zurück bin u. mehr Zeit u Ruhe habe u. weniger Sorgen, will ich etwas Neues versuchen zu schreiben. Schwebt mir etwas vor.
Herzlichen Gruss an Sie u Ihre Frau, wenn sie wieder da ist.

Ihr

Gottfried Benn.

Nr. 648 27 VII 53

Lieber Herr Oelze, Dank für netten Brief vom 26 VII (heute früh schon hier). Ich beeile mich, Ihnen zu melden, dass der Lohnerbrief nicht dabei war. – Dass Sie Heiligenhafen kennen, freut mich sehr, ich sehe ihm mit etwas Skepsis entgegen. Übrigens fahren wir nicht über Hamburg, sondern mit solchem Reiseomnibus, wahrscheinlich, vermute ich, über Lübeck. Ich fahre also durch die Zone, hoffe aber, daß man mich nicht abschäumt. Sonst – leben Sie wohl!
Mit Gedichten ist es sonderbar. In einem französischen Journal sind 2 übersetzt u welche? „Aussenminister" u. „Traum"; u in der letzten „Weltwoche" steht: „was schlimm ist", also die affektlosen, unlyrischen Sachen finden andernorts Entsprechungen.
In der „Zeit" soll vor 3 Wochen (Nr. 26) eine *vernichtende* Kritik über Peter de M. gestanden haben. Las es nicht. Je m'en fiche.
Habe wieder viele Einladungen zum Vorlesen, usw. Universität Bonn, Innsbruck, Radio Stuttgart, u nach Genf wieder vom 2-12 IX für „Rencontres européens", Thema: die Lebensangst u. die geistige Überwindung (französisch). Zahlen aber nur 400 frcs, einschliesslich Reise, dafür kann ich nicht reisen (Reise hin u zurück kostet 300 M) – Habe überall abgeschrieben.
Herr Oelze, die Ost- u Nordseeküste von Danzig bis Amrum scheint mir besät von Oelzeschen Abenteuern, auch

Schleswig (1939-40) wollen wir nicht vergessen! „Keine Schwalbe bringt Dir zurück“ –

Herzlichen Gruss! Sie hören von mir.

Ihr

Benn

Nr. 649 27 VII 53

L. H. Oe. mit der 2 Post kam der Lohnerbrief. Mit Dank anbei zurück. Sehr interessant. Holthusen ist eine zweideutige Figur. 〈...〉 (Im Merkur Nr. 64 scheint mir der Aufsatz über „Soziologie des Existenzialismus“ ganz interessant. Auch der über Jazz hat gute Einzelheiten, obschon mir sein puritanischer u. regulativer Ton nicht schmeckt.)
Dann ein Brief, den mir Herr N. heute sandte, interessiert Sie vielleicht wegen der Übersetzungsprobleme. Bitte an Herrn N. zurück –. Und nun möge der Lord Jehova seine Hand unter die Regenwolken halten u einige Sonnenstunden schenken.

Ihr

G. B.

Nr. 650 6/8 〈1953〉 Pension am Strande

L. H. Oe, hier ist es ganz nett, primitiv, aber reizvoll. Wetter einigermassen, jeden Tag viele Stunden Sonne. Meine Frau geht ins Wasser, ich schaue zu u. trage eine Baskenmütze. Die Herfahrt im Reiseomnibus war ganz grausig. Herzliche Grüsse

Ihr

Benn

Pension am Strande (Süpke)

Nr. 651 10/8 ⟨1953⟩

L. H. Oe. Dank für Brief. Hier ist seit 4 Tagen strahlendes Sommerwetter, keine Wolke, blaues Meer, grosse Hitze. Schöner könnte es auch in Westerland nicht sein. – Am 17 VIII wieder in Bozenerstr. Nach Fehmarn müssen wir also wohl noch!

Herzlichen Gruss Ihr
Benn

Was schmiert Herr Sabais?
Offenes Meer Unser Haus Das Binnenwasser

Nr. 652 23 VIII. 53

Lieber Herr Oelze, bei dem gestrigen Sonnabendanruf von Herrn Niedermayer hörte ich, dass er seinen Urwaldbrief von Ihnen noch nicht zurückerhalten habe. Er fürchtet, dass er verloren gegangen sei. Das glaube ich nicht, aber vielleicht können Sie ihn raussuchen u. ihm wiedergeben?

Also wir sind eine Woche wieder hier und die verführerische Himmelsbräune auf unseren Gesichtern beginnt schon wieder zu verblassen, der Sommer ist aus. Aber die Tage an der Ostsee waren sehr schön; das Meer ist überall imposant, man braucht eigentlich nicht nach Westerland u Amrum zu reisen, gerade das Unimposante u. Schlichte dort war angenehm. Auch Ihr Fehmarn haben wir einen Tag besucht. Burg sehr hübsch, aber Strand u Menschen scheusslich. Das völlig Waldlose des ganzen Holstein missfiel mir überhaupt etwas, wie war dagegen z. B. Rügen u Prerow u. die östliche Ostsee schön.

Im letzten „Merkur" finde ich die beiden kleinen Geschichten von Lamming reizend, so ulkig; wenn man die Pro-

bleme auf dem Hintergrund unserer Moral- u. Kulturlage sieht. – Wenn ich ein Gedicht von W. Lehmann lese, denke ich immer, dagegen ist eine Schnecke ein Wirbeltier. Einzelnes ganz hübsch. – Bekomme u. fand hier eine ganze Menge Bücher vor, auch Aufforderungen, über sie zu schreiben z. B. von „Weltwoche", aber ich schreibe nicht mehr über Bücher.
Der Einladung nach Genf für IX/53 (2-12) zu den „Rencontres Européens" [Thema: „Lebensangst (L'angoisse du Temps présent et les Devoirs de l'esprit")] werde ich trotz liebenswürdigster Bitte des Komités nicht folgen. Reise anstrengend u teuer, Thema allmählich kindisch. Wenn ich aufstünde u sagte, ich habe keine Lebensangst, würde man sagen: voilà un Faschist! Man muss Orgel spielen, philosophieren u. verarzten, wie A. Schweitzer, dann ist man zünftig. Das ist die deutsche Himmelfahrt. Und Herr Stroomann im „Merkur"? Etwas rührend, etwas anspruchsvoll.
Wählen Sie am 6. IX richtig!!

Herzlich Ihr Benn

Nr. 653

2/9/53

Lieber Herr Oelze, besten Dank für Ihre beiden letzten Briefe und die heute eingetroffne Sendung des Lohnerbriefs. Zunächst: Ihr Ärger mit den Devisen vom Jahre 1931 ist natürlich sehr betrübend und bereitet Ihnen sicher arge innere und äussere Schwierigkeiten. Mein Beileid dazu! Aber Ihre Kritik an dem Wirtschaftssystem als Ganzem kann ich nicht überzeugend finden. Sie verdanken es doch diesem Wirtschaftssystem, dass Sie mindestens bis zu Ihrem 55. Jahr alle Vorteile und Schönheiten dieses Systems geniessen

konnten und Ihr Leben zu dem machen konnten, was Sie sind. Dass dahinter Raub und Mord steht, war Ihnen ja zur Genüge bekannt. Aber wahrscheinlich lachen Sie mich aus, dass ich so infantile Dinge sage. (Also gehen Sie doch wählen! Adenauer ist ja doch der beste Mann, der einzige mit etwas Haltung und Erfolgen und dies beides ist doch das Einzige, was man von einem Politiker verlangen kann.)
Nun der Lohnerbrief. Ich erlaube mir vorzuschlagen, dass Sie ihn in natura an Herrn N. schicken, er sieht doch daraus, wie ernst es L. ist, ausserdem enthält der Brief auch bemerkenswerte Urteile. Auch tritt ja daraus hervor, wie sehr L. Sie und Ihr Urteil schätzt. Was spricht nach Ihrer Meinung dagegen?
Den *Lamming* finde ich nett, weil er Probleme, die bei uns so düster genommen werden, so lustig nimmt. Sie sind zu streng, zu absolut, zu trotzig! Aus diesem Grund wird Sie auch ein Buch nicht für sich einnehmen, das mich sehr gefesselt hat: „*Die kurze Strasse*“ von *Thyde Monnier*, eine Französin, 66 Jahre, jetzt dort sehr berühmt. Ein RoRoRo, für 1,50 M. Bitten Sie Ihre Gattin, es zu lesen. Reichlich gewagt allerdings, aber man sieht ein Frankreich, das man aus den intellektuellen Romanen der Gide, Sartre, Camus u s.w garnicht kennen lernt (arme Leute in der Provence, Hurer und Trinker und Zuhälter), aber ein reizendes Buch. Ein sehr ernstes Buch.
Ich soll eintreten in ein Ehrenkomité für Charles Plisnier, dem angehören: André Malraux, Graham Greene, Silone, Dos Passos – also gute Leute. Ich habe angenommen. Ich soll eintreten in ein Ehrenkomité des (oder der) *Premio Lissone* (Italien), die (oder der) einen grossen Malerpreis alljährlich verteilt. (Keine Ahnung, wo Lissone liegt).
Nun Sie haben grosse Sorgen und wollen wieder ins Ausland reisen. Also schnell Schluss! Vielen Dank für alles in Richtung Lohner.
Mir vor liegt die Doktorarbeit aus Bonn von dem Konkur-

renten von L. Ein dickes Manuscript. Wenn Sie Zeit hätten, würde ich es Ihnen senden, aber Sie haben keine Zeit.

Herzliche Grüsse an Ihre Frau und Sie

(heute ist Sedantag, 2. IX, Schulfeier in meiner Jugend),

Ihr

G B

Gestern vor 2 Jahren war ich in Oberneuland. Wäre solch Wetter gewesen wie heute!

Nr. 654 28 IX 53

Lieber Herr Oelze, bevor Sie Ihre Reise antreten, noch schnell meinen Dank für den Brief von heute und den von vor 14 Tagen. Ich wünsche Ihnen gute Fahrt und gute Erholung und in London günstige Erledigung Ihrer Geschäfte.

Was die Literatur angeht, so bin ich Ihnen tief verbunden, wenn Sie weiter meine Druck-etc Fehler im Auge behalten wollen. Ich bin mit N. z Z weniger in Kontakt als früher und erfahre über meine Bücher auch nicht mehr als sich aus den Prospekten ergibt – meine Schuld, ich konnte nicht mehr soviel Interesse aufbringen, um auf alle Einzelheiten einzugehn. Aber was Frankreich angeht, irren Sie. Es ist jetzt ein grosser Aufsatz in *l'Art* erschienen über mich im Allgemeinen (Th. Mann, Brecht und ich die drei massgeblichen Leute in Allemagne) und in der Zeitschrift Les Lettres nouvelles ist in der letzten Nummer ein Stück aus Doppelleben übersetzt (als erster Aufsatz) und ich entnehme dem Artikel in l'Art dass das Double Vie nun doch noch diesen Herbst in Paris erscheint. Heute wird mich der Professor für Germanistik an der Sorbonne, Prof Villain, besuchen, der auch

über mich Vorlesungen hält und Übersetzungen anfertigt. (Vor 14 Tagen besuchte mich der Prof. für deutsche Literatur in Tokio, Prof Tezuka, der angeblich auch mich übersetzt. Diese Japaner: sanft, süss, demütig, von hinreissenden Formen, in deren Augen wir natürlich plumpe Barbaren sind.) Kurz: es kommen mehr, als ich brauchen kann, und die ewigen Besuche hängen mir zum Halse raus.
Aber über einen Besuch noch: Herr Vietta. Hielt hier einen Vortrag über Dramaturgie, kam zum Frühstück zu mir (zum Frühstück, da ich im Programm der Tagung gesehn hatte, dass er Nachmittag um 3 h. wieder zur Versammlung musste). Um 2 h, als ich dachte, es sei so weit, sagte er: ich habe mir den ganzen Nachmittag für Sie freigehalten –, ich dachte, mich rührt der Schlag, war ein Tag, wo ich sehr müde war – – also um 5 h. sagte ich denn endlich, ich hätte eine Verabredung. Es ist ja ganz nett, aber viel kann ich mit ihm nicht anfangen, etwas Provinzielles haftet ihm an, und eigentlich wollte er wohl nur wissen, wie mir sein seinerzeit übersandtes Stück gefallen hatte, aber ich wusste beim besten Willen nichts mehr davon. Am liebsten wäre er jeden Tag zu Mittag und Abendbrod gekommen. Über Heidegger sind ihm jetzt doch gewisse Zweifel gekommen und er trägt schwer daran.
Was die Wahl von Bonn angeht, so betrachte ich sie allein unter dem Gesichtspunkt, dass mir nun doch für 4 Jahre eine gewisse Stabilität gesichert erscheint in Bezug auf Wohlstand (ob scheinbarer oder wirklicher ist mir ganz egal, da ich ja keine Vermögenswerte besitze), in Bezug auf Ruhe und vor allem in Bezug auf *Pensionen!* Mehr als 4 Jahre denke ich nicht mehr voraus.
Ich trage mich mit dem Gedanken, einen oder zwei Monate in München zu verbringen wegen Milieuwechsel und vor allem wegen hier fehlender Bibliothek. Wenn ich eine passende Unterkunft fände, würde ich es machen, ich habe München ja sehr gern. Ich nehme an, dass Sie längere Zeit

fortbleiben, also eine Weile ohne blaue Briefe. Vergessen Sie die kleine Bozenerstrasse nicht, grüssen Sie Ihre Frau und

seien Sie herzlich gegrüsst

von

Ihrem

G Benn

Nr. 655 27 X 53.

Mein Lieber, endlich eine Nachricht von Ihnen, ich wartete schon lange darauf. Ich sende sofort die Sachen, die ich Ihnen zugedacht hatte. Was Sie zum Exner sagen werden, interessiert mich sehr. Inzwischen ist das berühmte Buch „Kimmerische Fahrt“ von meinem Preisträger Warsinsky erschienen u hat teils gute, teils schlechte Kritiken erhalten. Vielleicht leiht es Ihnen Ihr Buchhändler einmal.

Ich bereite eine neue Arbeit vor, einen Vortrag, den ich im März in Stuttgart (für ein sehr hohes Honorar) u dann in München in der Akademie halten will, vielleicht auch in der Schweiz, wohin ich mehrere Einladungen habe. Das Thema, das ich mir ausgesucht habe, liegt *weit* ab von *unseren* Unterhaltungen, u vielleicht finden Sie es uninteressant, aber es bietet manchen reizvollen Gedanken, es lautet etwa: „Das Altwerden als Problem für Künstler“. Ich bearbeite es teils historisch-dokumentarisch, teils werde ich persönliche Erfahrungen u Erlebnisse anbringen. Schreiben Sie mir bitte *sofort*, ob Sie sich dabei was denken können. Die Dauer des Vortrags soll 50 Minuten sein, also recht lange.

Herzliche Grüsse an Sie beide. Ihr

Be

(Je älter man wird, umso gewaltiger wird das Tempo der Wochen u Monate, sie fliegen mit mehr als Schallgeschwindigkeit dahin, sie existieren kaum noch, sind nur *vorbei, vorbei*) (Kein Zitat etwa aus dem neuen Aufsatz, so banal werde ich doch nicht, nur eine Impression, da ich gerade – schon wieder – *30.* X schreibe.)
Vielen Dank für Brief mit Lohnerbrief. Anbei Letzterer zurück. Den Namen Heller kenne ich nicht. Tut doch nichts, ob mich die Engländer kennen oder nicht. Mich beschäftigt das Alles gar nicht mehr. Ich bat den „Merkur", einen Aufsatz über meine Gedichte *nicht* zu bringen, ich mag nicht mehr, es sagt mir alles nichts mehr; ich kann kaum noch einen Schritt gehn vor Müdigkeit u. anderen körperlichen Missständen, schon rasieren ist mir zu viel, waschen, umziehn, – aber dasitzen u. verfaulen kann ich auch nicht, also was tun – schrecklich, schrecklich. –
Das Thema „Altern" werde ich natürlich sehr variiert behandeln, ähnlich wie „Probleme der Lyrik". Ich meine das Altern 1) nicht wirtschaftlich 2) nicht biologisch, sondern ausschliesslich introspectiv. Dabei gibt es manche Spezialfragen über Früh- u. Spätwerk (welches hat Recht?), was bewirkt die Wandlungen, endet jedes Altwerden im Klassisch-Antiken – usw. Natürlich nehme ich vielen Bezug auf den Olympischen Urgrossvater („Reflexionen u Maximen, – in denen jeder, der Sorgen hat, alle Woche mehrere Stunden lesen sollte"). In diesem Zusammenhang gedachte ich gerade die letzten Tage an meine Äusserungen an Sie über „Faust II", bekam sie aber nicht mehr zusammen, ich wage nicht, Sie um Angabe zu bitten.
Den Exner sandte ich gestern als *Drucksache* an Sie, wäre dankbar, wenn Sie mir Eintreffen mitteilten!
Besitzen Sie zufällig – als grosser Malerexperte – das Buch von A. E. Brinckmann: „Spätwerke grosser Meister"? Ist in

Berlin nicht aufzutreiben. Ich werde auch Musik u Malerei streifen. Wie schwer Arbeiten in Berlin ist, können Sie sich garnicht vorstellen, da es hier keine Bibliothek gibt, um jedes Buch muss ich laufen u kämpfen wie ein Student, der eine Seminararbeit machen muss.

Gestern, an diesem grossen Nebeltag, sagte ich zu meiner Frau: „Nebel über der Wümme, in Oelzes Park sieht man sicher keinen Baum"; sie sagte: „das ist doch eigentlich nur ein Haus für den Sommer, durch die Terrasse kommt doch sicher immer Kälte u Zug". Wie ist das?? Es ist so schade, dass Sie nicht mindestens alle 14 Tage in meiner Kneipe einen Abend sitzen können zwecks Gedankenaustausch zu diesem u jenem.

Leben Sie wohl, Grüsse an Sie beide!

Danke. Ihr

G. Be

Nr. 657 3. XI. 53.

Lieber Herr Oelze, meinen herzlichsten Dank für Brief vom 2. XI. Dass Sie vielleicht bald nach Berlin kommen werden, lässt mein altes kaltes Winterherz etwas erwärmen. Hoffentlich machen Sie es möglich.

Dank für Durchsicht von „Ausdruckswelt". Über „Enfleurage" anbei. – Dass der *Exner* angekommen ist, beruhigt mich.

Mendelssohn lockt von überall die Wanzen u. Läuse hervor. Im „Standpunkt" (Meran) hat ein Herr Klingmann aus Malmö einen unverschämten Artikel veröffentlicht. Der „Standpunkt" hatte mich ja früher ganz respectvoll behandelt. Jetzt ist selbst Herr Niedermayer empört u hat hingeschrieben u. auf gewisse ganz einwandsfreie Verleumdungen hingewiesen. Desgl. Herr Vietta hat dorthin seine

Beschwerde geschrieben. Dieser Artikel stand vor 2 Monaten im Stockholmer „Expressen", meine Tochter orientierte mich, dass das ein Revolverblatt sei. Umso mehr überrascht mich der „Standpunkt". Der Autor hatte vor längerer Zeit sowohl bei Niedermayer wie bei mir um Bücher gebettelt, von mir allerdings keine Antwort u von N. keine Bücher bekommen. Da Sie sich über sowas mehr ärgern als ich, sende ich Ihnen die Zeitung nicht. Es lässt sich nicht ändern. Auch hierüber werde ich in meinem Altersvortrag einiges äussern.

Oh glücklicher Blumenpflücker von vor der Thür u. aus dem eigenen Garten! Ein Korb voll Bast als Eigentum, ein Winzermesser u die Blumensamen – welche Geschenke des Lebens können es damit aufnehmen.

Dank für die Faust-Studie. Ist ganz gut. Werde wohl eine Stelle daraus verwenden.

Immer Dank, Gruss u. Wiedersehn!

Ihr Be.

München ist mir nicht näher gekommen. Werde wohl hier bleiben u. weiter kämpfen, den Rücken an der Wand u den Blick auf meinen Kaninchenstall im Hof. Das ist das Richtige u. Gemässe. (Der rührende Vietta hat mir vom Darmstädter Stadtkämmerer eine Einladung übermittelt, dorthin zu ziehn, man will mir auf der Rosenhöhe ein Haus geben oder bauen. Aber s. o.)

Be

1) *Enfleurage:* Begriff aus der Parfümerieherstellung: „diese Öle (oder Salben) wurden im Wasserbade erwärmt u. mehrere Male mit frischen Blüten beschickt" (in der Antike bereits üblich wie später bei der Erzeugung der Huiles antiques in der französischen Parfümerie.)
Bei Salben wird eine 6 cm hohe Schicht Fett mit Blüten be-

streut, die nach 12-72 Stunden durch neue Blüten ersetzt werden.
Aus: *Paschkis*, Kosmetik für Aerzte. Wien 1911.
(enthält eine sehr interessante Geschichte der Kosmetik seit Ägypten).
2) Gauguin in Tahiti wird richtiger sein.
Nolde war in Samoa u. Rabaul bei Verwandten meiner 1. Frau, die dort *Resident* waren (*Stübel* Dresdener Familie)

Be

3/11 53

Nr. 658 15. XI 53 Sonntag.

Lieber Herr Oelze, Sie sind wirklich der Stundengott, der höchstens 2mal 60 Minuten auf der Erde erscheint, jedenfalls auf der Berliner Erde, und dann wieder an Meere und in Gärten entschwindet. Im Ernst: das langt nicht, um wirklich ins Gespräch zu kommen, ich hatte noch viel auf dem Herzen und manches mit Ihnen zu besprechen, auf den ersten Anhieb, in der ersten Viertelstunde, kann nicht alles zum Vorschein kommen, aber auch Sie bitte ich zu wissen, dass hinter meinen inhaltslosen und knappen Sätzen viel mehr Anhänglichkeit und Freundschaft steht, als sie im Augenblick scheinen lassen.
Meine Frau und ich danken Ihnen nochmal für die schöne Einladung und die wunderbaren Nelken. Umsehn tun Sie sich wohl auf der Strasse nicht, wenn Sie einen verlassen, wir standen noch im Regen und sahen Ihnen nach.
Zu dem einen angeschlagenen Thema habe ich Ihnen hier eine kleine Liste zusammengeschrieben, die natürlich nicht viel besagt, aber doch überraschend ist, wie mir scheint. Natürlich kann man dazu sagen, es werden eben offenbar die meisten nur „gross“, wenn sie lange leben und produzieren.

Aber man könnte auch sagen, dass die Kunst nach ihrer phänomenologischen Seite hin ein Entspannungs- und Ableitungsmoment enthält und dies abwehrend wirkt, im Sinne der modernen Lehre von Speransky, dass alle Krankheiten und Krankheitsdrohungen viel mehr von zentralen Impulsen reguliert werden als man bisher annahm. Aber wie gesagt dies ist nur ein Zufallsbefund bei meinen Untersuchungen. Mir liegt mehr dran, eine Art Selbstporträt des Alten G.B. hineinzubugsieren, in dem ich „meinem Affen Zucker geben" kann, Sie kennen meine Vorliebe für diese Redensart.

Ihr Bücherpaket habe ich noch nicht geöffnet, ich war heute morgen wieder auf allen Vieren down und keiner Handlangung fähig. Marasmus auf breiter Front.

Also nochmals Dank. Wir hoffen, dass Sie gut heimgekommen sind. Heute ist hier wieder ganz schönes Wetter, nur gestern dieser miese Regentag.

Bitte viel Grüsse an Ihre Frau.

Immer Ihr

Benn

Maler	*Musik*
Tizian 99	Verdi 88
Hals 86	R Strauss 85
Goya 82	Pfitzner 80
Degas 83	H. Schütz 87
Thoma 85	Händel 74
Michelangelo – 89	Gluck 73
Munch 81	Buxtehude 70
Liebermann 88	Palestrina 71
———————	Bruckner 72
Tintoretto 76	Wagner 70
Tiepolo 74	Sibelius 88
Rodin 77	
Nolde 86	

Rohlfs 89
Matisse 84
Hofer 75
Bracque 73

Schriftsteller:
Shaw 94
Hamsun 93
Maeterlinck 87
Lagerlöf 82
Goethe 83
Tolstoi 82
Ric. Huch 83
Hauptmann 84
Ibsen 78
Björnson 78
C. F. Meyer 73
G. Keller 71

Th Mann 78
Hesse 76
Carossa 75
Schröder 75

Ich habe dies nur beiläufig, nicht systematisch untersucht, wahrscheinlich fände man noch mehr. Und die meisten in einem Zeitalter, in dem die Lebenserwartung wesentlich niedriger war als heute!

15 XI 53

Nr. 659 15 XI 53

Lieber Herr Oelze,
ich ergänze meine Liste Literatur, die ich heute übersandte, durch Folgendes:
Voltaire 84
Gide 82
v Ebner-Eschenbach 86.

Claudel (heute) 85.
Spitteler: 79
R. Rolland: 78

Weitere werden folgen. Mit Flaubert haben Sie Recht: er wurde 59. Jahre.

Herzlich
Ihr
Benn

Nr. 660 20/11 ⟨1953⟩

Ihre Altersliste, für die ich bestens danke, hat mir natürlich nicht viel Neues gesagt. Die Zahlen waren mir bekannt. Ihre Auslegung dazu von der Kunst als „*Verzehrungs*phänomen“ klingt mir etwas zu bürgerlich – romantisch. Zumal, wenn man von Ihren Namen die absetzt, die an acuten Infektionskrankheiten (*Typhus:* Schubert, Büchner, *Unfall:* Shelley, Byron) gestorben sind, ferner sind die Tuberkulosefälle besonders zu beurteilen (Novalis, Chopin, Schiller), aber auch diese sind weniger von der Kunst verzehrt, als vom Koch'schen Bazillus. Raffael starb an acuter Krankheit nach schweren Ausschweifungen (s. Vasari) u s w u. sw. Ferner scheiden ja auch die mit acuten Geisteskrankheiten aus (van Gogh, Lenau Hugo Wolf, Hölderlin, Maupassant, Nietzsche), ferner die Selbstmörder (Kleist, Schumann)
Auf *meine* Liste setze ich noch Donatello (80), Swift (78) Swinburne (72), Kipling (71), Yeats (74) Heidenstam (81) Maillol (83) Tagore (80) Bonnard (80) Pontoppidan (86)

Be.

Nr. 661 9/12/53

L. H. Oe.

Sie hören wenig von mir, da ich immer noch in Arbeit sitze an diesem elenden Vortrag, aber Weihnachten werde ich fertig sein. Schreiben Sie mir bitte, ob und wann Sie verreisen. Ich träumte neulich von Ihnen, Sie hatten einen roten Bademantel an, waren in mässigem Umfang leidend, aber von zahlreichen fürsorgenden Damen umgeben. Ihre verehrte Gattin war mit der Wäsche beschäftigt, es war Sommer u. sie hing auf die Leine. Ich hatte meinen allerschofelsten Anzug an, passte nicht ins Milieu u. bekam nichts zu essen. Nach 10 Minuten ging ich wieder. Ich träume z. Z. viel, immer von Reisen, immer mit Wohn- u. Gepäckschwierigkeiten.

Viele Grüsse u gutes
Weihnachtsgeschäft.

Ihr

Benn

Nr. 662 16. 12. 53.

Lieber Herr Oelze!

Vielen Dank für Ihren Brief vom 13. 12. Was Träume angeht, so halte ich überhaupt nichts von ihnen und die muffigen Auslegungen von Freud und Jung langweilen mich. Träume halte ich für Spiele des Schlafs, für Pantomimen, formal eigenkonfiguriert, aber inhaltlich aus Laune, Zufall, vegetativen Momentanheiten erwachsen. Sympathikus, oder nicht Sympathikus, das ist Jacke wie Hose – vielleicht erinnern Sie sich, dass ich einmal schrieb, Träume sind auch nur dazu da, einem Einfälle zuzutragen.

Da Sie zu Weihnachten ins Ausland reisen, habe ich mir

erlaubt, den kleinen eleganten Damenkalender schon gestern an Ihre Gattin zu senden, für Sie selber habe ich leider kein Geschenk. Falls Sie in Bremen geblieben wären, hätte ich Ihnen den neuen Vortrag zum Studium übersandt. Jetzt aber wollen wir es lassen, bis Sie zurück sind. Doch – etwas kann ich Ihnen offerieren. Da Sie in der Schweiz sein werden, kaufen Sie sich vielleicht die Gedicht-Anthologie, die jetzt im Arche-Verlag in Zürich erschienen ist. Es ist jene Anthologie, die aus der Rundfrage der „Weltwoche" hervorgegangen ist nach den drei schönsten Gedichten, denen man in seinem Leben begegnet ist. Es haben sich ganz interessante Leute daran beteiligt. Auch ich bin in bescheidenstem Rahmen aktiv und passiv vertreten. Ich glaube, dass das Buch viel Interesse finden wird. Ich habe leider nur ein Belegexemplar bekommen, andernfalls würde ich Ihnen ein Exemplar in Substanz zuschicken.

Ich muss mich hiermit von Ihnen verabschieden, vermutlich für den Rest des Jahres. Sie werden ja doch wohl erst nach Neujahr wiederkommen. Wenn ich weiss, wo Sie an Ihrem Geburtstag sind, werden Sie von mir hören. Andernfalls müsste ich Ihnen schon heute Dank und Glückwunsch aussprechen.

Viele herzliche Grüsse an Ihre Gattin und Sie auch von meiner Frau

Ihr

Benn

Nr. 663 28 XII 53

Lieber Herr Oelze, haben Sie herzlichen Dank für Ihr üppiges Weihnachtsgeschenk, die riesige Kiste mit Spätlese u Robin! Wir haben davon geschlürft u. genossen. Und Ihrer Gattin unseren Dank für die bewährte Stolle u. ihren freund-

lichen Gruss – was für ein wundervolles *Segelschiff*, – gab es das wirklich einmal, ohne umzukippen, es sieht ja einfach bedrohlich aus.
Ich hoffe, Sie haben die Tage gut verlebt u Ihre Reise war durch Nebel u. Nässe nicht gestört.
Hier war es still bei uns. Meine Frau hat 4 1/2 Stunden bei „Im Winde verweht" verbracht, ohne völlig hingerissen zu sein.
Am Heiligabend kam noch eine neue dicke Doctorarbeit über meine Lyrik, mit der eine Kölner Dame in Köln am 19. XII promoviert ist. Ich las sie noch nicht, – wenn ich sie überhaupt lese.
Gutes Jahresende, u nochmals meinen u meiner Frau allerherzlichsten Dank für Weihnachtsgaben, so reich, so schön.

Ihr
Benn

Nr. 664 28 XII 53

anbei Lektüre –, nicht viel wert. Olle Kamellen, neue Surrogate. Das Jahr 1953 war alles in Allem ein depressives Jahr für mich u dem neuen traue ich auch nicht sehr.
Bitte *Rücksendung*, da mein bestes Exemplar.
(Ihre Anregung ist auch verwertet!).

Be

Für Kritik sehr zugängig!

Nr. 665 ⟨3. 1. 1954⟩

Herzliche Gratulation und Wuensche fuer gute Stimmung und Gesundheit – Ilse und Gottfried Benn +

Nr. 666 — 7. Januar 1954

sehr herzlichen Dank für Ihre Korrekturen, die ich größtenteils sofort übernommen habe ⟨. . .⟩ Ihrem Vorschlag, den Faustbrief in extenso zu übernehmen, kann ich nicht nachkommen. Es sind zuviele Betrachtungen u. Ausführungen dabei, während ich in dem an sich schon sehr heiklen letzten Teil, dem Hubschrauberteil, nur Exclamatives, Expressives, Fertiges verwenden zu können glaubte –: Tatsachen, nicht Darstellungen ⟨. . .⟩

Wenn ich Sie um Kritik bat, so zielte ich weniger auf das Allgemeine u. Gedankliche als auf die praktische Seite: nämlich wie wird sich das Ding als Vortrag machen, kann es fesseln, Zuhörer 50 Minuten vom Einschlafen zurückhalten, hat es in diesem nützlichen Sinne Schlagkraft? Ist es gut gebaut in seinem Hin- u. Her von Persönlichem u. Objektiven, von Wissenschaft u. Dichtung? Ich habe den Vortrag auch Herrn N geschickt, der ihn natürlich sofort drucken möchte. Ich will das nicht. Ich habe die kleinen Hefte satt, außerdem habe ich dem „Merkur“ es in Aussicht gestellt. Ist aber wohl zu lang dafür. Nun, alles nicht mehr wichtig für mich, sowie es fertig ist, liegt es ja weit ab von mir, wie ein Strauß, den man ins Zimmer stellt.

Nr. 667 — 26 I 54

Lieber Herr Oelze, anbei mit Dank den Faustbrief zurück. Dank für Ihre Briefe: den negativen Taorminabrief u den über den Vortrag. Ich hoffe, es geht Ihnen gut. Man braucht nur einen Brief über den Frühling zu schreiben, wie ich meinen letzten, u. schon ist der Winter da mit 13°– mittags. Da werden Sie Ihre neue Etagenheizung segnen u. in Ihren schönen Räumen abends nicht frieren. Haben Sie interes-

sante neue Bücher gelesen. Ich bin betrübt, dass Sie „befremdet“ sind, wenn ich mal Zeitungen auf ihre Anfragen antworte, es geht ja nicht anders, wenn es sich um Zeitungen handelt, die sich ernstlich um einen bemühen u. oft auf einen hinweisen. Wenn man dabei einigermassen sein Niveau wahrt, ist es wirklich nicht so schlimm. Man schwebt ja nicht in der Luft, sondern muss mit manchen Leuten korrespondieren u. manchen als Besuch annehmen.
Am 7 III also Stuttgart, am 8 III München, (wie ein Tenor, der tags schläft u. abends singt.)
Ihr Grosser Herrgott, Spätlese, labt u. entzückt uns und gibt uns Kraft.
Herr *Exner* schickte eigene Gedichte, leider, – nicht angenehm sowas bei einem so netten Mann.

Herzlichen Gruss.
Ihr
Benn

Nr. 668 8 II 54.

Lieber Herr Oelze, vielen Dank für Brief vom 8 (?) II 54 mit Lohnerbrief. Anbei diesen zurück. Der gute L. ist immer so aufgeregt, das ist reizend von ihm, aber unnütz. Ich bin schon so oft erledigt worden, dass es auf einmal mehr oder weniger nicht ankommt. Ich werde auch Herrn Heller überstehn. Das mit dem „Merkur“ glaube ich nicht ohne weiteres. Sie bringen im Aprilheft ohne Striche den Altersvortrag, anbei 2 Briefe dazu (die ich zurückerbitte), ich halte es nicht für wahrscheinlich, dass sie hinterher nun einen so groben Angriff gegen mich starten. Aber auch das würde mich nicht sehr rühren. („mit dem Rücken an der Wand ....“).
Dass Sie dem Merkur Geld sandten, ist ja äusserst nobel,

nehmen Sie auch meinen Dank dafür. Könnten Sie nicht vielleicht Herrn Lohner zum Trost die Notiz aus der Fr. A. Z, die ich Ihnen sandte, zuschicken?
Es würde zu Ihnen passen, dass Sie Schlittschuh laufen – tun Sie es? Sie gäben eine gute Figur ab, eine helle Pelzmütze auf dem soignierten jugendlichen Haupt.
Vergessen Sie uns hier nicht ganz!

Herzlichen Gruss an
Ihre Gattin u Sie.

Ihr
Benn

Nr. 669 24. 2. 54.

Lieber Herr Oelze!

Vielen Dank für Ihren Brief vom 9. 2. 54 mit dem schönen Schlittschuhbild. Auf der Rückseite habe ich noch ein Wort kennen gelernt, das mir völlig unbekannt war, es heisst *Kringbaas* und der Inhaber dieses Titels ist offenbar ein plattdütscher Zellenleiter.

Dann danke ich Ihnen für Ihren Brief vom 21. 2. 54 mit der Beilage über Herrn Vietta. Über dies vielleicht später. Heute möchte ich nur auf die seltsame Angelegenheit von Frau Hermine Körner zu sprechen kommen. Sie wissen, dass ich mir nicht viel aus derartigen Refus mache, aber es würde mich doch sehr interessieren, in diesem Fall etwas Näheres zu hören, nämlich 1). Hat der Abend stattgefunden und zwar in der Deutschen Botschaft oder wo? Welche Autoren waren auf dem Programm, waren also erwünscht? 2.) Aber vor allem interessiert mich, warum Frau H.K. ihr Programm überhaupt eingereicht hat beim Botschafter. War es eine Veranstaltung der Botschaft? Ich will auf Folgendes hinaus: Wenn Herr Hausenstein meine Sachen nicht mag, so ist dagegen natürlich nichts zu sagen und er hat jederzeit und überall das Recht, dieser Abneigung Ausdruck zu verleihen. Wenn er aber als Botschafter diese Bemerkung macht, so möchte ich die Sache nicht auf sich beruhen lassen. Sie wissen ja, ich bin dem Auswärtigen Amt in Bonn keineswegs unbekannt und war ihm keineswegs unerwünscht, die Deutsche Literatur im Ausland (z.B. in Knokke) zu vertreten und der Deutsche Botschafter in Brüssel hat mir damals einen Attaché zur Begrüssung geschickt und mir seinen Dank aussprechen lassen, dass ich gekommen sei. Auch das Auswärtige Amt in Bonn hatte mich ja ausdrücklich gebeten hinzureisen und hatte die Reise z. T. finanziert. Auch das Auslandsamt der Universität Bonn hat mich im vorigen Jahr, wie auch in diesem Jahr, zu Vorträgen bei Ausländer-Ferienkursen eingeladen, ohne dass ich allerdings hingefahren bin.

Vor allem kann ich mir aber gar nicht denken, dass sich in Paris irgendeine Person oder eine Instanz herablässt, mich auch nur als unerwünscht zu bezeichnen. Sie kennen mich doch gar nicht, ausser den engsten Kreisen der Literatur, und von der Seite habe ich ja gerade im vorigen Jahr manche bemerkenswerte Zustimmung erhalten. Mir scheint also, dass Herr H. seine private Abneigung in diese kategorische Form gekleidet hat, die ja dadurch aber doch einen nahezu amtlichen Charakter erhält. Natürlich werde ich die Angelegenheit völlig auf sich beruhen lassen, wenn Frau Körner das wünscht, ich werde ihr natürlich nicht die geringsten Unannehmlichkeiten bereiten.

Vielleicht haben Sie die Güte, mir auf Vorstehendes bald zu antworten, damit ich vielleicht in München bei der Akademie, deren Präsident H. bis zum vorigen Jahre war, einige Erfahrungen hierüber sammeln könnte. Übrigens ist ein intimer Freund von H. in Paris Herr Gabriel Marcel, ein konvertierter Jude, (auch H. ist ja sehr streng katholisch konvertiert) und mit diesem Gabriel habe ich ja vorigen Früh-

ling in Genf keine sehr angenehmen Erfahrungen gemacht. Ich habe infolgedessen seiner Wahl in die Akademie in München, die Herr H. vorgeschlagen hatte, nicht zugestimmt und meine Bedenken wegen seiner ausgesprochenen antideutschen Haltung geltend gemacht. (Bitte streng vertraulich!)
Nun wie dem auch sei, auch wenn ich der Sache nicht weiter nachgehe, würden mich doch einige Details von Frau Körner interessieren. Bitte empfehlen Sie mich ihr und versichern Sie sie meiner Verehrung.

Als Trost für diesen langen Brief schicke ich Ihnen ein Gedicht von Heidegger, das mir ein Bekannter abgeschrieben und zugeschickt hat. Bitte, senden Sie es mir gelegentlich zurück.

Herzliche Grüsse
Ihr
Benn

Nr. 670 2 III 54.

Lieber Herr Oelze, vielen Dank für den Brief vom 28 II –, bevor ich diese fiese Reise antrete. Dass Sie bei Heidegger an Laotse denken, ist mir interessant. Was Frau H K angeht, so bedaure ich die Lästigkeiten, die ich Ihnen von Neuem bereite. So war es von mir auch nicht gemeint. Ich nahm an, Frau K ist noch in Häcklingen u. es sei für Sie ein Leichtes, sie einiges dazu zu fragen. Nie hätte ich um die nähere Präcision des Vorfalls gebeten, hätte ich gewusst, dass sie schon fort ist. Nun ist es mir auch schon ziemlich gleichgiltig, ich vergesse – vielleicht zu meinem Schaden, – solche Sachen zu schnell u verstäube sie in das Allgemeine Nitschewo.
Von den italienischen Zeitschriften u. Namen kenne ich nichts, die Sie erwähnen. Ein Herr Traverso aus Florenz schrieb mir kürzlich, dass er eine Übersetzung von etwa

20 Gedichten angefertigt habe u. in einem Florenzer Verlag publizieren wolle. Wenn Sie weiter mit *Lohner* in Connex bleiben würden, würde ich Ihnen sehr dankbar sein. Diese Sparte erlaube ich mir – unverschämterweise – völlig Ihnen zu überlassen. Die Ausführungen von Eliot haben auch in anderen Ländern viel Interesse in der Presse gefunden, aus Paris u Kopenhagen hörte ich davon. –
Die Reise ist mir nicht angenehm, aber pecunia ist das treibende Motiv. Alle Frühstücks, Theeempfänge u sw. habe ich abgelehnt. Ich fliege – stürze ich ab, kann mir garnichts Glücklicheres passieren – kurz u bündig. In Frankfurt sehe ich 2 Stunden Herrn Niedermayer u. in Stuttgart habe ich Maraun, den ich ja nun 30 Jahre kenne, ins Hotel bestellt. Herzliche Grüsse an Ihre Frau u Sie. Immer

Ihr Benn.

Nr. 671 15 III 54

Lieber Herr Oelze, ich melde mich zurück – 3 Tage war ich so erschöpft, dass ich nur geschlafen habe. Erfolg –? ich weiss nicht. In München standen die Leute bis auf die Strasse, sodass ich kaum in das Akademiegebäude hinein konnte, aber im Saal waren keine Lautsprecher u. man verstand mich nicht. Ich glaube, es war mein Schwanengesang: ich bin kein Sprecher u wirke monoton und reglos, die Zeitungen sind z T. boshaft aus diesen äusseren Gründen. Z. T. natürlich auch sehr gute Kritiken. Aber ich werde mich nicht mehr öffentlich zeigen. Ich bin noch nie wie in den 2 Tagen in München soviel gezeichnet, interviewt, photographiert u sw worden, in München wurde ich geradezu *entdeckt* u. die Akademie feierte mich sehr. Aber es gibt nur Eins: den Bayerischen Platz u zu Hause sein! Mit Paeschke u Moras war ich zusammen. Ende der Woche fuhr das ganze Team nach Bühlerhöhe, wo Preetorius u. Gründgens auftraten.

Tragisch war der Eindruck, den Berlin von da aus machte: fremd, fern, ausserhalb der Welt, absterbend u. nicht mehr mitredend. – Wie geht es Ihnen? Das Merkurheft mit dem Vortrag erscheint schon am 1.IV – alles fragt danach u will den Vortrag *lesen*, er wird wohl noch einige Wellen schlagen. Es wäre noch viel zu erzählen von *inneren* Eindrücken, aber heute keine Ruhe dazu.

Herzlich Ihr

Benn

Nr. 672 12 IV 54. – Armer Vietta!

Herzlichen Gruss und gute Ostertage (vermutlich in Häcklingen?)
Ich möchte einmal Jugendbilder von Ihnen sehn, Schüler, Student, Bräutigam – gibt es das?

Ihr G B

Nr. 673 28. IV 54

Lieber Herr Oelze, gestern kam ein Brief mit weissem Kuvert, auf dem ich Ihre Handschrift erblickte, freute mich, aber er war nicht von Ihnen, aber es war eine frappante Ähnlichkeit der Züge. Darum wusste ich auch, dass heute von Ihnen Nachricht käme. Vielen Dank für die Zeilen vom 26. des Mts. Dank auch für Brief aus Basel u. die liebenswürdige Karte Ihrer Frau an meine. Den Lohnerbrief sende ich in den nächsten Tagen zurück. Ich war eine Weile sehr beschäftigt mit einem Ovationsartikel für eine Festschrift für Prof. Preetorius (im Inselverlag), wo so erlauchte Geister mitarbeiteten (wie mir der Verlag schrieb), dass ich

mich kaum heran zu begeben wagte. Aber Prof. P. hat mich in München so geehrt u. gefeiert u. schreibt mir so nette Briefe, dass ich nicht anders kann.
Im übrigen halte ich mich sehr zurück. Habe Einladungen zum Vorlesen abgelehnt: Univers. Bonn, Univers. Köln, P. E. N. Club Florenz, Studentenschaft Basel, Lit. Gesellschaft Wien, Stadt Theater Lübeck, Knokke Biennale IX. 54, u. a. Eine Freude war mir, das mir zugesandte Manuscript von Prof. Fritz Martini in Stuttgart (Konkurrent von Bense an der T. U. Stuttgart), das in einem Buch „Prosa von Nietzsche bis G.B“ in diesem Jahr bei Klett in Stuttgart erscheint. Eine wirklich fascinierende Studie, fast ausschliesslich über den „Ptolemäer“
Schwere Erschütterungen gab es bei uns vor 3 Wochen über den Steuerbescheid für 1952. Wir sollen soviel nachzahlen, dass wir nicht einen roten Heller mehr hätten, wenn wir es täten. Grausam diese Gesetze. Da meine Pension, die ich ja erhalte *nach* Abzug von Einkommen- u sw. Steuer, bei der Gesamteinschätzung dazu kommt, wo alles zusammen, meine Frau u ich, dann nochmal versteuert werden muss, ist diese Pension nun auch beinahe illusorisch, u. getrennte Einschätzungen gibt es nicht für Mann u Frau. (Auf der einen Seite Herr Würmeling zum Schutze der Familie u. auf der anderen Herr Schäffer, der Gesetze macht, die die Familien zwingen sich zu trennen). Meine Frau ist seit längerer Zeit eigentümlich gebrechlich u. müde geworden, sie muss auf jeden Fall verreisen u. wir hoffen, es wird auch gehn, aber ich werde den Sommer hier bleiben müssen, da ich mit diesen Vorlesungen meine Ferien nicht erkaufen will (ausserdem soviel kommt dabei auch nicht heraus. Reisen ist ja doch, wie ich im März wieder merkte, überaus teuer. Nun tut nichts.).

Sie bemerken vielleicht, dass ich vom Kugelschreiber zum Füllfederhalter zurückgekehrt bin!
Ich lese: Henry *Miller*, Wendekreis des Krebses, bei Ro-

wohlt für M. 40 nur gegen persönliche Quittung erhältlich. Las ferner: *Radiguet*, „Den Teufel im Leib"; geschrieben zwischen dem 14-17. Jahr, mit 20 starb er an Typhus. Liebessache, schön u. rührend. Miller ist ein starker Geist u. glänzender Formulierer, seine Sexualitäten sind nicht so wichtig.

Also, herzlichen Gruss u. à tantôt

Ihr

Benn.

Nr. 674 3 V 54.

Lieber Herr Oelze, das war eine Überraschung, heute Ihre Weinsendung zu erhalten von Wermuth u. Co. Molkenstr 53! Haben Sie tausendfältigen Dank. Wir werden aus dem köstlichen Inhalt die Kraft nehmen, das Leben mit allen seinen Fallen zu überstehn, solange, bis uns die Stunde schlägt. Haben Sie und Ihre Gattin herzlichen Dank. Gestern kam Ihr liebenswürdiges Telegramm, auch dafür danke ich sehr. Vor einem Jahr waren Sie bei uns, diesmal war es einsamer u. stiller. Wir fuhren in den Grunewald, um Kiefern zu sehn u. Grünes zu ahnen, aber um 5 begann der Regen, der warme, wunderbare Frühlingsregen, der die Knospen treibt. Es ist ja alles 3 Wochen zurück u die Mandelbäumchen vor unserer Wohnung sind noch völlig infantil. Abends um die Ecke in der Kneipe, Sie wissen ja, es ist nicht schön, aber es ist nun mal so. Von den Damen Kraus, Else C, u. Frl. Alice Schuster kam via Luftbrücke ein Nelkenstrauss aus Holland, aber sie blieben verschlossen u. versteift. – Lassen Sie sich in Ihrer Buchhandlung einmal das neueste Opus vom Limesverlag reichen: „Verse der Liebe", eine Anthologie à la „Konstanze", Kitsch, aber das Publikum will es offenbar – kein Brautpaar mehr ohne diesen weissen Band.

Nochmals: unseren herzlichen Dank für die luxuriöse Wein-

sendung, Sie sind so spendabel u. grosszügig, was soll ich bloss machen.
Was lesen Sie z.Z? Waren Sie in der Schweiz bei Niehans? Den Papst hat er ja offenbar gebessert (Speiseröhrenkrebs).

Tausend Grüsse u Dank Ihnen
beiden.
Ihr
Gottfried Benn

Nr. 675 13 V 54.

L. H. Oe.
statt Brief 2 kurze Sachen mit herzlichem Gruss zum Sonntag.

Ihr
Benn

„Double Vie" ist jetzt erschienen, habe 2 Exemplare.

Nr. 676 16 V 54.

Lieber Herr Oelze, nachdem wir Ihre herrlichen Geburtstagsweine alle probiert haben, müssen meine Frau und ich Ihnen nochmals demutsvoll danken. Der Erbacher Preborn 1953 ist unerreichbar schön, er steht für mich, (Sie wissen, was das heisst) jetzt neben *Bier*! Ist ihm ebenbürtig!
Sonst nicht viel Neues zu erzählen. Herr Niedermayer ist schon wieder in Paris u. hat, wie er mir schreibt, eine Option auf den ganzen Céline erworben. Interessiert Sie vielleicht, da Sie ihn kennen lernten.
Nochmals Dank für Weingeschenk u. Grüsse an Ihre verehrte Gattin von

Benn's G. u. I.

Nr. 677 23 V 54.

Lieber Herr Oelze, anbei mit Dank den Brief von Lohner zurück u. gleichzeitig die wertvollen Bilder der Jugendzeit. 1920 – Borkum: ist Ihr Nachbar Ihr Bruder? 2 schicke Kavaliere, das muss man sagen! Meine Frau glaubte Sie nicht erkennen zu können, glaubte eher, dass Sie Ihr Nachbar seien, denken Sie mal, dass ich im Sommer 20 auch in Borkum war, solo, allerdings wohl im August. Es war schlecht Wetter u. ich mag die Nordsee ja nicht sehr. Ich erinnere mich nur an die Tour, weil auf der Rückreise im Coupée II Klasse eine Bankiersgattin, völlig verzweifelt u. ausgehungert, mich bat, mit ihr in Bremen auszusteigen u. im Hotel Hillmann zu übernachten, bevor sie wieder zu ihrem unerträglich langweiligen Mann nach Weissenfels in Thüringen zurück musste, aber die Sache kam mir nicht ganz geheuer vor u ich tat es nicht (Schön ist die Jugend, sie kehrt nicht mehr..) Auf dem Bild aus Tourcoing sehen Sie ja wirklich leidend aus und unheiter, was fehlte Ihnen denn da? Ostern 1916 – da sass ich in Brüssel in jenem Haus u. schrieb „Den Geburtstag“, so überlagern sich die Zeiten u. Schichten, berühren u. trennen sich u verlaufen alle ins Imaginäre.

Wie sind die Übertragungen in Quarterly Review? Finden Sie sie erträglich? (Den Altersvortrag, der diese Woche erscheint, hat Limes schon nach USA verkauft, an eine Zeitschrift, ich weiss aber nicht welche).

Was Sie schrieben, ob die drängenden Dinge der Physis u. der Geschäfte allein real u. betrachtenswert seien, ist natürlich nur zum Teil richtig. Vielleicht in Deutschland, weil hier die Literatur so unerträglich stupid u. kleinbürgerlich ist, so eng u. feige. Alles arme Hunde mit Weib u Kind, die schmieren müssen, um Miete zu zahlen. Auch was den Staat u die Steuern angeht, teile ich Ihren radicalen Negativismus nicht, was würden Sie sagen, wenn die Eisenbahnen dreckig,

das Fleisch voll Trichinen u. die Strassen ohne Polizisten wären, die Sie gegen Überfälle schützen? In Slums möchten Sie doch auch nicht wohnen. Also Steuern müssen wohl sein, nur schlimm, dass die, die mit zu den Gangs u. Bands gehören, sich zu drücken verstehen.
Henry Miller zu kaufen, rate ich Ihnen ab. Sie sind zu zart besaitet für diese Kost. Dazu liesse sich manches sagen, aber nicht heute.

Herzliche Grüsse, auch an Madame Oe.

Ihr G Be.

Nr. 678

Lieber Herr Oelze,
wenn die ganze Übersetzung so ist wie die von Ihrem Namen S. 192 lese ich sie lieber garnicht.

Herzlich
Ihr
Benn.

V/54

Nr. 679

31 V 54.

Lieber Herr Oelze, vielen Dank für Ihre letzten beiden Sendungen, die mit Bild 1911, die mit Sonntagsblatt. Das Bild anbei zurück: auf diesem hätte ich Sie aber garnicht erkannt, erst hielt ich den Herren links für FW Oe – überhaupt sonderbare Sache! Gab es 1911 einen Flugplatz in München? Puchheim. Das kann doch nur für Zeppelin gewesen sein? Ihre bleiche, wenig zu Ihnen passende Hand auf der Schulter von Rechts ist echt, aber Ihr Gesicht kaum. Dank! Anbei zurück. Woher haben Sie das Sonntagsblatt? Und wieder

eine neue Firma: *Denker u. Korte*, nun kenne ich: Mencken, Wermuth, Schmidt u nun diesen Denker u alles gehört Ihnen? Wieviel Ströme Wein dirigieren Sie in das Publikum – trotz Coca-Cola u. Herva-Mosel (mir beide sehr greulich.).
Der Artikel – nun gut. Dass alle die grossen soziologischen Gruppen sich damit halten, dass die Dinge anders liegen, als ich sie darstelle, ist ja klar u in letzter Zeit denke ich sehr darüber nach, ob sie nicht Recht haben.
Ich sandte Ihnen 1 Exemplar von „Double Vie" als Ovation für Sie. Und da Herr *Lohner* kommt, schlage ich Ihnen vor, sich von Ihrem Buchhändler zum Lesen zu leihen das neue Buch von *Holthusen:* „Ja u Nein". Darin der Artikel über die amerikan. Intelligenz, in die ihn wohl Lohner eingeführt hat. Auch Lohner wird wohl interessieren, was H. darüber schreibt. Über U.SA ist es wohl genau so schwer, sich ein Urteil zu bilden wie über die USSdR (?) Russland. Vor einigen Tagen war die Frau von George Grosz bei mir, sie schildert ja auch die Lage drüben grausig, besonders den Alcoholismus in seinen extremsten Formen, der bei allen Intellectuellen. – Leonhard Frank war hier u wir waren zusammen. Haben Sie mal was von ihm gelesen? Eigentlich doch auch alles sehr weich u. bürgerlich, kaum unterscheidbar von Frank Thiess.
Dank für Bild – Grüsse, bitte, an Ihre Frau. Was machen Ihre Augen? Wieder in Ordnung? Verreisen Sie?

Herzlichen Gruss

Ihr

Benn

L H Oe. Dank für den schönen Kopf, von dem ich natürlich nicht weiss, wen u was er darstellt. – Ihre Photographie anbei mit Dank zurück, es stünde mir wohl nicht an, sie zu vernichten. Dank auch für Rilkegruss zu Pfingsten. Dank auch für Absicht, uns zu besuchen (mit Ihrer Frau? Tatsächlich?), aber es wäre zu Pfingsten schwierig gewesen, da meine Frau gleich nach Pfingsten fortfuhr (Spotorno, Riviera di Ponente). Und ich sitze in Arbeit, muss am 28 VI einen Vortrag halten, über den zu berichten ich mich fast schäme. Der Hess. Ministerpräsident liess mich bitten, bei einem Hochschulkurs für höhere u höchste Beamte seiner Regierung einen Vortrag über Lyrik zu halten. Das Thema der ganzen Tagung lautet: „Der Staat u die Kunst im 20. Jahrhundert". Ich lehnte ab. Man schrieb nochmals dringend, ich möchte doch wenigstens hinkommen u. erscheinen. Ich antwortete garnicht. Dann kam das Fernamt: „Staatsgespräch aus Wiesbaden", eine nette Dame am Apparat im Auftrag der Staatskanzlei . ., was sollte ich da machen, ich brach zusammen u werde am 28. VI in Bad Wildungen meinen Sermon halten. Macht nur Arbeit u ich bin so müde u. melancholisch, aber es erschien mir *geschmacklos*, immer nur wieder nein zu sagen, wenn man so dringend gebeten wird.

Produktion ist sonderbar. Die „St.h.d.V", als fragwürdig nicht nur von Ihnen abgelehnt, ist kürzlich in Iserlohn (50000 Einwohner) mit grösstem Erfolg über die Bühne gegangen u. wird hier am 19.VI von dem Theaterwissenschaftl. Seminar der Freien Universität zur Eröffnung der neuen Studentenbühne mit Chor u Musik aufgeführt. Nicht als ob ich hinginge oder mich darum kümmerte, aber ich habe es erlaubt. Desgl. Der Vortrag über das Altern: findet gar keine Sympathie, wird abgelehnt. Ich persönlich halte die St hdV. für gelungen, den Altersvortrag weniger, aber was soll man machen, man muss Geld verdienen u das kann man *nur* durch Rundfunk u Vorträge.

Frau Boveri ist intelligent. Kantige männliche Frau, etwa 50 Jahre, lebt mit Frauen, wie man hier erzählt – Adresse: Berlin-Dahlem, Im Schwarzen Grund 18.

Herzlichen Gruss! Und wann reisen Sie?

Ihr

G.B.

Nr. 681 3 VII 54.

Lieber Herr Oelze, ich melde mich zurück. Es war ganz nett. Das Bade Hotel in W. ist smart u. elegant. Ich lernte Herrn *Adorno* kennen, der auch einen Vortrag hielt, ein *sehr* intelligenter, wenig gut aussehender, Jude, aber eben von *der* Intelligenz, die eigentlich wirklich nur Juden haben, gute Juden. Wir flogen sozusagen auf einander, nur ist er noch sehr ichbezogen, eitel und, im allerdings rechtmässigen Sinne, geltungsbedürftig.

Nun hätte ich die ganze Sache doch nicht gemacht, wenn ich nicht eine Kombination getroffen hätte: nämlich ein Rendezvous in Kassel mit jener 26jährigen jungen Dame aus Köln, die die grossartige Doctorarbeit über meine Lyrik gemacht hatte, 250 Seiten, eine frappante Arbeit. Ich schrieb Ihnen, glaube ich, damals davon. 〈...〉 Mündlich vielleicht einmal darüber mehr. –

Und wie geht es Ihnen? Ich hatte Frau Boveri Ihre Bemerkungen über ihren Aufsatz im „Merkur“ mitgeteilt u. sie war entzückt. Sie ist bis Ende August verreist.
Die „St.h.d.V“ war hier ein ganz grosser Erfolg. Die Zeitungen einstimmig gut kritisiert.
Meine Frau ist aus Italien zurück, braun u. erholt u. voll Hass gegen die dunkle Bozenerstr. (Ich habe ihr übrigens von jener Begegnung in Kassel erzählt, aber es natürlich etwas anders dargestellt.)

Herzliche Grüsse an Sie!
(Denken Sie nicht schlecht von mir!!)

Ihr
Benn.

Nr. 682 12 VII 54.

Lieber Herr Oelze, erst noch vielen Dank für den Anruf vom 4. VII – das war ja eine seltene u überraschende Auszeichnung. Dann Dank für Brief vom 10. VII. Dass Sie Henry Miller gekauft haben, bedaure ich sehr. Ich kann Ihnen in dem Punkt *nicht* zustimmen, „dass es im Leben so nicht zugeht“. Das tut es dann doch wohl. Aber im Buch wird es natürlich allmählich lächerlich u. langweilig. Von einer „Unkenntnis der Frauen“ kann man ja wohl auch nicht sprechen, es tritt ja nie eine Frau auf, sondern nur Huren, seine „Pritschen“, einschl. Amerikanerinnen, die in Paris wohl auch zum grossen Teil Huren sind. Seine albernen Schwärmereien dann in Richtung seiner amerikan. Frau sind auch recht blöd. Aber Einiges ist grossartig z B. die Schilderung der Ausstellung von – ich glaube – Matisse; auch manche Gedanken-

gänge über Civilisation usw haben Wucht. Trotzdem tut es mir leid, Sie auf das Buch aufmerksam gemacht zu haben.
Aus Frankreich kommen jetzt mancherlei Äusserungen über „Double Vie“. Dieselben politischen Einwände wie hier 1945-1948; aber auch sehr viel Anerkennendes „ce très grand écrivain, un des plus importants essayistes, poètes et stylistes de l’Allemagne“ usw. Es wird viel besprochen.
Verreisen Sie u. Ihre Gattin zu einer Sommerreise? Was heisst übrigens: „Sommer“ – sprechen wir nicht davon.
Von hier nicht viel Neues zu berichten. Ich ging in die Aufführung „Der Schwierige“ von H.v.H, das hier ein grosser Bühnenerfolg war. Der 1. Akt 1¼ Stunde, der 2. Akt: 1 ¼ Stunde, dann ging ich. Alles Geschwätz zwischen Grafen u. Komtessen, mal eine hübsche Bemerkung dazwischen, aber muffig u. sehr langweilig. Ich gehe immer wieder gelegentlich ins Theater, um zu prüfen, ob mein Horror vor 3-4 Akten begründet ist oder eine Abwegigkeit von mir (Ich bin neuerdings äusserst misstrauisch gegen mich u. meine Grundsubstanz). Aber ich kann nicht über meinen Schatten springen, ich finde Theater zum Kotzen, es bietet mir wahrhaftigen Gott nichts Neues u Anregendes. Aber es ist allerdings ein kommerzielles Konglomerat, von dem viele Existenzen ihr Brod beziehn (besonders die Theaterkritiker). Wie denken Sie über H.s Dramen? Z B den „Turm“?

Herzliche Grüsse an Sie und Ihre Frau, auch
von meiner –

Ihr

Benn

Nr. 683 22 VII 54.

Lieber Meister Oelze, Dank für Brief vom 18/19 VII. Dies, bitte, soll gleichzeitig an Herrn Lohner zum 24 VII ein Gruss sein. Hoffentlich geht er Ihnen und Ihrer Gattin nicht auf die Nerven, verbrennt keine Teppiche, schwatzt nicht stundenlang langweiliges Zeug u hoffentlich ist seine Frau attraktiv u. angenehm auf Sie wirkend. Ihr Bericht wird mich sehr interessieren.

Die lyrische Anthologie, von der Sie schreiben, ist wohl die von Holthusen? Ich habe soviele hier liegen, alle innerhalb eines Jahres erschienen, dass ich mir keine ansehe. Ich überlasse Herrn Niedermayer, ob ja oder nein, mehr als 10 Gedichte habe ich nicht gestattet, u seit 1/2 Jahr lehne ich jede Teilnahme ab.

Fragen Sie doch bitte Herrn Lohner, was eigentlich mit Curtius los ist. Er tritt nirgends mehr in Erscheinung, ist er wirklich krank? Niemand weiss etwas genaues, auch die Merkur-Leute wussten neulich nichts.

Und Indochina? Hat nicht damit jetzt Europa völlig ausgespielt u. der Chinese u Molotow halten uns für alle Zukunft in der Hand? Mir scheint es so. Und wem verdanken wir es? Wiedermal u. immer wieder: Frankreich. Nun, wir werden, Sie und ich, nicht mehr viel von merken, aber ich sehe die Arbeitslager und Kommunen u Kolchosen, – etwas Ballett darüber – sich bis Gibraltar ausbreiten u. von Afrika kommen die Fellachen u. Rifkabylen ihnen jauchzend entgegen. Gestaltung, Umgestaltung – unser Kulturkreis in Konkursverwaltung.

Und es regnet weiter. Die Handtücher trocknen nicht mehr u die Cigaretten werden feucht. Ich sehe Sie mit einem seidenen Regenschirm zum Bahnhof gehn u. abends Ihre Etagenheizung bedienen.

Herzlichen Gruss an Ihre Frau u. Sie.

Ihr

G Benn

Nr. 684 31 VII 54.

Lieber Herr Oelze,
vielen Dank für Ihre Nachricht über den Lohner-Besuch. Im Ganzen scheinen Sie einen guten Eindruck von seiner Person zu haben. Dass Ihre Gattin nun wieder einen Tag lang Einquartierung hatte, belastet mein Herz u ich danke ihr sehr dafür. Herr L. hat mir schon aus Köln einen langen Brief geschrieben, in dem er seine Freude u seinen Dank für die gütige Aufnahme bei Ihnen ausspricht. Ausserdem schreibt er ausführlich über Curtius. L.s Frau war also wohl nicht mit? Den Scholl kenne ich nicht persönlich; damals in Marburg a. L. versuchte er in etwas zudringlicher Weise in mein Zimmer einzudringen u. da wurde ich ein wenig deutlich (durch den Kellner u liess ihm sagen, dass ich nicht zu sprechen sei). Ob er was kann u. wird, ist schwer zu sagen. Gehört er eigentlich zu der berühmten Augsburger Familie Scholl, deren Mitglieder hingerichtet wurden?

Über Ihrem Brief liegt, scheint mir, ein Schatten. Kommt der aus der Oberneulander- oder der Bozenerstrasse? Oder aus Häcklingen oder aus dem Menke-Haus? Geht es Ihnen nicht gut?
Haben Sie mit Lohner über Holthusen gesprochen? Was hält er von ihm?
Viele herzliche Grüsse an Ihre Frau u Sie.

Immer
Ihr
G.B.

Nr. 685 4 VIII 54

Lieber Herr Oelze, ich muss mich wegen meines gestrigen Anrufs entschuldigen. Ihre Gattin krank, Sie schon im Bett

u. dazu ein grosses Gewitter. Ich mache mir aus Gewittern nichts – kein schönrer Tod ist in der Welt als wie vom Blitz erschlagen – aber Sie sind sicher nervös dabei u. gehn nicht ans Telefon. Aber plötzlich abends, als ich mit meiner Frau nach 39° Mittagshitze einen Schoppen bezw. ein Eiscafé trank, fiel mir der Geburtstag ein u da wollte ich doch noch gratulieren. Faites excuses, chère Madame Charlotte Oelze, et les meilleurs souhaits pour vous de nous deux.
Ich plane etwas, wobei ich Sie vielleicht sehen werde. Wenn das Wetter jetzt besser ist, noch 10 Tage zu verreisen, Hahnenklee oder – Worpswede. Denke mir das sehr nett im August? Habe schon meine Fühler ausgestreckt: „Deutsches Haus" oder „Café Worpswede"... Benachrichtige Sie dann. Aber vielleicht sind es auch nur die üblichen Reiseträume, wenn der Sommer zu Ende geht.

Herzlich Ihr

G B.

Nr. 686 8 VIII 54

Lieber Herr Oelze, von Mitte der kommenden Woche an werde ich in Worpswede sein u. hoffe sehr, dass Sie mir einen Abend schenken werden, hinkommenderweise, ich werde also Ihre Junggesellenwochen nicht inkommodieren. Ich rufe Sie von W. aus an, entweder zu Hause oder bei Menken, es wird sich ja ein Telefonbuch in dem Hotel finden. Ich hoffe nur, dass das Wetter einigermassen wird. Ich bleibe nur einige Tage, muss Montag 16. VIII wieder fort. Will nur Luft schnappen u. meine Frau entlasten, da unsere Hausangestellte auch auf Urlaub ist. Dann können wir uns also über Lohner u seinen Funkvortrag unterhalten, den er mir auch gesandt hat. Freue mich sehr, Sie einmal im Freiluftstil zu sprechen! Hoffentlich haben Sie Zeit? Sehr schade, dass ich Ihre Frau nicht sehen u sie meiner Verehrung versichern kann, aber Salzburg ist stilvoller u. haute société.

Tausend Grüsse u. duswidanja –

Ihr

G B

Nr. 687 15. VIII 54

Lieber Herr Oelze, bevor ich dieses nasse Land verlasse, noch einmal meinen herzlichsten Dank für Ihr Herkommen am Donnerstag u. den schönen Sonnabend bei Ihnen. Wie wunderbar sind die beiden Räume, in denen Sie wohnen, ich kenne Schöneres nicht. Ich möchte wie Herr Scholl sagen, dass ich mich in so einer Welt voll Herrlichkeiten nicht bewegen kann u. befangen bin. Der Utrillo ist ein grossartiges Bild, ich verstehe ja nichts von Malerei, aber sein Anblick tut wohl u. entzückt das Auge.
Dank u. Grüsse auch an Ihre Gattin. Wie sehr bedaure ich, dass sie nicht zu Hause war.

Immer

Ihr

Benn.

Nr. 688

Herrn Oelze, in seinen Zimmern „vier Wände aus Silber u Rosen“, ein Buch aus Toscana.

Gottfried Benn.

August 1954.

Nr. 689 Sonntag 22 VIII 54.

Lieber Herr Oelze, vielen Dank für Ihren Briefgruss. Nein, in Soltau bin ich niemandem ans Herz gesunken, ob wo anders lasse ich offen. Der Briefkasten, in den ich meine Abschiedsworte an Sie warf, war klein und dörflich, an dem Rasthaus angebracht, in dem Severin seine Busse immer halten lässt, um Frühstück einnehmen zu lassen.
Lieber Herr Oelze, wir kennen uns nun 25 Jahre und darum erlaube ich mir mit einer Bitte zu kommen, für die ich um Wohlwollen bitte. Es handelt sich um Folgendes: ich möchte unter allen Umständen bald noch einmal nach Bremen oder Umgebung fahren, da ich da etwas unerledigt zurücklassen musste. Bitte verstehen Sie, aber verstehen Sie nicht falsch. Das kann ich nur bewerkstelligen, wenn Sie mir etwas helfen, um es hier unauffällig zu machen. Ich habe schon hier angedeutet, dass ich vielleicht nochmal fahre, um Herrn Lohner kennen zu lernen, falls er Sie noch einmal besucht. L. schrieb mir Anfang des Monats aus Köln, dass er nach seiner Reise nach Italien noch einmal zu Ihnen möchte u. er wäre sehr glücklich, mich zu sehn. Ich antwortete ihm, dass ich auf *jeden Fall* käme, wenn er das bewerkstelligte. Ich nehme an, dass ihn das mitbestimmen wird, Sie noch einmal aufzusuchen. Meine Bitte geht also erstens dahin, dass Sie und Ihre Gattin sich der grossen Liebenswürdigkeit unterziehn, ihn noch einmal anzunehmen und zweitens, dass Sie an mich besonders betont und dringend dann schreiben würden, Sie würden mein Hinkommen begrüssen. Um es gleich zu sagen, ich würde in Bremen oder W. wohnen, und Sie würden von meinem Kommen u. Gehen nach Obernld. keine Schwierigkeiten wie das letzte Mal haben. Übrigens hat Radio Bremen mich schon wissen lassen, dass er sehr gern eine Sendung mit mir machen würde, wenn ich noch einmal käme (das würde also auch das Finanzielle sehr angenehm regeln, – ginge aber auch ohne dem).

Herr Lohner ist am 26. VIII wieder in Köln (Köln-Lindenthal, bei Prof. von Wiese, Meister Ekkehardstr. 9, am 10. IX fährt er dann wieder nach U.S.A.) Übrigens sprach ich gestern abend mit Herrn Niedermayer, er weiss nichts von einer Anfrage wegen St.h.d.V., er weiss überhaupt von garnichts.
Wenn Sie, lieber Herr Oelze, mir etwas Schlechtes antworten wollen, tun Sie es bitte auf einem Zettel in Ihrem Brief. Aber hören Sie mich an: wenn ein Mann meiner Jahre noch einmal auf etwas stösst, das ihm Freude macht, kann er es sich leisten. Richten Sie bitte Ihre Gedanken nicht in Richtung Erotik, sondern in der Richtung, dass es einen sehr berührt, wenn man als alter Mann überhaupt noch auf ein inneres Entgegenkommen bei reizvollen jungen Frauen stösst, auf eine Berührung der Sphären, zu denen natürlich auch die Erotik gehört, die aber etwas ganz anderes bewirken und bedeuten, nämlich eine Art Bewegung affektiver Schichten, die einen für eine Weile fortführen von Erstarrung, Müdigkeit, Fettwerden, Ranzigwerden – von all diesen Dingen, in die ich geraten war und aus denen ich hier kein Entkommen sah. Das ist auch das Motiv, das mich schon im vorigen Herbst bewog, zu erwägen, den Winter in einem anderen Ort, Hamburg, München (oder Bremen!) zu verbringen. Wollen Sie also bitte die Sache und meine Bitte, im Sinne unserer Freundschaft betrachten.
Vielleicht trifft es sich dann auch, dass ich Ihren Garten und Ihre Räume einmal in einem anderen Lichte sehe, in einem helleren, denn für mich liegt über Ihrem Haus und Garten immer der Schatten einer ungeheueren Melancholie, wenn ich sie vor mein geistiges Auge führe.
Falls Ihre Gattin zurück ist, grüssen Sie sie bitte. Ich hoffe, es geht Ihnen beiden gut.

Immer
Ihr
Benn.

Nr. 690 Freitag. 27 VIII 54.

Lieber Herr Oelze,
vielen Dank für Ihren Anruf heute mittag. Seien Sie bitte nicht böse, wenn ich mich direct mit Herrn L. in Verbindung gesetzt hatte, aber der 28. VIII rückte heran u. ich musste wissen, ob ich abreisen sollte: Ich nahm an, dass Sie Ihre Amsterdamer Reise angetreten hätten u. Ihre Gattin den diesbezüglichen Brief nicht geöffnet hatte.
Also wäre Sonnabend d. 5. IX. der Termin des Rendezvous in Bremen. Wenn es Ihnen im Hause nicht passt, können wir uns ja auch in einem Restaurant treffen und niederlassen. Irre ich mich oder sollte Herr L. in Höpkens Ruh in Oberneul. wohnen?
Was meine Person angeht, so werde ich in der Stadt wohnen u. am Sonnabend, wenn es dabei bleibt, um 4 1/2 bei Ihnen sein. Wenn Ihre Gattin wieder nicht da sein sollte, würde ich sehr betrübt sein, aber Brüssel ist sicher anregender als das Literatenpalaver. Sie sind durch mich sehr in Anspruch genommen, verehrter Mäzen, ich werde versuchen müssen, es durch gute Leistungen zu vergelten. Die Sache, von der mein letzter Brief vor Allem handelte, ist nicht mehr so wichtig, ein kleines Rückzugsgefecht, ein Aprèslude..
Nehmen Sie Dank u viele Grüsse an Ihre Gattin u. Sie.

Ihr

G Benn.

Nr. 691 Dienstag 14. IX 54

Lieber Herr Oelze, haben Sie noch vielen Dank für 1) dass Sie sich Sonnabend noch 1 Stunde frei machen konnten, um ins Café Jacobs zu kommen. 2) Ihren Anruf am Sonntag vormittag (der Zug geht jetzt erst um 12^{06}, falls Sie ihn

benutzen werden, um nach Berlin zu kommen) 3) vor Allem für die grosse Mühe, die Ihrer Gattin u Ihnen die Besuche der Familie Lohner auferlegten. –
Hier fand ich einen Brief von L. u Frau vor, der Teil von Onassa schien mir freundlicher als der von Edgar. Dann fand ich den Aufsatz aus den Fechterschen „Neue Deutsche Hefte" (Verlag Bertelsmann) Nr. 6. mit dem Titel: „Benn in amerikanischer Kritik", wo Lohners Arbeit sehr hervorgehoben wird. Bitte lesen Sie ihn. Dann einen geradezu wüst langen Aufsatz aus der *„Neuen Züricher Zeitung"* vom 28. VIII, in dem sich 2 Autoren über meine Gedichte aussprechen. Ich habe ihn noch nicht ganz gelesen. – Neue Einladungen von Radio Bern, vom Goetheverein Hamburg u.a. Ich werde bald wieder auf Reisen gehn müssen (mit Nebenabsichten). Schreiben Sie mir bitte einen Zettel über die schwarze Dame (Mutter Italienerin, daher die schwarze Tracht). Vielleicht schreibe ich Ihnen dann noch Einiges dazu.
Von Niedermayer haben Sie inzwischen einen Brief bekommen, er sandte mir Abschrift. Haben Sie sich die „Welt am Sonntag" gekauft? Im „Merkur" stehen, glaube ich, auch 2 Poeme. Hänge ich Ihnen zum Halse raus?

Herzliche Grüsse an Madame Charlotte u Sie.
Immer Ihr dankbarer
Benn

Nr. 692 15. IX 54.

Lieber Herr Oelze,
anbei mit Dank den Brief von N. zurück. Wenn Sie noch einmal auf das Thema mit ihm zu sprechen kommen, wäre ich Ihnen sehr dankbar, wenn Sie, von *sich* aus, ihn darauf hinwiesen, dass es doch vielleicht seine Geburtstagsaufgabe

wäre, die „Stat. Gedichte“ (auch den Goetheaufsatz) von Schifferli freizubekommen. Ich verkenne garnicht, dass das Zugehören zu dem Schweizer Verlag gewisse propagandistische Vorteile mit sich bringt, mein Name erscheint ja bei vielen Publikationen der „Arche“ in bester Gesellschaft, aber doch wäre wohl alles in *einer* Hand besser.
Über Heide u Moor ein ander Mal. Es ist eine etwas kritische Sache, aber ich denke, dass der Friede der Bozenerstrasse gewahrt bleibt. Ich bin ja kein solcher Narr, um nicht zu wissen, was mir und meiner Lage „gemäss“ ist. Andererseits . . .

Herzlichen Gruss. Bremen ist eine schöne Stadt. Vielleicht ziehe ich für 2 Monate mal dahin. War in Ihrer wunderbaren Bibliothek (am Bahnhof), gefiel mir sehr, gepflegt, ruhig, reichhaltig.

Ihr

Benn

Nr. 693 21. 9. 54

Lieber Onkel Oelze, Sie raten mir so freundschaftlich u das ist nett. Aber dieser letzte Brief vom 20. 9. ist vielleicht etwas zu offen, da meine Frau manchmal Ihre Briefe zu lesen sehr interessiert ist.
Zu diesem Thema – „es lohnt sich nicht“ u die Verkehrsunfälle – lesen Sie bitte im Band „Essays“ die Darmstädter Rede nach die Stelle von den *Dämonen* – auch diese sind eine Realität, u wissen wir, von wo her wir unsere Stimulantien u. unsere Niederlagen beziehn? Nicht ganz einfach dieses Thema! Was lohnt sich eigentlich?
Zur Frage *Vortragsreisen* lesen Sie bitte anliegende 2 Schreiben u senden Sie sie mir bitte gleich zurück. Kann man einen so liebenswürdigen Brief wie den aus Hamburg einfach ig-

norieren? Ich habe es ja jahrelang getan, aber vielleicht gibt es doch Anregungen usw? Den neuen „Merkur“ haben Sie wohl noch nicht gelesen oder ist Ihr Schweigen eine vernichtende Kritik an meinen armen Potenzen?

Herzlichen Gruss!

Ihr

Be

Nr. 694 23.9 54

Lieber Herr Oelze,
umstehend erste getippte Niederschrift von Melancholie mit Datum, an einem Tag fabriziert, vermutlich aber lag schon einiges Material einige Tage schon vor, aber unbestimmt, ging mir leicht von der Hand.
Ich führe eine Art Tagebuch, sehr kurz gehalten, vielfach steht nur das Wetter drin – Am 3 VI. 54. steht:
„grau, kühl, mittag 22°. Nachmittag Café Quick. Abends bei Dramburg, für I. (Ilse) einen Eisbecher geholt. Geschrieben: „Melancholie“. Anruf Dr. Riecke.“
Der Vers mit Antonius ist vielleicht mondän, aber bei Shakespeare in „Antonius u Kleopatra“ küsst A. auch die Hand „Gefährtin, Eure Hand, – dies Königssiegel u grosser Herzen Pfand –“ (oder ähnlich).
Bin angenehm berührt, dass es Ihnen zusagt, Sie strenger Mann u Hintergrundsanalytiker. – –
„Teils – teils“ am 12 VI abends im „Quartier Bohème“, auch in einem Zug gemacht, dann allerdings Korrectur.

Ihr Benn

Melancholie. 3/6 54

Wenn man von Faltern liest, von Schilf und Immen,
dass sich darauf ein schöner Sommer wiegt,
dann fragt man sich, ob diese Glücke stimmen
und nicht dahinter eine Täuschung liegt,
und auch das Saitenspiel, von dem sie schreiben
mit Schwirren, Dufthauch, flügelleichtem Kleid,
mit dem sie tun, als ob sie bleiben,
ist anderen Ohren eine Fraglichkeit:
ein künstliches, ein falsches Potpourri –
untäuschbar bleibt der Seele Agonie.

Was ist der Mensch, – die Nacht vielleicht geschlafen,
doch vom Rasieren wieder schon so müd,
noch eh' ihn Post und Telefone trafen,
ist die Substanz schon leer und ausgeglüht,
ein höheres, ein allgemeines Wirken
von dem man hört und manchesmal auch ahnt,
versagt sich vielen leiblichen Bezirken,
verfehlte Kräfte, tragisch angebahnt:
man sage nicht, der Geist kann es erreichen,
er gibt nur manchmal kurzbelichtet Zeichen.

Nicht im Entferntesten ist das zu deuten,
als ob der Schöpfer ohne Seele war,
er fragt nur nicht so einzeln nach den Leuten,
nach ihren Klagen, Krebsen, Haut und Haar,
er wob sie aus Verschiedenem zusammen,
das er auch noch für andere Sterne braucht,
er gab uns Mittel, selbst uns zu entflammen
– labil, stabil, labil – man träumt, man taucht:
schon eine Pille nimmt dich auf den Arm
und macht das Trübe hell, das Kalte warm.

du musst aus deiner Gegend alles holen,
denn auch von Reisen kommst zu leer zurück,
verlässt du dich, beginnen Kapriolen
und du verlierst dir Stück um Stück.
Von Blumen musst du solche wählen,
die blühn am Zaun und halb im Acker schon,
die in das Zimmer tun, die Laute zählen,
des Lebens Laute, seinen Ton:
vermindert oder grosse Terzen –
ein Kältliches verstarrt die Herzen.

Die Blumen so –, dann zu Vergangenem
sich wendend oder Zukunft, wie sie wird,
da gehst du von Verschleiert zu Verhangenem,
einem Vielleicht zu einwandsfrei Geirrt,
ein Hin und Her: einmal versiegte Güsse
und Noah strahlt, die Arche streift auf Land,
und einmal ist der Nil der Fluss der Flüsse,
Antonius küsst die braune, schmale Hand:
die Ruriks, Anjous, Judas, Rasputin
und nur dein eigenes Heute ist nicht drin.

Tiere, die Perlen bilden, sind verschlossen,
sie liegen still und kennen nur die See;
an Land und Luft: Gekrönte und Profossen –
noch eine Herme mehr in der Allee;
nur Äon schweigt, er hält die Perlengabe,
wo alles fehlt und alles zielt,
der Äon träumt, der Äon ist ein Knabe,
der mit sich selbst auf einem Brette spielt:
noch eine Herme mehr – man lasse sie,
auch sie führt zum Gedicht: Melancholie.

G. B.

Lieber Herr Oelze, seien Sie nicht ungehalten, wenn ich Sie im Augenblick sehr in Anspruch nehme mit Briefeschreiben u. Briefelesenmüssen u. jetzt auch noch mit einer Sonderbitte.

In Hamburg also soll ich nicht den Goetheaufsatz bringen, da genügend G-Vorträge schon fällig sind, sondern „lebendig-unmittelbar" in das Reich der modernen Kunst einführen, d.h. „eine gemischte Lesung aus Lyrik u. Essay" meiner eigenen Produkte bringen. Dauer, schlug ich vor,: eine Stunde. Darf ich Sie um Rat bitten, welches Programm würden Sie vorschlagen? Welche Gedichte, welche Stücke aus Prosa u Essay? Wäre es Ihnen möglich, sich dazu zu äussern? Wäre Ihnen sehr, sehr dankbar. Z.B. „Pallas" wäre wohl zu abwegig? Aus Rönne? Aus dem Ptolemäer? Aus „Doppelleben" z.B. „Zukunft u. Gegenwart" oder „Literarisches"? Denken Sie bitte bei Ihren Überlegungen daran, dass man die Zuhörer ja auch *unterhalten* will, ihnen was bieten, man kann also nicht stur nur das einem selbst Nächstliegende bringen. Bitte haben Sie die Freundlichkeit, mich zu beraten. Die Sache steigt Mitte Dezember.

Dank für Rücksendung der beiden Briefe. Auch ich erhielt Photos von Prof v Wiese. Antwortete dankend fast wörtlich, was Sie schreiben: z K die ganze Photographiererei, von mir aus alle Zeiss-Ikons zum Teufel. Andererseits sagen meine Frau und ich: dieser Oelze, ein wahrhaft eleganter, schlanker junger Mann, blendender Typ. – Wer hat Recht: Sie oder wir? –

Von Niedermayer erhielt ich Kopie seiner Antwort an Sie.

Dank u. Gruss, auch an Ihre Frau.

Ihr

Benn

Anbei der Schluss meines Vortrags in Wildungen. Ist da was Interessantes dran? Bitte zurück!

Nr. 696 13 X 54

Lieber Herr Oelze, morgen werden Sie wieder zu Hause sein, nehmen Sie dort meinen Dank für Ihren freundlichen Brief von den Vorlesungsvorschlägen entgegen, die betr. Gedichte finden sehr meinen Beifall, über Prosa muss ich noch nachdenken.
Haben Sie in Zürich *Rychner* besucht? Verdanke ich Ihnen seinen so ungewöhnlich u überraschend bei mir eingetroffenen Brief über das Gedicht „Melancholie"? Hinsichtlich dessen er sich zu ganz ausserordentlichen Lobeserklärungen hinreissen lässt?
Wie war es in Südfrankreich? Wo waren Sie da? Haben Sie Aerzte konsultiert oder Bilder betrachtet (u. erworben)?
Bei Stalling (Oldenburg) erschien ein dickes Buch: „Denker u Deuter im heutigen Europa", darunter die Wanze aus der Bozenerstr. Sehr interessant. Mit Bildern. Aus Germany ferner: Th. Mann, Heidegger, Spengler, Guardini, Jaspers, im ganzen 9. Lassen Sie es sich vielleicht bei Ihrem Buchhändler zeigen.

Herzliche Grüsse, auch an Ihre Frau.

Ihr

Benn

Nr. 697

Die Gedichte, über die wir Sonnabend sprachen.

Ihr

G B

21/10 ⟨1954⟩

Nr. 698 23 X 54 Sonnabend

Lieber Herr Oelze, Dank für Schreiben mit nettem Fabribrief. Anbei letzterer zurück.
Entschuldigen Sie, dass Frl. Z bei Ihnen anrief. War unnötig, geschah natürlich ohne mein Wissen. Sie ist so stürmisch, ihr Tempo zu unruhig. Ich habe sie gebeten, in Zukunft es nicht mehr zu tun.
Die Sache Preetorius, glaube ich, sandte ich Ihnen als Manuscript, es fand Ihre Zustimmung. Es ist jetzt im Inselverlag als Festschrift mit erschienen. Werfen Sie einen Blick hinein, vielleicht ganz interessantes Buch (Furtwängler, Karajan, Heidegger, Th. Mann usw.).
Seit 3 Tagen ist meine Tochter bei mir. Fährt fliegt, leider morgen wieder zurück. Sie ist wirklich reizend, wir reden wie 2 Männer zusammen von unseren Herzenssachen, geben uns Ratschläge, trösten uns, lachen uns aus. Sie lässt Sie und Ihre Gattin grüssen u. wollte wissen, wie es Ihnen geht. Durch ihre Scheidung – der Mann als allein schuldiger Teil – ist sie wirtschaftlich ganz gut gestellt, Hausbesitzerin usw. Sie findet Berlin unerträglich trübe u. elend u. mein Leben hier eng u reformbedürftig. –

Bald mehr. Ihr

G. B.

Nr. 699 26 X 54

Lieber Herr Oelze,
dies sandte mir Herr Niedermayer. Falls Sie Zeit finden, es gelegentlich zu lesen, schreiben Sie mir bitte, ob es gut ist.

Herzlich Ihr

Be

Nr. 700 14 XI 54

Lieber Herr Oelze, vielen Dank für Ihren Brief mit den Angaben über den engl. Aufsatz. Was Sie darüber schreiben, genügt mir. Was schreiben Sie dazu: Sie wollen es mir in *Berlin* übersetzen? Wollen Sie denn kommen? Bitte behalten Sie das Heft. Wie gut, dass Sie *nicht* zur Feder greifen können, wäre entsetzlich, lassen Sie das Otterngezücht, das schreibt u schmiert u. dichtet, unter sich u bleiben Sie Gentleman.
Donnerstag reise ich nach Bern, wo Sonntag 40 Minuten lang vor 200 Personen Publikum die Radiosache steigt. Thema: jener Altersvortrag, aber gänzlich modifiziert, alles Aggressive fortgelassen, auch der Appell an die jüngere Generation fort: entschärft, sonntäglich, mit neuer Einleitung u Schluss. Mit etwas Herzklopfen gehe ich in das Zentrum der Schweizer Eidgenossenschaft u werde es schon am Sonntag Nachmittag wieder verlassen. Dann noch ein par Tage Bodensee oder München, je nach Wetter. Am nächsten Sonntag dann wieder her. Vielleicht kommen Sie dann noch einmal her?
Wie geht es Ihnen u. Ihrer Frau? Sie sind so schweigsam geworden..

Ihr

Benn

Nr. 701 16 XI 54

Lieber Herr Oelze, das ist ja ein erstaunlicher, ein wunderbarer Brief, der vom 14 XI! Wie aus einem Grab über ein Grab, so alt u verloren alles, die Gefühle verweht u die Jugend verfallen. Sie haben ja ganz neue Gedichtstellen ans Licht gezogen. „Untergrundbahn“, 3 Strophe legt mir den

Gedanke nahe, dass bei Ihnen acute Anfälligkeiten in dieser Richtung vorliegen? Und wenn Sie schon „Stunden, Ströme" gütigerweise erwähnen, rechnen Sie mir von der 5. Strophe Reihe 2, 3, 4 zu gute (auch für Bern.) Ich meinerseits las aus Anlass Hamburg nocheinmal den „Phänotyp", er scheint mir ja doch das seltsamste u stellenweise gelungenste Stück von allem zu sein von Pascal bis zur „schwefelgelben, der heissen süssen Rose Diane vaincue".

Es wäre sehr schön, wenn Sie vor Weihnachten noch einmal kämen u wir uns unterhalten könnten. Radio Bremen kann ich nicht hören, interessiert mich auch nicht. Auf *Sie* sich beziehend schrieb kürzlich eine Dame im Namen von Prof. Gorsemann an mich, er wolle mich (in Büste) porträtieren. Wer ist das?

Also bitte am Sonntag 11 h. drücken Sie mir den Daumen, da steigt Bern im Studiosaal mit 200 Elitegästen.

Was macht man alles für Unsinn u Abwegigkeiten!

Herzlich Ihr

Benn

Nr. 702 ⟨21. 11. 1954⟩

L.H.Oe. elegante, königliche Stadt dies Bern! Klare Sicht u. etwas Schnee auf den Dächern. Trotzdem kein Land für mich. Fliehe morgen für ein par Tage Bodensee oder Baden-Baden. Ihrer Gattin u Ihnen herzlichen Gruss.

Ihr Benn

Nr. 703 29 XI 54.

Bin wieder im Land, lieber Herr Oelze, – schreiben Sie mir bitte, wie es Ihnen geht. Ob es in Bern ein Erfolg war, weiss ich nicht recht, habe immerhin einige sehr liebenswürdige

Schreiben u. Einladungen in die Schweiz von Unbekannten vorgefunden hier. Leider ist meine Frau immer noch nicht auf dem Posten, u. die grossen Aerzte, bei denen sie jetzt ist, haben auch noch kein Urteil zu Stande gebracht.

Viele herzliche Grüsse an Ihre Gattin u. Sie.

Ihr Benn

War noch 4 Tage in Konstanz-Meersburg usw. strahlendes Wetter, Sonne, italienischer Himmel.

Nr. 704 4 XII 54.

Lieber Herr Oelze, vielen Dank für Brief u. Zusatzkarte. Es geht Ihnen beiden also gut; abgesehen vom auch schon habituellen Ekel vor den Aktualitäten des öffentlichen Lebens. Wir werden uns voraussichtlich noch in diesem Jahre sehn. Im Anschluss an die Hamburger Vorlesung, bin ich eingeladen worden, vor dem Bremer *Germanistenverein* zu lesen u. vorzutragen. Sie zahlen auch ganz ordentlich u. ich habe angenommen, da ja Bremen neuerdings für mich eine gewisse Bedeutung gewonnen hat, die zu der Oberneulander Suggestion noch hinzukommt. Ich habe den 17 XII. dafür angesetzt. Ich weiss nicht Ort u Zeit, werde sie Ihnen aber rechtzeitig mitteilen. Der Herr der an mich geschrieben hat, heisst Herr *Trittin*.

Das Programm für Hbg am 14. XII. macht mir, trotz Ihrer Hilfe, Schwierigkeiten. 1-1 1/2 Stunden mit seinen Sachen füllen, ist nicht einfach. Ich weiss nicht, ob meine Auswahl Ihren Beifall fände. Allzuviel Lyrik kann man nicht bringen, also muss Prosa die pièce de résistance sein. Ich werde aus dem „Ptolemäer" wohl das 1 Stück, etwas zusammengestrichen, bringen; am Anfang, als harmloser Beginn das Stück II

aus „Kunst u 3 Reich“, „die Kunst in Europa“, als historischer Hintergrund meiner Generation u.sw.
Am Montag 13 XII. reise ich nach Hamburg. Bewege mich dann Richtung Bremen – (Worpswede) – hoffe Sie dann zu sehn, ohne Sie in Ihren Weihnachtsgeschäften stören zu wollen.
Diese kurzen Mitteilungen heute zu Ihrer Orientierung.

Herzliche Grüsse an Sie beide

Ihr

Benn

Nr. 705 6 XII 54.

Lieber Herr Oelze, vielen Dank für Brief vom 5 XII mit Lohnerbrief. Dieser anbei zurück. Der gute Lohner! Wenn er nur ein bischen gerissener u. raffinierter im Kopf wäre u selbstsicherer dastünde für seine eigene Existenz, dann könnte er vielleicht auftreten gegen die Hellergruppe in London. Aber tut nichts. –
In Bern begrüsste mich der Ordin. für Deutsche Literatur von der Universität Fribourg, der schon öfter freundlich über mich geschrieben hatte. Er sagte: „ich bin in dem Vorschlagskomitée für den lit. Nobelpreis. Ich habe Sie vorgeschlagen, Sie stehen jetzt auf der Liste. Im nächsten Jahr bekommt den Preis wohl ein Finne. 1956 ist Deutschland dran. Sie haben grosse Aussicht.“ Nun, jedenfalls eine sehr liebenswürdige Bemerkung im fremden Land, mehr aber natürlich auch nicht. Ferner: im „Rhein Merkur“, der Zeitung Adenauers, soviel ich weiss, stand vor mehreren Wochen aus Anlass Hemingway ein langer Aufsatz von Herrn Hohoff: B. u. Jünger sind die gegebenen Anwärter auf den Preis. Nur Faulkner, aus den letzten Jahren, steht an Rang neben ihnen, alle übrigen unter diesen beiden!! Was wollen Sie? Ganz nett jedenfalls.

Über Bremen schrieb ich Ihnen. Am 17. XII Ich entbinde Sie hiermit vom Erscheinen. Der Hamburger Prof. hatte das vermittelt. Der Germanisten-verein zahlt M 300. Die nehme ich mit, da es ja keine Reisekosten macht. Vor wem ich vorlese, ist mir ganz gleich. Dank für Ihre Einladung in das pompöse Columbiahotel, aber ich bringe mich selber unter. Bei einem Arzt in Br. wohne ich natürlich *nicht*. Diese Mitteilung von Ihnen war mir auch ganz neu

Im übrigen versichre ich Ihnen, dass nun Schluss ist mit meinen Gastspielen. Nur von 500 M. an bin ich zu haben.

Ich hoffe, wir sehen uns. Ich rufe Sie an, sowie ich in Br. ankomme. Bitte forschen Sie nicht nach, wann ich komme, wo ich wohne usw. Wir sollten mal einen Abend uns zusammen setzen u. uns etwas illuminieren u. palavern, nicht immer so elegant u. ernsthaft reden. Aber Sie trinken ja nicht, sind vornehm u. seriös – ich erinnere mich, dass wir einmal im Weinhaus Wolf in H. einen Abend äusserst ausgelassen waren u. lachten, dass mir die Tränen herunter liefen.

Dank u Gruss,
Ihr Benn

Nr. 706 ⟨10. 12. 1954⟩

Voraussichtliches Programm für Hamburg 14. 12. 54 Universität

I Aus „Ausdruckswelt“: „*Kunst in Europa*“
S. 21-33 (mit Fortlassungen)

II *Gedichte:* Chopin
Trunkene Flut
Gedichte (Stat. G. S. 18)
Einsamer nie (St. G. S. 57)

III „*Lotosland*“ aus „Ptolemäer“, mit zahlreichen Fortlassungen.

IV *Gedichte* (intellectualisierte)
Zerstörungen Fragmente S. 11)
Keiner weine Destillat. S. 23
Satzbau (Fragmente S 12
Aber Du (Welt am Sonntag)
Das sind doch Menschen (Fr. Allg. Ztg.)
Ebereschen (Welt am Sonntag)

V Aus *Altersvortrag* einige – tragische – Stellen vorgeschlagen von Prof. Pyritz, Hamburg,

VI *Gedichte*
Wer allein ist Tr Fl.
Leben, niederer Wahn Tr Fl
Das Ganze Tr Fl.
Der soziolog. Nenner (oder Epilog-Gedichte Tr Fl. 1, 4, 5)
(Dauer etwa 1 1/4 Stunde)

Lieber Herr Oelze!
Anbei das Programm für Hamburg. Sie hatten ja seinerzeit die Liebenswürdigkeit mir zu raten und helfen. Das Programm entspricht dem Wunsch des Prof. Pyritz, dass einmal bei ihnen ein moderner Künstler ein Bild von sich und seinem Schaffen gibt. Bitte beachten Sie die Gedichte. Mir kommen die sozusagen berühmten, die Anthologie-Gedichte so überholt und langweilig vor, daß ich sie gar nicht mehr vortragen mag. Ich habe daher eine ganze Gruppe andersartiger vorgeschlagen.
Ich komme nun mit einer großen Bitte, einer neuen Belästi-

gung für Sie. Dieser Bremer Germanisten-Verein scheint eine merkwürdige Sache zu sein. Sie haben keinen gedruckten Briefkopf, offenbar auch keine Schreibmaschine, es schreibt immer ein Herr Trittin, der hat aber offenbar auch kein Telefon. Ich weiß daher nicht, wie ich mit ihm eigentlich in Verbindung kommen soll, wenn ich in Bremen ankomme. Ich habe ihn daher gebeten, sich Mitte nächster Woche mit Ihnen in Verbindung zu setzen. Ich habe ihm Ihre Telefonnummern gegeben und ich bitte Sie nachträglich hierfür um Erlaubnis. Wann ich in Bremen ankomme, weiß ich noch nicht, es hängt davon ab, was sich noch in Hamburg abspielt. Es ist möglich, daß ich nicht in Bremen wohne sondern in Worspwede, und nur zu dem Vortrag, am Freitag, mittels Taxe hin- und zurückfahre (Diese Taxe müßte der Germanisten-Verein natürlich bezahlen.). Die Herren wollen nach dem Vortrag noch etwas mit mir zusammensein und der Vorsitzende der Barlach-Gesellschaft wollte mich sprechen. Ich werde also wohl noch eine halbe Stunde Geselligkeit anschließen müssen. Der Vortrag soll stattfinden im Goldenen Saal der Böttcherstraße. Ich entbinde Sie nochmals hiermit vom Erscheinen, ja ich bitte Sie, nicht zu kommen. Ich kann Ihnen ja nichts Neues bieten und eine Unterhaltung mit Ihnen würde wahrscheinlich auch nicht in unserer Weise möglich sein.

Ich melde mich also bei Ihnen, lieber Herr Oelze, wenn ich in Bremen bin. Nach Oberneuland werde ich wohl diesmal nicht kommen können, ich bin ja schon geradezu immer da und belästige Küche und Keller. An Ihre Gattin bitte viele herzliche Grüße. Meiner Frau geht es zum Glück jetzt etwas besser und es steht jetzt fest, daß es keine Tbc ist. Also, lieber Herr Oelze, seien Sie nicht böse, wenn ich Sie schon wieder in Anspruch nehme und dies in der Weihnachtszeit, wo Sie sich vor Aufträgen und Bestellungen sicher nicht retten können.

Sollten Sie Fräulein Hoffmann noch einmal sehen, bestellen

Sie ihr bitte Grüße, aber zu einer Sitzung bei ihrem Professor werde ich diesmal wohl keine Zeit haben.

Herzl. Dank
herzl Gruss
Auf Wiedersehn
Ihr
Benn

Nr. 707 25 XII 54.

Lieber Herr Oelze, vielen Dank für Ihren Brief aus dem Krankenhaus. Nachts um 2 ist wohl allerdings nicht die richtige Zeit dafür bei einem Mann, der schlafen, sich erholen u. Kräfte sammeln soll. Dass ich Sie, den ich immer nur tiré à quatre épingles mit der Perle in der Krawatte gesehn habe, nun im Schlafanzug im Krankenbett sah, war mir sehr interessant. Dass Sie unrasiert waren, stimmt wohl nicht, u Ihr Haar war von eindrucksvollem Weiss. Nur etwas dicker im Gesicht hätten Sie sein müssen, nicht so hager u. abgezehrt, – Essen! Essen! Essen! Und schlafen – nicht mit Dolantin, aber mit Phanodorm oder Baldrian. Gerne erführe ich, ob Sie an jenem Sonnabend noch punktiert sind u. was dabei herausgekommen ist (Blut? Exsudat?) Ich glaube, viel kann nicht herausgekommen sein.
Wann kehren Sie nach Hause zurück? Zu Neujahr werden Sie doch da sein? Sagen Sie bitte Ihrer verehrten Gattin, ich hätte selten in meinem Leben ein Gesicht gesehn, auf dem eine so beobachtende Spannung liegt wie auf dem ihren. Wenn man sich plötzlich zu ihr hindreht, ist man ganz betroffen von dem Beobachtungsblick ihrer Augen, so als ob sie mit scharfen mikroskopischen Objectiven, zB einer Ölimmersion, auf Bacterien blickte, auf seltsame, etwas gefährliche, septische Bacterien, deren Verhalten man studiert. –

Weihnachten war still u. angenehm. Leider hat meine Frau schon wieder ihre Fiebertage, ich weiss nicht mehr, was ich davon halten soll.
Gute Besserung! Bald nach Hause! *Essen! Schlafen.* Porter u. dick Butter! Ihr

Benn

Nr. 708 12 I 55.

Lieber Herr Oelze, vielen vielen Dank für das Schreiben, das Ihre Gattin an mich nach Ihrem Diktat schrieb. Auch Ihrer Gattin meinen Dank. – Unendlich gern würde ich (als Arzt) natürlich wissen, ob Sie noch Fieber haben, ob Sie anfangen zu essen u zu schlafen. Was für Mittel nehmen Sie jetzt ein? Aber das werden Sie mir bei Ihrer Abneigung gegen alles Physiologische kaum schreiben. – An *Lohner* werde ich heute einen Luftbrief schreiben u. ihm alles erzählen. – Von hier ist nicht viel zu berichten. Meiner Frau geht es z Z. gut. Ich sitze über einigen Pflichtaufsätzen, die mich langweilen, z B. Vorrede für 1 Anthologie (Limes) über Lyrik des Expressionismus. Gute Besserung!

Ihnen beiden Grüsse. Ihr

Benn

Auf den Bänken sitze ich manchmal in der Sonne
Mein Stammlokal abends Bozenerstr.

Nr. 709 30 I 55 Sonntag.

Lieber Herr Oelze, wegen Arbeitsanspannung habe ich lange nicht geschrieben. Ich danke Ihnen und Ihrer Gattin noch sehr für den letzten Diktatbrief. Ich nehme an, dass Sie

wieder zu Hause sind? Wenn nicht, wäre ich für eine kurze Angabe über den weiteren Verlauf Ihrer Krankheit sehr dankbar. Ist nun abzusehn, wann Sie reisefähig sind, um die Erholungsfahrt anzutreten?
Gestern besuchte mich dieser Herr Heller aus Wien – U.S A – usw, von dem Herr Lohner geschrieben hatte, er habe einen Artikel für den „Merkur“ geschrieben, der mich „vernichten“ sollte. Herr Paeschke hatte ihm empfohlen, sich mit mir zu unterhalten. So kam er an, sass 4 Stunden hier, ass u trank unendlich, eine 3/4 Flasche Cognak machte ihn ziemlich blau, aber er war friedlich u. ergeben. Ich war natürlich vorsichtig u. misstrauisch, aber selbst das ist eigentlich diesen Burschen gegenüber zu viel Ehre. Ich lachte ihn also aus u zog ihn reichlich auf, aber nett u. kameradschaftlich. 35 Jahre, Wiener Jude, nun wollen wir mal sehn, was er darüber schreibt. Es war eine Art Interview. Mit Lohner ist er auseinander, spricht wenig freundlich über ihn.
Genug des literar. Geschwätzes, lieber Herr Oelze, für einen Reconvalescenten.

Bitte grüssen Sie Ihre verehrte Gattin.

Ihr

Benn

Nr. 710 31. I 55.

L H Oe. Dank Ihrer Gattin u Ihnen für Brief vom 29. I. Unsere Briefe kreuzten sich wieder einmal. Über Exner u. Herrn N. weiss ich nichts. Halte es auch nicht für wahrscheinlich, dass N. das macht. Können Sie wieder lesen? Habe eine Menge Aufsätze über mich aus engl. Sprachbereich (auch italien.) verstehe ja alles nicht. Über „Texte u Zeichen“ habe ich gelesen. Ist wohl ganz interessant? Die Mitarbeiter, besonders Herr Andersch, sind mir unsympathisch.

Heute vor 22 Jahren war ich den Vormittag in *Bremen*, kam aus Oldenburg – jener 30 I 33, auf den eine Vorlesung in Old. fiel. Sah Sie nicht. – Habe glänzende Einladungen nach Rom u Florenz (mit Gattin!), gut bezahlt, reise aber nicht, will dies Jahr arbeiten.
Und die rechte Lunge?? Was ist damit? Die Blutsenkung??
UAwg.

Ihr Benn

Nr. 711 7 II 55

L.H.Oe. vielen Dank für den letzten Brief, den Sie nun wenigstens schon unterschrieben haben. Vielen Dank auch Ihrer Gattin. *Von Ihrer re. Lunge kann ich mir gar kein Bild machen.* Was ist denn da los? Reste von der Pneumonie? Aber ganz ohne Fieber? Entschuldigen Sie, wenn ich so gegenständlich frage. Essen Sie denn wenigstens ordentlich? Schlafen Sie? Kann Ihre Gattin wieder in O.Nl. übernachten?
Herr Heller sandte am nächsten Tag eine riesige Azalee u dazu: „Dank für die Gastfreundschaft, Dank für das wunderbare Gespräch, Entschuldigung für das viele Cognactrinken". Also ganz nett. Was das für ein wunderbares Gespräch gewesen sein soll, weiss ich wirklich nicht. Trotzdem: – et Dona ferentes bleibe man misstrauisch.
Die ausländischen Aufsätze über mich möchte ich noch eine Weile hierbehalten. Aber vielleicht lassen Sie sich von Ihrem Buchhändler senden: „Dichter über Dichtung", Verlag Stichnote, Darmstadt, u lesen den Aufsatz über Eliot, der sich reichlich mit G.B beschäftigt. Wo mein Bild herstammt, weiss ich nicht, aber da ich einen grauen Schlips umhabe, muss es aus einem meiner Vortragsabenden stammen.
Wieder neue Arbeiten aus Seminaren, Hochschulen usw.

über mich bekommen. Nach den miesen, erbärmlichen Gesichtspunkten unserer Zeit u ihren fragwürdigen Massstäben muss ich direct eine Art grosser Mann sein: Dass mir dabei wohl ist, kann ich nicht behaupten. *Ich bin mir der fremdeste u. unbegreiflichste Mann*, den ich kenne. Völlig abwegig, dass ich das sein soll. Ein Südseeinsulaner steht mir näher.

Zum Eintritt in die Borchardt-Gesellschaft M 50. zu bezahlen – das kann ich nicht. Und warum fehlt Ihr Name unter den vielen?

Meine Frau reist am 10. II für 2 Wochen nach Gastein (wo sie ja im Krieg 4 Jahre practizierte), um sich etwas zu erholen.

Gute Besserung! Alles Liebe!

Ihr

Benn

Nr. 712 16 II 55

Lieber Herr Oelze,

gratuliere (mir und Ihnen) zum ersten handgeschriebenen Brief! Freue mich sehr. Sie täuschen sich, wenn Sie fürchten, nicht mehr die alte Frische und Gesundheit zurückzuerlangen, es wird langsam gehn, aber für mich ist es kein Zweifel, dass Sie wieder jung u. schön werden – *wenn Sie essen!* Sicher wird Sie die Krankheit *innerlich* verändert haben, u. das wird sich weiter auswirken, aber in einem guten, ansteigenden Sinne. Was für schwere Wochen waren das auch für Ihre Frau, wir haben oft an sie gedacht.

In Gastein muss es herrlich sein, meine Frau ist von Glück so betrunken, dass sie gar keinen Gedanken fassen kann, wie sie schreibt.

Ich habe ein Deutsches Buch angelesen (auslesen tue ich ja

keins), das ganz freche, kesse Partieen hat, einige nicht ganz ohne Tiefsinn, bei Rowohlt erschienen: „Ödipus siegt bei Stalingrad“, Autor: Gregor von *Rezzori*. Ich kam drauf, weil ich in 2 Kritiken gelesen hatte, dass er von mir stark beeinflusst sei. Ich finde das zwar nicht, aber ich las etwas drin.
Heute nur dies, aus Freude über Ihre Besserung. Viele Grüsse an Ihre Frau.

Ihr
Benn

An welchem Tag u in welchem Jahr waren Sie bei mir in der Bellealliancestr. zum 1. Mal? Es war 1932, soweit ich weiss?

Nr. 713 2 III 55.

Lieber Herr Oelze, das war eine grosse Freude heute, als Ihr Brief aus O.N.L. kam! Meinen Glückwunsch mit Salve u Willkommen daheim! Ihre ärztlichen Befunde finde ich in keiner Weise erschreckend, das Einzige, wie Sie wissen, ist meine Sorge über Ihren mangelnden Esswillen. Aber da ist es ja vergeblich, mit Ihnen zu diskutieren. Und die Reise? Und der Süden? Ihre Gattin sollte Ihnen die Koffer packen, Sie unter den Arm nehmen u. mit Ihnen in 14 Tagen nach San Remo reisen – Liegestuhl, ein spannender Roman („Ich zähmte die Wölfin“, soll gut sein; oder „der grosse Regen“) u. atmen u. in die Sonne sehn. Auch Ihrer Gattin täte es gut nach solchen Monaten. Zum Geschäft können Sie doch noch lange nicht gehn u. es tut ja auch nichts, wir liegen alle in Erhard's u. der C.D.U.-Hand.
Meine Frau ist braun zurück gekommen u., wie mir scheint, etwas verwildert. Sie wollte mir wohl mal demonstrieren,

wie es ist, wenn man des Ehepartners nicht ganz sicher ist u. über einige Tage keine ganz klare Auskunft zu geben gewillt ist. On verra. Macht mich etwas nachdenklich u. ich hoffe sehr, dass es nichts Ernstliches ist, denn das wäre für mich sehr schlimm, sie ist ja doch trotz „Blauer Stunden“ mein Stecken u. Stab.
Für *Krull* finden Sie erstaunlich gute Worte. Ich kenne es nicht. Las einige Stellen, die in Zeitschriften standen, u. fand sie unerträglich.
Nochmals, lieber Herr Oelze, ich bin beruhigt, dass Sie wieder zu Hause sind. Unternehmen Sie noch nichts. Gehn Sie still u. unerregt in Haus u. Garten herum.

Viele herzliche Grüsse an Sie u Ihre Frau.

Ihr

Gottfried Benn.

Nr. 714 7 III 55.

Lieber Herr Oelze, eine Bekannte aus London schickte mir das Anliegende. Wenn Ihre Kräfte schon ausreichen, lesen Sie es bitte gelegentlich. Wahrscheinlich ist es nicht gerade erfreulich. Es ist von der Heller Gruppe, wie meine Bekannte dazu schreibt. Es wird das mir ja nun schon bekannte Schema sein. So bekam ich kürzlich „Nouvelle Revue Française“ vom Februar zugesandt, wo ein Herr Jean Duvignaud den ollen ehrlichen Routine-Antifascismus des Jahres 1945 loslässt, aus Anlass von „Double Vie“. Es ist immer das Gleiche: schwere, beleidigende Angriffe, dann eine Art Alibi: „natürlich sind seine Verse gross. Er ist überhaupt einer der markantesten Schriftsteller seiner Epoche“ u dann weiter: um so schlimmer ist sein Fall u. sein Verbrechen. – Kann mich nun nicht mehr rühren.
Was ich im letzten Brief über meine internen Dinge schrieb,

bitte auf beigelegtem Blatt gesondert beantworten. Ziemlich traurige Sache. Sie hat sich ganz fanatisch in einen anderen verliebt, Industrieller, Ruhrgebiet u ich bin ad acta getan. Ihr imponiert ja Reichtum u. Erfolg so sehr. Ich sage nichts dagegen, wäre ja vergeblich, u. natürlich trage ich meinen Teil an Schuld. Wir werden zusammen bleiben, aber jeder geht in eigener Richtung. Ist doch sehr bitter für mich. Auch sehr überraschend, aber sie neigt zu plötzlichen stürmischen Affären. Es ist natürlich auch möglich, dass ich mich doch absentiere u. für einige Monate allein irgendwo hingehe. Bitte, in Ihren Briefen, den blauen, erwähnen Sie nichts davon.

Und Sie? Wie entwickelt sich die Genesung?

Viele herzliche Grüsse. Ihr

Benn

Nr. 715 11. III 55

Lieber Herr Oelze, vielen Dank für Ihren Brief vom 9. III. Dass Ihre Genesung langsam vor sich geht, ist ja selbstverständlich: Sie waren ja *schwer* krank. Stehn Sie noch in ärztlicher Kontrolle oder Behandlung? Nehmen Sie Medikamente ein? Kontrollieren Sie Ihr Gewicht? Wie hoch ist eigentlich Ihr Blutdruck? Nehmen Sie doch mal *Biocitin* ein oder (da es von einer Firma Menken in Bremen stammt) *Plasmon*. Stärkungspräparate. Oder, wenn Sie keinen Appetit haben: Acidol-Pepsin oder Citropepsin. Seien Sie nicht lethargisch und kontaktlos, Sie sehen ja, dass Sie weiterleben *sollen*.

Anbei noch ein par Kleinigkeiten. Bitte gelegentlich zurück.

Guten Sonntag, lieber Herr Oelze! Soll ich Sie nochmal besuchen kommen? (Ich frage nicht wegen Worpswede, das

sieht jetzt ganz anders aus), sondern ausschliesslich, um Sie zu sehn u. zu sprechen.
Viele Grüsse an Ihre Gattin und Sie. Ihr

Benn.

Nr. 716 16 III 55.

Lieber Herr Oelze, in der Hoffnung, Sie nicht zu ermüden, will ich Ihren Brief vom 13.III. gleich beantworten u den Lohner-Brief zurücksenden. Wie gefiel Ihnen der Aufsatz von *Seyppel*? Oder bekamen Sie ihn nicht? Dank für die Rücksendung der übrigen Schnipsel.
Beantwortungen: 1) Herr N. hat mehreren Verlägen Lizenzausgaben verkauft. Dass der eine in „Forum-Bücherei" erscheint, weiss ich garnicht. Ich habe mich mit der ganzen Sache nicht beschäftigt, sondern dem Drängen von Herrn N. nachgegeben, ohne mich im Einzelnen dafür zu interessieren. Für die Licenz zahlen die Verläge ja einiges u. 50% bekommt Limes, also wollte ich mich nicht sperren, da ja Herr N. sonst wohl nicht viel an mir verdient. Es ist mir auch alles viel zu gleichgiltig. Die „Forum"sache wird vermute ich, ein neuer Verlag sein, der, wie mir Herr N. sagte, eine Ullsteinunternehmung ist. „Über mich selbst" ist nichts Neues. Weiss auch garnicht, was es enthalten soll. Bei Langen-Müller erscheint ausserdem im nächsten Jahr aus Anlass dieses grausigen Geburtstages ein Band *über* mich von einem Dr. Hering, der schon gelegentlich über mich geschrieben hat. Die Rede auf H. Mann war aus politischen Gründen „unerwünscht". Soll ich mich darum kümmern? Je m'en fiche.
2) Die Dame von der Lohner schreibt, ist jene Astrid Claes aus Köln, die vor 2 Jahren die grosse Doctorarbeit über meine Lyrik in Köln verfasst hat. L. hat sie in Köln besucht, sich offenbar sehr in sie verliebt, schreibt ihr viel. Ihre eige-

nen Gedichte sind z.T. ganz hübsch, ob was Grosses aus ihr wird, weiss ich nicht. Sie geht jetzt für einige Zeit als Lektorin für Germanistik nach U.S.A. Ist eine sehr kluge, sprachkenntnisreiche Person, die:

3) (einteilen muss man es sich u. organisieren, auch in der Liebe): mir jetzt einen riesigen Gefallen getan hat. Sie war – unbezahlte, aus Passion – Lektorin in einem Kölner Jugendverlag u. ich fragte sie, ob sie nicht als Nachfolgerin meine Wor.-Bekannte unterbringen könnte. Denn dieser ging es materiell sehr schlecht, hatte 5 Jahre lang an 2 entsprechenden Verlägen in Bremen u. Hannover gearbeitet u sich da nun ausgeschrieben. Ihr Zimmer in W. war unheizbar, keine Kohlen, keine Doppelfenster ⟨...⟩. Ich musste natürlich helfen u. tat es sogar gern, da sie ja doch eine ungewöhnliche, vielseitig talentierte Frau ist, deren Leidenschaft für mich unbezweifelbar ist u. war u mir manche Anregung bot. ⟨...⟩ Also: das habe ich nun bewerkstelligt, sie verlässt W. u Bremen u zieht nach Köln. Hat dort durch die A. eine ungewöhnlich günstige Position bekommen u. kann nun dort ihr Talent entfalten u. verdient. Mir sehr angenehm, sie ist weit fort, u. die neue Stellung wird sie genügend in Anspruch nehmen. Vielleicht treffen wir uns mal wieder, ich betreibe es sehr lässig u. lasse die weitere Entwicklung auf mich zukommen. ⟨...⟩ Sie haben also Recht auf Ihrem Zettel: „unvorhersagbar sind unsere Wege“. Übrigens will ich Ihnen zum Schluss dieser Geständnisse auch noch erzählen, dass die Dame aus W. von ihrem 19.-25 Lebensjahr, die Mitarbeiterin, Gefährtin u. Freundin eines der bedeutendsten Kunstgelehrten des Jahrhundert war (dessen Namen jeder kennt), mit ihm viele Reisen machte, alle Galerieen Europas kennenlernte u von da einen Fond von Bildung, Geschmack u. Urteil erwarb, der zu dem grossen Charme beitrug, mit dem ihre Persönlichkeit mich fascinierte. Damit Sie aber sehen, dass ich wieder bei mir selbst u bei mir allein gelandet bin, alleiner als je, beifolgende Anlage: „Tristesse“, aus den letzten Zeiten.

Schluss, lieber Herr Oelze, – wenn ich Sie ermüdet habe, seien Sie nicht böse.
Wenn Sie Lust haben, lassen Sie sich von Ihrem Buchhändler *vorlegen* (aber *n i c h t* kaufen, sehr dick u. sehr teuer) ein jetzt erschienenes Buch im Klett Verlag, Stuttgart: Prof. Fritz Martini: „Das Wagnis der Sprache, Prosa von Nietzsche bis Benn". Der Aufsatz über mich ist sehr interessant, das Beste, das ich seit Langem über mich las.

Viele Grüsse an Ihre verehrte Frau.

Ihr

Benn.

Bitte *gelegentlich* Nachricht, ob Sie den Seyppel-aufsatz bekommen haben.

Nr. 717 5. IV 55.

Lieber Herr Oelze, freue mich sehr, dass Sie nun doch im Süden sind. Ich habe keinen Zweifel, dass es Ihnen gesundheitlich sehr gut bekommen wird, aber auch, dass Sie es sehr schön finden werden u. glücklich sein – jawohl: glücklich (wobei wir wissen, dass Glück eine Angelegenheit von Stunden ist).
Haben Sie vielen, vielen Dank für den Thee! Auch meine Frau lässt sich sehr bedanken. Bei jeder Tasse, die ich davon trinken werde, werde ich des reizenden Nachmittags bei Ihnen in Ob.nl. gedenken, der beiden Nachmittage, in dem schönen Raum.
Es wäre nett von Ihnen u. mir sehr angenehm, wenn Sie gelegentlich Ihrem Brief oder Ihrer Karte einen Gruss an meine Frau anfügten, ich spreche diese Bitte aus. Wissen Sie, mir ist alles, was mit diesen Dingen de l'amour zusammenhängt, so ferngerückt, so wenig gehaltvoll geworden, dass mich nichts mehr grämt.

Alles Gute zu Ostern Ihnen u. Ihrer verehrten Gattin. Bleiben Sie lange dort!

Ihr

Benn.

Nr. 718 27. IV 55.

Lieber Herr Oelze, ich vermute, Sie nähern sich der Heimat – nehmen Sie einen Willkommensgruss dazu entgegen. Ein besseres Wetter wird Sie dort jetzt umfangen als bei der Abreise (oder heisst es: *wie*?) u Sie werden wieder Freude an Ihrem Park haben. Meine Frau, besonders aber ich, dankt Ihnen sehr für die Karte Ihrer Gattin aus dem schönsten Garten der Erde und sie dankt aufrichtig für die Nelken aus Ventimiglia. Diese Nelken waren interessant: sie kamen nach 4 Tagen Reise hier an, vertrocknet u. in sich gekehrt, kamen ins Wasser u. blühten allmählich auf u. nach etwa 4 Tagen waren sie voll entfaltet, dicht, weit offen u. blieben fast 1 Woche so. Also ähnlich wie die Rosen von Jericho – gibt es etwa für die Versendung diese besonders gezüchtete Art von Blumen, die wiederkommen nach anscheinendem Ende?

Und wie fühlen Sie sich nun? Wahrscheinlich sind Sie froh, wieder zu Hause zu sein u kein Hotel u. keine Pension mehr um sich zu haben. Oder haben Sie Pläne zum Übersiedeln in ein anderes Land?

Zur Literatur: 1) Herr Gürster, der früher 2 Namen hatte, hat im Aprilheft des „Hochland" einen langen, reichlich üblen Aufsatz über mich verfasst. Wenn Sie es interessiert, schicke ich ihn Ihnen u. gewisse Reactionen auf ihn aus Leserkreisen dazu. 2) Herr Auden war hier u ich war etwas mit ihm zusammen. Machte einen sehr angenehmen Eindruck auf mich, ernst, kein Fatzke. Sie lasen doch wohl sein „Zeitalter der Angst"? Reiste von hier in sein Haus in

Ischia – in USA scheinen selbst die Lyriker zu verdienen. 3) Das Ullsteinbuch für 1,90 M. (G.B. „Provoziertes Leben".) ist erschienen, ich werde es Ihnen senden. 4) ich habe alle Einladungen, versprochene Aufsätze z.B. über Schiller usw. usw abgesagt. Sollen sie ihren Kulturkreis alleine betreiben. Eigentlich ist einer der treffendsten Sätze des Jahrhunderts jener vom scheidenden König von Sachsen, 1918,: „macht Euch Euern Dreck alleene".
Und nun leben Sie wohl. Selbst in dem traurigen Berlin fangen die Zweige an, grün zu werden.
Nochmals: Willkommen u Dank u Grüsse an Ihre Gattin.

Ihr

Gottfried Benn

Nr. 719 — 4 V 55

Lieber Herr Oelze, nicht für das freundliche Telegramm, nicht für den lucullischen Wein, sondern für Ihren Brief vom 2 V bedanke ich mich zunächst u. von ihm für die Stelle über Schiller. Sie haben Recht! Ich hatte ja versprochen, einige Sachen über ihn zu reden u zu schreiben, habe aber alles abgesagt, aber ich hatte eine ganze Menge von ihm teils wieder teils neu gelesen u. war sehr beeindruckt von seiner Grösse. Ein riesiger u. ein tragischer u ein tapferer Mann. Wenn man an Goethe denkt, denkt man an eine Wolke, wenn man an Sch. denkt, eher an einen Schatten, aber ein grosser Artist u. leidender Kopf war er sicher. Manchmal denkt man, dass er an Stellen, wo er tief ist, vielleicht lieber etwas oberflächlicher hätte bleiben sollen, aber er wollte ja immer u. überall das Pädagogische u. das Intensive. Besonders fiel mir auf das kurze „Semele", diese Leidenschaftlichkeit des Themas (während der Autor kleinbürgerlich verheiratet in Jena sitzt) u. eine Sprache von grossartigem dämonischem Schwung, etwas expressionistisch.

Nun aber zu dem Wein: herzlichen Dank, wie konnten Sie das herzaubern, wo Sie auf Reisen waren? Ein sehr schöner Wein, ein grosser Genuss!
Zu *Gürster:* ich hatte den Eindruck, dass der neue Artikel wesentlich unfreundlicher, ja bösartiger ist, als der frühere. Anbei. Dazu ein Brief in dieser Sache, den ich zurückerbitte. –
Was die *Kontinentalen* angeht (zu Ihrem Brief): möchten Sie lieber Italiener oder Franzose sein? Ich nicht. Vielleicht Scandinavier, sogar Tscheche, aber Holländer auch nicht.

Dank nochmals, auch an Ihre Gattin.

Ihr

Benn

Nr. 720 10 V 55.

Lieber Herr Oelze, Dank für Ihre (Rück-)Sendung vom 9.V. Aber ich muss schon sagen: das gefällt mir *garnicht!* Was soll dieser Umweg über meine Frau? Mir wäre viel wichtiger gewesen, Sie hätten mir Ihren Eindruck von dem Gürster-aufsatz gesagt. Aber entweder haben Sie ihn garnicht gelesen (was ich Ihnen natürlich garnicht übelnehmen könnte) oder Sie genieren sich, Ihre Meinung zu sagen, da sie mit Gürsters übereinstimmt. – Anbei eine neue seltsame Sache, die allerlei erwarten lässt. Wenn der Aufsatz wirklich pöbelhaft ist, sind meine Beziehungen zum Merkur wohl zu Ende.
Verträckte Welt, zur Zeit besonders schwierig für mich nach mehreren Richtungen. Ab Juni, sagt mein Prophet u. Horoskopiker, würde es besser.

Herzliche Grüsse

Ihr

Benn

Was macht Ihre Gesundheit? Gehen Sie wieder wie früher ins Geschäft von morgens bis abends? UAwg.

Nr. 721 19 VI 55.

Lieber Herr Oelze, wir haben lange nichts von einander gehört. Von meiner Seite war der Grund der, dass ich 1) nicht recht wusste, ob Sie eigentlich schon wieder voll belastbar sind mit fremden Dingen, bezw. ob Sie Ihre eigenen gesundheitlichen u geschäftlichen Rückstände voll aufgearbeitet hatten. Die Sicherheit, mit der die Leute meistens annehmen, dass ihre Angelegenheiten andre auch interessieren würden, habe ich nie besessen. Dies war der eine Grund. Der 2. war, dass ich mit einem neuen Lyrikband, 25 Gedichte, beschäftigt war, der bald bei Limes erscheint, Titel: *Aprèslude*, u. das Thema Gedicht hatte ich eigentlich zwischen uns aus dem Verkehr gezogen, da wir beide geteilte Ansichten u. Empfindungen zu diesem Thema haben. Beide haben wir recht, aber Erörterungen darüber sind vielfach nicht von Nutzen. Wer das Theater baut, muss andre Dinge bedenken als der, der sich dann reinsetzt u. zusieht. Ein 3. Grund war, dass ich nicht wohl war, sogar sehr unwohl u. nun endlich zu einem Internisten gegangen bin, der einen reichlich hohen Blutdruck fand u. mir vorschrieb, mein Leben zu ändern. Ich rauche nicht mehr, trinke kein Bier mehr, keinen Schnaps, keinen Café, esse wenig – kurz, ich werde ein feiner Mann (à la Oelze) oder versuche es zu werden. Ich litt sehr an üblen Schwindelanfällen u. wusste garnicht mehr, wohin. Dies sind wohl die *Pré*ludien für den, dem die Stunde schlägt. Nun einmal muss sie schlagen.
Ich hatte 2 ausländische Besucher u. bei beiden fiel Ihr Name. 1) Else C. Kraus gab Konzert, spielte Burleske von R Strauss, mit philharmon. Orchester, sehr gut, sehr passioniert, sehr

gekonnt, entschieden gute Sache. Waren dann beide bei uns, haben ja grosse Besitzung in Holland, bei Nymwegen, sind reich, der Musiksalon in ihrer Villa ist 17 m. lang. 2) Max Rychner, hielt die Rede zu Th. Manns 80. Gebtg., war öfter bei mir u mit mir zusammen, ein sehr angenehmer, distinguierter, kluger Mann.

Die japanische Übersetzung, von der Sie – via Lohner – schrieben, erhielt ich aus Tokio. Drollige Schrift! Von Niedermayer sofort als Propagandaphotokopie sichergestellt. Was erzählte Ihr Bekannter Gurlitt von drüben? – Herr Lohner hat ja seine Stellung drüben eingebüsst, ist wohl schon in Europa.

Und in diesen Tagen ist nun doch noch etwas Sommer bei uns u. auch bei Ihnen sicherlich. Bitte grüssen Sie Ihre Gattin von uns beiden u seien Sie herzlich gegrüsst

von Ihrem

Benn

Nr. 722 14 VII 55.

Lieber Herr Oelze, ja, Dank für Schreiben vom 21. VI u Karte jetzt vom 11. bezw. 13 VII! Ich schrieb nicht, weil der Sommer so dahintreibt u. einem mit seinen Wandlungen u Wechselfällen die Feder aus der Hand nimmt –, ein Erdbeersommer, nach unseren Eindrücken hier, u ein Päoniensommer und nun schon ein Schleierkrautsommer, lauter schöne Dinge.

Sie schrieben damals von einem Druckfehler, den Sie sofort in dem Ullsteinbuch entdeckt hatten – ja schreiben Sie doch, wenn Sie sich die Mühe machen wollen, an den verdienstvollen Mann, der das Buch zusammengestellt hat u. teilen Sie ihm Ihr gutes Urteil mit – Adresse: Dr. Ulrich Riemerschmidt, *Darmstadt*, Ahastr. 9. Wird ihn sicher sehr erfreun (in dieser bösartigen Welt).

Mir geht es, wenn ich mein Regime in Bezug auf Essen u Trinken durchführe, ganz leidlich. Verreisen werde ich wohl Anfang August mit meiner Frau für 2-3 Wochen.
Herzlichen Gruss an Sie u Ihre Gattin u. meine Wünsche für Ihre Laune innen u. aussen!

Ihr

Benn

Nr. 723 26 VII 55.

Lieber guter Herr Oelze, Ihre deprimierten makabren Briefe sind nicht gut! Nicht etwa für mich, ich bin ja mit den Dingen fertig geworden – Zwischenreich hin u. Zwischenreich her – Schlafen oder Nichtschlafen – Gefängnis oder Nichtgefängnis – alles irrelevant, nimm das „Urreich der Stürme" auf in Deinen Willen u. es steigt von seinem Weltenthron. Ein bischen Leben, mehr haben wir nicht, seien Sie doch nicht so anspruchsvoll, so ambitieux. Wollen Sie vielleicht Glück? Darauf haben Sie natürlich gar keinen Anspruch. Zu Ende geht alles, nicht Sie allein. Den Teufel, mein Freund, geniessen Sie Ihren Garten, abends eine halbe Flasche Sekt u. dazu die unvergleichliche, sanfte, starke Freundschaft u Tragfähigkeit Ihrer Frau: Auf Sie alleine kommt es wirklich garnicht an! Die Sache ist allgemeiner.

„– Keiner weiss, wo sich die Keime nähren,
Keiner, ob die Krone einmal blüht,
– Halten, Harren, Sich gewähren
Dunkeln, Altern – Aprèslude." –

Am Sonntag fahren wir fort. *Wohin*, kann man Ihren feinen Bordighera- u Mallorcakreisen garnicht sagen. Wir fahren nach *Glücksburg* an der Ostsee, soll sehr hübsch sein. In

Flensburg soll ich eine Vorlesung machen. Vielleicht tue ich es. *Verdiene* mir meine Reise. Kleine Leute, Kopf- u Handarbeiter, Mücken, Fabrikware – keine Fusseln im Kopf. – Tausend Grüsse, auch an Ihre Gattin, auch von meiner Frau.

Immer Ihr

Benn

Nr. 724 30 VII 55.

Gut, dass Sie an Jung ein Telegramm sandten: es ist doch eine Handlung, ein Entschluss!
Schauerlich, was Sie von Glücksburg schreiben – kalt u. stürmisch. Wollen Sie nicht kommen u. Schleswig wiedersehn?
Meine Tochter aus Kopenhagen wird auch hinkommen.
Verehrter Leidensgenosse: wollen Sie sich ein par Niehansspritzen machen lassen? Die macht jetzt jeder Internist. Sie sollen wirklich sehr gut sein gegen Depression u. körperliche Deflation u. Ermüdung. Versuchen Sie es doch! Den Körper durch die Seele u die Seele durch den Körper beeinflussen, das ist die moderne Psychosomatik. Machen Sie es doch!

Herzliche Grüsse!

Ihr

Benn

Nr. 725 20 VIII 55.

Die letzten 10 Tage waren wir hier u. haben alles genossen: eine warme Nordsee, blauesten Himmel, Schwimmen u. sogar Roulette. –

Abschiedsgrüsse, lieber Herr Oelze, am 25. wieder in Bozenerstr!

Ihr

Benn

Es war herrlich, viele Grüsse

Ihre Ilse Benn.

Nr. 726 Berlin 25 VIII 55.

Lieber Herr Oelze, vielen Dank für blauen Brief u. Ansichtskarte von Bremerhaven. Es wäre wohl beschaulicher, wenn Sie nächste Woche uns das Vergnügen Ihres Besuchs machten, dieses Wochenende werde ich mich mit den 40 Postsachen beschäftigen müssen, die hier vorlagen. Wir freuen uns sehr, Sie wieder zu sehn.
Viele herzliche Grüsse an Sie beide. Ihr

Benn

Nr. 727 3. IX 55.

Lieber Herr Oelze, ich habe also die M. 10. gewonnen! Meine Frau und ich hatten gewettet, ob Sie kommen. Ich: nein, („ich kenne ihn doch"), meine Frau: doch er kommt. („Können ihm aber garnichts bieten, Rühreier u Thee, weiter isst er doch nichts".) Ich: diesmal kommt Frau Oelze mit! Sie: „um Gotteswillen, da müssen wir noch einen neuen Staubsauger kaufen, damit die Stube sauber ist". Und so geschah es, A.E.G., Marke Progress. Solche Schatten warf Ihr Kommen voraus.
Rückwärts sieht es so aus, dass ich heute vor 4 Jahren mittels des Severin-Busses bei Ihnen war u in Höpkens Ruh bei

Herrn Struckmann wohnte. („Alles ist Lüneburger Heide, lila und unfruchtbar.“)
A propos: meine Bekannten, die ich in Bremen u. Umgebung hatte, nicht mehr habe, haben mich darüber belehrt, dass Briefe nach Bremen schneller gehn, wenn *nicht* Luftpost, da das über Hamburg geht. Ob es zutrifft, weiss ich nicht.
Also, lieber Herr Oelze, alles Gute. Sollte Herr Lohner kommen, grüssen Sie ihn bitte. Er belästigt Sie sicher sehr mit seinem Besuch?

Herzlich
Ihr
Benn

Nr. 728 14. IX 55.

Lieber Herr Oelze,
war Herr Lohner bei Ihnen? Wenn er bei Ihnen war, erlaube ich mir über seinen Besuch eine ganz spezielle Frage an Sie zu richten:
was haben Sie mit ihm über meine neueren Gedichte gesprochen? Zu dieser Frage komme ich, weil ich aus Köln einen seltsamen Brief erhielt, dessen Inhalt nicht von dem Briefschreiber allein stammen kann, sondern andere Ansichten im Hintergrund haben muss. Sie werden mir, bitte, in aller Offenheit, die unserer so alten Freundschaft zusteht, darüber Nachricht geben. Ebenso, bitte, falls Sie garnicht darüber gesprochen haben.

Vielen Dank im voraus.
Herzlichen Gruss Ihr
Benn

ich wäre Ihnen für eine baldige Antwort dankbar, da ich den Quellen des Kölner Briefes nachgehn möchte.

Be

Nr. 729 19. IX 55.

Lieber Herr Oelze, (noch ein Bogen des englischen Papiers, Name: Cornish Blue, aus London mir geschenkt.)
Wir danken nochmal für Ihren schönen Besuch. Als wir uns getrennt hatten, murmelte meine Frau immerzu: „so ein kurzer Besuch“, so ein kurzer Besuch – u weinte fast. Sie hat Recht. Nachher fällt einem sovieles ein, was man vergessen hatte zu erzählen. Dass Ihre Gattin sich der grossen Mühe unterzogen hat, mit zu kommen, ist ganz reizend u. betrachten wir als grosse Auszeichnung. Wir hoffen, Sie haben die 2. Nacht gut geschlafen u. sind angenehm gereist u. gut angekommen.
Wenn Sie einmal Zeit haben, erzählen Sie mir doch bitte, inwiefern sich Ihre Lebenshaltung jetzt ändern wird. Werden Sie nicht mehr täglich in Ihre Geschäfte gehn, sondern nur noch Inhaber u Chef bleiben? Werden Sie die Geschäfte verkaufen oder verpachten? Und dann sind Sie frei u. können leben, wo Sie wollen? Wäre ja wirklich gut für Sie. Otium cum dignitate. Otium cum Bildern u. Büchern. Otium in Gärten u. Galerieen. In welchem Jahr sind Sie doch geboren? 1890? Bitte antworten Sie mir hierzu.

Vielen Dank an Sie beide von uns beiden.

Herzlichen Gruss

Ihr

Gottfried Benn.

Nr. 730 25 X 55.

Lieber Herr Oelze, das ist ja ein seltsamer Brief, der vom 16 X. 55! Die kompensierende Liebe u. die 10 Gebote u. die beste aller Welten à la Leibniz! Wenn Sie das mit Ruhe aussprächen, wäre ich ganz einverstanden, aber da Sie dahin

flüchten, bin ich es nicht. Schon vor etwa 20 Jahren enthielt einer Ihrer Briefe etwas Religiöses, das hat mich oft beschäftigt. Wenn unsere Besuche u. Wiedersehn nicht immer so kurz gewesen wären u. mit anderen Themen ausgefüllt, hätte ich Sie darüber schon längst gerne interpelliert. Sie haben Recht, zum Abfallhaufen gehört der Mensch nicht, aber zur *Krone* der Schöpfung – zur Orchideenklasse, das sich ein zu reden, ging vielleicht zu weit. Daher: „im Dunkel leben", im Dunklen tun, was wir können.
In Düsseldorf lernte ich Herrn Gurlitt kennen. Überall Herr Oelze! In diesem Fall Herr Oelze in Paris, der grosszügig einen Stempel aufdrückt. –
2 von meinen Abenden waren sehr gelungen, der 3., in Wuppertal, *ohne Lautsprecher* –, es gab Krach, von Seiten der Hörer u von meiner Seite, ich wurde ärgerlich, holte mir mein Honorar, drehte den Rücken u. erschien nicht zur Feier im Hotel. Ich hatte *mehrfach* schriftlich um Lautsprecher gebeten, ich kenne das ja schon. Leider war auch Herr Paeschke da, aber ich liess mich auch von ihm nicht versöhnen.

Herzlich Ihr fahrender Sänger:

G.B.

Nr. 731 10 XI 55.

L. H. Oe! Dank für den langen Brief! Bedaure die Veranlassung gewesen zu sein, Sie zu solcher Arbeit anzuregen. Interessant. Aber der Kern nicht berührt: sind Sie religiös, wenn ja, wie, wo, wann? Wer 6 Stunden die Matthäuspassion anhört, muss es ja wohl sein. Wäre auch gut.
Zum Schreiben keine Musse. Daher Zeitungen über Gastspiel im Ruhrgebiet. Montag geht es nach Köln. Der NWDR schreibt mir: „der Andrang nach Eintrittskarten hat den

Grad eines Naturereignisses angenommen". Gilt aber sicher zu über 50% R. Schneider. Ich verausgabe mich nicht dabei. (Es ist eine Sendung im Studio mit Publikum). Kritiken bitte nicht wegwerfen. Bin am 18 XI. zurück.

Herzlichen Gruss, hoffe, Sie sind gesund. Ihr

Benn

Nr. 732 21. XI 55

Lieber Herr Oelze,
zurück aus Köln. Auf dem Düsseldorfer Flughafen 5 Stunden gewartet, ob die BEA aus Berlin landen u. zurückfliegen würde. Sie tat es. Die Maschinen der PAN u der Air france mussten nach Wahn (Köln) umgeleitet werden u. die Passagiere die 80 km im Bus dorthin befördert werden. Ein interessanter Vormittag war das, ein aufregender. Im November fährt man doch wohl besser mit der Bahn.
Köln: alles versammelt, was gut u teuer ist. Ganz Westdeutschland, Basel, Baden-Baden, Herr u Frau Niedermayer, Presse, Mönche, Jesuiten, Nonnen. Nach den beiden Referaten 15 Minuten Pause, dann Zettel einreichen u Diskussion. Ich hatte mir für die Pause 1 Fl. Sect bestellt, bekam 1 Deinhard Lila, Herr Schneider desgl. u wir wurden munter. Ich übernahm 80% der Diskussion, heiter u. gelassen, sicher u salopp. „Bestechende Eleganz", sagte Herr Niedermayer. Sie wollten alle mitreden u. dabei sein, Herr Böll usw. Journalisten, Professoren, Damen u Herrn. Dauerte 2 1/2 Stunden. Also schwer verdientes Geld. War im Dom Hotel untergebracht, Appartement mit Bad, Blick auf den Rhein u den Dom (erschüttert mich immer wieder: der erste Planer, der doch wusste, es würde 2-3 Jahrhunderte dauern, ehe er fertig wird – woher der Mut u Glaube?)
also: alles prima, wozu es die Laus aus Mansfeld (West-

prignitz) alles bringen kann: wodurch – wozu – zu wessen Frommen, unbegreiflich alles.
Bitte, lieber Herr Oelze, senden Sie mir die übersandten Zeitungskritiken wieder zu, es besteht Interesse dafür bei meinen Biographen ...
Nun also Ruhe bis zum nächsten Jahr! Muss noch 150 Luxusexemplare von 3 A. M mit Namen unter das Bild zeichnen für Herrn Niedermayer, der sich was davon verspricht. Muss Langplatte sprechen, 15 Minuten Lyrik, 15 Minuten Prosa (wähle hierfür Stellen aus dem Ptolemäer, ist auch das Beste) auch hiervon verspricht sich Herr N. was, die Platte M 20.–
Mit vielen Grüssen an Sie beide u von meiner Frau. Habe von dem ganz schönen Honorar der letzten beiden Touren mir einen neuen Schlips gekauft u. den Rest meiner Frau gegeben, nun kauft sie ein für sich u den Haushalt u ist guter Laune u verzeiht dem alten Trottel, der nie ausgehn will.

Ihr
G.B.

Nr. 733 12 XII 55.

Lieber Herr Oelze, ich werde morgen Ihres schwarzen Tages vom vorigen Jahr gedenken u. mich glücklich fühlen, dass Sie alles überstanden haben. Meine Frau schliesst sich an.
Bald mehr. Herzlichen Gruss

Ihr
Benn

Nr. 734

Exemplar Nr 1
Herrn F. W Oelze.
Leider wird der Inhalt auch auf Zerkall-Bütten und mit Linotype-Baskerville nicht besser.
Weihnachten 1955.
Gottfried Benn.

Zur Erinnerung an den Besuch im Hinterzimmer am 17. IX. 55 Frau Charlotte Oelze zu Weihnachten 1955.
Gottfried Benn.

(S. 41)

Nr. 735 ⟨3. 1. 1956⟩

Auf Ihr Wohl lieber Herr Oelze mit Ihrem schönen Wein und herzlichen Glückwunsch zum Geburtstag
Ihr Benn

Nr. 736 28 I 56.

Lieber Herr Oelze, ich bin wieder im Lande, ausgestreckt im Hinterzimmer u schreibe im Stehn. (Das soll ich bis auf weiteres tun.) Viel wird es also nicht mit den Briefen werden. Nur meinen Dank für Ihre schönen Blumen u. Ihre Teilnahme an meine Frau, die arg zerschlagen war. Eine Krankheit ist ja etwas sehr Merkwürdiges, Sie werden es vom vorigen Jahr her wissen, keineswegs nur etwas Negatives, selbst nicht, wenn man Milch trinken muss, was ich seit 60 Jahren nicht tat.

Nun muss man also wieder weiter, hilft nichts, weiter sehn u machen. Bin für Besuche u. Unterhaltungen noch zu müde.
Tausend Grüsse an Ihre Gattin u. nochmals Dank an Sie, auch von meiner Frau. Schreibe bald wieder.

Immer
Ihr
Benn

Nr. 737 20 II 56.

Lieber Herr Oelze, vielen Dank für Ihren Anruf gestern vormittag! Dank auch für Goethe Kalender u Brief. Sie sind sehr freundlich mit mir altem Mann! Da ich zum Schreiben wenig Gelassenheit habe, anbei 2 Sachen. In dem Discussionsreferat aus Köln ist nicht viel Neues drin. Den Brief bitte *baldigst* zurück.
Dank u Grüsse aus meiner Matratzengruft (den Heine konnten mir sämtliche Aufsätze u. Radioreden nicht näher bringen)

Ihr
Benn

Nr. 738 28 II 56.

Lieber Herr Oelze, haben Sie vielen Dank für die sehr schönen Tulpen, gelb u blau, die lange u. schön in der Vase standen. Nun ist es aber genug mit Blumen, wir könnten ein ganzes Grab mit schmücken – soviele haben Sie uns geschickt. Und nun werden ja bald die Schneeglöckchen in den Vorgärten der Strasse blühn, vorausgesetzt, dass man die Schneemassen von der Strasse fortbekommt.

Zu Sachen: Akademie u Ihrer Frage: Herr Wilh. von Scholz wollte schon wieder Herrn Blunck u. Vesper u. Hans Grimm wählen, gegen den ersteren hätte ich jeden denkbaren Protest angemeldet. Nun brauche ich mich nicht mehr darum zu kümmern.
Befinden leidlich.

Herzlichen Dank u Gruss

Ihr

Benn

Falls Sie Herrn Lohner schreiben, bitte Gruss. Er schrieb mir, aber ich nicht.

Nr. 739 14 III 56.

Lieber Herr Oelze, bei Ihrem freundlichen Interesse für mich schäbigen alten Mann beeile ich mich, Ihnen mitzuteilen, dass die heutige Röntgenuntersuchung nichts Malignes ergeben hat; zwar sehr verworrene irreparierbare Verhältnisse am Duodenum, aber keine Notwendigkeit zu operieren. Das ist natürlich ein sehr, sehr angenehmes Resultat, das lohnt die peinliche u. quälende halbe Stunde, in der man da in den modernen Apparaten gerollt, auf den Kopf gestellt u zu Tode gedrückt wird.
Herzlichen Gruss an Ihre Gattin u. Sie.

Ihr

Benn

Nr. 740 3 IV 56. Dienstag.

Lieber Herr Oelze, Dank für Ihren Anruf vom 30. III! Heute ist wohl Ihre Gattin abgereist, ich hoffe sehr, dass Wetter u. äussere Umstände ihr günstig sind.

Ihr Kommen, lieber Herr Oelze: ein schwieriges Problem, weil wir garnicht wissen, was wir zu meinem Geburtstag unternehmen werden. Ich weiss es aus äusseren Gründen nicht, da ich nicht sicher bin, ob ich mit dem handtellergrossen Ekzem am Hals u den Unterarmen, das so infam juckt, reisen kann, ich weiss auch aus inneren Gründen nicht, ob ich von hier fliehen soll. Aber das Entscheidende sind die äusseren Fragen: in unserer kleinen Wohnung können wir nicht feiern, bedrängt mich so, strengt mich so an, aber im Hotel oder so ist es auch dumm, da die Leute ja doch hierher in die Wohnung kommen. Vielleicht verreisen meine Frau u ich (mit meiner Tochter, die bestimmt kommen will) in ein Hotel hier in der Umgebung von Berlin u sind verschwunden. Herr Niedermayer hat uns wieder nach W. eingeladen, aber ich habe keine Lust dazu. Also: wäre es schön, wenn wir uns vorher sähen, an einem der nächsten Sonntage u. am 2. V. dann nicht. Mich machen die Preludien dieses Tages schon ganz verrückt (Radio, Fernseh, Büsten, Zeitungen) u am liebsten führe ich sofort nach Meran oder Gardone u. bliebe den April dort. (Meine Frau ist natürlich etwas für Rummel u. Feiern u freut sich schon drauf.) Also kurz u. gut: wie wäre es mit diesem oder nächsten Sonntag 9 oder 15. bzw. 8 oder 14.? Geht das? Ich hoffe, ich kann dann einen Kragen umbinden u Theetrinken.
Geben Sie mir bitte Nachricht, was Sie denken. Meine Frau hofft sehr, dass Sie kommen, auch wenn die Gardinen dann noch nicht gewaschen sind!

Herzlich

Ihr

Benn

Nr. 741 8 IV 56.

Lieber Herr Oelze, vielen Dank für Ihre Karte mit Dürerbild u. für Ihre freundliche Einladung nach O. zum 2.V. Aber das geht natürlich nicht, dass wir Ihrem Heim u Haus unsere Anwesenheit aufladen. Vielmehr haben sich meine Frau u. ich nun folgendermassen über den 2 V entschieden: Wir bleiben in Berlin, ziehn mit meiner Tochter in das Hotel am Steinplatz vom 1-3 V, wo wir auch Niedermayers einquartieren. Ob Oelzes kommen, weiss ich nicht, wenn ja, könnten sie ja auch dort wohnen, es ist ein sehr renommiertes Hotel. Wir könnten dann am 2.V morgens alle zusammen frühstücken, meine Frau u ich gehn dann in die Wohnung u sehn nach, was los ist, von 12-2 Siesta im Hotel, von 4-6 Cocktailparty in der Wohnung, um Punkt 6 wird alles hinauskomplimentiert, u um 8 geben wir ein kleines bescheidenes Souper im Hotel, im engsten Kreis, kaum 12 Personen, wir haben ja kaum Bekannte, die uns näher stehn. Ab 10h Barbesuch ad libitum. Wie denken Sie darüber? Reisen kann ich nicht 1) wegen Wetter, 2) wegen Ekzem. Ihrer Gattin kann man eigentlich garnicht zumuten, dass sie mitkommt, sie wird von ihrer langen weiten Reise noch erschöpft sein. Ich schreibe Ihnen das so ausführlich, damit Sie über Ihre gedachte Sonntagsreise sich schlüssig werden können, nächsten Sonntag u schon wieder am 1. V werden Sie keinen Bedarf nach Berlin haben.
Nochmals vielen Dank für Ihre Einladung nach O. von meiner Frau u. mir. Sehr gütig von Ihnen!

U A w g.

Herzlich Ihr

Benn

Nr. 742 17 IV 56.

L. H Oe. Wir freuen uns, dass Sie dem Hause Benn die Ehre antun wollen, am 2 V dabei zu sein. Leider haben wir das Programm insofern ändern müssen, als das geplante Souper um 8 h ins Wasser fällt, da der Senat von Berlin im Verein mit der Akademie (aus der ich ja austrat,) mir um 8 h eine Feier gibt mit Musik u. Vortrag von Holthusen u. Recitationen von einem Schauspieler in der Amerikan. Gedenk-Biblioth. am Blücher-Platz, wo, wenn nicht ich selber, meine Gäste erscheinen müssen, damit wenigstens jemand da ist. Dann also erst hinterher im Hotel Imbiss. Zimmer für Sie beide sind bestellt. Reviderci! Gruss!

Ihr Benn

Nr. 743 19 IV 56.

Lieber Herr Oelze, meine Frau zeigte mir Ihren freundlichen Brief in Sachen Geburtstagsgeschenk. Mir kann man nichts schenken: Schlips kaufe ich alleine, Perle trage ich nicht, mit äusseren Dingen bin ich wenig verbunden. Sie schenken ja durch Ihr Kommen schon genug. Falls Sie mir eine besondre Freude machen wollen, bringen Sie *meiner Frau* eine Kleinigkeit mit als Ausdruck davon, dass Sie ihre Verdienste um mich anerkennen. Das würde sie unendlich freuen u mich auch. Im Übrigen sehe ich den Tagen nicht froh entgegen, sie stehen unter keinem günstigen Stern, doch es wäre zu weitläufig, wieso u. wodurch. Herzliche Grüsse an Sie u Ihre Gattin.

Ihr

Benn

Nr. 744 24 IV 56.

Lieber Herr Oelze, leider muss ich Sie noch vor dem Wiedersehn in einer peinlichen Angelegenheit interpellieren. Ich weiss auch nicht, ob wir an dem turbulenten 2 V Gelegenheit haben, uns darüber zu unterhalten.
Also, Frl. ⟨. . .⟩, zu der ich aber keine Beziehungen mehr habe ⟨. . .⟩. Das sind die Vorfreuden zum 2. V
Seien Sie nicht böse, dass ich Sie frage, aber etwas sichern möchte ich mich doch

Tausend Grüsse

Ihr

Benn

Nr. 745 8 V 56.

Lieber Herr Oelze,

Dank nochmals für Kommen, und Dank für wunderbaren Brief mit Notiz über den Gedichtort. Meine Frau u ich waren 3 Tage k.o., jetzt erheben wir uns etwas. Waren schöne Tage für uns, ob für unsere Gäste fraglich.
Herr Rychner hat zum 3.V. den *Leitartikel* der „Tat" mit meinem Namen versehen, eine ungewöhnliche Ehrung. Die „Neue Züricher Ztg" 2 Seiten ihres Feuilleton mit mir gefüllt.
Ich möchte nun gerne verreisen, weiss aber absolut nicht wohin. Kommt mir auch alles so erschreckend anstrengend vor. Ich fürchte, ich kann nur noch in meinem Hinterzimmer mich hinbringen, die vielen schlimmen u die ganz wenigen einigermassen erträglichen Stunden.
Leben Sie wohl. *Nochmals Dank*, vor allem auch Ihrer Gattin, die einen so reizenden Brief an meine Frau schrieb.

Dank. Ihr

Benn

Wir senden Ihnen Bilder von dem Abend in der Barstube im Hotel.

Nr. 746 23/5 56.

Dank für freundlichen Pfingstgruss. Tröstet mich, bin sehr trostbedürftig. Liege seit 8 Tagen fest im Bett, der Rheumatismus in re Rücken u Schulter ist völlig unerträglich. Man empfahl mir Masseur. Sowas Brutales war mir neu. Der zerreisst einem den Rücken, geht wie ein Trecker über den Rücken, stösst u hämmert auf Wirbel u Knochen, sogenannte „Bindegewebsmassage", ich würde es ja aushalten, aber leider nützt es bis jetzt (4 Massagen) nichts. Kann nicht mehr sitzen, kann nicht mehr schreiben. Reise Anfang Juni mit meiner Frau nach *Schlangenbad*, nennt sich *Rheuma*bad, wolln sehn. Mein Astrologe u Prophet sagt, ich habe Saturn im Krankheitshaus, ist übel, dauert bis zum Herbst. Übrigens begann mein Leidensweg genau an Ihrem Geburtstag 2 I, da bemerkte ich diese üble Blutbeimengung, wegen der ich dann ins Krankenhaus ging. Sie haben einen *Schadenzauber* über mich geworfen!!

Grüsse an Ihre Gattin. Bilder kommen.

Ihr

Benn

Nr. 747 28 V 56.

L H Oe. Natürlich haben Sie am 3 I Geburtstag, aber Sie haben schon am 2. abends begonnen zu zaubern. Mein Prophet wohnt in meiner Nähe, treffe ihn öfter. Meine Frau verachtet ihn als Charlatan u Grossmaul, ich treibe ganz

gern meinen Hokuspokus mit ihm. War *1945* mein Patient. Sagte mir *damals:* „noch 2-3 Jahre Depression, dann ein Aufstieg ohne Gleichen"! – Ich *kann* nicht reisen, aber ich *muss.* Hier werde ich süchtig, nehme Palamidon, so jetzt, daher kann ich Ihnen schreiben, stopfe mich zur Reise am 4 VI mit Drogen voll, u wenn ich in Schlangenbad die Schmerzen nicht loswerde, haue ich ab. Meine Blutsenkung ist z.Z 47/82, also durchaus beunruhigend. (Folge der Massage, habe 5 genommen. Weiteres unmöglich.)
Herr Schröder hat mir natürlich nicht gratuliert, wie könnte er, so ein grosser Mann!
Adresse in Schlangenbad: „Staatliches KurHotel". Das Beste am Platze, furchtbar teuer, aber die Bäder im Haus. Kämpfe um mein Leben, bin ganz desolat. Abreise am 4. VI. Muss alle die Glückwünsche usw hier unerledigt zurücklassen, unmöglich, zu antworten.

Grüsse. Alles Liebe u Gute.

Ihr

Benn

Nr. 748

Lieber Herr Oelze,
Herr Niedermayer sagte, daß Sie von Holland aus mich vielleicht besuchen wollten. Ich bitte Sie dringend, das nicht zu tun. Ich liege seit der Stunde meines Hierseins fest im Bett u. kann an Unterhaltungen überhaupt nicht denken. Meine Schmerzen sind sehr gross. Aufstehen, Anziehen, Ausziehen machen mir Qualen. Da ich nach Ansicht der Badeärzte hier 4 Wochen zu früh gekommen bin, nämlich während der schwere akute Anfall noch im Gange ist u. die Blutsenkung so enorm hoch ist, werde ich zu der eigentlichen Bäderbehandlung noch gar nicht zugelassen. Ich bekomme jeden

Tag eine Injektion, die aber völlig gar nichts nützen. Dazu nehme ich Tabletten, von denen ein Gläschen 38.– Dm. kostet. (Cortison.) Das alles aber ist, wie gesagt, für die Katz. Ich warte noch eine Woche, dann werfe ich mich vor einen der grossen Reiseomnibusse und dann wird die Neuritis sich ja beruhigen. Den rechten Arm kann ich kaum noch bewegen. Viele Grüsse an Sie u. Ihre Gattin. Das Wetter ist auch hundsföttisch. Meist Regen u. Kälte.
Nach Diktat geschrieben von Ilse Benn.

Gruss

Benn 15/VI ⟨1956⟩

Nr. 749 ⟨16. 6. 1956⟩

Herrn Oelze

Jene Stunde. . wird keine Schrecken haben, seien Sie beruhigt, wir werden nicht fallen wir werden steigen –

Ihr B.

NACHWORT VON
HARALD STEINHAGEN

Die Briefe von Gottfried Benn an Friedrich Wilhelm Oelze, von denen einige schon früher, sei es vollständig oder in Auszügen, publiziert worden sind und dem Interessierten einen Eindruck von der Bedeutung dieser Korrespondenz vermittelt haben, werden in dieser Ausgabe erstmals geschlossen vorgelegt. Sicherlich bilden sie die umfangreichste und für Benns Werke aufschlußreichste Sammlung von Briefen.

Wie die schon bald freundschaftliche, aber stets von einer gewissen Distanz geprägte Verbindung zwischen Benn und Oelze, der die Briefe ihre Entstehung verdanken, zustande gekommen ist, hat Oelze selbst in seinem Vorwort zu dieser Ausgabe beschrieben. Sie blieb fast ein Vierteljahrhundert lang bis zu Benns Tod bestehen und fand in den Briefen ihren Ausdruck, hatte in den Briefen geradezu ihren Bestand. Die Intensität der Verbindung ließ freilich in den letzten Jahren deutlich nach. Auch war sie keineswegs frei von Spannungen und Verstimmungen. Daß die Krise im Jahr 1936, die in den Briefen Nr. 71 und Nr. 72 spürbar ist, nicht zum Bruch führte, hing gewiß auch damit zusammen, daß Benn zur selben Zeit durch den Angriff im *Schwarzen Korps* in Schwierigkeiten geriet und sich von wachsender Isolierung bedroht sah[1]. Denn bedeutsam war – darauf ist schon wiederholt hingewiesen worden – die Freundschaft mit Oelze für Benn ohne Frage vor allem während seiner langjährigen Isolierung, also etwa von 1934 an[2], während des Krieges und in den ersten Nachkriegsjahren. Die Kontinuität der Verbindung hat gewiß auch in diesem besonderen lebensgeschichtlichen Umstand ihren Grund. Denn in den

[1] Daß die Entfremdung, die diese Krise bewirkte, noch länger anhielt, belegt Benns Brief an E. Büller-Klinkowström vom 10. Januar 1937, in dem ohne Zweifel von Oelze die Rede ist. Vgl. Den Traum alleine tragen, S. 182, sowie die Briefe Nr. 113 und Nr. 114.

[2] Vgl. etwa Brief Nr. 38.

Briefen an Oelze konnte Benn seine Gedanken offen aussprechen, in ihnen fand er die Möglichkeit eines ihm sehr gemäßen schriftlichen Dialogs mit einem Partner und Freund, dem er rückhaltlos vertrauen konnte, der ihn verstand, der ihm geistig verwandt und gewachsen, an historischer Kenntnis, literarischer Belesenheit und Bildung im traditionellen Sinne manchmal wohl gar voraus war. Was ihm diese Möglichkeit während des Dritten Reiches und dann vor allem nach 1945 bedeutete, hat er Oelze gegenüber selbst gelegentlich ausgesprochen, so etwa im Brief Nr. 233 oder im Brief Nr. 302 vom 27. 2. 1946, in dem er schreibt: „Wenn ich nicht wieder mit Ihnen in Fühlung gekommen wäre u mir Ihre Briefe in diesen Monaten immer wieder von Ihrem Interesse u. Wohlwollen an u zu mir Bekundungen gebracht hätten, würde ich diese Zeit wohl nicht überstanden haben. Meine Depression war grenzenlos, meine Hoffnungslosigkeit so tief, dass ich keinen Gedanken mehr fassen konnte. Haben Sie Dank – wenn ich dafür danken soll u darf –, wenn es nicht besser wäre, auch von Ihnen nicht mehr zu hören, dass Sie immer noch an jenes Rätselvolle glauben, das sich als Zukunft oder Zeitlosigkeit des Geistes oder Macht der Wahrheit wirklich reichlich dunkel u. irreal immer noch gelegentlich in unsere Gedanken u Träume schiebt." Ob Benns Briefe an Oelze vollzählig erhalten sind, ist zweifelhaft. Oelze hat sie zwar sorgfältig verwahrt, meistens in den Originalumschlägen (was bei Datierungsfragen gelegentlich von Nutzen war); aber er bezieht sich in seinen Briefen mehrfach unter Angabe des Datums auf Briefe von Benn, die nicht mehr vorhanden sind[1]. Man muß also davon ausgehen, daß einzelne Briefe durch irgendeinen Zufall verlorengegangen sein können. Mit ziemlicher Sicher-

[1] Aus den Antwortbriefen von Oelze ist z. B. zu entnehmen, daß Benn ihm am 10. Oktober 1953 und am 20. März 1954 geschrieben hat.

heit kann jedoch ausgeschlossen werden, daß Oelze, wie Benn es mehrfach, etwa im Brief Nr. 13, vorgeschlagen und wie er selbst es mit den Briefen von Oelze getan hat[1], während der NS-Herrschaft aus politischer Vorsicht bestimmte Briefe gefährlichen Inhalts vernichtet hat. In seiner Antwort auf Benns Brief Nr. 219 schreibt er am 21. November 1941: „Was die Sternschnuppen Ihrer Briefe betrifft, so seien Sie versichert, daß sie nicht an der falschen Stelle niedergehen werden! In gewissen Abständen transportiere ich sie übrigens nach Bremen, wo sie unter sicherem Verschluss ruhen. Eine Zeile von Ihnen zu vernichten, würde ich mich, ausser auf ausdrücklichen Befehl von Ihnen, niemals bereit finden. (Eine weitere Sicherung gegen unberufene Lektüre ist übrigens Ihre Handschrift – dies mit Bezug auf den grünen Kachelofen der Frau B.).“ Nur zweimal hat er in den Briefen jener Zeit einzelne Stellen mit Tinte unleserlich gemacht, im Brief Nr. 16 den Satz „u die R.W. ist die aristokratische Form der Emigrierung!“ und im Brief Nr. 187 das Wort „London“[2]. Soweit erkennbar, ist Oelze auch später überhaupt nur einmal – im Falle der letzten Karte aus Schlangenbad – dem Wunsch von Benn nachgekommen, einen Brief zu vernichten[3]. Bei einem anderen Brief[4], den Benn ebenfalls mit dieser Bitte schließt, hat er es bewußt nicht getan. Denn ihm galten die Briefe von Benn, auch die ganz persönlichen, niemals nur als private Mitteilungen, sondern stets auch als literarisch oder biographisch bedeutsame Zeugnisse, als ein Teil des Werkes, den zu erhalten er als seine Pflicht ansah.

[1] Vgl. Brief Nr. 118.
[2] Die zweite Stelle hat er mir im Blick auf die spätere Veröffentlichung der Briefe mit einem Hinweis auf Goethe (vgl. die Erläuterung zu Brief Nr. 187) genannt, die erste hatte er offenbar vergessen.
[3] Vgl. die Erläuterung zu Brief Nr. 749.
[4] Nr. 579.

Benns Briefe sind, wie man bei der Lektüre vielfach bemerken kann, nicht literarisch stilisiert. Er hat viele ganz spontan – und mit flüchtiger Schrift – niedergeschrieben und sich dabei nicht selten unmittelbar seiner augenblicklichen Verfassung überlassen, ohne an eine mögliche Veröffentlichung der Briefe zu denken. Daneben gibt es jedoch auch, vor allem wenn er neue Gedanken entwickelt und auf ihren genauen Ausdruck Wert legt, sehr überlegt formulierte Briefe, von denen im Nachlaß einzelne fragmentarische Fassungen und einige Briefkonzepte erhalten sind. Von der Spontaneität, mit der Benn zu schreiben pflegte, zeugen auch die vielen kurzen Briefe auf dem Rand von Zeitungsausschnitten, die er vor allem seit dem Ende der vierziger Jahre an Oelze sandte. Sie wurden von diesem in den Zeitungsmappen seines Archivs verwahrt und sind für die vorliegende Ausgabe wieder, sei es als Beilage oder als selbständige Briefe, an ihrem Ort in die übrigen Briefe eingefügt worden. – Daß die Furcht, ihre Briefe könnten geöffnet werden, Benn und Oelze in der Zeit der NS-Herrschaft immer wieder zur Vorsicht veranlaßte, zeigen die Briefe des ersten Bandes mehrfach[1]. Dabei waren im Krieg die Feldpostbriefe offenbar stärker gefährdet als Briefe an Oelzes Privatadresse in Bremen oder in Schleswig, die daher weniger vorsichtig formuliert werden mußten. Auch von der Möglichkeit, Briefe privat, durch Urlauber oder durch einen Kurier, befördern und aushändigen zu lassen, hat Oelze – und wohl auch Benn – im Kriege Gebrauch gemacht. Aber solche Briefe, in denen Benn keine Rücksicht auf etwaige Kontrollen zu nehmen brauchte, blieben die Ausnahme. In der Regel war vorsichtige Zurückhaltung geboten, auch wenn Benn sich nicht ausnahmslos an dieses Gebot gehalten hat. Er schrieb zeitweise, vor allem in den ersten Kriegsjahren, Briefe von einer gewiß

[1] Vgl. etwa die Briefe Nr. 10, Nr. 27, Nr. 166, Nr. 196, Nr. 225, Nr. 254.

nicht ungefährlichen Offenheit, in denen er Informationen aus dem OKW und aus dem Umkreis seiner Tochter in Kopenhagen an Oelze weitergab, mit ihrer Hilfe die politisch-militärische Weltlage analysierte und die Kriegsereignisse kommentierte[1]. Gleichzeitig mit Oelzes Versetzung nach Brüssel änderte sich aber der Inhalt der Briefe; denn ins Ausland wurden Briefe nur per Feldpost befördert. Von nun an schrieb Benn sehr viel vorsichtiger, beschränkte sich auf Andeutungen, bediente sich in den letzten Kriegsjahren, etwa wenn er seine neueren literarischen Arbeiten erwähnte, sowohl der verschleiernden Fiktion, indem er Rönne als ihren Autor ausgab und sie „vorschriftsmäßig verpackt" als dessen Nachlaß an Oelze schickte[2], als auch der indirekten Mitteilung: Seine Erwartung der endgültigen Wende im Kriegsverlauf formulierte er, möglicherweise schon von 1942 an, oft nur bildlich, indem er seine Hoffnung auf den baldigen Frühlingsbeginn aussprach. – Erwähnt sei in diesem Zusammenhang noch, daß an den Briefen bis zum Kriegsende in keinem Fall Spuren feststellbar sind, die auf eine Öffnung durch die NS-Behörden hinweisen. Wohl aber sind Anfang 1946 zwei Briefe von den Besatzungsbehörden geöffnet worden[3]. Einschränkungen, wie Benn und Oelze sie sich im Dritten Reich hatten auferlegen müssen, waren gleichwohl in den Briefen nach Kriegsende kaum noch nötig[4].

Friedrich Wilhelm Oelze (1891-1978) hatte Jura studiert, promoviert und nach dem Ersten Weltkrieg zunächst die

[1] So in den Briefen Nr. 188, Nr. 215, Nr. 221, Nr. 225, Nr. 229.
[2] Brief Nr. 284, vgl. auch Nr. 245 und Nr. 246.
[3] Vgl. die Erläuterungen zu den Briefen Nr. 300 und Nr. 303.
[4] Nur bei Äußerungen über die sowjetische Besatzungsmacht war Benn anfangs noch vorsichtig. Vgl. die Briefe Nr. 293, Nr. 294, Nr. 314, Nr. 361, Nr. 363.

Absicht gehabt, in den diplomatischen Dienst einzutreten, wurde dann aber Importkaufmann und übernahm später die väterliche Importfirma in Bremen. Er war von früh an literarisch interessiert und künstlerisch vielseitig gebildet, war mit R. Borchardt befreundet, kannte R. A. Schröder, stand also, bevor er Benn kennenlernte, dem Kreis um Hofmannsthal nahe. Vor allem aber kannte und schätzte er Goethes Werk, und Benns Essay *Goethe und die Naturwissenschaften* war es denn auch, der ihn Ende 1932 veranlaßte, mit dem Autor in Verbindung zu treten und damit einen Briefwechsel zu beginnen, der erst wenige Wochen vor Benns Tod endet. Wie er den eigenen Anteil an diesem Briefwechsel eingeschätzt wissen wollte, hat er in seiner *Erinnerung an Gottfried Benn* mit einer Bescheidenheit angedeutet, die seiner Rolle kaum ganz gerecht wird. Er selbst war durchaus literarisch begabt, besaß ein sehr ausgeprägtes Stilgefühl und eine starke Neigung zur schriftstellerischen Betätigung, der er aber nie nachgegeben hat: Zwei Tragödien, die er als Primaner verfaßte, hat er selbst wieder vernichtet, wie er mir einmal berichtete; und daß er 1942/43 in Brüssel jene „Dialoge" oder „Imaginären Gespräche" geschrieben habe, von denen in den Briefen die Rede ist, die aber nicht erhalten sind[1], hat er mir gegenüber entschieden bestritten und wohl aus seinem Bewußtsein verdrängt. Er war von einer unüberwindlichen Scheu vor der Öffentlichkeit. So sicher er auch wirkte, wenn man ihn besuchte – was aber, wie bei Benn, nie unangemeldet geschehen durfte –: eine tiefe Unsicherheit, gepaart mit ständigen Zweifeln an sich selbst, hielt ihn stets davon ab, den geschützten und überschaubaren Kreis der bürgerlichen Privatexistenz, an den er sich zugleich gefesselt fühlte, zu verlassen und seiner schriftstel-

[1] Daß er sie Benn geschickt hat, geht aus Brief Nr. 250 hervor; möglich, daß Benn sie nach Landsberg mitgenommen und dort bei seiner Flucht zurückgelassen hat.

lerischen Neigung zu folgen. Damit hängt es auch zusammen, daß er seine Bedeutung für Benn und die seiner Briefe an Benn stets heruntergespielt und jede Publikation dieser Briefe testamentarisch untersagt hat[1]. Weder der Verlag noch die Herausgeber sind also dafür verantwortlich, daß Oelzes Briefe in der vorliegenden Ausgabe fehlen. Er selbst hat es so gewollt, und diese Entscheidung muß man respektieren. (Erst in den letzten Monaten vor seinem Tode deutete er mir in einem Telephongespräch an, daß er eigentlich keinen Grund mehr für dieses Verbot sähe; aber eine Änderung seiner testamentarischen Verfügung hat er nicht mehr vorgenommen.) – So interessant und aufschlußreich es zweifellos – auch für Benns Briefe – wäre, wenn die Briefe von Oelze, soweit sie noch vorhanden sind, in dieser Ausgabe enthalten wären: daß der Briefwechsel dem zwischen Schiller und Körner oder zwischen Goethe und Merck vergleichbar ist, wie Lohner[2] meint, scheint mir nicht ganz zutreffend; es gilt zumindest nur partiell. Denn Oelzes Verhältnis zu Benn war sicherlich ein besonderes: das einer tiefen existentiellen Bindung, die für Oelze zeitweilig – etwa 1936 – geradezu lebensnotwendig war und Benn daher so belastete, daß er im Brief Nr. 72 den Wunsch nach einer Unterbrechung ihrer Beziehungen aussprach, zu der es dann freilich doch nicht kam.

Benns Briefe vermitteln zwar deutliche Züge eines Bildes von Oelze, selbst von seiner äußeren Erscheinung; aber ohne die Gegenbriefe von Oelze ergeben sie gewiß kein authentisches oder im landläufigen Sinne objektives Bild. Denn Benn hat seinen Briefpartner ohne Zweifel stilisiert, hat ihm erkennbar eine bestimmte Rolle zugewiesen: die des Welt-

[1] Nur zum Zweck der Kommentierung hat Oelze mir – ebenfalls testamentarisch – gestattet, seine Briefe auszuwerten und auszugsweise daraus zu zitieren.

[2] Lohner, S. 330.

manns und Aristokraten, des gebildeten und begüterten Großbürgers. Das war Oelze seinem Habitus nach zweifellos auch, aber er war nicht nur das. Es gab daneben noch andere Züge an ihm, von denen Benn wohl wußte, auf die er auch – etwa als Arzt – eingegangen ist; aber er hat sie nicht in sein Bild von Oelze einbezogen, weil sie nicht zu der Rolle paßten, die Oelze für Benn selbst spielte. Er brauchte dieses Bild des sicheren und gesicherten Aristokraten, der „Synthese aus Oxford und Athen[1]", jenes „Herrn von Ascot" (aus dem *Ptolemäer*, der bestimmte Züge von Oelze trägt), von dem er sich einerseits als Paria unterscheiden und andererseits in seiner aristokratischen Geisteshaltung bestätigen lassen konnte[2].

Daß es zwischen Benn und Oelze eine umfangreiche Korrespondenz gab, war schon zu Benns Lebzeiten bekannt. Wenn die Edition der Briefe, die von Benn-Forschern und Benn-Freunden schon seit langem erwartet wurde, dennoch erst jetzt möglich geworden ist, so hängt das mit Oelzes Scheu vor der Öffentlichkeit ebenso zusammen wie damit, daß er den günstigsten Zeitpunkt für die Publikation der Briefe abwarten wollte. Er neigte, wie seine Bedenken gegen die Veröffentlichung des Essays *Kunst und Drittes Reich* zeigen[3], mehr als Benn zur Vorsicht, glaubte, daß das Erscheinen der Briefe zu einem ungünstigen Zeitpunkt deren Wirkung beeinträchtigen und dem Autor und seinem Werk politisch motivierte Kritik und persönliche Angriffe einbringen würde.

[1] Brief Nr. 273.
[2] Vgl. dazu J. Schröder, Gottfried Benn, Poesie und Sozialisation, Stuttgart, Berlin, Köln, Mainz 1978 (= Sprache und Literatur 103), S. 20 ff., 36 ff., 48 ff.
[3] Vgl. Brief Nr. 412.

Ursprünglich war die Edition für den Anfang der sechziger Jahre vorgesehen. Diesen Plan gab Oelze aber schon bald wieder auf, möglicherweise im Zusammenhang mit dem Erscheinen der vierbändigen Gesamtausgabe von D. Wellershoff, deren Resonanz er erst abwarten wollte. Als ich ihn im Herbst 1964 kennenlernte, sprach er, wie in den folgenden Jahren, stets nur noch vage von der späteren Edition der Briefe. In einer testamentarischen Verfügung über sein Benn-Archiv aus dem Jahr 1968, in der er mich zugleich mit der Edition der Briefe beauftragte, bestimmte er schließlich, daß sie erst drei Jahre nach seinem Tode veröffentlicht werden sollten; in einer neuen Verfügung aus dem Jahr 1970 verlängerte er diese Frist noch einmal auf fünf Jahre. In beiden Verfügungen ist außerdem die Publikation seiner Briefe an Benn „für immer" untersagt. Im Laufe des Jahres 1975 änderte Oelze dann, im sicheren Gespür für die eintretende „Tendenzwende", seine Auffassung und schlug mir vor, so bald wie möglich mit der Editionsarbeit zu beginnen und, wenn nötig, einen Mitherausgeber heranzuziehen. Daß Jürgen Schröder sich ohne Zögern bereit erklärte, diese Aufgabe zu übernehmen, war ein besonders günstiger Umstand auch insofern, als wir die Planung der Ausgabe und die Arbeit am ersten Band 1976 noch gemeinsam in Tübingen durchführen konnten. Seiner Mitarbeit ist es zu danken, daß der erste Band bereits 1977 erscheinen konnte und der zweite nun im Abstand von zwei Jahren folgt.

Es war der – verständliche – Wunsch des Verlags, den ersten Band möglichst bald herauszubringen, während wir es, um der Einheitlichkeit der Ausgabe willen, vorgezogen hätten, beide Bände, wenn auch zu einem späteren Zeitpunkt, gleichzeitig erscheinen zu lassen. So erklärt es sich, daß wir den ersten Band ohne genauere Übersicht über den Gesamtumfang der Briefe fertiggestellt und die Zäsur zwischen den beiden Bänden dort gelegt haben, wo sie sich von der Sache her anbot: beim Kriegsende im Jahr 1945 und der dadurch bedingten Unterbrechung der Korrespondenz. Daß der zweite Band so viel umfangreicher werden würde als der erste – und daher aus herstellungstechnischen Gründen in zwei Teilbänden vorgelegt werden muß –, war bei der Arbeit am ersten Band noch nicht absehbar. Gewisse formale Uneinheitlichkeiten oder – sachlich unbedeutende – Inkonsequenzen in der „Systematik", etwa bei den Angaben in den Erläuterungen, sind durch diese sukzessive Entstehung der Ausgabe ebenso bedingt wie dadurch, daß die Arbeit von Ende 1976 an räumlich getrennt – in Bonn und Tübingen – weitergeführt werden mußte.

Der Publikation seiner Briefe an Oelze stand Benn, wie der Brief Nr. 572 vom 28. 11. 1951 erkennen läßt, zunächst entschieden ablehnend gegenüber. Das ist eine respektable Haltung, die er mit keinem geringeren als Kant teilt[1]. Benn zweifelte durchaus am Wert seiner Briefe, die er nie im Gedanken an eine spätere Publikation geschrieben hatte[2]. Für ihn, dem nur das abgeschlossene, hinterlassungsfähige Gebilde etwas galt, enthielten sie, auch die gehaltvolleren, im besten Fall vorläufige Versuche, Bruchstücke oder Vorstufen, die erst in der künstlerischen oder gedanklichen Bearbeitung ihre endgültige Gestalt und damit eine publikationswürdige Form bekamen. Zwei Wochen später, im Brief Nr. 574, gab er jedoch – unter dem Einfluß einer Krise, die ihn in mancher Hinsicht gleichgültiger werden ließ[3] – widerstrebend seine Einwilligung zu einer späteren Veröffentlichung der Briefe, verband sie aber mit einigen einschränkenden Bestimmungen, die Oelze dabei beachten sollte. –

[1] Es ist bekannt, daß dieser sich mehrfach gegen die Veröffentlichung seiner Briefe ausgesprochen hat, so im Brief an Marcus Herz vom 7. April 1786.

[2] Vgl. etwa Brief Nr. 302.

[3] Vgl. Brief Nr. 579.

Wenn Benn seinem Verleger gegenüber gelegentlich äußerte: „Von mir werden einmal keine Briefe auftauchen wie von Rilke – ich bin kein Briefschreiber“, so entsprach das wohl durchaus seiner Überzeugung[1]. Er hielt seine Briefe offenbar – im Gegensatz zu seinen Werken – für einen Teil seiner privaten Existenz, der mit dem Werk und dem Autor nichts zu tun hatte oder doch – im Sinne seines „Doppellebens“ – nichts zu tun haben sollte. Aber das trifft nicht zu: diese Trennung ist in keiner Weise haltbar, wie gerade die Briefe an Oelze, aber nicht nur diese, zeigen[2]. Das Doppelleben, wie Benn es praktizierte – hier die bürgerliche Existenz in ihren gesellschaftlichen Bindungen und Rollen, dort das einsame, schöpferische Ich –, war zwar im Dritten Reich eine geeignete und notwendige Lebensform; aber die Trennung der Bereiche, auf der sie beruhte, blieb dennoch nur eine äußere und fiktive, auch wenn sie in der Praxis ihre Schutzfunktion erfüllte: Sie hat die – freilich widersprüchliche – Einheit des Getrennten zur Voraussetzung. Genau diese Einsicht ist es, die es – gegen Benns Widerstreben – rechtfertigen kann, Briefe von ihm zu veröffentlichen und sich damit über sein Selbstverständnis und seine literarische Selbstdarstellung hinwegzusetzen.

Daß Oelze Benns Briefe von Anfang an lückenlos gesammelt und alle Mühe darauf verwendet hat, sie über den Krieg hinwegzuretten, deutet bereits darauf hin, daß er sie in ihrer Gesamtheit zu erhalten sich verpflichtet fühlte und im Gegensatz zu Benn stets an ihre Veröffentlichung dachte. Wenn er die Publikation dennoch so lange hinauszögerte, dann nicht zuletzt deswegen, weil er sich an Benns Verfügung im Brief Nr. 574 gebunden sah. Er wollte – davon war in mei-

[1] Den Traum alleine tragen, S. 158. Vgl. zu Rilke Brief Nr. 104.

[2] Wie eng und unauflösbar die Verflechtung der privaten Existenz mit dem Werk gerade bei Benn ist, belegt etwa Brief Nr. 579.

nen Gesprächen mit Oelze in den Jahren von 1964 bis 1974 häufig die Rede – die Briefe im wesentlichen vollständig veröffentlicht wissen und glaubte, daß dies, wenn die Publikation nicht zu früh erfolge, mit der Verpflichtung zu vereinbaren sei, die Benn ihm auferlegt hatte. Als Herausgeber haben wir daher keine Notwendigkeit gesehen, Benns Bestimmungen im Brief Nr. 574 enger auszulegen, als Oelze es getan hat. Denn wenn man eine Äußerung über eine andere Person streicht – und nur um solche Äußerungen geht es in der vorliegenden Ausgabe –, streicht man immer zugleich auch eine Selbstäußerung von Benn, das heißt, man läßt unter Umständen einen wichtigen Mosaikstein im Bild des Autors verschwinden. Wir haben daher – im völligen Einvernehmen mit Frau Dr. Ilse Benn – die Streichungen auf wenige Fälle zu beschränken versucht und nur dann in den Text der Briefe eingegriffen, wenn Benns Äußerungen die persönlichen Belange heute noch Lebender in gravierender und nachteiliger Weise berühren. Im übrigen glaubten wir davon ausgehen zu können, daß die Betroffenen inzwischen genügend Distanz zur damaligen Zeit besitzen und daher an gelegentlichen Bemerkungen unfreundlicher Art keinen Anstoß mehr nehmen. Auch schien es uns besser, die Briefe – im Vertrauen auf urteilsfähige Leser – in einer möglichst vollständigen Ausgabe vorzulegen, als durch häufiges Streichen der Spekulation und Gerüchtebildung Nahrung zu geben. Es ist unsere Überzeugung, daß wir mit diesem Vorgehen die Verantwortung, die Benns Brief Nr. 574 indirekt auch uns auferlegt, in einer der heutigen Situation angemessenen Weise wahrgenommen haben.

Bei der vorliegenden Edition handelt es sich nicht um eine historisch-kritische Ausgabe, sondern um eine Leseausgabe. Gleichwohl sind die Brieftexte mit der größten philologischen Sorgfalt hergestellt worden; das hat in nicht wenigen

Fällen zu Abweichungen von den Texten der früher schon publizierten Briefe geführt.

Was die Anzahl der hier veröffentlichten Briefe betrifft, so ist sie dadurch zustande gekommen, daß wir jede schriftliche Mitteilung an Oelze, die Benn erkennbar als gesonderte Sendung abgeschickt hat, zu den Briefen gerechnet und als selbständigen Brief behandelt haben. Dazu gehören Zeitungsausschnitte mit handschriftlichen Zusätzen, sofern diese sich nicht bloß auf Gruß, Datum und Unterschrift beschränken; Bücher, die handschriftliche Eintragungen oder Widmungen enthalten; und Gedichte, die Benn ohne jede zusätzliche Mitteilung abgeschickt hat, die also selbst eine briefliche Mitteilung darstellen[1]. Sie werden hier abgedruckt, auch wenn sie schon in früheren Gedichtausgaben enthalten sind. Ebenfalls abgedruckt werden alle jene Gedichte, die als Teil eines Briefes in diesen integriert sind[2]. Gedichte dagegen, die in den Briefen nur als Beilagen erwähnt sind[3], werden lediglich mit einer kurzen Beschreibung der Typoskripte in den Erläuterungen angeführt. Handschriftliche Mitteilungen in den Beilagen sind in der Regel dem entsprechenden Brief am Schluß angefügt worden[4].

Die Texte sind für diese Ausgabe generell durch Abschriften von den Originalen und durch mehrfache Kollation hergestellt worden. Nur in drei Fällen waren wir zu einer Ausnahme genötigt: Brief Nr. 164 lag uns nur in einem Faksimile vor, Brief Nr. 749 nur in einer auszugsweisen Abschrift von Oelze[5], und das Original des Briefes Nr. 666, das Lohner noch vorgelegen hat, war unauffindbar[6].

[1] So die Briefe Nr. 22, Nr. 33, Nr. 35, Nr. 39, Nr. 97, Nr. 486, Nr. 522, Nr. 531, Nr. 620.

[2] Briefe Nr. 248, Nr. 318, Nr. 391, Nr. 579, Nr. 694.

[3] Etwa die *Biographischen Gedichte* (Beilage zum Brief Nr. 222) oder die *Statischen Gedichte* (Beilage zum Brief Nr. 283).

[4] Vgl. Brief Nr. 316.

[5] Vgl. die Erläuterungen zu den beiden Briefen.

[6] Vgl. die Erläuterung zu diesem Brief. – Wann und auf welche

Die Briefe sind in der Mehrzahl handschriftlich – mit Tinte, gelegentlich mit Bleistift, später auch mit Kugelschreiber – abgefaßt, meistens in einer flüchtigen, daher manchmal schwer lesbaren Schrift. Aber auch die maschinenschriftlichen Briefe, die Benn bis auf wenige Ausnahmen selbst getippt hat, sind nicht besonders sorgfältig geschrieben. – Unser Grundsatz war es, die individuelle Eigenart der Briefe, vor allem gewisse Eigentümlichkeiten und Eigenwilligkeiten der Schreibung, die von der üblichen Orthographie abweichen, so weit wie irgend möglich zu erhalten und nur dort korrigierend oder normalisierend in die Texte einzugreifen, wo es sich um Versehen handelt.

Verschleifungen von mehreren Buchstaben im Wortinnern oder am Wortende, wie sie in den handschriftlichen Briefen häufig auftreten, haben wir selbstverständlich aufgelöst. Schreibversehen geringfügiger Art sind ebenfalls stillschweigend korrigiert worden, desgleichen einfache Tippfehler in maschinenschriftlichen Briefen; auch wenn Benn über den Blattrand hinausgetippt hat, was sehr oft vorkommt, sind die fehlenden Buchstaben im letzten Wort der Zeile und die Interpunktionszeichen ohne Vermerk ergänzt worden. Ferner sind falsch geschriebene Eigennamen grundsätzlich in der richtigen Schreibung in den Text gesetzt worden. Weitergehende Eingriffe in den Text haben wir dagegen möglichst vollständig in den Erläuterungen vermerkt, vor allem dann, wenn die vorgenommene Korrektur eine Wort- oder Bedeutungsänderung darstellt oder eine grammatische Veränderung bedeutet. Auch Textergänzungen sind vermerkt worden, ebenso Unsicherheiten bei der Entzifferung einzelner Wörter. Die Interpunktion ist durchgehend nicht korri-

Weise das Original abhanden gekommen ist, läßt sich nicht mehr feststellen; schon beim Kopieren der Originale am Beginn der Editionsarbeit war es nicht mehr vorhanden, und es hat sich trotz intensiven Nachforschungen bisher nicht wieder gefunden.

giert worden. Ob ein Wort groß oder klein geschrieben ist, läßt sich vielfach nicht mit Sicherheit ausmachen; hier ist von Fall zu Fall die vom Schriftbild her wahrscheinlichste Schreibung gewählt worden, unabhängig davon, ob sie orthographisch richtig ist. Falsch geschriebene englische Wörter im Text – Benn konnte bekanntlich kaum Englisch – sind ebenfalls nicht korrigiert worden[1]. Sie gehören bereits zu den individuellen Eigentümlichkeiten und Eigenwilligkeiten in Benns „Orthographie", die von den bloßen Fehlern und Versehen zu unterscheiden sind, auch wenn die Grenze manchmal fließend ist: Ob die Schreibung „Masch*ie*ne" eine Eigenwilligkeit, vielleicht eine Angleichung an die Aussprache, oder ein Versehen ist – wie wir angenommen haben –, läßt sich wohl nicht eindeutig entscheiden. Gleichwohl gibt es in Fülle Abweichungen von der normalen Orthographie, die nicht als Fehler oder Versehen betrachtet werden können. Dazu gehören veraltete oder unübliche Schreibungen wie „Brod", „giebt", „Erkenntniss", „Elegieen", „Kravatte", „par" (statt „paar"), „Redaktör", „giltig", „thöricht" und viele andere, die mehr oder weniger regelmäßig vorkommen; dazu gehört auch, daß Benn in Fremdwörtern vielfach, wenn auch keineswegs einheitlich – manchmal schwankt die Schreibung sogar innerhalb eines Briefes – c statt k (Perspective, Dialectik), c statt z (special, präcise), ae statt ä (aesthetisch, Aerzte), schreibt, daß er grundsätzlich ss statt ß verwendet, auch bei nachfolgendem s wie in Maßstab. In solchen und vielen ähnlichen Fällen haben wir Benns Abweichungen von der üblichen Orthographie als Ausdruck einer individuellen Eigenart gewertet und daher beibehalten. Nur bei ganz ungewöhnlicher Schreibung sind gelegentlich auf Wunsch des Verlags Normalisierungen vorgenommen worden. In diesem Punkt haben wir uns also nicht strikt an ein Prinzip gehalten – das ohnehin nicht ganz rein von Versehen und

[1] Vgl. die Briefe Nr. 85, Nr. 141, Nr. 202.

Fehlern abzugrenzen ist –, sondern in Einzelfällen gelegentlich auch Kompromisse gemacht. Als eine weitere Eigenart, die für Benns Briefe an Oelze typisch ist, sind schließlich noch die vielen Abkürzungen, vor allem auch die von Namen, zu erwähnen; sie sind ebenfalls beibehalten und nur, wenn nötig, in den Erläuterungen aufgelöst worden. – Auch die graphische Anordnung am Anfang und am Schluß der Briefe ist, soweit das im Druck möglich war, den Originalen angenähert worden. Nur das Datum steht aus typographischen Gründen einheitlich (und vielfach abweichend von den Originalen, aber stets in der von Benn gewählten Schreibung) oben rechts über den Brieftexten.

Daß einer Briefausgabe Erläuterungen beigegeben werden, ist üblich, gilt heute als selbstverständlich, wenn nicht gar notwendig. Aber das Selbstverständliche muß nicht unbedingt das einzig Richtige sein. Walter Benjamin fand es – im Jahr 1919 – noch richtig, daß die Briefeditionen des neunzehnten Jahrhunderts den Lesern vielfach „keine Anmerkungen lieferten, wodurch diese Dokumente soviel und in der Art Leben verlieren, wie ein Mensch durch einen Aderlaß. Sie werden blaß“.[1] Für diese Auffassung, die auf die Leser so wenig Rücksicht zu nehmen scheint, gäbe es durchaus gute Gründe, die aber heute wohl kaum Verständnis finden würden. Wir haben daher die Möglichkeit, eine Ausgabe ohne Erläuterungen vorzulegen, keinen Augenblick ernsthaft erwogen, auch weil wir meinen, daß dem Bedürfnis der Leser heute wohl ein größeres Recht eingeräumt werden muß, als Benjamin ihm damals zuzubilligen bereit war. Dennoch: bedenkenswert bleibt seine Auffassung.

Bei der Herstellung der Erläuterungen war es unser Grundsatz, sie so knapp, so präzise und so sachlich wie möglich zu

[1] Walter Benjamin, Briefe I, hrsg. u. mit Anm. versehen von G. Scholem und Th. W. Adorno, Frankfurt a. M. 1978 (= es 930), S. 220.

halten. Sie sind – als Teil einer Leseausgabe – nicht ausschließlich auf Benn-Kenner, Benn-Forscher und wissenschaftlich interessierte Leser zugeschnitten; wäre das unsere Absicht gewesen, dann hätten wir uns viele Erläuterungen ersparen können. Gleichwohl geben sie in vielen Fällen auch der Forschung Informationen und weiterführende Hinweise. Sie haben also verschiedene Funktionen, erklärende, informierende und dokumentierende, und rechnen mit verschiedenen Lesergruppen. Insofern stellen sie durchaus eine Mischung dar, und gewiß eine, die nicht jeden befriedigt. Aber die Normen für einen ideal proportionierten Kommentar, der allen Erwartungen gerecht wird, müßten wohl erst noch deduziert werden. Das ist, von wenigen Ausnahmen abgesehen, in den Rezensionen des ersten Bandes auch berücksichtigt worden. – Auf Deutungen, für die es in den Briefen zweifellos viele Ansatzpunkte gibt, haben wir grundsätzlich verzichtet. Dies kann im Rahmen der vorliegenden Ausgabe nicht der Zweck der Erläuterungen sein[1].

In den Erläuterungen werden zunächst jeweils einige knappe Angaben zu jedem einzelnen Brief gemacht: Es wird vermerkt, ob er von Hand (hs.) oder mit der Maschine (ms.) geschrieben ist; auch die Anzahl der Blätter wird verzeichnet, um den Gesamtbestand der Briefe, der uns vorgelegen hat, über deren bloße Anzahl hinaus exakt zu registrieren; ferner wird bei Briefen, die früher bereits veröffentlicht worden sind, auf den Publikationsort verwiesen. Es folgen dann die Sacherläuterungen zu einzelnen Textstellen im Brief. Daß hier neben vereinzelten entbehrlichen Angaben

[1] Die Forderung eines Rezensenten, „das Defizit an historischer Interpretation zu verkleinern“, wäre hier schon aus Gründen des Umfangs nicht zu erfüllen. Vgl. K.-P. Wedekind, Gottfried Benns Briefe an F. W. Oelze (1932-1945), Frankfurter Hefte 1979, Heft 1, S. 60. Im übrigen hat, was dem Rezensenten entgangen ist, J. Schröder schon an anderer Stelle den Versuch einer historischen Deutung Benns vorgelegt.

durchaus noch Lücken zu finden sind, ist uns bewußt. Für Hinweise und Ergänzungen, wie sie in den Rezensionen des ersten Bandes schon vorliegen, sind wir daher dankbar. Sie werden gegebenenfalls in eine zweite Auflage eingearbeitet. Wiederholungen haben wir in den Erläuterungen weitgehend vermieden; auch Vor- und Rückverweise sind in Grenzen gehalten und vielfach nur dann gegeben worden, wenn es sich dabei nicht um nahe benachbarte Briefe handelt. Auf die Angabe von Querverbindungen zwischen den Briefen, die sich über die Register erschließen lassen, ist ebenfalls weitgehend verzichtet worden. Dagegen haben wir die Bezüge zwischen den Briefen und dem übrigen Werk so vollständig wie möglich verzeichnet (unter Verweis auf die vierbändige Werkausgabe von D. Wellershoff).
Ein besonders günstiger Umstand war es, daß uns für die Herstellung der Erläuterungen in vielfältiger Form ergänzendes Material zur Verfügung stand. Dazu gehört an erster Stelle Oelzes umfangreiches Benn-Archiv, dessen Entstehung aufs engste mit dem Briefwechsel verflochten ist. Es umfaßt unter anderem Typoskripte (von Gedichten, Prosa-Arbeiten und Essays), Erstausgaben und Widmungsexemplare, Zeitschriften, Rundfunkmanuskripte und eine umfangreiche Sammlung von Zeitungsausschnitten. Dieses Archiv ist für die Kommentierung stets herangezogen worden, auch wenn nicht bei jeder einzelnen Erläuterung vermerkt werden konnte, daß sie auf Material aus dem Archiv basiert. Ausgewertet haben wir außerdem auch die erhaltenen Briefe von Oelze an Benn, aus denen viele sachliche Informationen gewonnen worden sind. In Fällen, in denen es für das Verständnis bestimmter Stellen in Benns Briefen notwendig ist, sind außerdem die entsprechenden Passagen aus Oelzes Briefen in den Erläuterungen zitiert worden. Nicht ausdrücklich erwähnt ist allerdings, welche Briefe von Oelze nicht mehr vorhanden und daher als Quelle für die Erläuterungen ausgefallen sind. Ein gravierender Nachteil für die Herstellung

der Erläuterungen war es zudem, daß wir Oelze selbst so gut wie gar nicht mehr um Rat und Auskunft bitten konnten. Wir haben das zwar anfangs – etwa bei Brief Nr. 276, dessen Inhalt sich wahrscheinlich dadurch erklärt, daß Oelze 1944 Kontakt zu Kreisen des Widerstands hatte und mit ihnen sympathisierte – noch versucht, aber sogleich einsehen müssen, daß es unvereinbar mit der Rücksicht auf sein Alter und seine sehr geschwächte Gesundheit gewesen wäre, ihm weitere Fragen vorzulegen. Er selbst hat uns eindringlich gebeten, Abstand davon zu nehmen.

Benns Nachlaß, seine Bibliothek, seine Korrespondenz sowie die Sammlung von Zeitungsausschnitten, hat Frau Dr. Ilse Benn uns freundlicherweise zur Verfügung gestellt. Zudem war sie jederzeit bereit, uns mit Auskünften und weiterführenden Hinweisen zu helfen und sich selbst an den Sucharbeiten im Nachlaß zu beteiligen. Ihrer tatkräftigen Unterstützung ist es zu danken, daß viele Lücken in den Erläuterungen geschlossen werden konnten. Außerdem hat uns Frau Marguerite Schlüter vom Limes Verlag mit Auskünften geholfen und uns freundlicherweise die im Verlag vorhandene Sammlung von Zeitungsausschnitten zur Auswertung überlassen. Von großem Nutzen waren schließlich auch die Auskünfte, die uns Herr Fritz Werner aus seinem umfangreichen Benn-Archiv geben konnte.

Eine Ergänzung zu den Erläuterungen bilden – das sei abschließend noch erwähnt – die Register, von denen das Personenregister des ersten Bandes erst in der letzten Phase der Herstellung von seiten des Verlages angefertigt worden ist. Der Band II,1 besitzt ebenfalls ein eigenes Personenregister. Das vollständige Personen- und Werkregister des Bandes II,2 bezieht sich auf alle drei Bände der Ausgabe, ersetzt also zugleich die Personenregister der vorangehenden Bände.

Dank für vielfältige Unterstützung schulden wir an erster Stelle Herrn Dr. F. W. Oelze und Frau Dr. Ilse Benn, ferner Frau Marguerite Schlüter vom Limes Verlag, Herrn Fritz Werner sowie Herrn Professor Dr. Bernhard Zeller, der uns Benns Briefe an Oelze und die Materialien des Oelzeschen Archivs – seit Oelzes Tod Eigentum des Deutschen Literaturarchivs in Marbach – freundlicherweise bis zum Abschluß der Editionsarbeit überlassen hat. Unser Dank gilt ebenfalls vielen Freunden und Kollegen, die uns mit Auskünften behilflich waren, sowie einer Reihe von Institutionen, darunter dem Institut für Zeitungsforschung der Stadt Dortmund und dem Minister für Wissenschaft und Forschung des Landes Nordrhein-Westfalen, der unsere Arbeit finanziell unterstützt hat. Er gilt aber nicht zuletzt auch unseren verläßlichen Mitarbeitern: Frau Sigrid Rösler, Fräulein Brigitte Hieber, Fräulein Christiane Deußen, Herrn Hendrik Hauß, Herrn Jürgen Dormagen in Tübingen, Fräulein Dorothea Lohmann, Herrn Peter J. Brenner, Herrn Wolfgang Kaußen in Bonn.

ERLÄUTERUNGEN

Hinweise zur editorischen Behandlung der Brieftexte und zu den Erläuterungen gibt das Nachwort in diesem Band. Hier ist lediglich anzumerken, daß Auslassungen der Herausgeber im Brieftext durch ⟨. . .⟩ gekennzeichnet sind.

Bei Briefen, die bereits früher (vollständig oder in Auszügen) veröffentlicht wurden, ist in den Erläuterungen auf diese Publikationen verwiesen. Es handelt sich um die folgenden:

Gottfried Benn, Ausgewählte Briefe, hrsg. von Max Niedermayer und Marguerite Schlüter, mit einem Nachwort von Max Rychner, Wiesbaden 1957 (abgekürzt: Ausgew. Briefe); Gottfried Benn, Lyrik und Prosa. Briefe und Dokumente, Eine Auswahl, hrsg. v. Max Niedermayer, Wiesbaden 1962 (abgekürzt: Lyrik und Prosa); Dichter über ihre Dichtungen, Gottfried Benn, hrsg. von Edgar Lohner, München 1969 (abgekürzt: Lohner); Harald Steinhagen, Die Statischen Gedichte von Gottfried Benn, Die Vollendung seiner expressionistischen Lyrik, Stuttgart 1969 (= Veröff. der Deutschen Schillergesellschaft 28), (abgekürzt: Steinhagen).

Außerdem wird in den Erläuterungen verwiesen auf:

Gottfried Benn, Gesammelte Werke in vier Bänden, hrsg. von Dieter Wellershoff, Wiesbaden 1958–1961 (abgekürzt mit römischer Bandziffer). Gottfried Benn, Texte aus dem Nachlaß (1933–1955), hrsg. von Harald Steinhagen, Schiller-Jb. 13, 1969, S. 98–114 (abgekürzt: Texte aus dem Nachlaß). Gottfried Benn, Den Traum alleine tragen, Neue Texte, Briefe, Dokumente, hrsg. von Paul Raabe u. Max Niedermayer, Wiesbaden 1966 (abgekürzt: Den Traum alleine tragen). Marguerite V. Schlüter (Hrsg.), Briefe an einen Verleger. Max Niedermayer zum 60. Geburtstag, Wiesbaden 1965 (abgekürzt: Briefe an einen Verleger). Nele Poul Soerensen, Mein Vater Gottfried Benn, Wiesbaden 1960 (abgekürzt: Mein Vater Gottfried Benn).

Nr. 461
Berlin 6. 1. 1950. Ms. (bis „Beratungsstelle für"), 1 Bl. Lohner S. 167 (Auszug).

Hehn: Victor H., *Kulturpflanzen und Hausthiere in ihrem Übergang aus Asien nach Griechenland und Italien sowie in das übrige Europa*, Berlin 1870.
Der erste diesbezügliche Auftrag: Auftrag der Revue littéraire. Vgl. I, 482.
Ein sehr guter Aufsatz: Gottfried Benn, der große Provokateur von G. R. Lind, Aachener Europakurier v. 23. 12. 1949.

Nr. 462
Berlin 10. 1. 1950. Ms. (bis „beides dasselbe?"), 1 Bl. Lohner S. 168 (Auszug).

Ihren Weisungen gemäss: Oelze hatte Benn auf den Artikel *Neue Zukunftsbilder 1984 und 2108* in Heft 23 des Merkur hingewiesen.
Hinweis: vgl. Brief Nr. 457 und IV, 171.
da ich nicht mit dem gleichen Zitat ...: vgl. IV, 68.
Zu Ihrer Anfrage: Oelze wollte an Curtius herantreten und ihn fragen, ob er das Vorwort für die *Frühe Prosa und Reden* schreiben wolle. Vgl. Brief Nr. 449.
E.R.P.hilfe: Hilfe aus dem European Recovery Program nach dem Marshall-Plan.
„und am Schluss des Wahnes ...": Schlußstrophe des Gedichtes *Erst – Dann* (III, 452).

Nr. 463
Berlin 19. 1. 1950. Ms., 1 Bl. Lohner S. 169 (Auszug).

Von Ihren Vorschlägen: Details zu *Doppelleben.*
kleine Studie: Knut Hamsun: „Auf überwachsenen Pfaden" (IV, 147-149).
mich ärgernde Kritik: Arnold Bauer, *Auf überwachsenen Pfaden. Bemerkungen zu Knut Hamsuns Tagebuch*, in der Neuen Zeitung v. 15. 12. 1949. Bauer hatte den politischen Hintergrund von Hamsuns Tagebuch untersucht.
das von Gebser: Jean G., *Ursprung und Gegenwart*, 1. Bd., Stuttgart 1949.

Nr. 464
Berlin 27. 1. 1950. Hs., 1 Bl. Unveröff.

grossartigen Aufsatz: Der Geist in der Katastrophe, im Schwäbischen Tagblatt, Tübingen v. 18. 1. 1950.
alberner Witz: es handelt sich um folgende Zeilen in den Stuttgarter Nachrichten v. 29. 12. 1949 unter der Überschrift *Marktanalyse:* „Der Kunde zur Gemüsefrau: ‚Was lesen Sie denn da, meine Liebe? Ein Buch von Ernst Jünger?' Die Gemüsefrau zum Kunden: ‚Nein, ein Buch von Gottfried Benn. Jüngers kristallinische Luzidität ist mir etwas zu prätentiös. Benns zerebrale Magie gibt mir mehr.'"
Münchener „Thema": Gottfried Benns Lob der ‚Ausdruckswelt'. Über die Prosabücher Gottfried Benns von Gerhard Nebel im Thema 7 (1950), S. 22-24.
„Provoziertes Leben": Anspielung auf den gleichnamigen Aufsatz aus *Ausdruckswelt* (I, 332-343). Vgl. auch II, 401-406.

Nr. 465
Berlin 1. 2. 1950. Hs., 4 Bl. Unveröff.

anbei einige Lektüre: Aufsatz von Nebel (vgl. Brief Nr. 464) und ein weiterer von einem „Jünger-jünger".
seine Erwähnung: vgl. Brief Nr. 438.
Selbstmord: mit Bezug auf *Doppelleben* (IV, 108 f.) hatte Oelze unter Anführung von Beispielen gefragt, ob Selbstmord nicht erbmäßig bedingt sei.
84 ist jene Zeitschrift ...: vgl. Brief Nr. 461.
Dies soll nach Herrn N.s Angabe ... und *Nebel – mir von Curtius zugesandt ...:* beide Bemerkungen auf kleinen Zetteln, die wahrscheinlich in die Beilagen eingelegt waren.

Nr. 466
Berlin 10. 2. 1950. Hs., 1 Bl. Unveröff.

Nr. 467
Berlin 17. 2. 1950. Hs., 1 Bl. Unveröff.

Der Gedanke ...: Oelze war nach Berlin gekommen, ohne Benn zu besuchen; am 16. 2. 1950 schrieb er: „Nehmen Sie also bitte mit diesem Fernbesuch vorlieb, gestern abend gegen 9 Uhr stand ich, ein Doppelgänger, einige Minuten im Dunkel und Regen Ihren Fenstern in der Bozenerstrasse gegenüber; ich kam nicht hinein, weil ich fand, daß Sie recht haben: es müsste ‚etwas mehr Frühling und Heiterkeit in den Lüften' sein, und ich verstand, daß der Besucher von der Nordsee in diesem Augenblick Ihre Gegenwart nur noch mehr hätte verdüstern können."

Nr. 468
Berlin 23. 2. 1950. Hs., 1 Bl. Lohner S. 178 (Auszug).

Den Bense: Max B., *Konturen einer Geistesgeschichte der Mathematik. Die Mathematik und die Wissenschaften*, 1. Bd., Hamburg 1946.

Nr. 469
Berlin 4. 3. 1950. Hs., 2 Bl. Lohner S. 169, 178 (Auszüge).

v. Martin: Alfred v. M., *Nietzsche und Burckhardt*, München 1941.
Salin: Edgar v. S., *Jakob Burckhardt und Nietzsche*, Heidelberg ²1948.
Podach: Erich F. P., *Nietzsches Zusammenbruch*, Heidelberg 1930.
Nachtsendung NWDR: Das ‚Doppelleben' Gottfried Benns. Eine Diskussion um ein neues Buch. Redaktion: Thilo Koch, ausgestrahlt 6. 4. 1950 von 23.00-24.00 Uhr.

Nr. 470
Berlin 9. 3. 1950. Ms. (bis „ich das fand.", danach hs.), 1 Bl. Lohner S. 169 f., 179 (Auszüge).

Rohde: Erwin R. (1845-1898), klassischer Philologe, Freund Nietzsches, dessen Buch *Psyche* für Benns Bild von der Antike bedeutsam war.
Overbeck: Franz O. (1837-1905), evangelischer Theologe, Freund Nietzsches.
W.: Friedrich Wasmann (1805-1886) malte in seiner Frühzeit biedermeierliche Bilder; seine Meraner Landschaften sind Beispiele für den frühen deutschen Realismus. W.s Werk zeigt eine Neigung zum Impressionismus.
in einen Dunst: nicht korr. in IV, 86.
„mir machen Sie nichts vor": lautet in *Doppelleben*, 1950: „machen Sie sich bloß nicht mausig –"; ebenso in IV, 91.
„Legendär": Oelze hatte geschrieben: „für die jüngere Generation sind Sie ja schon eine Legende".

Nr. 471
Berlin 14. 3. 1950. Hs., 1 Bl. Unveröff.

W.: Friedrich Wasmann. Vgl. Brief Nr. 470.

für die „Neue Zeitung": Arzt, Gesellschaft und menschliches Leben. Zu einem Buch von Maxence van der Meersch von Gottfried Benn in der Neuen Zeitung v. 15. 3. 1950.
Interview für den „Spiegel": Er wütet in sich herum hieß ein Artikel über Benn (mit zwei Porträtaufnahmen), der im Spiegel v. 6. 4. 1950, S. 33-35, erschien.
Interview für „Kurier": Unter Ausschluß der Öffentlichkeit. Notizen über Kunst. Von Gottfried Benn im Kurier v. 22. 3. 1950. Es handelt sich hierbei um einen Teilabdruck jener Passagen aus *Doppelleben*, Kap. VII, die Benn aus Anlaß des Lind-Interviews (vgl. Brief Nr. 434) formuliert hatte. (IV, 158-167).

Nr. 472
Berlin 15. 3. 1950. Hs., auf dem Rand eines Zeitungsblattes (Neue Zeitung v. 15. 3. 1950), das Benns Buchbesprechung *Arzt, Gesellschaft und menschliches Leben* enthält (IV, 286-295). Unveröff.

Nr. 473
Berlin 19. 3. 1950. Hs., 2 Bl. Lohner S. 174 (Auszug).
In der Anlage ein Zeitungsausschnitt, in dem es unter dem Titel *Tagung der ‚Deutschen Akademie'* u. a. heißt:
„Die an Goethes zweihundertstem Geburtstag in Frankfurt a. M. proklamierte ‚Deutsche Akademie für Sprache und Dichtung' tagte laut dpa über das Wochenende in Stuttgart. Das Kollegium der Akademie, das jetzt aus 83 Mitgliedern besteht, wählte zum Präsidenten Rudolf Pechel, zum Vizepräsidenten Frank Thieß und zum Sekretär der Akademie Dr. Oskar Jancke. In das Kollegium wurden 26 Schriftsteller und acht Wissenschaftler neu gewählt, darunter Gottfried Benn, Eugen Kogon, Otto Flake, Hans Carossa, Bernard von Brentano, Karl Friedrich Borée, Kasimir Edschmid, Manfred Hausmann, Anton Schnack und Gertrud von Le Fort."

Sexualneurose: Oelze hatte – anläßlich eines Besuches in der Galerie von Frau Dr. Nölle – berichtet, daß er die einfachsten Beziehungen kompliziere und zu mißtrauisch sei.
die Damen: nach Auskunft von Frau Dr. Ilse Benn die Journalistinnen Christa Rotzoll-Busse und Dr. Barbara Klie.
„Gegenwart": Ein Abendländer ohne Angst von F. Sieburg in der Gegenwart 5 (1950), Nr. 6, S. 23.
Die französische Gesellschaft: vgl. Brief Nr. 471.
Der Prosaband: Frühe Prosa und Reden.

Fand unter meinen Papieren ...: auf einem Zettel, der dem Typoskript des dreiteiligen Gedichts *Une heure bleue* (1 Bl., Original, signiert „G.Be.“)angeheftet ist (III, 259 f. unter dem späteren Titel *Blaue Stunde*).

Nr. 474
Berlin 23. 3. 1950. Hs., 2 Bl. Unveröff.

einige Kleinigkeiten: noch vorhanden ist ein Leserbrief aus der Neuen Zeitung v. 22. 3. 1950.
Düsseldorfer Buchhandlung: vermutlich die Buchbinderei Hanke, die damals für den Limes Verlag arbeitete.
„Der 3. Mann“: The Third Man, englischer Gangsterfilm des Regisseurs Carol Reed aus dem Jahr 1949.
„Die wenigen, die was davon erkannt“: Faust in Goethes *Faust I*, V. 591. Es geht hier um die Erkenntnis von „des Menschen Herz und Geist“ (V. 586). Vgl. auch III, 249.

Nr. 475
Berlin 23. 3. 1950. Hs., 2 Bl. Unveröff.
Beilage: Leserbrief aus der Neuen Zeitung v. 22. 3. 1950:
„Zu den Kunstpreisen der Stadt Berlin
Daß ein Literaturpreis der Stadt nicht verliehen wurde, ist kaum einzusehen, wenn eine solche schriftstellerische Potenz wie Gottfried Benn Berliner Bürger und international einer der wenigen anerkannten und für gewichtig genommenen deutschen Autoren ist. Oder hat das Preisrichterkollegium an der Haltung Benns 1933 Anstoß genommen? Mir scheint, daß durch die vornehme und aufrichtige Art, in der er dazu Stellung genommen hat (NZ Nr. 57), ihn davon freispricht [sic!]. Er wenigstens hat öffentlich einen Irrtum als Irrtum bezeichnet, während Autoren mit wesentlich ärgeren Verfehlungen, ohne die Andeutung eines Gesinnungswandels, wieder an der publizistischen Oberfläche schwimmen.
R.K. Grunewald“

„Prostatacarcinom“: vgl. II, 270.

Nr. 476
Berlin 16. 4. 1950. Hs., 1 Bl. Lohner S. 179 (Auszug).

Nr. 477
Berlin 22. 4. 1950. Hs. in einem Exemplar des *Doppellebens*. Unveröff.

Nr. 478
Berlin 25. 4. 1950. Ms., 2 Bl. Lohner S. 175, 299 (Auszüge).

Bense lesen: vielleicht Max B., *Konturen einer Geistesgeschichte der Mathematik. Die Mathematik und die Wissenschaften*, 1. Bd., Hamburg 1946.
Stellen entfernt: Vgl. I, 627.
Ihren Prosaband: Gesammelte Prosa, Potsdam 1928.
das Motto: den in der *Gesammelten Prosa*, Potsdam 1928, wiederveröffentlichten frühen Prosastücken stellte Benn jeweils einen dem Text selbst entnommenen Kernsatz als Motto voran.
Partieen gestrichen: gemeint sind wohl die umfangreichen Kürzungen in der Fassung der *Gesammelten Prosa*, Potsdam 1928, gegenüber der Fassung aus der Tribüne der Kunst und der Zeit (Heft 12, Berlin 1920) sowie der damit i. w. textidentischen aus den *Gesammelten Schriften*, Berlin [2]1922. Die Neuveröffentlichung des Essays in *Frühe Prosa und Reden* stimmt mit der Fassung des Bandes von 1928 überein.

Nr. 479
Berlin 3./4. 5. 1950. Ms., 3 Bl. Unveröff.

„Wanderers Gemütsruhe“: das Gedicht steht im *West-östlichen Divan*. Rendsch-Nameh.
Mitglied von 3 Akademieen: nämlich der Preußischen Akademie der Künste, der Deutschen Akademie für Sprache und Dichtung Darmstadt und der Bayerischen Akademie der Schönen Künste.

Nr. 480
Berlin 8./10. 5. 1950. Ms. (bis „wohl nichts dahinter.“, danach hs.), 1 Bl. Lohner S. 26, 113 (Auszüge).

„Zeit“: Der große Ungemütliche. Gottfried Benns Doppel-Selbstporträt als Arzt und Dichter von Christian E. Lewalter in der Zeit v. 4. 5. 1950.
„Nichts, aber darüber Glasur“: IV, 42; vgl. auch I, 577.
„ersten Fassung von Diesterweg“: bei *Diesterweg* unterscheidet sich die Fassung der Erstveröffentlichung im 8. Bd. der Sammlung *Der Rote Hahn*, Berlin 1918, und der *Gesammelten Schriften*, Berlin 1922, von der stark verkürzten späteren Fassung in *Gesammelte Prosa*, Potsdam 1928, die auch in *Frühe Prosa und Reden* übernommen wurde. Vgl. II, 455-461.
Wanderergedicht: vgl. Brief Nr. 479.

„Standpunkt“: Zur Lyrik Gottfried Benns von Ernst Kreuder im Standpunkt, Meran, v. 21. 4. 1950.
Rundfunkgespräch: Gottfried Benn oder Über den primär gebauten Satz von Rudolf Krämer-Badoni (Abschrift im Oelze-Archiv). Nach Auskunft des Rias nicht gesendet.
Kritik über „Doppelleben“: Fritz Vollquard Arnold, *Am Ende eines Weges*, nach dem Ausschnitt in Oelzes Archiv in der Westdeutschen Ausgabe der Neuen Zeitung v. 3. 6. 1950.
Colerus: Egmont C., *Von Pythagoras bis Hilbert. Die Epochen der Mathematik und ihre Baumeister. Geschichte der Mathematik für Jedermann*, Berlin/Wien/Leipzig [7]1948.

Nr. 481
Berlin 16. 5. 1950. Ms. (bis „in der Öffentlichkeit vorliegen.“) 1 Bl. Lohner S. 111 (Auszug).

Wer Herr Nette ist: Herbert N. schrieb in der FAZ v. 8. 5. 1950 die kritische Rezension *Selbstkommentar eines Nihilisten. Zu Gottfried Benns Doppelleben.*
Artikel des Feuilletonchefs: Karl Korns Besprechung der Gedichtsammlung *Die Holunderflöte*, Zürich, Freiburg i. B. 1949, unter dem Titel *Gedanken des Herzens* v. 8. 5. 1950.
„an meine Lampe“: gemeint ist *Auf meine Lampe*, ein Gedicht von Peter Gan (d. i. Richard Moering, 1894-1974) in seinem Gedichtband *Die Holunderflöte*, Zürich/Freiburg i. Br. 1949, S. 22 f.
„an meinen gläsernen Briefbeschwerer“: Peter Gans Gedicht *Auf meinen gläsernen Briefbeschwerer, Die Holunderflöte*, a.a.O., S. 24.
Prolog an Goethe: Gedicht von August Graf v. Platen (1796 bis 1835) von 1822; der volle Titel lautet *Prolog an Goethe. Zu einer Übersetzung Hafisischer Gedichte (Gelegenheitsgedichte* VI).
Sonett an Schelling: Gedicht v. 31. 3. 1821, *Sonette*, Erste Sammlung VI.
Dwinger: Edwin Erich D., geb. 1898, Verf. vor allem von reportagehaften Tatsachenberichten mit antibolschewistischer, teilweise faschistischer Tendenz. Mit dem Limes Verlag kam kein Vertrag zustande.

Nr. 482
Berlin 22. 5. 1950. Hs., 1 Bl. Unveröff.

Sehr guter Aufsatz: Stenogramm über Gottfried Benn von Helmuth de Haas am 7. 5. 1952.
Züricher Weltwoche: Ist Kunst das Letzte? Anmerkung zu

Gottfried Benn ‚Ein Doppelleben' in der Weltwoche, Zürich, v. 12. 5. 1950.
Bewundert viel ...: Goethe, *Faust II*, V. 8488.

Nr. 483
Berlin 25. 5. 1950. Ms. (bis auf die Grußformel), 1 Bl. Lohner S. 114, 175 (Auszüge).

von Ihnen zitierten Fall: Oelze hatte folgenden Satz aus einem Brief Viettas zitiert: „Ich habe in ‚Doppelleben' gesehen, mit welcher Aufmerksamkeit Benn die Auseinandersetzung behandelt und bin der Meinung, daß angesichts der öffentlichen Meinung *die Streitfragen zwischen Benn und dem ‚Freiburger Kreis' privat erledigt werden sollten."*
Monte Cassino: Egon Vietta, *Monte Cassino. Ein Mysterienspiel. Mit Beiträgen von Gust. Rud. Sellner und Willi Baumeister*, Krefeld 1950.
Aufsatz in der „Weltwoche": vgl. Erläuterung zu Brief Nr. 482.
italienische Zeitschrift: Leone Traverso, *Gottfried Benn*, Paragone Febr. 1950, S. 27-32 (nach Lohners Bibliografie 5.29).
Deutschen: wohl Dieter Wellershoff in Bonn.

Nr. 484
Berlin 29. 5. 1950. Ms., 1 Bl. Unveröff.

Rommelbuch: Desmond Young, *Rommel*, Wiesbaden 1949; bei dem deutschen Rommelbuch handelt es sich um Hanns Gert v. Esebeck, *Afrikanische Schicksalsjahre. Das Deutsche Afrika-Korps unter Rommel*, Wiesbaden 1949.

Nr. 485
Berlin 31. 5. 1950. Hs., 1 Bl. Unveröff.

Matthisson: Oelze hatte seinem Brief das Gedicht *Vauklüse* von M. beigelegt.
auch Hölty gehört dazu: vgl. I, 226; III, 261.
italien. Philosophen: Mario Pensa, *Das deutsche Denken. Untersuchung über die Grundformen der deutschen Philosophie*, Erlenbach-Zürich 1948. Oelze hatte geschrieben: „Ein italienischer Philosoph, dessen Werk über das ‚Deutsche Denken' ich gerade studiere, sagt: die Sprache sei für die Deutschen nicht das, was sie für die Völker mit rationaler Denkweise bedeute, nämlich Logos (= Wort), also *logische* ‚Wiedergabe der Dinge' mittels allgemeiner Begriffe und Urteile, – sondern die Sprache sei für uns Aus-

druck der *analogischen* mystischen Uebereinstimmung, welche das Ich bei der Berührung mit den ‚Dingen' fühlt; und er fährt fort: ‚Es genügt schon dieser unterschiedliche Grundzug, um deutlich zu machen, *welch tiefgehende geistige Umstellung ein nichtdeutscher Leser braucht, um deutsche Dichtung zu verstehen.*' – Scheint mir sehr des Nachdenkens wert."

2 Kritiken: Die Stunde Gottfried Benns. Die Essays von Walter Mannzen und *Die Gedichte* von Alfred Andersch in den Frankfurter Heften 5 (1950), S. 550-554.

„Endstation Sehnsucht": deutscher Titel des 1949 ins Deutsche übersetzten Schauspiels *A Streetcar Named Desire* von Tennessee Williams, geb. 1911.

Nr. 486

Berlin 9. 6. 1950. Hs. in einem Exemplar des Romans *Die Schwestern Usedom* von Bernard von Brentano. Unveröff.

Nr. 487

Berlin 12. 6. 1950. Hs., 2 Bl. Lohner S. 300 (Auszug).

Dies Amerikanische: nicht mehr feststellbar.

Boxer-Kneipe: Lokal des ehemaligen deutschen Schwergewichtsmeisters Otto Flint in Berlin-Schöneberg, Innsbrucker Str. 1. Bei diesem Zusammensein entwickelte Benn Niedermayer seine Idee der Lyrikanthologie *Geliebte Verse* (von ihm selbst im weiteren Briefwechsel mit Oelze als „Lyrikquiz" bezeichnet; vgl. Brief Nr. 489 u. 530). Die Anthologie erschien 1951 bei Limes.

Sprachmethode: vielleicht meint Benn Äußerungen Viettas, der nach Oelze gesagt hatte, daß Benn in einer Sprache schreibe, „die dem Kern der Dinge näher komme, ihn unmittelbarer reproduziere, als dies je dem Philosophen (sprich Heidegger) möglich sei!" Vielleicht bezieht sich Benn aber auch auf die Ausführungen Oelzes zum Buch von Mario Pensa.

die mitgegebenen Gedichte: nach Oelzes Brief v. 11. 6. 1950 Gedichte, die für G. Westphal (Radio Bremen) bestimmt waren. Vermutlich handelt es sich um ein Typoskript (11 Bl., Originale, undatiert, jedes Gedicht mit „G.B." signiert), das die folgenden 11 Gedichte enthält: *Denk der Vergeblichen, Notturno, Satzbau, Blaue Stunde, Der Dunkle, Restaurant, Radar, Berlin, Auf –, Wir ziehn einen grossen Bogen –, Reisen.* Das Typoskript ist von Oelze auf Bl. 1 näher bezeichnet: „‚Fragmente' 1950/51 I. (Fassung) Reihe Ende Juni 50".

Nr. 488

Berlin 14. 6. 1950. Hs. auf einem Blatt des Tagesspiegels v. 14. 6. 1950.

Ihr Chopinspieler: bezieht sich auf den Artikel *Der große Klavierstil. Gedanken zu einem Konzertabend* von Walter Schürenberg, in dem auch Benns *Chopin*-Gedicht zitiert wird.

Nr. 489

Berlin 19. 6. 1950. Ms. (bis „aber es tut nichts."), 1 Bl. Lohner S. 192 f. (Auszug).

Ritter Kurts Brautfahrt: Gedicht von Goethe. Oelze schrieb u. a.: „Ist das Ganze nicht durchaus symbolisch gemeint? ‚Heldenhafter Lebenslauf': wir jagen nach dem Ideal, der ‚hohen Braut', aber wir benutzen jede Gelegenheit zu Seitensprüngen der Zerstreuung und des Handelns: Kampf, 5 Minuten – Lieben; die Folgen in Gestalt von präsentierten Schuldscheinen halten uns weiter auf, die ‚hohe Braut' wartet vergebens (vielleicht auch wartet sie garnicht?)"
Reim: Oelze hatte in bezug auf *Denk der Vergeblichen* geschrieben: „manchmal frage ich mich, ob die höchste poetische Inspiration sich doch vielleicht nur in freien Rhythmen, nicht im gereimten Vers realisieren lässt? ich denke an Goethe's Hymnen, an Hölderlin, Mörike, Nietzsche, einiges von Rilke, G. B. Statische Gedichte (September, Traum, Orpheus, Chopin etc.) –"
dass Rilke ...: vgl. I, 514 f.
jenes Kongresses: der Kongreß fand vom 26.-30. 6. 1950 unter Beteiligung bekannter westlicher und emigrierter östlicher Philosophen, Schriftsteller und Politiker statt. Nach seinem Generalsekretär Melvin J. Lasky sollte er eine Kampfansage an die totalitäre Beschränkung der Freiheit sein; weiterhin sollte er Gelegenheit geben, den Ideenreichtum des Westens zu zeigen und der Einrichtung eines ständigen Ausschusses zur Förderung des antitotalitären Standpunktes dienen.
„Die Meisterschaft ...": Goethe, Maximen und Reflexionen, 316.
„In tausend Formen ...": West-östlicher Divan, Suleika Nameh.
„ach, um deine feuchten Schwingen": das Gedicht *Suleika* aus dem *West-östlichen Divan,* Suleika Nameh.
U.S.A Notiz: Books Abroad; Übersetzung liegt nicht mehr bei.
Bansin: Ostseebad auf der Insel Usedom.

Nr. 490

Berlin 27. 6. 1950. Hs., 1 Bl. Lohner S. 186 (Auszug).

deux pièces: eins davon ist ein Ausschnitt aus dem Weser-Kurier v. 22. 6. 1950: *Berlin – Sammelpunkt westlicher Werte. Internationaler Kongreß für kulturelle Freiheit vom 26.-30. Juni.*
Jüngers Secretär: Dr. Armin Mohler, geb. 1920, war von 1949 bis 1953 Sekretär E. Jüngers.
wüstes Pamphlet: Thomas Mann. Zu seinem 75. Geburtstag von Gerhard Nebel, Frankfurter Allgemeine Zeitung v. 6. 6. 1950. Der Satz, in dem Benn erwähnt wird, lautet: „So wittert Thomas Mann den Nihilismus, so weiß er, daß nur mitreden kann, wer sich diesem Ereignis gestellt hat – aber gegenüber den von Gottfried Benn in wildem Saxophongenäsel beschworenen Epiphanien der Öde sind Thomas Manns Versuche, sich auf das Nichts einzulassen, akademisch, hanseatisch, Ausschweifungen eines wohlanständigen Bürgers, der gegen seine zum Idyll drängende Herzensneigung im Schmutz wühlt (. . .)."
3 sogenannte Gedichte: vermutlich *Zerstörungen, Finis Poloniae, Fragmente* (Typoskript, 3 Bl., Originale, undatiert, jedes Gedicht mit „G. B." signiert).
l'Heure bleue: Blaue Stunde (III, 259 f.).
„Dünungen": im Brief v. 25. 3. 1950, nach Zusendung des Gedichts *Une heure bleue* (vgl. Brief Nr. 473), hatte Oelze geschrieben: „Auf das ungewöhnliche, *sehr* schöne Gedicht (mit den langen Rhythmen, auf denen man wie auf einer sanften Dünung fortgetragen wird) komme ich zurück."

Nr. 491
Berlin 28. 6. 1950. Hs., 1 Bl. Lohner S. 186 (Auszug).

Nr. 492
Berlin 2. 7. 1950. Hs., 1 Bl. Unveröff.

dies kleine Gedicht: in Oelzes Archiv nicht mehr feststellbar, auch in seinen Briefen kein Hinweis, der eine Identifizierung ermöglichte.
Heute vor 5 Jahren . . .: vgl. Brief Nr. 293.

Nr. 493
Berlin 4. 7. 1950. Ms. (bis „bitte zurück."), 1 Bl. Lohner S. 187 (Auszug).

Korea: am 30. 6. hatte Präsident Truman den Einsatz amerikanischer Bodentruppen gegen die seit dem 25. 6. zunächst unaufhalt-

sam in Südkorea vorrückenden nordkoreanischen Verbände angeordnet.
Mac Arthur: Der amerikanische General war vom 7. 7. 1950 bis 11. 4. 1951 Oberbefehlshaber der UN-Truppen im Korea-Krieg.
für den Stuttgarter: Benn schreibt, wohl versehentlich, „in den".
veilchenschwer: Benn entschied sich dann für „zauberschwer" (III, 252).
Ihr Bremenbuch: Bremer Außenhandelsbuch.
Karte des Grossen Bruders: gemeint ist Ernst Jünger.

Nr. 494
Berlin 6. 7. 1950. Ms. (bis „umgeben."), 1 Bl. Unveröff.

Sache Bense: Einleitung zum Prosaband.
Aufsatz „Expressionistische Prosa": vgl. Erläuterung zu Brief Nr. 394.
meine Äusserungen über Klaus M.: in *Doppelleben* (IV, 73-78).
Das Buch: Klaus Mann zum Gedächtnis. Vorwort von Thomas Mann, Amsterdam, Querido-Verlag, 1950.

Nr. 495
Berlin 11. 7. 1950. Hs., 1 Bl. Unveröff.

Heft der „Basler Studentenschaft": Basler Studentenschaft. Offizielles Organ der Allgemeinen Studentenorganisation der Universität Basel, 31 (Juni 1950); darin: *Gottfried Benn. Doppelleben,* S. 148 f. u. 152 f. (-er).

Nr. 496
Berlin 17./18. 7. 1950. Ms. (bis „Atmosphäre für G.B."), 1 Bl. Lohner S. 81 f. (Auszug).

Untergrundbewegung: es handelte sich um den antikommunistischen „Bund Deutscher Jugend"; vgl. Erläuterung zu Brief Nr. 538.
ganz vermessene Bitte: Oelze hatte erwogen, unter den Titel des Prosabandes zu schreiben: „Durchgesehen und herausgegeben von F. W. Oelze".
jenes Grün: III, 212.
Bremer Sendung: Gottfried Benn – Doppelleben und Ausdruckswelt von Gert Westphal. Das Manuskript dieser Sendung von Radio Bremen im Juni 1950 ist in Oelzes Archiv vorhanden.
„Keinem Ufer gewidmet ...": das Zitat befindet sich auf einem

hektografierten Programmblatt der „gruppe der fragmente", das Benn Anfang Juli 1950 aus Freiburg erhalten hat. Das vollständige Zitat lautet: „Keinen ufern gewidmet, keinen seiten anvertraut,/ die reine lockung dieses liedes ...../andere rauben in den tempeln das gemalte horn der altäre:"
Vermutlich handelt es sich um ein Selbstzitat R. M. Gerhardts.

Nr. 497
Berlin 22. 7. 1950. Hs., 1 Bl. Unveröff.

22 VII 50: Entzifferung unsicher; könnte auch 27 heißen. Briefumschlag nicht erhalten. Oelze hat, nach seinem Brief vom 1. 8. 1950, ebenfalls 22 gelesen.
diesen Bilderbogen: Oelze spricht in seinem Brief vom 1. 8. 1950 vom „Konvolut der zwölf Gedichte mit Vorbemerkung". Ein Typoskript, das dieser Bezeichnung entspräche, ist in Oelzes Archiv nicht mehr vorhanden.

Nr. 498
Berlin 23. 7. 1950. Hs., 2 Bl. Lohner S. 300 (Auszug).

„Stimmungsbild": Typoskript des Gedichts *Stilleben* (III, 265), hier noch unter dem Titel *Stimmungsbild:* 1 Bl., Original, mit „G.B." signiert, darunter hs.: „Herrn F. W. Oelze zu seinen Fragen nach Ruhm, Vornehmheit und Fehlbeträgen. 19 VII 50 G B". Zusammen mit diesem hat Benn vermutlich das Typoskript des Gedichts *Ein Schatten an der Mauer* geschickt (1 Bl., Original, undatiert, mit „G.B." signiert).
Herbstband: Frühe Prosa und Reden.
„Honigwaben": vgl. Brief Nr. 396 („Wie die Bienen Sechsecke bauen").
Wiegenlied: Goethes *Wiegenlied dem jungen Mineralogen Wolfgang von Goethe.*
Lawrence: L. M. L., *Wandlungen des Imperialismus,* Merkur 6 (1950), S. 593-601.
Bühlerhöhe: Oelze wollte auf Anraten seiner Frau das Sanatorium Bühlerhöhe aufsuchen.

Nr. 499
Berlin 27. 7. 1950. Ms. (bis „H. Mann-Rede"), 1 Bl. Lohner S. 187 f. (Auszug).

Dame mit Augenglas: in dem Gedicht *Stilleben* (III, 265).
„überall der tiefe Nihilismus ...": vgl. I, 416, 500, 548; IV, 235.

Nr. 500
Berlin 4. 8. 1950. Hs., 1 Bl. Lohner S. 179 (Auszug).

Ihrem nach Harmonie ...: Oelze schreibt in seiner Antwort: „und was schließlich nochmals mein ‚nach Harmonie und Tonalität strebendes Herz' betrifft, so erinnere ich nur, beispielsweise, an ‚Urgesicht', ‚Garten von Arles', ‚Querschnitt', ‚Das Moderne Ich', wo die ungeheuerlichsten sprachlichen und kompositionellen Kühnheiten nicht hindern, dass das Fliessende sich zuletzt zu grossartigen Harmonien staut. Irgendeinem Zwang, ‚tonal' zu denken, zu sehen und zu hören unterliegen wir ja doch wohl. Was nicht bedeutet, dass das Werk selbst den Gesetzen der Tonalität folgen müsste; es kann total abweichen, braucht sie nicht zu erreichen, – aber als Postulat oder Hoffnung bleibt sie immer im Hintergrunde."
Manuscript mit Vorwort: Oelze hat es am 7. 8. 1950 zurückgeschickt. Bei der Publikation der Gedichte (*Fragmente*, 1951) ist das *Vorwort* weggelassen worden. Möglicherweise ist es überhaupt noch nicht publiziert, oder es ist eingegangen in Niedermayers Einleitung zu der Anthologie *Geliebte Verse*, in der sich eine Reihe von Übereinstimmungen mit Benns Bemerkungen in Briefen an Oelze (des Jahres 1950) finden. Vgl. Brief Nr. 529.
Brief von Samson: die Abschrift eines Briefes von F. S., der „als ein britischer Besucher in Bremen" war, an G. Westphal v. 15. Juli 1950 ist in Oelzes Archiv vorhanden. Er bezieht sich auf die im Brief Nr. 496 erwähnte Sendung von Radio Bremen.

Nr. 501
Berlin 6. 8. 1950. Hs., 1 Bl. Unveröff.

anbei: Nietzsche – nach 50 Jahren, hektograf. Typoskript, 9 Bl., auf dem letzten Bl. datiert („den 3. 8. 50") und mit „G.B." signiert.

Nr. 502
Berlin 7. 8. 1950. Hs., 3 Bl. Lohner S. 180 (Auszug).

Vorbemerkungen: I, 623 f.
Rilkenotiz: vgl. I, 622 f.
Erledigung der Wahrheit: so im Typoskript (in Oelzes Archiv vorhanden), auch in *Frühe Prosa und Reden* (S. 267) u. I, 493.
D-Durdreiklang: Oelze hatte geschrieben, daß der Reim wie der Dreiklang einen ästhetischen Anspruch befriedige. D-Durdreiklang ist möglicherweise ein Schreibversehen Benns.

Nr. 503

Berlin 13. 8. 1950. Ms. (bis auf die Grußformel), 1 Bl. Lohner S. 175, 193 (Auszüge, unter dem 13. 7. 1950).

Klabundstelle: Oelze hatte ein stilistisches Detail in Benns *Totenrede auf Klabund* moniert.
Lyriksache: vgl. Brief Nr. 489.
Brief von Heidegger: die Abschrift des Briefes (H. an Niedermayer v. 27. 7. 1950) ist in Oelzes Archiv vorhanden. H. nennt darin drei Gedichte für die Anthologie *Geliebte Verse*, darunter Benns Zyklus *Am Brückenwehr.*
„– für die Matros“: richtig: „von die Matros'“; vgl. II, 100.

Nr. 504

Berlin 19. 8. 1950. Ms., 1 Bl. Unveröff.

Sache aus London: ein Fragebogen für *Who is Who.*

Nr. 505

Berlin 22. 8. 1950. Hs., 3 Bl. Lohner S. 182 f. (Auszug).

„sein Inneres ...“: vgl. I, 489, 501, 543.
„Über die Linie“: Ernst Jünger, *Über die Linie*, in *Anteile. Martin Heidegger zum 60. Geburtstag*, Frankfurt a. M. 1950, S. 245-284.
ersten Kolleg: am 8. 7. 1950 hielt Heidegger in Todtnauberg im Rahmen des Studium Generale seinen ersten Vortrag vor Studenten nach dem Krieg: *Wirklichkeit, Illusion und Möglichkeit der Universität.* Am Ende des Vortrags las er Benns Gedichte *Gedichte, Dennoch die Schwerter halten, In memoriam Höhe 317, Ach das Erhabene.*
offizielle Einladung: zu einem Vortrag vor dem Internationalen Ferienkurs, für den Benn dann die *Probleme der Lyrik* verfaßte.
„Weltwoche“: Oelze: „törichter Leitartikel von K. v. S. in der Weltwoche vom 18. August“. Der Leitartikel in der Weltwoche v. 18. 8. 1950 trägt den Titel *Chancen und Gefahren einer deutschen Wiederbewaffnung* (Karl v. Schumacher).

Nr. 506

Berlin, vermutlich 25. 8. 1950. Hs. auf dem Rand eines Zeitungsblattes mit dem Artikel *Befreiung von Nietzsche. Rückblick am 50. Todestag* von Dr. Dr. Hans Leisegang, Professor der Philosophie an der Freien Universität Berlin (Der Tag v. 25. 8. 1950). Beigeheftet ist ein Ausschnitt aus einer nicht identifizierbaren (Berliner?) Zeitung mit einem kurzen Bericht von H. K.: *Aloys Wenzl über Nietzsche.*

Nr. 507
Berlin 29. 8. 1950. Ms. (bis auf die Grußformel, die Nachschrift unter demselben Datum hs.), 3 Bl. Lohner S. 180 (Auszug).

Presseerzeugnissen: vgl. Brief Nr. 506.
dass Sie dahin geschrieben haben: Oelze hatte an Benn geschrieben: „was sagen Sie zu der NWDR-Sendung Nietzsche gestern abend als Ganzes? – ich schrieb den Herren von der Intendanz, ich empfinde die Tatsache, dass solche Sendungen nachts 11.00 stattfinden, als eine bedauerliche Concession an den Pöbel, der jede Anstrengung ablehnt; es kommt, schrieb ich, nur einmal in 50 Jahren vor, dass Anlass vorliegt, kurz über ein Verhängnis nachzudenken, während der Korea Krieg und die Wasserstandsänderungen jeden Tag stattfinden; und es gibt Menschen, auch ausserhalb der Kategorie der professionellen Nachtvögel, die sich für geistige Verhängnisse interessieren, die aber 12 Stunden am Tage schwer arbeiten müssen und nachts 11.00 nicht mehr wachzuhalten sind: für diese Interessenten alle 50 Jahre einmal Rücksicht zu erbitten, schiene mir nicht unangemessen."
Zeitschrift Lot: Benns Aufsatz *Nietzsche nach 50 Jahren* erschien im Band IV des Lots, Oktober 1950, S. 7-14. Vgl. I, 499.
Herr Bosquet, Herr Roditi ua....: die Zeitschrift Lot wurde herausgegeben von Alain Bosquet (vgl. Brief Nr. 370), Alexander Koval, geb. 1922, einem Berliner Dramaturgen, Schriftsteller und Übersetzer, und Edouard Roditi, geb. 1910 als Kind amerikanischer Eltern in Paris, der Gedichte, Essays und Erzählungen veröffentlicht hatte.
jene drei Exemplare: vgl. Steinhagen, S. 62-71; vgl. Brief Nr. 306.
der arme Herr N: Nietzsche; das Bild zeigt ihn im Herbst 1868 als Feldartillerist in Naumburg.
Oh Deutschland ...: „Denk ich an Deutschland in der Nacht, / Dann bin ich um den Schlaf gebracht", Heinrich Heine, *Nachtgedanken (Neue Gedichte, Zeitgedichte* XXIV).

Nr. 508
Hamburg 1. 9. 1950. Hs., 1 Bl. Unveröff.

Nr. 509
Hornbäk (Dänemark) 9. 9. 1950. Hs., 2 Bl. Unveröff.

Br-O.: Bremen-Oberneuland
mit meiner Frau, sie sagte: Benn schreibt versehentlich „Sie".
Was Sie über E. Jünger schreiben: Oelze hatte sich, nach wiederholter Lektüre des Aufsatzes *Über die Linie*, sehr kritisch über Jünger geäußert.
ihm Ihren Beifall: Benn schreibt versehentlich „ihren".

Nr. 510
Hornbäk (Dänemark) 11. 9. 1950. Hs., 2 Bl. Unveröff.

Ob es menschlich richtig war . . .: Vgl. Nele Poul Soerensen, *Mein Vater Gottfried Benn*, S. 30.
„die Dänin": Frau Ellen Overgaard.
Briefen von Herrn Oe: Benn schreibt „von Herr", von Oelze korrigiert.
für 200. Kronen: dazu Oelzes Randbemerkung: „das ist wie die Manets für 500 frcs 1878".

Nr. 511
Berlin 18. 9. 1950. Hs., 1 Bl. Unveröff.

Nr. 512
Berlin 27. 9. 1950. Hs., 2 Bl. Lohner S. 177 (Auszug).

Ein junger Mann: Dieter Wellershoff.

Nr. 513
Berlin 29. 9. 1950. Hs., 1 Bl. Lohner S. 177 (Auszug).

Nr. 514
Berlin, vermutlich 4. 10. 1950. Hs. auf dem Rand eines Zeitungsblattes mit dem Artikel *Komitee zerbricht sich den Kopf, Sieben Stimmen zum Thema: Nobelpreis für Literatur 1950*, Der Abend (Berlin) v. 4. 10. 1950.

mit einem Scherz: bezieht sich auf die in dem Artikel zitierte Äußerung von A. Lernet-Holenia, der Evelyn Waugh oder Gottfried Benn („Weil er der letzte der wahrhaft großen Lyriker ist.") für den Nobelpreis vorschlug.

Nr. 515
Berlin 10. 10. 1950. Hs., 1 Bl. Unveröff.

Was Sie über Paeschke schreiben: Oelze am 2. 10. 1950 an Benn:

„wahrscheinlich denkt er, ich kann ihm Geld [für den „Merkur"] geben – aber ich kann z. Zt. nicht."
The Times: Gottfried Benn's Essays in The Times Literary Supplement v. 6. 10. 1950 (über *Drei alte Männer, Ptolemäer, Ausdruckswelt*).
Cauxanhänger: Anhänger der „Moralischen Aufrüstungsbewegung" mit dem Begegnungszentrum in Caux.
sie alle möchten eigentlich Dichter sein: vgl. I, 528.
Anbei „Lot": Bd. IV, Oktober 1950 (S. 7-14: G. Benn, *Nietzsche nach 50 Jahren*). Auf dem Umschlag hs.: „Herrn F W Oelze mit Dank u Gruss. Benn. X/50".
hebräische Kritik: die positive Besprechung des *Ptolemäers* von Dr. I. Z. Kanner in Hamaaraw, Tel Aviv (Nr. 8, 1950).

Nr. 516
Berlin 28. 10. 1950. Hs., 2 Bl. Unveröff.

Bonmot: die Äußerung eines Engländers gegenüber Oelze im Juni 1939 lautete: „Wir fürchten die braune Revolution mehr als die rote." Oelze führte es als Kommentar an zu Äußerungen des *Berlin Notebook* über Berlin, die er für Benn übersetzt hatte; hier heißt es u. a.: „Was die grosse Masse der Berliner betrifft, so ist es wahrscheinlich ganz abwegig, überhaupt von ‚Gefühlen' bei ihnen zu sprechen. Man kann sich mit starken Gefühlen nicht abgeben, wenn man jahrein jahraus unaufhörlich im Schatten der potentiellen Katastrophe lebt. Man kann nur einfach fortfahren zu leben, die alten familiären Schlagworte zu wiederholen, und es immer weniger verlockend finden, überhaupt noch nachzudenken ... Es kann aber sein, daß, eher als mancher denkt, diese aktive Entschlossenheit stärker sein wird als uns lieb ist."
Eine Märtyrerkrone: Oelze hatte am 18. 10. 1950 geschrieben: „Herr Paeschke jedenfalls trägt für mich so etwas wie die Dornenkrone eines geistigen Märtyrers – für 700 DM (brutto) so viel Korrekturfahnen, Manuskripte, Nachtwachen im kalten Zimmer, Lesen, Lesen, Lesen, was alle Welt schreibt und schickt – das hat mich erschüttert. Aber vielleicht bin ich aus meinem Beruf heraus geneigt, andre Professionen zu idealistisch zu sehen."

Nr. 517
Berlin 2. 11. 1950. Hs., 1 Bl. Lohner S. 181 (Auszug).

„Dagens Nyheter": Nya tyska böcker von Johannes Edfelt am 23. 10. 1950.

Den „Rheinischen Merkur": Mißvergnügte Literatur. Zum Werke Gottfried Benns von Franz Norbert Mennemeier im Rheinischen Merkur v. 14. 10. 1950.
Eine holländische Zeitschrift...: im Litterair Paspoort, S. 161 bis 163, war im Aug./Sept. 1949 von Wolfgang Bächler der Artikel *Gottfried Benn redivivus* erschienen.
Hinsichtlich Merkur Nr 32: in seinem Brief v. 29. 10. 1950 hatte Oelze Benn auf zwei Artikel aus dem Merkur 4 (1950) hingewiesen: Boris v. Schloezer, *Das mythische Ich des Künstlers. Betrachtungen zum Werk Johann Sebastian Bachs*, S. 1041-1058; und – unter der Rubrik „Marginalien" – Walter Boehlich, *Mehr Schärfe*, S. 1137-1140.
in Anbetracht meiner schönen Notiz: vgl. IV, 171.
„Zeitalter der Angst": erschien mit Benns Vorwort bei Limes (Wiesbaden 1951).
ein Haus in Antibes: bezieht sich auf Oelzes Anfrage, ob Benn sich, wenn er den Nobelpreis erhielte, ein Haus in Antibes kaufen würde (Anspielung auf Ernst Jüngers Karte aus Antibes, vgl. Erläuterung zu Brief Nr. 493).

Nr. 518
Berlin 8. 11. 1950. Hs., 1 Bl. Lohner S. 181 (Auszug).

„jeder Trieb...": der Satz lautet bei Nietzsche, *Aus dem Nachlaß der Achtziger Jahre:* „Jeder Trieb ist eine Art Herrschsucht, jeder hat seine Perspektive, welche er als Norm allen übrigen Trieben aufzwingen möchte". (Ed. Schlechta, Bd. III, S. 903).
Bürgermeister K.: Wilhelm Kaisen, geb. 1887, SPD, war seit 1945 Senator für Volkswohlfahrt und Bürgermeister von Bremen.
Ja, Goethe...: Oelze hatte am 6. 11. 1950 geschrieben: „‚Garstiger Wirrwarr netzumstrickter Qualen': – der alte Goethe sah glaube ich die Wirtschaft des XX. Jhdts. ganz visionär voraus; auch diese frappanten, mir erst jetzt, mit 60 Jahren, verständlich gewordenen Verse der *Sorge* im letzten Akt Faust II drücken Erfahrungen aus, die Goethe als Individuum garnicht haben konnte – höchst merkwürdig, woher ‚*wusste*' er das, was Menschen erst 150 Jahre später erfahren sollten!?"
Anordnungen als Theaterdirector in Weimar: Eckermann hatte 1824 aufgrund von Notizen Goethes aus dem Jahre 1803 die *Regeln für Schauspieler* geschrieben, in denen detaillierte Anweisungen gegeben wurden für Aussprache, Gebärden, Haltung usw. der Schauspieler auf der Bühne.

Nr. 519
Berlin 13. 11. 1950. Hs., 1 Bl. Lohner S. 177 (Auszug).

Heft aus Österreich: in Wort und Wahrheit 5 (1950), S. 838-848, erschien von Curt Hohoff der Aufsatz *Gottfried Benn.*

Nr. 520
Berlin 15. 11. 1950. Hs., 2 Bl. Unveröff.

Stroomann-Brief: vgl. Erläuterung zu Brief Nr. 652.
vornehmen Nachbarschaft: bezieht sich auf ein Zeitungsfoto mit der Unterschrift: „Die ehemalige deutsche Kronprinzessin Cäcilie von Preußen (links) weilt augenblicklich in Oberneuland zu Besuch bei ihrem Sohn, Prinz Louis Ferdinand (rechts). Auf ihrem Schoß das jüngste Kind des Prinzen, Xenia. In der Mitte Kira, Großfürstin Kyrill, die Gemahlin des Prinzen."
Ihrer N.-bücher: Benn schreibt versehentlich „Ihr" statt „Ihrer".
Warum soll der „Phänotyp" ...: Oelze hatte geschrieben: „Sehr gespannt bin ich auf die französischen Uebersetzungen, – schade, dass der Phänotyp nicht dabei ist."
Hier werden die Diphthonge ...: vgl. I, 557.
bei dem Germanisten: Wellershoff promovierte 1952 mit seiner Dissertation über Benn bei dem Bonner Germanistik-Professor Wilhelm Schneider.
Abend vom 6 XII: Benn-Abend im Bremer Zimmertheater mit Gert Westphal.
„Sonntagsblatt": Kurt L. Tank, *Von Mutter Wolffen zum Weinhaus Wolf. Der Weg vom Realismus zum Surrealismus*, Sonntagsblatt, Hamburg, v. 12. 11. 1950.

Nr. 521
Berlin 23. 11. 1950. Hs., 1 Bl. Unveröff.

Vivisectionsstudie: ein Durchschlag dieser Arbeit (ein Teil der Dissertation) von D. Wellershoff (ohne Titel, 32 Bl.) befindet sich in Oelzes Archiv; er hat ihn nach einer beiliegenden Notiz am „1. I. 1951 vom Verfasser" erhalten.

Nr. 522
Berlin 24. 11. 1950. Hs. in einem Exemplar des Bandes *Frühe Prosa und Reden.* Unveröff.

Nr. 523
Berlin 14. 12. 1950. Ms. (bis zur Grußformel), 1 Bl. Lohner S. 181 (Auszug).

Modeglossierung: Gibt es eine Herrenmode? von Walther Kiaulehn in der Neuen Zeitung v. 9. 12. 1950.
wegen unauffälliger Binder: vgl. II, 256.
sehr schöner Aufsatz aus der Furche: Doppelleben von Reinhold Schneider, Furche, Nr. 49 (2. 12. 50), S. 5. Das Schlußzitat lautet korrekt: „Es ist eine Vollendung, die sich nicht mehr angreifen läßt."

Nr. 524
Berlin 18. 12. 1950. Hs., 1 Bl. Lohner S. 181 (Auszug).

Nr. 525
Berlin 27. 12. 1950 (Poststempel). Hs., 1 Karte. Unveröff.

Nr. 526
Berlin 1. 1. 1951. Hs., 1 Bl. Unveröff.

Claudel: Oelze hatte u. a. über Claudels Drama *Partage de Midi* (dt. *Mittagswende)* geschrieben: „Diese pathetische Mischung von Sexualität mit Marien- und Jesuskult ist mir widerlich."

Nr. 527
Berlin 3. 1. 1951. Telegramm. Unveröff.

zum feierlichen Tag: Oelzes 60. Geburtstag.

Nr. 528
Berlin 9. 1. 1951. Hs., 5 Bl. Lohner S. 182 (Auszug).

diese Chinesen: Oelze hatte geschrieben: „bei den Chinesen, die 4 000 Jahre Erfahrung vor uns voraus haben, las ich: mit zunehmenden Jahren werden wir immer schamloser, und: nach 50 Jahren ist jeder Mann ohne Ausnahme ein Schuft."
aere perennius: Horaz: *Oden* III, 30, 1.
Bemerkung über Antimarxistisches: Oelze hatte geschrieben: „Der einzige Punkt, wo ich mir erlauben würde, ein kleines Bedenken [zur Auden-Einleitung] geltend zu machen, ist der mir in der Haltung des Ganzen zu sachlich-spezialisiert erscheinende Hinweis auf die ‚antimarxistisch gemeinten Verse', die, soweit Sie sie citieren, doch auch als rein poetische Vision ohne Tendenz gesehen werden könnten?"
Akt von Christopher Fry: der 1. Akt von *Venus im Licht* des englischen Dramatikers Chr. F. (geb. 1907; eigentl. Christopher Hammond), Der Monat 3 (1951), S. 395-413.

kurze Entgegnung: ein Brief *Zum Thema Indochina* von Elisabeth Zehden, Der Monat, 3. Jg., Jan. 1951, Nr. 28, S. 441 f.
sine linea: Benn schreibt „sine lingua", von Oelze korrigiert.
Einladung zum 2. V: anläßlich von Benns 65. Geburtstag.

Nr. 529
Berlin 3.2.1951. Ms. (bis „doch gehn?"), 1 Bl. Lohner S. 189 f., 303 (Auszüge).

Konzeption von Kunstwerken im Ausland: Oelze hatte geschrieben: „Interessant ist noch, daß fast alle grossen Werke W.s [Richard Wagners] entweder im Ausland concipiert oder dort geschrieben sind."
Prolog: Prolog zu einer Privat-Aufführung der Oper Echo und Narziss von Christ. Ritter von Gluck gesprochen im Bremer Stadttheater am 16. November 1913 von Rudolf Alexander Schröder. Oelze wirkte an dieser Aufführung als Statist mit.
Seine Nationalhymne: die Absicht des Bundespräsidenten Theodor Heuss, Schröders *Hymne* („Land des Glaubens, deutsches Land") anstelle des Deutschlandliedes als Nationalhymne zu wählen, scheiterte schließlich im Mai 1951 am Widerstand des Bundeskanzlers Konrad Adenauer.
Kaninchenfell als Reichsflagge: vgl. III, 475.
Essayband: Essays, Wiesbaden 1951.
Verlaine: vgl. I, 514.

Nr. 530
Berlin 19.2.1951. Hs., 1 Bl. Lohner S. 34 (Auszug).

„Wer malte die Winde ...": Oelze hatte Benn eine Postkarte mit van Goghs Bild des Dr. Gachet geschickt, unter das er eine Blume gezeichnet hatte. Als Antwort auf Benns Vierzeiler schrieb er: „Die gemalte Winde unter Doctor Gachet / War ausnahmsweise meine Idee, / Und wenn Sie fragen, warum und wie? / So war's nur der Hang zur Symmetrie".
Roman: Father Malachy's Miracle (1931; dt. 1951 u. d. T. *Die Wunder des Malachias*) von Bruce Marshall, geb. 1899.
Vathek: Vathek. An Arabian Tale. Novelle des englischen Schriftstellers William Beckford (1759-1844), die 1786 zuerst in einer englischen Übersetzung, dann im französischen Original erschien. Vgl. IV, 375.
Aufsatz von Carl Einstein: C. E., *Zu Vathek*, ders., *Anmerkungen*, Berlin-Wilmersdorf 1916, S. 5-9.

Lyrikquiz: Benn meint den 1951 bei Limes erschienenen Band *Geliebte Verse. Die schönsten deutschen Gedichte aus der ersten Jahrhunderthälfte*, für dessen Zusammenstellung Max Niedermayer vor allem Künstler und Schriftsteller gebeten hatte, die zehn Gedichte zu nennen, die sie für die schönsten der letzten 50 Jahre hielten. Vgl. Brief Nr. 489.
starb 1912: richtig 1902.

Nr. 531
Berlin 22. 2. 1951. Hs., 1 Bl. Unveröff.

von Bremens Schwesterstadt . . .: bisher unveröffentlicht.

Nr. 532
Berlin 25. 2. 1951. Ms. (bis „treuen Händen."), 1 Bl. Lohner S. 10 (Auszug).

Anbei eine Sendung: Typoskript, 21 Bl., Durchschläge; auf Bl. 1 hs.: „*Fragmente* 20 Gedichte G. B. II/51."; Bl. 2-21: die Gedichte der Sammlung *Fragmente* (1951) mit Ausnahme des Gedichts *Eine Hymne;* bei 3 Gedichten eine hs. Angabe über deren Erstveröff. Auf Bl. 1 Oelzes Empfangsvermerk „rec. 2/III. 51 Oe".
Hinsichtlich Curtius: Oelze hatte an einem Aufsatz (*Eliot*, in: *Kritische Essays*) moniert, daß Benns Name hier nur zweimal vorkomme, und wollte sich deswegen brieflich an den Verfasser wenden.

Nr. 533
Berlin 6. 3. 1951. Hs., 1 Bl. Lohner S. 189 (Auszug).

Es wird: Benn schreibt versehentlich „Es wir".

Nr. 534
Berlin 11. 3. 1951. Hs., 2 Bl. Lohner S. 303 (Auszug).

der Abschied: beim Abschied hatte Benn Oelze ein Exemplar von W. H. Audens *Zeitalter der Angst* überreicht. Widmung: „Herrn Oelze als bescheidener Dank für seinen wunderbaren Besuch am 10/11 III 51 in Bozenerstr 20. Gottfried Benn".
Picasso: Walter Erben, *Picasso und die Schwermut. Versuch einer Deutung*, Heidelberg 1947.

Nr. 535
Berlin 19. 3. 1951. Hs., 1 Bl. Lohner S. 193 (Auszug).

Grosser Agrippa (im Sinne Audens): vgl. Auden, *Das Zeitalter der Angst. Ein barockes Hirtengedicht*, eingeleitet von Gottfried Benn, Wiesbaden 1951, S. 94 (in der Übersetzung von Kurt Heinrich Hansen).
von S. 320: bezieht sich auf die in der Anthologie *Geliebte Verse* genannten Autoren.

Nr. 536
Berlin, vermutlich 22. 3. 1951. Hs. auf dem Rand eines Zeitungsblattes mit dem Artikel *Mittwoch-Abende auf Bühlerhöhe* von Gerhard Stroomann (Das literarische Deutschland v. 20. 3. 1951).

22/III: erschlossen, da das hs. Datum beim Abtrennen des Zeitungsblattes teilweise unlesbar geworden ist.

Nr. 537
Berlin 3. 4. 1951. Hs., 2 Bl. Lohner S. 183 (Auszug).

„Einen Tropfen der Lethe nur-": Zitat aus Friedrich v. Matthissons Gedicht *Vauklüse.*
Themen: die Punkte 1, 2 und 5 beziehen sich auf eine Anthologie im Droemer-Verlag. Vgl. Brief Nr. 538.
„Der Bettler": Der alte Bettler, Gedicht von Gottfried Keller.
„Das Köhlerweib ist trunken": das Gedicht *Kunigunde* von Gottfried Keller.
meine These ...: vgl. I, 496 f. u. 545.
H.: Hölderlin.
Holthusen: Hans Egon H., *Konversion und Freiheit*, Merkur 5 (1951), S. 232-252.
Ihr neuerlicher Ringelnatz: ein Brief Oelzes, auf den sich diese Bemerkung beziehen könnte, ist nicht erhalten. Es geht, wie aus einem späteren Oelze-Brief deutlich wird, um die Anthologie *Geliebte Verse:* Oelze hatte wohl, nicht ganz ernsthaft, gesagt, daß auch Ringelnatz in diese Anthologie gehöre.
„Silberelegieen": Oelze hatte geschrieben: „Etwas zu viel *Hölty*, 2 oder 3 von diesen Silberelegien sind schön, 6 zu viel."
„verstehe durchaus ...": vgl. I, 495.
Hofmannsthals Essay: Gedichte von Stefan George (Gesammelte Werke, Prosa I, 1950, S. 242-250).

Nr. 538
Berlin 7. 4. 1951. Hs., 2 Bl. Lohner S. 190 (Auszug).

Münchener Anthologie: Das Gedicht. Deutsche Lyrik von den Anfängen bis zur Gegenwart, hrsg. v. E. Laaths, München 1951.
Erfüllung ...: in der Versfassung von Goethes *Iphigenie auf Tauris* sagt Iphigenie im 1. Auftritt des 3. Aufzugs: „So steigst du denn, Erfüllung, schönste Tochter / Des größten Vaters, endlich zu mir nieder!“ (V. 1094 f.). Vgl. II, 246.
Staatsanwaltschaft: es handelt sich um eine gerichtliche Voruntersuchung gegen Lüth und vier andere Vorstandsmitglieder des „Bundes Deutscher Jugend“, die Lüth selbst beantragt hatte. Sie endete mit einem Beschluß des 3. Strafsenats des Bundesgerichtshofes, in dem die Eröffnung eines gerichtlichen Verfahrens abgelehnt wird, da sich hinsichtlich der einzelnen Vorwürfe entweder die Unschuld der Betroffenen herausgestellt oder ein begründeter Verdacht nicht ergeben hatte.

Nr. 539
Berlin 17. 4. 1951. Hs., 2 Bl. Lohner S. 182 (Auszug).

missgünstige Kritik: Anthologien und Privatsträußchen von Hans Eberhard Friedrich in der Neuen Zeitung v. 8. 4. 1951.
Eschmann: Ernst-Wilhelm E., geb. 1904, Prof. für Soziologie und Geistesgeschichte. E. gehörte – unter dem Pseudonym Leopold Dingräve – vor 1933 dem Kreis um die konservative Kulturzeitschrift Die Tat an. – Die Weltwoche v. 13. 4. 1951 hatte über ihn eine Notiz gebracht, auf die sich Benn hier bezieht.
schmeichelhafte Bemerkungen: in Oelzes Archiv sind folgende Zeitungsausschnitte vorhanden: Christian E. Lewalter, *Schönheit aus Tod und Trauer*, Die Zeit v. 22. 3. 51; Walter Lennig, *Wendemarke der Form*, Die Welt v. 11. 4. 1951; Adolf Frisé, *Beispiel für die literarischen Betschwestern*, Deutsche Zeitung und Wirtschafts Zeitung (Stuttgart) v. 11. 4. 1951.

Nr. 540
Berlin 21. 4. 1951. Hs., 1 Bl. Unveröff.

Kritik: der Artikel von H. E. Friedrich. Vgl. Brief Nr. 539.
Briefkopie: die Abschrift des Briefes von Niedermayer an Friedrich v. 10. 4. 1951 hat Oelze im Brief an Benn v. 25. 4. 1951 zurückgeschickt.
nicht einverstanden: Vietta ging als Dramaturg nach Darmstadt und wollte dort Benns *Etappe* aufführen; Benn sollte dafür eine Bühnenfassung herstellen.

Nr. 541
Wiesbaden 1. 5. 1951. Hs., 1 Bl. Unveröff.

Nr. 542
Wiesbaden 2. 5. 1951 (vermutlich zurückdatiert). Hs. in einem Exemplar der *Drei alten Männer* (dänische Ausgabe: Gottfried Benn, *Tre gamle maend*, Samtaler, København 1951), das Benn Oelze nach seinem Besuch in Wiesbaden geschickt hat.

Nr. 543
Berlin 6. 5. 1951. Hs., 1 Bl. Unveröff.

Nr. 544
Berlin 13. 5. 1951. Hs., 1 Bl. Unveröff.

Nr. 545
Berlin 19. 5. 1951. Hs., 3 Bl. Unveröff.

da steht allerlei . . .: im Literarischen Deutschland v. 5. 5. (Nr. 9): Bächler, Wolfgang, *An Gottfried Benn* (Gedicht); Krämer-Badoni, Rudolf, *Die zeitlose Situation des Dichters. Bemerkungen zum Werk Gottfried Benns;* im Literarischen Deutschland v. 20. 5. (Nr. 10): Haas, Helmuth de, *Das Zeitalter der Angst;* Vietta, Egon, *Gibt es eine deutsche Literatur?.*
Anthologie: Anthologie deutscher Lyrik, Gesammelt und geordnet von L. Traverso und G. Zamboni, Florenz, Sansoni, 1950.
Guernon: vermutlich handelt es sich um René Guénon (1886 bis 1951), der ein Werk mit dem Titel *Die Krisis der Neuzeit* (1927, dt. 1950) verfaßt hat.
Sedlmayr: Hans S., *Verlust der Mitte. Die bildende Kunst des 19. und 20. Jahrhunderts als Symptom und Symbol der Zeit*, Salzburg 1948. Zur Problematik des „Verlusts der Mitte" u. zum folgenden vgl. I, 492, 518-22, 526.
sagen Sie nicht apokalyptisch: vgl. I, 527 u. 546; II, 390.
vom Abendländler gelöst werden muss: vgl. I, 527.

Nr. 546
Berlin 23. 5. 1951. Hs., 1 Bl. Unveröff.

Aufsatzes von Rychner: Gottfried Benn. Züge seiner dichterischen Welt von Max Rychner in der Neuen Schweizer Rundschau 17 (1949), S. 148-180. Vgl. Brief Nr. 426.
Zitat des Ptol. . . .: „es handelt sich nicht mehr um den Verfall

eines einzelnen Menschen, auch nicht einmal den einer Rasse ... *die Zukunftslosigkeit eines ganzen Schöpfungswurfes* trat in das allgemeine Gefühl, eine Mutation – an ein Erdzeitalter gebunden, an das hominine ...“ (II, 219).
Hier treffen sich ...: vgl. I, 524.

Nr. 547
Berlin 29. 5. 1951. Hs., 1 Bl. Unveröff.

Dank für Brief: in seinem Brief v. 25. 5. 1951 schreibt Oelze: „Das Wort: – zweischneidig, mehrschneidig, schärfer und schwerer zu handhaben als eine Rasierklinge zwischen den blossen Fingern; ein Balanceakt, ein equilibristisches Kunststück kann man lernen, wenn man früh genug sich die Gelenke dehnen läßt und asketisch lebt, – aber das Wort ist unerlernbar, wie das Gehen über die Regenbogenbrücke ...“. Von Benn verwendet in seinem Vortrag *Probleme der Lyrik* (I, 510).
Walter Pater: vgl. I, 501. Vgl. Brief Nr. 549.
überaus langer Aufsatz: Tre gamle maend (1951). Das genaue Erscheinungsdatum war nicht mehr festzustellen. Vgl. Brief Nr. 551.
gewisse Ptolemäerstelle: vgl. II, 214. – Dazu: Nele Poul Soerensen, *Mein Vater Gottfried Benn*, S. 58-63. Vgl. Brief Nr. 305.

Nr. 548
Berlin 5. 6. 1951. Hs., 2 Bl. Unveröff.

Sache aus New-York: vgl. Benns Brief v. 1. 6. 1951 an Marguerite Schlüter, in dem er u. a. schreibt: „In der New Yorker Staatszeitung (deutsch) beschäftigt sich Herr Julius Bab mit unserm Audenbuch. (Herr Bab ist ein alter Gegner von mir, der schon vor 1933 mich immer als eine ‚ephemere Sumpfblüte der Moderne‘ bezeichnete). Auch jetzt erklärte er, er zweifle an Auden u. von mir halte er sehr wenig, – trotzdem findet er Vorwort u. Buch äußerst interessant.“ (*Den Traum alleine tragen*, S. 227).
Bab: Julius B. (1880-1955), deutscher Theaterkritiker und Schriftsteller, emigrierte 1938 nach Frankreich, 1941 in die USA.

Nr. 549
Berlin 7. 6. 1951. Hs., 2 Bl. Lohner S. 189, 190 (Auszug).

Pater und Ruskin: Oelze hatte Benn gesandt: Walter Pater, *Imaginäre Porträts*, Hamburg 1946 und John Ruskin, *Menschen untereinander*, o. O. 1905 (= Lebende Worte und Werke 4).

Dank für Weserkurier: bezieht sich auf den Artikel *Der Nihilismus ein Glücksgefühl?* von Ferdinand Toro (Pseud. f. tom Möhlen) im Weserkurier v. 5. 6. 1951.
Frl. Schlüter: Marguerite Sch., geb. 1928, ehemals Lektorin, jetzt geschäftsführende Gesellschafterin des Limes Verlages.
Ihre Ironie . . .: Oelze hatte geschrieben: „Von hier [sc. ‚Expressionismus'] bis ‚Kunst und Drittes Reich' war ein weiter bittrer Weg."
gefunden: Entzifferung unsicher; nach dem Schriftbild wäre am ehesten „gefundten" zu lesen.
„Alt werden heisst . . .": Maximen und Reflexionen 259.
von Ihnen geschenkten Buch: Goethes Poetische Werke, Vollständige Ausgabe, Bd. 2, West-Östlicher Divan, Epen, Maximen und Reflexionen, J. G. Cotta'sche Buchhandlung Nachfolger, Stuttgart 1950.
„Deutsche Zeitung": enthielt ein Foto Benns von Frank Maraun.

Nr. 550
Berlin 16. 6. 1951. Hs., 1 Bl. Unveröff.

Malaparte: der Roman *La Pelle* von Curzio M. (d. i. Kurt Erich Suckert, 1898-1957) erschien zuerst in Paris 1949; eine deutsche Übersetzung erschien 1950 in Stuttgart.
von Salomon: Ernst v. S., geb. 1902, *Der Fragebogen*, Hamburg 1951.

Nr. 551
Berlin 19. 6. 1951. Ms., 1 Bl. Lohner S. 190 (Auszug).

dass gaia . . .: vgl. I, 291, 500.

Nr. 552
Berlin 20. 6. 1951. Hs., 1 Bl. Unveröff.

einen kleinen Band: vgl. Brief Nr. 431.

Nr. 553
Berlin 5. 7. 1951. Hs., 1 Bl. Lohner S. 44, 183 (Auszüge).

Thema des lyrischen Ich: vgl. I, 511-514.
George Grosz: Benn schreibt Grosz statt mit sz wohl mit sß.
Zeitungsausschnitte: Hindemiths Oratorium ‚Das Unaufhörliche' von H. P. in der Frankfurter Neuen Presse v. 16. 6. 51; *Tradition und Moderne* in Der Tag (Berlin) v. 23. 5. 51; *‚Das Unaufhör-*

liche' von Paul Hindemith von Fr. Br. in der Frankfurter Allgemeinen v. 19. 6. 51; *Höhepunkt mit Hindemith* von Heinz Enke in der Frankfurter Rundschau v. 19. 6. 51.
Lasen Sie ...: es handelt sich hierbei um einen Leseabend, den Gertrud Dahlmann-Stolzenbach am 17. 6. 1951 mit Gedichten Benns und den *Drei alten Männern* bestritt. Hierüber berichteten u. a. die Münchner Abendzeitung am 27. 6. (B. v. Budzinski: *Gottfried Benn – zur Diskussion gestellt)* und am 29. 6. (C. H.: *Benn im Ateliertheater*); die Neue Zeitung am 29. 6. (Christian Ferber: *G. Benn – vollendet interpretiert*); die Süddeutsche Zeitung am 29. 6. (U. v. K.: *Gertrud Dahlmann-Stolzenbach las Gottfried Benn*); der Münchner Merkur am 29. 6. (Walther Kiaulehn: *Gertrud Dahlmann-Stolzenbach wieder am Vortragspult*).

Nr. 554
Berlin 9. 7. 1951. Hs., 1 Bl. Unveröff.

Nr. 555
Berlin 11. 7. 1951. Hs., 1 Bl. Unveröff.

mit herzlichem Dank zurück: der Brief lag den zurückgeschickten Büchern bei.
Aufsatz in der „Welt": Fragmente unserer Zeit. Neue Gedichte von Gottfried Benn von W. Lg. in der Welt v. 5. 7. 1951.

Nr. 556
Berlin 15. 7. 1951. Ms., 1 Bl. Lohner S. 32, 190 (Auszüge).

„Dein Körper gehört Dir": Oelze hatte vorgeschlagen, den Aufsatz aufzunehmen, da das Thema wieder aktuell sei.
Malaparte: Oelze hatte über M.s Roman *Die Haut* geschrieben: „Wohl das Übelste an Snobismus, was mir seit Jahren zu Gesicht gekommen ist."
Den Stadtrassismus ...: vgl. I, 272. Über eventuelle Einwände Oelzes ist in den Briefen nichts zu finden.

Nr. 557
Berlin 16. 7. 1951. Hs., 1 Bl. Lohner S. 190 f. (Auszug).

Nr. 558
Berlin 16. 7. 1951. Hs., 1 Bl. Unveröff.

Korrecturexemplar: des Vortrages *Probleme der Lyrik.*
ans Kreuz genagelt: vgl. I, 516.

Nr. 559
Berlin 17. 7. 1951. Hs., 1 Bl. Lohner S. 183 (Auszug).

Nr. 560
Berlin 23. 7. 1951. Hs., 1 Bl. Unveröff.

Nr. 561
Berlin 3. 8. 1951. Hs., 1 Bl. Lohner S. 184 f. (Auszug).

Thomas Wolfe: T. W. (1900-1938), *You Can't Go Home Again*, Roman, zuerst 1940; deutsche Übersetzungen erschienen in Bern 1942 und in Hamburg 1950.
„Weltwoche": gemeint wohl die Weltwoche v. 27. 7. 1951, die aus den bei Limes neu erschienenen *Fragmenten* Benns Gedicht *Reisen* abgedruckt hatte; dazu die Beurteilung, der Band sei ein „einundzwanzigfaches Zeugnis dafür, daß Benns Spätexpressionismus unbeschadet seiner kunsttheoretischen Problematik in Deutschland immer noch die modernsten und betreffendsten Gedichte hervorbringt".
Dame in Köln: Astrid Claes, geb. 1928, promovierte mit einer Arbeit über Benn (*Der lyrische Sprachstil Gottfried Benns*, Diss. Köln 1953).

Nr. 562
Berlin 16. 8. 1951. Ms. (bis auf die Grußformel), 1 Bl. Unveröff.

Trudchen: Gertrud Zenzes. Vgl. Brief Nr. 320.
Hahnenklee: vgl. Brief Nr. 57.

Nr. 563
Marburg 21. 8. 1951. Hs. (von H. H. Schaeder, von Benn unterschrieben), 1 Postkarte (Ansicht von Marburg). Unveröff.

„Die wenigen ...": vgl. Erläuterung zu Brief Nr. 474.
Schulin: Ernst Sch., geb. 1929, Prof. für Neuere Geschichte.

Nr. 564
Bad Ems (?) 22. 8. 1951. Hs., 1 Postkarte (Ansicht von Bad Ems). Lohner S. 185.

Nr. 565
Berlin 27. 8. 1951. Hs., 1 Bl. Unveröff.

Nr. 566
Berlin 29. 8. 1951. Hs., 1 Bl. Unveröff.

Nr. 567
Berlin 12. 9. 1951. Hs., 1 Bl. Unveröff.

es ist unverzeihlich: Benn schreibt „ist ist unverzeihlich".
M. N.: Max Niedermayer.
Ihre grosse Gastfreundschaft: als Dank dafür schrieb Benn bei seinem Besuch die folgenden Verse in ein Exemplar der *Fragmente:*

„Das Haus in Bremen,
das ich nun wirklich sah,
bisher ein Schemen,
mir nur im Geiste nah –

Das wird nun dauern
in steter Wiederkehr:
die weissen Mauern,
die Bäume, alt u. schwer. –

Dem Ehepaar Oelze
in aufrichtiger Dankbarkeit
1-3 IX 51,
Oberneuland Gottfried Benn"

Nr. 568
Berlin 15. 9. 1951. Hs., 1 Bl. Lohner S. 198 (Auszug, unter dem 15. 11. 1951).

anbei die Ergebnisse: die sechs Gedichte des Zyklus *Spät* (III, 329 bis 334), Typoskript, 6 Bl., Durchschläge, auf Bl. 6 hs.: „G B IX/51. Zur Erinnerung an Oberneuland 1-3 IX 51. Benn".

Nr. 569
Berlin 17. 10. 1951. Hs., 1 Postkarte. Unveröff.

nach Darmstadt: Benn nahm am 21. 10. 1951 in Darmstadt den Georg-Büchner-Preis der Deutschen Akademie für Sprache und Dichtung entgegen.

Nr. 570
Berlin 25. 10. 1951. Hs., 1 Bl. Unveröff.

Nr. 571
Berlin 7. 11. 1951. Hs., 1 Bl. Lohner S. 198 (Auszug).

Vietta: bezieht sich auf einen Brief von V. an Oelze, in dem er von seiner ersten Begegnung mit Benn anläßlich der Verleihung des Büchner-Preises in Darmstadt berichtet.
Sätze über die Dämonen: vgl. I, 534.
„(Oberneulander)" Gedichte: die sechs unter dem Obertitel *Spät* zusammengefaßten Gedichte. Vgl. III, 329-334.
was er für Pläne hat: nämlich, sie neu zu publizieren (*Frühe Lyrik und Dramen*, Wiesbaden 1952).

Nr. 572
Berlin 28. 11. 1951. Ms., 1 Bl. Unveröff.

deutsche Kritiker: Oelze vermutete, daß es sich um Vietta gehandelt habe.
in einem seiner Aufsätze: in seinem Aufsatz *Benn: der Wertzerfall der Moderne* (Frankfurter Allgemeine v. 20. 10. 1951) zitiert Vietta aus dem Benn-Brief an Oelze v. 27. 1. 1933: „An Stelle des Begriffs der Wahrheit und der Realität, einst theologisches, dann wissenschaftliches Requisit, tritt ja jetzt der Begriff der Perspektive." Vgl. Brief Nr. 2.
Zitat, das: Benn schreibt versehentlich „dass".

Nr. 573
Berlin 10. 12. 1951. Hs., 1 Bl. Unveröff.

das Neue ...: Die Stimme hinter dem Vorhang.

Nr. 574
Berlin 15. 12. 1951. Hs., 1 Bl. Unveröff.

Nr. 575
Berlin 19. 12. 1951. Hs., 1 Bl. Unveröff.

alles Jesuiten: bezieht sich auf die Stimmen der Zeit. Monatsschrift für das Geistesleben der Gegenwart, Jg. 77, Bd. 149 (1951/52), darin: Wilhelm Grenzmann, *Gottfried Benn*, S. 106-116.

Nr. 576
Berlin Weihnachten 1951. Auf Bl. 1 eines Typoskripts der *Stimme hinter dem Vorhang*. Unveröff.

Typoskript, 32 Bl., Durchschläge; Bl. 1: Titelblatt (unpag.) mit Widmungszeilen; Bl. 2-32 (pag. 1-31): Text; auf dem letzten Bl. signiert und datiert: „Gottfried Benn. XII. 51."
Beigelegt war dieser Sendung vermutlich der Band: *Gestalt und Gedanke*. Ein Jahrbuch, Hrsg. von der Bayerischen Akademie der Schönen Künste, München 1951. Darin Benns hs. Widmung: „Herrn F. W Oelze Weihnachtsgruss 1951. Benn".

Oberneuland: Benn schreibt versehentlich „Oberland".

Nr. 577
Berlin 17. 1. 1952. Hs., 1 Bl. Unveröff.

„Arien": vgl. II, 422 ff. Oelze hatte geschrieben: „‚Die Stimme hinter dem Vorhang'. Was Sie darüber am Telefon sagten, war mir sehr aufschlußreich, ich hatte es dreimal vorher gelesen. – Hier liegt also, nach den 3AM das zweite der großen Soliloquia vor; im Stil, schien mir, härter als alles Vorausgehende, ohne den brokatenen Glanz, den noch Seiten in den 3AM ausstrahlten (z. B. der Sumatramorgen), das Lyrische nur noch eine Reminisczenz wie an verlorene Welten in dem narkotisierenden ‚Gesang aus der Sonntagszeitung'".
Literaturpreis: es handelt sich um den Europäischen Literaturpreis, der im März 1953 Werner Warsinsky für seinen Roman *Kimmerische Fahrt* (1953) verliehen wurde. Dem Komitee gehörten u. a. an Salvador de Madariaga, Ignazio Silone, Denis de Rougement. Benn hatte sich für die Preisverleihung an Warsinsky besonders eingesetzt und hielt auch die Laudatio. Vgl. I, 550 f.; vgl. auch Briefe Nr. 622 und Nr. 628.

Nr. 578
Berlin 21. 1. 1952. Hs., 1 Bl. Unveröff.

amerikanischen Brief: der Brief und Oelzes Antwort sind nicht mehr vorhanden; Benn hat Oelzes Antwort wohl in die USA geschickt. Vgl. Brief Nr. 579.

Nr. 579
Berlin 26. 1. 1952. Hs. (das Gedicht ms.), 2 Bl. (beim 2. Bl. das Gedicht abgeschnitten u. wieder angeklebt). Lohner S. 199 (Auszug).

beiden Herrn: Edgar Lohner und Cid Corman in Cambridge/Mass., die Benn-Werke ins Englische übersetzen wollten. Eine erste Auswahl von Gedichten erschien im New Mexico Quarterly,

Summer 1952, S. 177-186, mit einer kleinen Einführung. Vgl. Brief Nr. 583.
diese Gedichte: des Zyklus *Spät.*
Kiel u Spiel: im 5. Gedicht des Zyklus *Spät* (III, 334).
Einladung nach Paris: aus Oelzes Antwortbrief geht dazu folgendes hervor: „Das bemerkenswerte Pariser Manifest einliegend zurück; sehr richtig, dass Sie absagten, das alles ist zu handgreiflich als politische Demonstration. Dieses vielberufene Abendland, wohin gekommen! [..] Sehr interessant die Adressatenliste der Pariser Einladung, nun sind Sie also in die Grosse Internationale ‚des intellectuels et savants' aufgenommen, reichend von Royaume Uni bis Amérique Latine, von Islande bis Israel – mes félicitations les plus sincères!"
Lebe wohl –: mit diesem Gedicht (III, 286) beginnt ein neuer Briefbogen, den Oelze als einen selbständigen Brief angesehen, in einem gesonderten Briefumschlag verwahrt, nachträglich auf dem Umschlag datiert („wahrscheinlich 1953") und am Ende des Jahrgangs 1953 eingeordnet hat. Diese Datierung kann jedoch nicht zutreffen. Der Brief muß nach dem 31. 12. 1951 geschrieben worden sein, da dieses Datum am Schluß genannt wird, und vor dem Brief vom 26. 7. 1952 (Nr. 601), in dem Benn erwähnt, daß das Gedicht *Lebe wohl* – sich in Oelzes Archiv befindet. Tatsächlich handelt es sich um eine Beilage zum Brief vom 26. 1. 1952 (Nr. 579). Diese Zuordnung ist durch folgende Indizien gesichert: 1. Der Brief vom 26. 1. 1952 befindet sich als Beilage zu einer größeren Sendung in einem unfrankierten Briefumschlag mit Benns Aufschrift „Herrn F W Oelze. *Privat*", der außerdem noch versiegelt war. Diese Vorsichtsmaßnahmen wären völlig unverständlich, wenn der Umschlag nur den auf den 26. 1. 1952 datierten Brief enthalten hätte. 2. Der datierte Brief u. die undatierte Beilage sind auf demselben Papier („Japanpost") und wohl auch mit demselben Kugelschreiber geschrieben. 3. Auf dem Blatt des datierten Briefes sind Druckspuren eines Kugelschreibers zu erkennen, die lesbar werden, wenn man die Vorderseite der undatierten Beilage danebenhält: Es besteht kein Zweifel, daß Benn das Blatt des Briefes vom 26. 1. 1952 beim Schreiben der undatierten Beilage als Unterlage gedient hat. Auch der Anfang des folgenden Briefes vom 16. 2. 1952 (Nr. 580) spricht für diese Einordnung.

Nr. 580
Berlin 16. 2. 1952. Hs., 1 Bl. Lohner S. 200 f. (Auszug, unter dem 24. 2. 1952).

„Leb' ich doch stets ...“: Goethe, *Aus den Gedichten an Frau von Stein.*
Gide's Konfessionen: André G., *Intimes Tagebuch,* Merkur 6 (1952), S. 252-266.
Roman: Frank Thiess, *Die Straßen des Labyrinths,* Hamburg 1951.
„Die Weltanschauung der Rosmer ...“: Worte der Rebekka in Ibsens Drama *Rosmersholm* (erschienen 1886), 4. Akt.
10 Minuten über die Lasker-Schüler: vgl. I, 537-540.

Nr. 581
Berlin 18. 2. 1952. Hs., 2 Bl. Unveröff.

Spezialfragen: Lohners Brief vom 11. 2. 1952, auf den Benn in seinem Brief v. 19. 2. 1952 antwortete (*Ausgew. Briefe,* S. 226 ff.).
Rychner: Max R., *Gottfried Benn, Züge seiner dichterischen Welt,* Neue Schweizer Rundschau NF, 17. Jg. (1949), S. 148-180.
Grenzmann: Wilhelm G., *Gottfried Benn,* Stimmen der Zeit, Jg. 77, Bd. 149 (1951/52) S. 106-116. Vgl. auch Brief Nr. 575.
neue Übertragungen: der Gedichte *Mann und Frau gehn durch die Krebsbaracke* und *Ach, das ferne Land* –. Benn hatte Oelze Typoskript-Durchschläge der Übertragungen *(Man and Woman visit the Cancer Ward; Ah, the Distant Land)* zugesandt (ohne Angabe von Übersetzer und Quelle). Die Übertragung der *Krebsbaracke* (von Lohner und Corman) erschien in überarbeiteter Form dann in der Vierteljahresschrift Four Winds, Summer 1952, S. 26.

Nr. 582
Berlin 20. 2. 1952. Hs., 1 Bl. Unveröff.

Brief an mich: Brief von Edgar Lohner v. 11. 2. 1952, mit einer Liste von Fragen zur Bedeutung und Übersetzung einzelner Wörter aus Benns Gedichten. Benns Antwort erfolgte am 19. 2. 1952 (abgedruckt in *Ausgew. Briefe,* S. 226-228).

Nr. 583
Berlin 23. 2. 1952. Hs., 1 Bl. Unveröff.

Lohner: Edgar L. (1919-1975), studierte in Bonn Anglistik, Romanistik, Germanistik und Philosophie. Von 1951 an lehrte er an verschiedenen Universitäten in den USA, zuletzt in Stanford, 1973 wurde er Ordinarius für Vergleichende Literaturwissenschaft an der Universität Mainz. Zahlreiche Veröffentlichungen über das Werk Benns.

„Doppelleben": Lohner hatte in seinem Brief v. 11. 2. 1952 über sich selbst und sein Schicksal während des Dritten Reiches geschrieben. Benns Verwendung des Begriffes „Doppelleben" ist in diesem Zusammenhang unverständlich.

Nr. 584
Berlin 24. 2. 1952. Hs., 1 Postkarte. – Lohner S. 201 (Auszug, unter dem 25. 2. 1952).

statt Hang ...: in der Erstveröffentlichung (Der Tagesspiegel v. 24. 2. 1952) hieß es: „was sie ihrem Hange nach war"; vgl. I, 538.

Nr. 585
Berlin 12. 3. 1952. Ms. (bis „Öffentlichkeit.", danach hs.), 1 Bl. Lohner S. 195 (Auszug).

folgendes zu korrigieren: korr. in II, 435; vgl. auch II, 262.
Einladung nach Köln: Oelze war vom „Grünen Teppich" zu einer Aufführung der *Drei alten Männer* eingeladen worden, die von Carl Werckshagen und dem Oberspielleiter der Städtischen Bühnen Köln, Friedrich Siems, inszeniert wurde und an der die Schauspieler Caspar Brüninghaus, Paul Bürks sowie Ernst Hetting als Sprecher teilnahmen. Der „Grüne Teppich" war eine Initiative des Kölner Buchhändlers Gerhard Ludwig, der regelmäßig in seiner Privatwohnung Gespräche mit Literaten, Schauspielern und Künstlern sowie gelegentlich Studioaufführungen veranstaltete.
Was Sie über die E. Lasker-Schüler schreiben ...: Oelze hatte geschrieben, ihr Werk habe ihn immer abgestoßen.
Anti-Prostata-Komplex: vgl. Brief Nr. 475.
„Hebräische Balladen": Gedichtband von Else Lasker-Schüler, der 1913 erschien.

Nr. 586
Berlin 23. 3. 1952. Hs., 1 Bl. Unveröff.

Desgl. NWDR Köln: der WDR teilte dazu mit, daß sich in seinem Archiv ein Hinweis auf eine Sendung mit oder über Benn, die möglicherweise Anfang 1952 ausgestrahlt worden sei, befinde. Die Aufnahme wurde in den fünfziger Jahren gelöscht.
die erste Kritik: Das große Gebot von Günter Blöcker im Tagesspiegel v. 23. 3. 1952. In Oelzes Archiv vorhanden mit handschriftlichem Vermerk Benns auf dem Zeitungsrand: „Mit Abschiedsgruss! G B".
Anlässlich „Grüner Teppich": vgl. Brief Nr. 585.

„Welt“: Die Leuchtkraft fehlte. Benns ‚Drei Alte Männer‘ im ‚Grünen Teppich‘ von Ilse Urbach in der Welt v. 23. 2. 1952.

Nr. 587
Meran 2. 4. 1952. Hs., 1 Postkarte (Ansicht von Meran). Unveröff.

Nr. 588
Meran 14. 4. 1952. Hs., 1 Postkarte (Ansicht von Meran). Unveröff.

Nr. 589
München 18. 4. 1952. Hs., 1 Bl. Unveröff.

Brief vom: das Datum fehlt.
bösartiger Verriss: am 5. 4. 1952 erschien eine Kurzrezension von Benns *Die Stimme hinter dem Vorhang*, in der es u. a. heißt: „Die Stimme hinter dem Vorhang hat – im Gegengespräch mit ein paar schematischen Gestalten – zu sagen, was Benn schon immer gesagt hat. Etwas Neues fällt ihr nicht ein, und das Alte war auch schon besser da.“ (S. 13).
sehr langer Aufsatz: Stoa 1952. Der neue G. B. von Karl Korn in der Frankfurter Allgemeinen v. 12. 4. 1952.
Schwedhelm: Karl Sch., geb. 1915, Lyriker, Übersetzer und Journalist, seit 1947 Lektor, seit 1955 Leiter der Abteilung Literatur am Süddeutschen Rundfunk in Stuttgart.

Nr. 590
Berlin 2. 5. 1952. Hs., 1 Bl. Lohner S. 203 (Auszug).

Sie erwähnen . . .: Oelze hatte geschrieben, daß er eine kleine Feier zu Benns Geburtstag veranstalten wolle, und weiter: „So wie der 2. Mai 51 in Wiesbaden wird es natürlich nicht sein – das waren ganz seltsame nie zu vergessende Tage; je weiter wir uns zeitlich davon entfernen, desto mehr erkenne ich in ihnen eine Begegnung mit dem Irrationalen . . . und warum sollte es uns nicht in einem Hotelzimmer begegnen können?“
Holthusen: Hans Egon H., geb. 1913, Münchner Schriftsteller, Lyriker, Essayist, Erzähler; wurde nach seiner Teilnahme am 2. Weltkrieg freier Schriftsteller; von 1961-1964 Programmdirektor des Goethe-Hauses in New York; ab 1968 Präsident der Bayerischen Akademie der Schönen Künste.
de Haas: Helmut d. H. (1928-1970), schrieb Novellen, Gedichte,

Essays, außerdem als Übersetzer tätig; seit 1955 Journalist, vor allem bei der Welt.
Sie u Herr Westphal: Oelze hatte in seinem Brief v. 28. 4. 1952 einen mit Westphal in Bremen verbrachten Abend erwähnt, an dem sie gemeinsam Benns gedachten.
Schriftsteller Kongress: er fand auf Einladung der Vereinigung der deutschen Schriftsteller-Verbände (Berlin-Hamburg) vom 27. bis 30. April in Berlin statt. Er widmete sich den Themen „Staat und Kultur" und „Freiheit und Zensur". Stefan Andres hielt einen Vortrag über *Der Dichter in dieser Zeit.*
Ihre Blumen: auf der Rückseite des Briefumschlages von Benn notiert.

Nr. 591
Berlin 23. 5. 1952. Hs., 2 Bl. Unveröff.

Anbei eine Zeitung: vermutlich die Süddeutsche Zeitung v. 7. 5. 1952 mit dem Artikel *Stenogramm über Gottfried Benn* von Helmuth de Haas.
In Berlin wird es heikel: nach der Ablehnung des sowjetischen Wiedervereinigungsplans (Note v. 10. 3. 1952) durch Bundesrepublik und Westmächte, sowie im Zusammenhang mit den Vorbereitungen für den Generalvertrag (Wiederherstellung der deutschen Souveränität) und dem EVG-Abkommen (das die Integration deutscher Streitkräfte in eine westeuropäische Armee vorsah) auf westlicher Seite, verschärfte der Osten seine Abgrenzung gegenüber dem Westen. Im Zuge der Anlage eines 5 km tiefen Sperrgebiets entlang der Zonengrenze kam es zu Übergriffen auf Westgebiet durch ostzonale Polizei. In Berlin beschuldigte der stellvertretende Stabschef der sowjetischen Besatzungstruppen, Generalmajor Trusov, die Amerikaner am 22. 5., Volkspolizei auf östlichem Gebiet angegriffen und den ostzonalen Luftraum verletzt zu haben.

Nr. 592
Berlin 25. 5. 1952. Hs., 1 Bl. Unveröff.

Kritiken: in Oelzes Archiv sind vorhanden ein Aufsatz von Karl Korn (vgl. Brief Nr. 589) und U. van de Voordes Besprechung von *Geliebte Verse, Probleme der Lyrik, Statische Gedichte* in De Standaard, Brüssel und Antwerpen, v. 12. 4. 1952.
70%: Corman hatte sich bei Oelze beschwert, daß er 70 % der Einnahmen aus den amerikanischen Benn-Übersetzungen an Nie-

dermayer abführen solle, ohne zu realisieren, daß Verleger und Autor ihrerseits nochmals teilen mußten.

Nr. 593
Berlin 15. 6. 1952. Hs., 1 Bl. Unveröff.

Nr. 594
Berlin 16. 6. 1952. Hs., 1 Bl. Unveröff.

Nr. 595
Berlin 23. 6. 1952. Hs., 1 Briefkarte. Unveröff.

Brief über Pound: Oelze hatte in seinem Brief v. 2. 6. 1952 ausführlicher über die *Cantos* von E. Pound geschrieben. Auf dem Rand dieses Briefes fügte Benn hinzu: „Herr Hennecke wollte Pound auf dem Hintergrund G. B. darstellen, sagte er mir bei seinem Besuch. Be". Der Adressat dieser Bemerkung ist nicht ersichtlich.

Nr. 596
Berlin 24. 6. 1952. Hs., 1 Bl. Unveröff.

Nr. 597
Berlin 24. 6. 1952. Hs., 1 Briefkarte. Unveröff.

Nr. 598
Berlin 27. 6. 1952. Hs., 1 Bl. Unveröff.

Nr. 599
Berlin 29. 6. 1952. Hs., 1 Briefkarte. Unveröff.

Nr. 600
Berlin 7. 7. 1952. Hs., 1 Bl. Unveröff.

neuen „Merkur": Benns Auslassungen beziehen sich auf folgende Artikel aus dem Merkur 6 (1952): Martin Heidegger, *Was heißt Denken?* (S. 601-611); Sophie Dorothee Podewils, *Lorenzo. Ein Spiel in zehn Bildern* (S. 629-642); Hans-Egon Holthusen, *Ode* (S. 626 f.).
Zitat von mir: Rainer Gruenter hatte in seiner Rezension von Osbert Sitwells *Left Hand! Right Hand! An Autobiography* (5 Bde., London 1945-1950) zitiert: „‚Stil' wird zum höchsten Begriff –, ‚alles andere ist Heu für die Kühe' (Benn)", Merkur 6 (1952), S. 693. Vgl. III, 255.

Nr. 601
Berlin 26. 7. 1952. Hs., 1 Bl. Lohner S. 200, 203, 208 (Auszüge).

den neuen Jünger u. Stephen Spender: Ernst J., *Besuch auf Godenholm*, Frankfurt a. M. 1952; das Buch des englischen Dichters S., geb. 1909, ist wahrscheinlich seine 1952 deutsch erschienene autobiografische Schrift *World Within World* (1951).
6 neue Gedichte von mir: Lebe wohl –, Keiner weine –, März. Brief nach Meran, Außenminister, Verzweiflung I-III, Merkur 6 (1952), S. 821-826. Der Titel des sechsten Gedichts ist nicht mehr festzustellen.
Recension von „Sackgassen": zu Thea Sternheim, *Sackgassen*, Wiesbaden 1952 in der Neuen Zeitung v. 5./6. 7. 1952 (IV, 301 bis 306). – Benn selbst hatte den Limes Verlag am 9. 8. 1949 empfehlend auf das Roman-Manuskript hingewiesen. Vgl. *Briefe an einen Verleger*, S. 28.

Nr. 602
Berlin 29. 7. 1952. Hs., 2 Bl. Lohner S. 203 (Auszug).

ich kann die Korrecturen nur lesen ...: vgl. IV, 409.

Nr. 603
Berlin 30. 7. 1952. Hs., 1 Bl. Unveröff.

Unter meinen Kritikern ...: bezieht sich auf Lernet-Holenias Artikel *Die Stimme hinter dem Vorhang* in Wort und Wahrheit 7 (1952), S. 548 f.
Entweder man hat sein Schicksal ...: vgl. I, 522.

Nr. 604
Berlin 5. 8. 1952. Hs., 2 Bl. Lohner S. 312 f. (Auszug).

Es waren die Jahrzehnte ...: vgl. IV, 410.
Malraux: André M., *Psychologie der Kunst*, Bd. 1: *Das imaginäre Museum*, Baden-Baden 1949. Vgl. I, 400, 548 f., 566; IV, 411.

Nr. 605
Berlin 6. 8. 1952. Hs., 2 Bl. Unveröff.

Epilog: so hatte Oelze seinen Brief v. 4. 8. 1952 überschrieben. Er enthält einen Nachtrag zum vorangehenden Brief v. 3. 8. 1952, in dem Oelze sein Urteil über *Frühe Lyrik und Dramen* formuliert.
diese puerilen Elaborate: Benns frühe Gedichte.

„Weltwoche“: beide folgenden Feststellungen zum Werk Benns finden sich in Peter Schmids Artikel *Hinweis auf Gottfried Benn* in der Weltwoche v. 9. 5. 1947 (vgl. Brief Nr. 332).
„Die Krone der Schöpfung ...“: Zitat aus *Der Arzt II* (III, 12).
„im Dunkel leben ...“: Zitat aus *Die Stimme hinter dem Vorhang* (II, 440 u. 445). Vgl. auch IV, 410.
„Und der Höhere Mensch??“: das erste Wort („Und“) ist nicht ganz sicher zu entziffern.

Nr. 606
Berlin 7. 8. 1952. Hs. auf dem Umschlag eines Briefes von Prof. Dr. Stroomann, dem Chefarzt des Kurhauses Bühlerhöhe. Unveröff.

Einladerei: von Stroomann, der Benn mit Heidegger zusammenbringen wollte.

Nr. 607
Berlin 10. 8. 1952. Hs., 1 Bl. Lohner S. 203 (Auszug).

Vorwort: Vorbemerkung zu *Frühe Lyrik und Dramen* (IV, 409 bis 412).
Sie kommen darin vor: IV, 410.
Texierkarte: Oelze hatte Benn eine Karte geschickt, auf deren Vorderseite eine Werbung für den Weinbrand „Texier“ abgedruckt ist.
felice notte: vgl. III, 149.

Nr. 608
Berlin 27. 8. 1952. Hs., 1 Bl. Unveröff.

Knokke: bei der „Biennale Internationale de Poésie“ in Knokke hielt Benn am 12. 9. 1952 ein Korreferat (vgl. I, 541-549) zum Hauptreferat von Fernand Verhesen.

Nr. 609
Berlin 1. 9. 1952. Hs., 1 Bl. Lohner S. 206 (Auszug).

einiges fortgelassen: ein Fahnenabzug der ersten Fassung befindet sich in Oelzes Archiv.
„Wisperer“: vgl. IV, 411.
Festwochen: Berliner Gespräche im Theater am Kurfürstendamm während der Festwochen; am ersten Gespräch unter der Leitung von Hermann Kunisch nahmen G. Benn, W. Bergengruen, H. E. Holthusen und R. Italiaander teil.

Nr. 610
Berlin 2. 9. 1952. Hs., 1 Bl. Unveröff.

Brief aus Mexico: ein Brief von Lohner.
das ich bringe: Benn schreibt versehentlich „dass".

Nr. 611
Berlin 9. 9. 1952. Hs. auf dem Rand eines Zeitungsblattes (Kurier v. 8. 9. 1952). Unveröff.

lokalen Gesprächen: bezieht sich auf den Bericht *Wo steht die Literatur heute? Das erste ‚Berliner Gespräch' der Festspiele* von Edwin Montijo (Kurier v. 8. 9. 1952).

Nr. 612
Berlin 17. 9. 1952. Hs., 3 Bl. Unveröff.

polnischen Emigranten: Marian Pankowski, als Emigrant in Brüssel lebend.
Die deutschen Kollegen: Rudolf Hagelstange, Hans Egon Holthusen, Karl Krolow, Wilhelm Lehmann, Marie Luise Kaschnitz.
Ihr Herr Italiaander ...: Benn hatte Oelze einen Zeitungsbericht (vgl. Erläuterung zu Brief Nr. 611) über das erste *Berliner Gespräch* gesandt. Oelze hatte dazu geschrieben: „die Anwesenheit von u. a. Herrn Italiaander gibt dem Unternehmen etwas Zweideutiges, Unseriöses".
Vortrag: Edgar Lohner, *The Development of Gottfried Benn's Idea of Expression as Value*, The German Quarterly 26 (1953), S. 39-54.

Nr. 613
Berlin 22. 9. 1952. Hs. auf dem Rand eines Zeitungsblattes (Tagesspiegel v. 21. 9. 1952). Unveröff.

Berliner Korrespondent: Walter Lennig, Journalist, Bekannter von Benn und späterer Benn-Biograf; im Tagesspiegel v. 21. 9. 1952 sein Bericht *Die Biennale der Poeten. Zweihundert Lyriker aus aller Welt in Knokke.*

Nr. 614
Berlin 23. 9. 1952. Hs., 1 Bl. Lohner S. 208 (Auszug).

den Seltsamsaft: es geht um die neuen Gedichte im Merkur. Oelze hatte gemeint, es müßte „Ihren" statt „den" heißen.

Nr. 615
Berlin 28. 10. 1952. Hs., 1 Bl. Lohner S. 201 (Auszug).

nach Ihren Briefen zu urteilen: auf dem Umschlag dieses Briefes von Oelze hat Benn notiert: „Was soll das heissen" und „Schreibt er noch gut? Oh nein!" Die Notiz bezieht sich möglicherweise auf die schlechtgelaunten Briefe Oelzes aus Venedig und Zürich.
Briefwechsel: zwischen Lernet-Holenia und Benn in der Neuen Zeitung v. 27./28. 9. und 18./19. 10. 1952 (IV, 307-313).

Nr. 616
Berlin 30. 10. 1952. Hs., 1 Bl. Unveröff.

mir zu schreiben ...: wahrscheinlich geht es um ein Buch über Benn, das Lohner bei Niedermayer herausbringen wollte.
„Poetry": Bd. 80, Nr. 5 (August 1952), enthält: *Six Poems*, Translated by Francis Golffing, S. 266-270 *(Dir auch –:, Vor einem Kornfeld, Kreislauf, Ikarus III, Betäubung, Am Saum des nordischen Meers);* Francis Golffing, *A Note on Gottfried Benn*, Seite 271 bis 275. In Oelzes Archiv vorhanden.
Heiterkeit, güldene ...: aus Nietzsches *Dionysos-Dithyramben*, dem Gedicht *Die Sonne sinkt:* „Heiterkeit, güldene, komm!/du des Todes / heimlichster, süßester Vorgenuß!" Vgl. Brief Nr. 23.

Nr. 617
Berlin 6. 11. 1952. Ms. (bis „orientieren.", danach hs.), 1 Bl. Lohner S. 201 f. (Auszug).

L.-H.: Lernet-Holenia.
„Nicht-Zufall": Oelze hatte einen amerikanischen Biologen zitiert, der das „Wort Gott aus dem Wörterbuch gestrichen und verboten" haben wollte und vorschlug, dafür „Anti-Zufall" zu setzen.
Manulescu: der rumänische Hochstapler Georges M. veröffentlichte 1905 seine Memoiren *Ein Fürst der Diebe, Gescheitert*, denen Th. Mann viele Anregungen für den *Felix Krull* verdankte.

Nr. 618
Berlin 11. 11. 1952. Hs., 1 Bl. Unveröff.

L.: Edgar Lohner.
Schaumschläger: das Schriftbild läßt vermuten, daß Benn die Wörter „Schaumschläger" und „Schlammschläger" kontaminiert hat.
Von Mauriac ...: anläßlich der Verleihung des Nobelpreises an Mauriac hatte Oelze einige Sätze von ihm über Baudelaire, Stendhal und die Franzosen allgemein aus den *Französischen Porträts* zitiert.

dass das so viel erörterte Abendland ...: vgl. IV, 319.
Gedichte von Rilke: im Merkur 6 (1952), S. 1024-1029, finden sich folgende fünf Gedichte: *Ach in der Kindheit, Gott: wie warst du leicht; Soll ich die Städte rühmen, die überlebenden; Das Elend hat ja nie auf mir bestanden; Dialog; Mausoleum.*

Nr. 619
Berlin 20. 11. 1952. Ms. (bis „Stadtgenosse."), 1 Bl. Unveröff.

geschrieben haben: Oelze hatte Lohner die „berechtigten Standpunkte des Verlegers" mitgeteilt bezüglich des Vorabdruckes kompletter Stücke (wohl solcher von Benn) in Zeitschriften, wenn eine umfassende Ausgabe geplant sei.
in einer süddeutschen Zeitschrift: Palau (unter dem Titel *Rot*) und *Spuk* (seit *Spaltung* unter dem Titel *Schutt*) wurden im Neuen Merkur, VI, 1 (1922) erstveröffentlicht; *Meer- und Wandersagen* dagegen erst in *Spaltung. Neue Gedichte*, 1925.
Herr Westphal: ging als Leiter der Hörspielabteilung zum Südwestfunk nach Baden-Baden.

Nr. 620
Berlin 28. 11. 1952. Hs. in einem Exemplar des Bandes *Frühe Lyrik und Dramen.* Unveröff.

Es gibt ...: III, 273.

Nr. 621
Berlin 8. 12. 1952. Hs. auf dem Rand von zwei Zeitungsblättern (Die Neue Zeitung v. 4. 12. 1952, Neue literarische Welt v. 25. 11. 1952). Unveröff.

Aufsatz: Verse, über die ich nachdenken müßte von G. B. (Die Neue Zeitung v. 4 .12. 1952), eine Besprechung des Gedichtbandes *Labyrinthische Jahre* (1952) von Hans Egon Holthusen. Vgl. IV, 315-319.
sie zahlen: Benn schreibt versehentlich „Sie".
vor ihm herum: gemeint ist Thomas Mann; die Bemerkung bezieht sich auf das Interview *Heimkehrer Thomas Mann* von Heinz-Winfried Sabais (Neue literarische Welt v. 25. 11. 1952).
s. S. 2: dort der Satz von Th. M.: „Von Benn habe ich schöne Gedichte gelesen; er ist als Lyriker wohl sehr bedeutend."

Nr. 622
Berlin 16. 12. 1952. Hs., 1 Bl. Lohner S. 208 (Auszug).

Sie würden sonst: Benn schreibt versehentlich „sie".
Genf: vgl. Briefe Nr. 577 und 628.

Nr. 623
Berlin 19. 12. 1952. Hs., 1 Bl. Unveröff.

Nr. 624
Berlin Weihnachten 1952. Hs. in einem Exemplar des Romans *Die Inseln unter dem Winde* von Alexander Lernet-Holenia (Frankfurt a. M. 1952) und in einem Exemplar des Romans *Sackgassen* von Thea Sternheim (Wiesbaden 1952). Unveröff.

Partner vom hohen Zwiegespräch: Anspielung auf den Briefwechsel mit Lernet-Holenia.

Nr. 625
Berlin 7. 1. 1953, Hs., 1 Bl. Unveröff.

Frankf. Allg. Ztg vom 3 I: unter dem Titel *Der Marsch unserer Zeit* schreibt Vietta: „Wenn Benns nobler und so ungemein kluger Freund Oelze in Bremen den Satz herausgepickt hat: Die Krone der Schöpfung, das Schwein, der Mensch – hat er den Kern getroffen."

Nr. 626
Berlin 22. 1. 1953. Hs. auf einer Einladung zum Benn-Abend im Georg-Kolbe-Museum, Berlin, am 25. 1. 1953 („Gottfried Benn Gedichte und Prosa Einleitende Worte: Gottfried Benn Sprecher: Walter Tappe"). Unveröff.
Vgl. IV, 434-437.

Nr. 627
Berlin, vermutlich 1. 2. 1953. Hs. auf dem Rand eines Zeitungsblattes (Tagesspiegel v. 1. 2. 1953). Unveröff.

RA.S.: Rudolf Alexander Schröder.
Eingeengt: das Gedicht (III, 297) ist auf der von Benn beschriebenen Seite des Tagesspiegels abgedruckt. Den Titel hat Benn daher nicht hs. ausgeschrieben, sondern durch einen auf den gedruckten Text hinweisenden Pfeil bezeichnet.
Orden: vgl. Brief Nr. 640.

Nr. 628
Berlin 13. 2. 1953. Ms. (bis „Neuchâteler See"), 1 Bl. Unveröff.

Manuscripte für Genf: Benn gehörte der Internationalen Jury des Europäischen Kulturzentrums zur Verleihung des Europäischen Literaturpreises an. Vor Beginn der Jurytagung in Genf wurden die in die engere Wahl gezogenen Manuskripte den Jurymitgliedern zur Lektüre zugeleitet. Vgl. Brief Nr. 577.
Gerhart Hauptmann: dazu schreibt Oelze am 14. 12. 1952 an Benn: „Ein Kritiker hier sagte mir, ich hätte sehr unrecht, Hauptmann gehöre in einen Rang mit Schiller. Das veranlasste mich, die Diskussion abzubrechen."
Cormansache: der amerikanische Schriftsteller Cid C. übersetzte zusammen mit E. Lohner Gedichte und Prosa Benns für amerikanische Zeitschriften, um Benns Werk in den USA bekannt zu machen. Oelze hatte Benn einige Passagen aus Briefen Cormans übersetzt, die sich unter anderem mit Honorarforderungen des Limes Verlages an amerikanische Zeitschriften beschäftigen. Vgl. Briefe Nr. 592 und Nr. 579.
Origin mit den 3AM: in der amerikanischen Literaturzeitschrift Origin. A Quarterly for the Creative, Nr. 7 (1952), S. 151-174, erschien die Übersetzung der *Drei alten Männer*, übersetzt von Cid Corman u. Edgar Lohner.
Herr Exner: Richard E., geb. 1929, Germanist, Prof. an verschiedenen Colleges der USA. Trat auch als Lyriker hervor.
Brentano: Bernard v. B.: *Anmerkungen I*, Neue literarische Welt v. 12. Januar 1953, Nr. 1, 4. Jg., S. 9. Die Anmerkungen setzen sich kritisch mit zwei preisenden Bemerkungen der Fechterschen Literaturgeschichte über Benn und Rilke auseinander. Friedrich Bischoff wird in einer Reihe mit George, Rilke, Hofmannsthal, Heym, Trakl und Marie Luise Kaschnitz genannt.
Fechterschen Literaturgeschichte: Geschichte der deutschen Literatur, Gütersloh 1952.
Herr Bischoff: Friedrich B. (1896-1976), Schriftsteller und Rundfunkintendant (1946-1965 Südwestfunk Baden-Baden), schrieb Romane, Erzählungen, Lyrik.
dies Schundblatt: Neue literarische Welt, die der Darmstädter Akademie nahestand. Vgl. die Erläuterung zu Brief Nr. 651.
Heimat meiner Mutter: Fleurier/Jura am Neuchâteler See.

Nr. 629
Berlin 4. 3. 1953. Hs., 2 Bl. Unveröff.

Lohnereinlage: Brief E. Lohners v. 9. 2. 1953 an Oelze.
Moslé: Käte M., veröffentlichte anfangs der fünfziger Jahre vor allem Gedichte.

Schwedhelm: vgl. Erläuterung zu Brief Nr. 589.
Krolow: Karl K., geb. 1915, bedeutender Nachkriegslyriker, Mitglied mehrerer Akademien, ausgezeichnet mit zahlreichen Preisen.
Wilhelm Lehmann: Schriftsteller (1882-1968), schrieb Romane, Erzählungen, Gedichte, Essays, bekannt und ausgezeichnet vor allem als Lyriker.
Scholl: Albert Arnold Sch. schrieb Gedichte, Essays und Hörspiele. Sein Gedichtband *Die Gläserne Stadt* erschien 1953. H. E. Holthusen stufte ihn als Benn-Epigonen ein (*Ja und Nein. Neue kritische Versuche*, München 1954, S. 144-150).
Bächler: Wolfgang B., geb. 1925, Schriftsteller, Übersetzer, Journalist, Mitbegründer und Mitglied der Gruppe 47.
Piontek: Heinz P., geb. 1925, Lyriker, Erzähler, Kritiker, Übersetzer.
Wellershoff: Dieter W., geb. 1925, Schriftsteller, promovierte 1952 mit der Dissertation *Untersuchungen über Weltanschauung und Sprachstil Gottfried Benns*, die 1958 umgearbeitet u. d. T. *G. B. Phänotyp dieser Stunde* erschien. Herausgeber der *Gesammelten Werke* Benns.
den Autor: Werner Warsinsky, geb. 1910, der für sein Buch *Kimmerische Fahrt* 1953 den Europäischen Literaturpreis erhielt. Vgl. Benns Ansprache I, 550 f.
„Sackgassen“: ein Buch von Thea Sternheim, das 1952 in Wiesbaden beim Limes Verlag erschien und das Benn am 5./6. 1952 in der Neuen Zeitung (Nr. 156) rezensierte. S. IV, 301-306. Vgl. Brief Nr. 601.

Nr. 630
Berlin 5. 3. 1953. Hs., 1 Bl. Lohner S. 217 (Auszug).

Songs: Korrekturabzug des Bandes *Destillationen. Neue Gedichte*, Wiesbaden 1953, von Benn hs. datiert u. signiert: „4/3 53 Be“. In Oelzes Archiv vorhanden.

Nr. 631
Berlin 6. 3. 1953. Hs. auf dem Rand eines Zeitungsblattes (Die Tat v. 28. 2. 1953). Unveröff.

ein Exemplar: Monologische Kunst –? Ein Briefwechsel zwischen Alexander Lernet-Holenia und Gottfried Benn, Wiesbaden 1953.
Besprechung: M. R., *Monologische Kunst?*, Die Tat v. 28. 2. 1953.

Nr. 632
Berlin 8. 3. 1953. Hs. auf dem Rand eines Zeitungsausschnitts. (Neue Zeitung v. 8. 3. 1953). Unveröff.

Schwedhelm: die Bemerkung bezieht sich auf das abgedruckte Gedicht *Morgen der Erde* von Karl Sch.

Nr. 633
Berlin 10. 3. 1953. Hs., 1 Bl. Lohner S. 217 (Auszug).

Con Sordino: Oelze hatte vorgeschlagen, im Gedicht *Melodien* „und con Sordino" statt „in Con Sordino" zu schreiben.
Frl. Schlüter: Marguerite Schl., seinerzeit Lektorin, später Prokuristin und seit dem Tod Max Niedermayers im Mai 1968 geschäftsführende Gesellschafterin des Limes Verlages.
Urteil Ihrer Gattin: sie fand die *Sackgassen* „irritierend und prätentiös".
Aufsatz: sbg., *Die Säule tönt,* Die Gegenwart v. 8. 2. 1953 (8,5). 8. Jg., Nr. 5.

Nr. 634
Berlin 17. 3. 1953. Hs., 1 Bl. Lohner S. 217 (Auszüge).

Streichen Sie bitte F. W O: bezieht sich auf eine Passage aus Oelzes Brief v. 15. 3. 1953: „In den Destillationen weitergeforscht. Im Gedicht „An –" den Strich durch F.W.O. ersetzt". Das Gedicht „An –" beginnt mit den Versen: „An der Schwelle hast du wohl gestanden, / doch die Schwelle überschreiten – nein" (III, 279).
Gedicht von Schwedhelm: vgl. Brief Nr. 632.

Nr. 635
Genf 25. 3. 1953. Hs., 1 Ansichtkarte (Lac Leman). Unveröff.
Mein Autor: W. Warsinksy.

Nr. 636
Berlin 14. 4. 1953. Hs., 1 Bl. Unveröff.

Der Konsul: Oelze hatte im Brief v. 12. 4. 1953 angefragt: „War der Genfer Konsul Herr Groepper? Schwiegersohn eines Jugendfreundes von mir . . .".
Der Franzose: Gabriel H. Marcel, Philosoph und Dramatiker, Gründer und Wortführer des christlichen Existentialismus in Frankreich. Vgl. Brief Nr. 669.

Nr. 637
Berlin 17.4. 1953. Hs., 1 Ansichtskarte (Stift Einsiedeln – Kirche – Ausblick gegen den Hochaltar). Unveröff.

Nr. 638
Berlin 27. 4. 1953. Hs., 1 Bl. Unveröff.

C.: Cid Corman, neben E. Lohner Übersetzer Benns in den USA.
Geldforderungen: des Limes Verlages für die Bücher Benns und seine Übersetzungen in den USA.

Nr. 639
Berlin 2. 5. 1953. Hs. in einem Exemplar der *Destillationen.* Unveröff.

im Zusammenhang: Erinnerung an Benns Besuch in Oberneuland.

Nr. 640
Berlin 5. 5. 1953. Hs., 1 Bl. Unveröff.

Herr aus Kempten: Oelze, im Brief v. 3. 5. 1953, spricht vom „Brief des Verteidigers aus dem Allgäu"; er verteidigte Benn vermutlich gegen die Angriffe von P. de Mendelssohn und W. Muschg.
Amoklauf: gemeint ist vor allem Peter de Mendelssohns Buch *Der Geist in der Despotie*, Berlin 1953, mit seiner Benn-Polemik in dem Kapitel „Das Verharren vor dem Unvereinbaren", S. 236 ff., und Walter Muschgs *Tragische Literaturgeschichte*, 2. Aufl. Bern 1953, S. 295, wo es zu Benn u. a. heißt: „In Deutschland muß sich der Charlatan mit mystischem oder magischem Tiefsinn beladen und zugleich nach dem Blocksberg riechen, wie es sich für das Land Nietzsches und Goethes gehört. Gottfried Benn, an dessen vulkanischen Eruptionen sich das Berlin von 1918 berauschte und das von 1933 keinen Anstoß nahm, erklärt in seinen Manifesten die Dichtung als Wollust der Verantwortungslosigkeit."
Außerdem vermutlich Frank Thiess, der Benns *Frühe Lyrik und Dramen* unter dem Titel *Anatomielyrik* in der Neuen Literarischen Welt v. 25. April 1953 (Nr. 8, 4. Jg.) rezensierte. Th. schreibt dort u. a.: „Wer diese Gedichte nicht ausschließlich als literaturgeschichtliche Monstrositäten und Dokumente einer krisenhaften historischen Situation liest, müßte sich fragen, warum er sie überhaupt lesen sollte."
Schriftstellerverband: Schutzverband Deutscher Autoren Nordwest e. V., Hamburg, der Vorsitzende war Harry Reuss-Löwenstein. In den Protokollen der Mitgliederversammlung finden sich lediglich folgende Hinweise: „Es folgte eine Aussprache über die Verleihung von Bundesverdienstkreuzen an deutsche Schriftsteller. Der Vorstand des SDA soll in geeigneter Form dazu Stellung neh-

men.“ (3. 2. 1953) Und: „Des weiteren gab der Vorsitzende bekannt, daß der Vorstand die Angelegenheit der Bundesverdienstkreuzverleihung an Gottfried *Benn* im Sinne des Mitgliederbeschlusses bearbeitet hat.“ (27. 3. 1953). In: Der Schriftsteller. Zeitschrift der Vereinigung der Deutschen Schriftstellerverbände E. V., 6. Jg. (1953), S. 49 u. 91.
Ordensverleihung: zu seinem 67. Geburtstag wurde Benn von dem Bundespräsidenten Th. Heuss das Verdienstkreuz des Verdienstordens der Bundesrepublik verliehen.

Nr. 641
Berlin 13. 5. 1953. Hs., 1 Bl. Unveröff.

Strindberg-Gauguinsache: Oelze hatte seinem Brief v. 10. 5. 1953 einen Zeitungsausschnitt mit dem Briefwechsel zwischen Gauguin und Strindberg beigelegt, in dem der Maler den Dichter um ein Vorwort zu seinem Ausstellungskatalog bittet. Titel des Artikels: *Ich kann Ihre Kunst nicht lieben.*
seine Arbeit: Lohner hatte einen Aufsatz mit dem Titel *The Development of Gottfried Benns Idea of Expression as Value* an Oelze geschickt; er wollte ihn zu einem Buch ausarbeiten und es nach Möglichkeit im Limes Verlag veröffentlichen. Vgl. Brief Nr. 612.

Nr. 642
Berlin 21. 5. 1953. Hs., 1 Bl. Unveröff.

Heidegger: Martin H. hatte einen Vortrag *Wer ist Nietzsches Zarathustra* im Bremer Club gehalten. Oelze hatte ihn gehört und antwortete u. a.: „Sein attachement an Bremen erkläre ich mir damit, dass er hier, und vielleicht hier allein, einer sozialen Schicht gegenübersteht, die es in den Universitätsstädten, Beamtenstädten und auch auf der Bühler Höhe in dieser kompakten Majorität nicht gibt: Grosskaufleuten, Überseespezialisten, Schiffahrts- und Werftdirektoren, alles Leute, für die ein berühmter Denker ein Fabelwesen oder ein Halbgott ist . . .“.
Herr Schwerte: der Germanist Hans Schw., zuletzt Prof. für Neuere deutsche Literaturgeschichte in Aachen. Über seinen Vortrag berichtet Dr. W. H., *Gottfried Benn – ein Doppelleben*, Weserkurier v. 17. 4. 1953.

Nr. 643
Berlin 29. 5. 1953. Hs., 1 Bl. Unveröff.

Brief von Lohner: L. hatte seinem Brief an Benn v. 20. 5. 1953 eine Kopie seines Briefes an Max Niedermayer beigelegt.

Nr. 644
Berlin 2. 6. 1953. Hs., 1 Bl. Unveröff.

über N. schreiben: Oelze hatte im Brief v. 31. 5. 1953 über M. Niedermayer geschrieben: „N. hat Pech mit den meisten seiner Bücher (jetzt hat sein zweiter Stalmann-Kriegsroman wieder den allgemeinen Zorn der literarischen Magazine provoziert), und m. E. hat er auch nicht das Flair, das den echten Verleger macht; Hockeysiege tun's nicht, sind eher lächerlich."
Schifferli: es ging bei den Verhandlungen um den Erwerb der Rechte an den *Statischen Gedichten* für den Limes Verlag.

Nr. 645
Berlin 30. 6. 1953. Hs., 1 Bl. Unveröff.

Frau Zimmer: Christiane Z., die Tochter Hugo v. Hofmannsthals und Witwe des Indologen und Benn-Verehrers Heinrich Z. (vgl. Brief Nr. 38), hatte Oelze in Bremen besucht.
Buch über den jungen R.: Peter Demetz, *René Rilkes Prager Jahre*, Düsseldorf 1953: Vgl. Benn *Über Peter Demetz ‚Rilkes Prager Jahre'* v. 8. 5. 1953, im Börsenblatt für den Deutschen Buchhandel, Frankfurter Ausgabe.
„St. h. d. V.": Johannes Jacobi berichtete in der Zeit v. 11. 6. 1953 (Nr. 24, S. 3) über die Kölner Aufführung unter dem Titel *Benn contra Wilder*. Diese Erstaufführung der *Stimme hinter dem Vorhang* in der Inszenierung von Friedrich Siems fand am 5. Juni 1953 statt.
Olle Kamellen: hs. auf einem Beiblatt zum Programmheft der Kölner Aufführung; es enthält einen Auszug aus Benns Brief an Fr. Siems v. 18. 5. 1953 (*Ausgew. Briefe*, S. 249 ff.: „Ich habe diese Arbeit . . . was wir können."), ferner die Gedichte *Nur zwei Dinge, Den jungen Leuten, Auferlegt.* Das Beiblatt sowie ein Heft der Zeitschrift Die Tribüne, hrsg. von den Bühnen der Stadt Köln (Jg. 1952/53, Heft 18, darin S. 208-212: Gerhard F. Hering, *Fragmente über Gottfried Benn, Zur Erstaufführung ‚Die Stimme hinter dem Vorhang')* hat Benn vermutlich in diesem Brief als Beilage mitgeschickt. In Oelzes Archiv vorhanden.

Nr. 646
Berlin 14. 7. 1953. Hs., 2 Bl. Unveröff.

Analyse von Rilke: Oelze hatte sie an die Lektüre des Rilkebuches von Demetz angeschlossen und u. a. geschrieben: „eine glänzende Beobachtung scheint mir hinsichtlich R. das Imitative seines Talents, dem die ursprüngliche Inspiration, die schöpferische Sprachbegabung durchaus mangelte, so sehr, daß er zuletzt experimentell und lexikalisch mit einem künstlichen Material arbeitete; der eng begrenzte Wortschatz (es ist wohl dies, was mir bei den Duineser Elegien nie ganz wohl sein liess), die Dürre, und – last not least – eine gewisse Unsicherheit des Geschmacks, die – unüberhörbar für den, der zu hören versteht – in Spuren bis in seine letzten verfeinerten Produkte nachweisbar ist."

diese Novelle: Th. Manns Erzählung *Die Betrogene*, die zuerst im Merkur (1953) erschienen war. Oelze, dem sie nicht gefiel, hatte Benn nach seinem Urteil über sie gefragt.

Darmstädter Käseblatt: Neue literarische Welt.

über Gräber vorwärts: so schreibt Goethe nach dem Tode seines Sohnes August in einem Brief v. 23. 2. 1831 an Zelter.

Nr. 647
Berlin 18. 7. 1953. Hs., 2 Bl. Unveröff.

am 27 VII: Dr. Ilse Kaul und Gottfried Benn hatten sich am 27. 7. 1946 kennengelernt.

etwas Neues: wohl *Altern als Problem für Künstler* (I, 552-582).

Nr. 648
Berlin 27. 7. 1953. Hs., 1 Bl. Unveröff.

französischen Journal: Documents 5/6. Revue mensuelle des questions allemandes, Paris et Strassbourg 1953, S. 444-448. Die beiden Gedichte sind übersetzt von Gilbert Socard.

„Zeit": ein Artikel von Christian E. Lewalter *Wenn die Moral despotisch wird. Betrachtungen über einen letzten Versuch zur Reeducation* v. 9. Juli 1953, der Mendelssohns Buch *Der Geist in der Despotie* rezensierte.

Oelzeschen Abenteuern: Oelze hatte von einem Liebesabenteuer in Heiligenhafen aus dem Jahr 1934 berichtet.

„Keine Schwalbe . . .": aus dem Gedicht *Aus der Jugendzeit* von Friedrich Rückert. Das Gedicht wurde unter dem Titel *Das Schwalbenlied* in der Vertonung von Robert Radecke (1830-1911, Berliner Musikdirektor und Leiter der Singakademie) sehr populär. Es gibt auch eine Vertonung von Friedrich Nietzsche.

Nr. 649
Berlin 27. 7. 1953. Hs., 1 Bl. Unveröff.

Lohnerbrief: Lohner hatte in seinem Brief an Oelze von der Amerikareise Holthusens berichtet.
„Soziologie des Existenzialismus“: Ernst Topitsch, *Soziologie des Existenzialismus. Kosmos-Existenz-Gesellschaft*, Merkur, VII. Jg. (1953), S. 501-518.
über Jazz: Theodor W. Adorno, *Jazz – Zeitlose Mode*, ebd., S. 537 bis 548.
ein Brief: der an den Limes Verlag gerichtete Brief vom 21. 5. 1953 stammt aus dem paraguayanischen Urwald. In ihm berichtet Walter Braun, der bis zur Vertreibung durch die Nazis auf einem Rhoenbruderhof bei Fulda gelebt hatte, dann über Holland und England nach Paraguay geflüchtet war und dort eine neue Bruderhofgemeinschaft mitaufgebaut hatte, von frühen Leseerfahrungen mit Benns Werk, von Jahren der Entfremdung und beglückendem Wiederbegegnen. Die Wiederbegegnung wurde bewirkt durch die erste Nr. der Hauszeitschrift des Verlages Poesie und Prosa (1/Jan. 1953), in der die Problematik von Lyrikübersetzungen angesprochen und u. a. eine englische Übersetzung des zweiten Gedichts aus Benns Zyklus *Spät* (III, 330) zur Diskussion gestellt worden war.

Nr. 650
Heiligenhafen 6. 8. 1953. Hs., 1 Postkarte (Ansichten von Heiligenhafen). Unveröff.

Nr. 651
Heiligenhafen 10. 8. 1953. Hs., 1 Postkarte (Ostseebad Heiligenhafen. Fähre mit Dünenhotel). Unveröff.

Herr Sabais: Heinz-Winfried S. war verantwortlicher Redakteur der Neuen literarischen Welt (Darmstadt), die von Frank Thiess herausgegeben wurde und deren Redaktionskollegium u. a. B. v. Brentano, K. Edschmid und F. Usinger angehörten. Nach Oelze hatte S., ohne Namensnennung, „feige Attacken“ gegen Benn vorgetragen.
Offenes Meer . . .: Benns Erläuterungen auf der Bildseite der Karte.

Nr. 652
Berlin 23. 8. 1953. Hs., 1 Bl. Unveröff.

Urwaldbrief: vgl. Erläuterung zu Brief Nr. 649.
Geschichten von Lamming: George L., *Zwei Frauen und ein Mann. Negergeschichten aus Barbados*, Merkur, VII. Jg. (1953), S. 764-776.

A. Schweitzer: Albert Schw. (1875-1965) wurde als Urwaldarzt, Orgelspieler und Kulturphilosoph gleichermaßen berühmt. 1953 erhielt er den Nobel-Friedenspreis.
Herr Stroomann: Gerhard Str., *Im Spital, Aufzeichnungen,* Merkur, VII. Jg. (1953), S. 744-753, und *Karl Geiler (†),* ebd., S. 977 bis 978. Prof. Dr. Gerhard Str. war Chefarzt des Kurhauses Bühlerhöhe und Präsident des „Kreises der Freunde europäischen Denkens".
am 6. IX: Wahlen zum zweiten Deutschen Bundestag.

Nr. 653
Berlin 2. 9. 1953. Ms. (bis „in meiner Jugend),"), 1 Bl. Unveröff.

Ärger mit den Devisen: Oelze hatte in seinem Brief v. 23. 8. 1953 geschrieben: „es handelt sich um die Ablösung bzw. Rückzahlung unserer alten Devisenverpflichtungen aus *1931/32* (!) – dem sog. Stillhalteabkommen –, bekanntlich hat ja eine deutsche Delegation im Febr. d. Jahres in London (im „Londoner Schuldenabkommen"), unsere gesamte Vorkriegsverschuldung anerkannt ...".
Lohnerbrief: ein Brief an Oelze über das entstehende Buch über das Werk Benns.
Charles Plisnier: das Ehrenkomitee, einberufen von der „Académie Royal de Langue et Littérature Françaises", sollte eine Feier für den verstorbenen belgischen Dichter Ch. P. († 17. 7. 1952) vorbereiten.
Premio Lissone: das Organisationskomitee des „Premio Lissone" hatte in einem Brief v. 28. 8. 1953 über den Limes Verlag bei Benn angefragt, ob er in das „comitato culturale d'onore" eintreten wolle. Nach Angabe des in Benns Bibliothek vorhandenen Katalogs *Premio Lissone 1953, a cura della Famiglia artistica lissonese* gehörte er dem Ehrenkomitee für Deutschland an. Vorgeschlagen dafür hatte ihn Franz Roh, der Direktor der Staatlichen Grafischen Sammlungen in München. An dem Wettbewerb beteiligten sich Maler aus Italien, Frankreich und Deutschland. Der Preis für 1953 fiel an den deutschen Maler Theodor Werner. Lissone ist eine Stadt nördlich von Mailand.
Konkurrenten von L.: D. Wellershoff.
Sedantag: am 2. 9. 1870 erfolgten die Kapitulation der französischen Armee unter Napoleon III. und der Sturz des Kaisertums.

Nr. 654
Berlin 28. 9. 1953. Ms., 1 Bl. Unveröff.

Frankreich angeht: Oelze hatte im Brief v. 29. 9. 1953 Zweifel hinsichtlich der Benn-Rezeption in Frankreich geäußert.
l'Art: unter dem Titel *Gottfried Benn vit à cent mille pieds au-dessus de son nombril* von Alexandre Vialatte, Arts. Beaux-arts, littérature, spectacles, Paris 1953, Nr. 427, 3 au 9 Sept.
Les Lettres nouvelles: Nr. 6 (1953), S. 641-648.
übersandtes Stück: vermutlich das Theaterstück *Die drei Masken.* Vgl. Brief Nr. 669.

Nr. 655
Berlin 27. 10. 1953. Hs., 1 Bl. Lohner S. 209 (Auszug).

Exner: Richard E. hatte seine unveröffentlichte Arbeit *Gottfried Benn: Entwicklung oder Statik eines Werkes* (Universitätsbibliothek Los Angeles) an Niedermayer gesandt.

Nr. 656
Berlin 30. 10. 1953. Hs., 1 Bl. Lohner S. 209 (Auszug).

Heller: Oelze hatte in seinem Brief v. 28. 10. 1953 beklagt, daß das Times Literary Supplement von Erich Heller, einem in die USA emigrierten Germanisten, beherrscht werde. H. hatte sich im Juni 1933 in der Neuen Weltbühne, Jg. II, 22 (1. Juni), S. 688 bis 691, unter dem Titel *Gottfried Benns Hordenzauber* sehr kritisch geäußert.
„in denen jeder ...": Benn zitiert hier aus einem Oelze-Brief.
über „Faust II": vgl. Brief Nr. 378.
A. E. Brinckmann: Spätwerke großer Meister, Frankfurt a. M. 1925.

Nr. 657
Berlin 3. 11. 1953. Hs., 2 Bl. Unveröff.

Mendelssohn: gemeint ist sein 1953 vielbesprochenes Buch *Der Geist in der Despotie.*
Verleumdungen: Benn schreibt, wohl irrtümlich, „Verleugnungen".
„Standpunkt": Gottfried Benn oder der aristokratische Nihilismus, von Guenter K., Der Standpunkt v. 16. 10. 1953, S. 5 (VII. Jg., Nr. 42).
Ein Korb voll Bast: Anspielung auf die Verse des Gärtners in Hofmannsthals *Kleinem Welttheater.*
Faust-Studie: Brief Nr. 378.

Bei Salben wird: Benn schreibt versehentlich „werden".
Gauguin in . . .: bezieht sich auf eine Passage aus *Kunst und Drittes Reich* (I, 307).

Nr. 658
Berlin 15. 11. 1953. Ms. (bis „Front.", danach hs.), 2 Bl. Lohner S. 211 (Auszug).

kleine Liste: sie bereitet den Essay und Vortrag *Altern als Problem für Künstler* vor.
Lehre von Speransky: Alexej Dimitrijewitsch S. (1888-1961), ein Schüler Pawlows, russischer Experimentalpathologe, erklärt in seiner *Neuralpathologie* die Krankheit als eine Reizbeantwortung des gesamten Organismus auf die Krankheitsursache unter Führung des zentralen Nervensystems.

Nr. 659
Berlin 15. 11. 1953. Hs., 1 Postkarte. Lohner S. 211.

Nr. 660
Berlin 20. 11. 1953. Hs., 1 Bl. Lohner S. 212.

20/11: so Oelze auf dem Umschlag. Entzifferung nicht ganz gesichert (Originalumschlag nicht erhalten).
Ihre Altersliste: Oelze hatte Benn eine Gegenliste mit den Lebensaltern frühverstorbener Künstler geschickt.

Nr. 661
Berlin 9. 12. 1953. Hs., 1 Bl. Unveröff.

Nr. 662
Berlin 16. 12. 1953. Ms., 1 Bl. Unveröff.

Sympathikus: Oelze hatte im Brief v. 13. 12. 1953 nach Benns Traumverständnis gefragt und u. a. geschrieben: „Da ich *jede* Nacht träume . . ., so beschäftigt mich natürlich die Frage, ob Träume wirklich nur der Raum- und Zeitkategorie enthobene Reproduktionen von Erlebnisinhalten, oder ob sie überhaupt ‚transcerebraler Natur' (C. G. Jung) sind und aus dem Sympathikus hervorgehen".
Gedicht-Anthologie: Trunken von Gedichten. Eine Anthologie geliebter deutscher Verse, hrsg. v. G. Gerster, Zürich 1953. Vgl. IV, 320-328.

Nr. 663
Berlin 28. 12. 1953. Hs., 1 Bl. Unveröff.

Robin: vermutlich meint Benn Robinson (-Rum).
„Im Winde verweht“: Vom Winde verweht, Roman von Margaret Mitchell, dt. 1937.
Kölner Dame: Astrid Claes' Dissertation, *Der lyrische Sprachstil Gottfried Benns,* Diss. Köln 1953.

Nr. 664
Berlin 28. 12. 1953. Hs., 1 Bl. Unveröff.
Lektüre: der Vortrag *Altern als Problem für Künstler.*

Nr. 665
Berlin 3. 1. 1954. Telegramm. Unveröff.

Nr. 666
Berlin 7. 1. 1954. Original nicht mehr vorhanden. Lohner S. 212 f. (Auszug, danach auch der Text in der vorliegenden Ausgabe).

Hubschrauberteil: vgl. I, 571 ff.; es handelt sich um Benns Rede *Altern als Problem für Künstler.*
„Merkur“: die Rede erschien im Merkur VIII, 4 (1954), S. 301-319.

Nr. 667
Berlin 26. 1. 1954. Hs., 1 Bl. Unveröff.

Taorminabrief: Oelze hatte im Brief v. 8. 1. 1954 über seinen vergeblichen Wunsch geschrieben, die Bremer Geschäftswelt zu verlassen und nach Taormina zu gehen.
ihre Anfragen: 1. *Meine stärksten Eindrücke. Eine Weihnachtsumfrage der Neuen Zeitung,* Die Neue Zeitung v. 25. 12. 1953; 2. *Worauf können wir hoffen? Eine Umfrage,* Frankfurter Allgemeine Zeitung Weihnachten 1953 (Benns Antwort: IV, 332); 3. *Wunschzettel deutscher Dichter, Weihnachtsumfrage – ganz persönlich,* Welt am Sonntag v. 20. 12. 1953.
einigermassen: Benn schreibt versehentlich „einimassen“.
Ihr Grosser: Benn schreibt versehentlich „Ihrer“.

Nr. 668
Berlin 8. 2. 1954. Hs., 1 Bl. Unveröff.

Lohnerbrief: er kündigte an, daß im Merkur ein massiver Angriff Peter Hellers auf Benn erscheinen würde. Vgl. Brief Nr. 720.
an der Wand: der Artikel fehlt bei Benn.

Notiz aus der Fr. A. Z: sie wies auf die Würdigung Benns und seiner *Probleme der Lyrik* durch T. S. Eliot in seinen *The three voices of poetry*, London, Cambridge 1953, hin. Lutz Weltmann, *Stücke, Stimmen und Stile in London*, FAZ v. 8. 1. 1954.

Nr. 669
Berlin 24. 2. 1954. Ms. (bis auf die Grußformel und den Zusatz „(Bitte streng vertraulich!)"), 2 Bl. Unveröff.

Schlittschuhbild: Zeitungsausschnitt über einen Ausflug des „Bremer Eisvereins" ins holländische Friesland.
Kringbaas: Leiter einer Gemeinschaft, Zunftmeister (ndt. *Kring* heißt Kreis, Runde, Zunft).
Beilage über Herrn Vietta: eine negative Zeitungskritik des Theaterstücks *Die drei Masken* von Egon V., das im Bremer Theater „das experiment" erstaufgeführt wurde.
Hermine Körner: die Schauspielerin war in Häcklingen zu Gast gewesen und hatte über die Schwierigkeiten im Zusammenhang mit einem von ihr geplanten Vortragsabend moderner deutscher Dichtung in Paris berichtet. Die Veranstaltung kam nicht zustande.
Herr Hausenstein: Wilhelm H. (1882-1957), Kunsthistoriker und Schriftsteller, von 1950-1953 Präsident der Bayerischen Akademie der Schönen Künste, 1950-1955 Generalkonsul und Botschafter in Paris.
geltend gemacht: im Brief steht „Geltung gemacht", vermutlich ein Hörfehler (diktierter Brief).
Gedicht von Heidegger: vermutlich ein Gedicht aus dem Bändchen *Aus der Erfahrung des Denkens*, das 1954 erschien.

Nr. 670
Berlin 2. 3. 1954. Hs., 1 Bl. Unveröff.

sie einiges: Benn schreibt versehentlich „Sie".
Herr Traverso: Leone T. setzte sich durch Aufsätze und Übersetzungen für das Werk Benns in Italien ein. Die Übersetzung der Gedichte erschien unter dem Titel *Poesie* in Florenz, Vallecchi, 1954 (Collana Cederna).
Ausführungen von Eliot: in *The three voices of poetry*.

Nr. 671
Berlin 15. 3. 1954. Hs., 1 Bl. Unveröff.

Preetorius: Emil P. (1883-1973), Illustrator und Bühnenmaler,

Professor an der Hochschule für Bildende Künste in München, von 1953-1968 Präsident der Bayerischen Akademie der Schönen Künste in München.

Nr. 672
Berlin 12. 4. 1954.

Armer Vietta: bezieht sich auf beigelegte Kritiken über Viettas Theaterstück *Die drei Masken.*

Nr. 673
Berlin 28. 4. 1954. Hs., 2 Bl. Unveröff.

Festschrift: Im Umkreis der Kunst. Eine Festschrift für Emil Preetorius zum siebzigsten Geburtstag, Wiesbaden 1954, Gottfried Benn, *An Emil Preetorius*, S. 17-20 (IV, 333-337).
Buch: F. M., *Das Wagnis der Sprache. Interpretationen deutscher Prosa von Nietzsche bis Benn*, Stuttgart 1954.
Würmeling: Franz-Josef W., war von 1953-1962 Familienminister in mehreren Kabinetten Adenauers.
Schäffer: Fritz Sch., war von 1949-1957 Finanzminister im Kabinett Adenauer.
Radiguet: Raymond R. (1903-1923); der Roman *Le diable au corps* entstand 1919-1921 und erschien 1923.

Nr. 674
Berlin 3. 5. 1954. Hs., 2 Bl. Unveröff.

„Verse der Liebe": Limes Verlag, Wiesbaden o. J. Die von Benn genannten Gedichte: R. Dehmel, *Helle Nacht;* Goethe, *Nachtgesang;* G. Heym, *Letzte Wache.*
Niehans: Paul N., Schweizer Arzt, führte die Frischzellenbehandlung ein.

Nr. 675
Berlin 13. 5. 1954. Hs., 1 Bl. Unveröff.

2 kurze Sachen: nach Oelzes Brief v. 16. 5. 1954 der Preetorius-Aufsatz von Benn und eine Anfrage wegen des „Rotary Clubs".
„Double Vie": die französische Übersetzung von *Doppelleben* erschien 1954 bei Les éditions de Minuit, Paris.

Nr. 676
Berlin 16. 5. 1954. Hs., 1 Bl. Unveröff.

Céline: der französische Arzt und Schriftsteller Louis-Ferdinand C. (1894-1961). Vgl. Briefe Nr. 6 u. Nr. 156.

Nr. 677
Berlin 23. 5. 1954. Hs., 2 Bl. Lohner S. 24 (Auszug).

Bilder der Jugendzeit: der Artikel („der") fehlt bei Benn.
Tourcoing: französische Stadt an der belgischen Grenze.
Übertragungen: in Quarterly Review of Literature, Vol. VII, 1954, S. 290-297 erschienen die Übertragungen der Gedichte *September, Orpheus Tod, Blaue Stunde, Regressiv, Ach, das ferne Land* und *Eine Hymne* in der Übersetzung von C. Corman u. E. Lohner.
eine Zeitschrift: der Altersvortrag erschien unter dem Titel *Artist and Old Age* in der Partisan Review, New York 1955, S. 297-319.

Nr. 678
Berlin (?) 5. 1954. Hs. in einem Exemplar von *Double Vie* (Traduit de l'Allemand par Alexandre Vialatte, Paris 1954). Unveröff.

die von Ihrem Namen: „Monsieur Oetze".

Nr. 679
Berlin 31. 5. 1954. Hs., 1 Bl. Unveröff.

Sonntagsblatt: vermutlich der Artikel *Geist ist billig. Zur wirtschaftlichen und soziologischen Lage von Akademikern, Künstlern und Schriftstellern* von Ferdinand Fried, Sonntagsblatt (Hamburg), Nr. 17 v. 25. 4. 1954, S. 12/13.
Buch von Holthusen: Ja und Nein. Neue kritische Versuche, München 1954. Der angesprochene Artikel trägt den Titel *Unter amerikanischen Intellektuellen* (S. 266-278).
Georg Grosz: George G. (1893-1959), der berühmte satirische Zeichner und Maler in der Weimarer Republik, der 1933 Deutschland verließ und erst 1959 wieder nach Berlin zurückkehrte.
Leonhard Frank: Schriftsteller (1882-1961), lebte während des Ersten Weltkrieges als Pazifist in der Schweiz, emigrierte 1933 über die Schweiz, Frankreich und Portugal in die USA und kehrte 1955 nach München zurück. Ehrungen durch die Bundesrepublik und die DDR.

Nr. 680
Berlin 15. 6. 1954. Hs., 1 Bl. Unveröff.

schönen Kopf: vom Grabmal der Margarete von Österreich, von Konrad Meit (15. Jhd.).
Rilkegruss: nicht erhalten.
Frau Boveri: Margret B. (1900-1975), Journalistin und Schriftstellerin, bekannt vor allem durch ihr Buch *Der Verrat im XX. Jahrhundert* (1956-1960). Vgl. Brief Nr. 418.

Nr. 681
Berlin 3. 7. 1954. Hs., 2 Bl. Unveröff.

junge Dame: Astrid Claes.
Aufsatz im „Merkur": bezieht sich auf drei Beiträge von M. B., die im Februar-, Mai- und Juniheft 1954 erschienen und zwar unter den Titeln *Wo Literatur und Politik zusammenfliessen...* (S. 172-179), *Körpergeschehen und Psychose. Eine Studie aus der Landschaft des Verrats* (S. 371-378) und *Die Deutschen und der Status Quo. Eine zweite Studie aus den Landschaften von Schuld und Verrat* (S. 571-586).
grosser Erfolg: vgl. z. B. die Rezensionen im Tagesspiegel v. 24. 6. 1954, in der Neuen Zeitung v. 26. 6. 1954 und im Kurier v. 23. 6. 1954 (e. m., *Versuch mit Gottfried Benn*, Zeitungsblatt mit Benns Bemerkung: „Der entschärfte *Benn!*").

Nr. 682
Berlin 12. 7. 1954. Hs., 1 Bl. Unveröff.

Äusserungen über „Double Vie": z. B. von François Erval, *Gottfried Benn ou la double vie des intellectuels allemands*, Les Temps modernes, Nr. 103 (Juni), S. 2276-85, und von René Lalou, *Le livre de la semaine: Double Vie par Gottfried Benn*, Les Nouvelles Littéraires, Paris, 17. Juni.
H. v. H: Hugo v. Hofmannsthal.

Nr. 683
Berlin 22. 7. 1954. Hs., 1 Bl. Unveröff.

lyrische Anthologie: Hans Egon Holthusen und Friedhelm Kemp, *Ergriffenes Dasein. Deutsche Lyrik 1900-1950*, Ebenhausen bei München 1953. Von Benn sind zehn Gedichte aufgenommen (S. 193-199).
Indochina: auf der Genfer Konferenz der vier Siegermächte, der Volksrepublik China und Indochinas v. 26. 4.-21. 7. 1954 wurden Kambodscha, Laos und Vietnam für souverän erklärt.

Nr. 684
Berlin 31. 7. 1954. Hs., 1 Bl. Unveröff.

Scholl: der Lyriker Albert Arnold Sch. Oelze hatte im Brief v. 29. 7. 1954 angefragt: „Kennen Sie Ihren Schüler, Bewunderer und Nachahmer *A. A. Scholl* eigentlich persönlich." Sch. hatte ihm seinen Gedichtband *Die Gläserne Stadt* geschickt. Er ist nicht verwandt mit der Augsburger Familie Scholl.
versuchte er: Das Pronomen fehlt bei Benn.

Nr. 685
Berlin 4. 8. 1954. Hs., 1 Bl., Unveröff.

Nr. 686
Berlin 8. 8. 1954. Hs., 1 Bl. Unveröff.

Funkvortrag: er trägt den Titel *Gottfried Benn und T. S. Eliot, ein Beitrag zur Poetik.* Als Aufsatz 1956 in den Neuen Deutschen Heften, 26, S. 100-107, erschienen.
duswidanja: russisch „Auf Wiedersehen".

Nr. 687
Soltau (Poststempel) 15. 8. 1954. Hs., 1 Bl. Unveröff.

Nr. 688
Berlin (?) 8. 1954. Hs. in einem Exemplar der italienischen Ausgabe: *Gottfried Benn, Poesie,* Introduzione e Traduzione di Leone Traverso, Firenze 1954.

„vier Wände aus Silber u Rosen": Zitat aus dem Gedicht *Am Saum des nordischen Meers* (III, 167).
August 1954: Oelze bedankte sich am 22. 8. 1954 für das Buch.

Nr. 689
Berlin 22. 8. 1954. Ms., 1 Bl. Unveröff.

Nr. 690
Berlin 27. 8. 1954. Hs., 1 Bl. Unveröff.

Nr. 691
Berlin 14. 9. 1954. Hs., 1 Bl. Unveröff.

„Benn in amerikanischer Kritik": von Karl O. Paetel, S. 475-478.
„Neuen Züricher Zeitung": Horst Rüdiger, *Gottfried Benn oder:*

Ueber die Verständlichkeit von Gedichten. Zwei Meinungen. Unter dem gleichen Titel in der gleichen Ausgabe äußert sich Hermann Hiltbrunner über das Gedicht *Lebe wohl*, Neue Zürcher Zeitung v. 29. 8. 1954, S. 4.
*„Welt am Sonntag": Nr. 37 (S. 9) v. 12. 9. 1954 mit den Gedichten *Ebereschen*, *Aber du –?* und *Die Züge deiner ....*
„Merkur": im Merkur 1954, H. 9, S. 831-834, erschienen die Gedichte *Teils – Teils* und *Melancholie.*

Nr. 692
Berlin 15. 9. 1954. Hs., 1 Bl. Unveröff.

Nr. 693
Berlin 21. 9. 1954. Hs., 1 Bl. Unveröff.

letzte Brief: ist nicht mehr vorhanden.
Darmstädter Rede: vgl. I, 534.
Hamburg: ein Brief vom Vorsitzenden der Hamburger Goethe-Gesellschaft, Prof. H. Pyritz.

Nr. 694
Berlin 23. 9. 1954. Hs. (das Gedicht ms., Titel, Datum und Signatur hs.) 1 zusammengeklebtes Blatt. Unveröff.

Nr. 695
Berlin 25. 9. 1954. Hs., 1 Bl. Unveröff.

ihnen was bieten: Benn schreibt versehentlich „Ihnen".
Schluss meines Vortrags: dieser veränderte Schluß der *Probleme der Lyrik* ist im Benn-Archiv vorhanden.

Nr. 696
Berlin 13. 10. 1954. Hs., 1 Bl. Unveröff.

mit den Vorlesungsvorschlägen: Benn schreibt versehentlich „von".
„Denker u Deuter ...": Denker und Deuter im heutigen Europa, hrsg. von H. Schwerte und W. Spengler, Oldenburg, Hamburg 1954. Im ersten Band steht ein Aufsatz über *Gottfried Benn* von Hans Schwerte (S. 125-137).

Nr. 697
Berlin 21. 10. 1954. Hs. auf dem Rand eines Zeitungsblattes (Frankfurter Allgemeine Zeitung v. 15. 10. 1954).
Die Gedichte: Abdruck der Gedichte *Das sind doch Menschen* (III,

336) und *Zwei Träume* (hier mit dem Titel ‚*Warum gabst du uns die tiefen Blicke*', III, 322) in der Frankfurter Allgemeinen Zeitung v. 15. 10. 1954.

Nr. 698
Berlin 23. 10. 1954. Hs., 1 Bl. Unveröff.

Fabribrief: der Essayist Albrecht Fabri, geb. 1911, der mehrfach über Benn schrieb, hatte an Oelze geschrieben.
Sache Preetorius: vgl. Brief Nr. 673.

Nr. 699
Berlin 26. 10. 1954. Hs., 1 Bl. Unveröff.

dies: Michael Hamburger, *Art and Nihilism: The Poetry of Gottfried Benn*, Encounter 13 (1954), S. 49-59.

Nr. 700
Berlin 14. 11. 1954. Hs., 1 Bl. Lohner S. 213 (Auszug).

engl. Aufsatz: Oelze berichtete in seinem Brief v. 1. 11. 1954 über den Aufsatz von M. Hamburger u. a. folgendes: „Sehr unerfreulich. Eine durchweg negative Kritik Ihrer philosophischen und kritischen Grundgedanken, zum Teil von so extremer Schärfe, dass ich ausserhalb des Zusammenhanges nichts davon citieren möchte . . . Wenn es Augenblicke gibt, wo ich bedaure, des Schreibens unkundig zu sein, so sind es die, wo – wie hier – in meinem Kopf die Gegenargumente und Gegenthesen sich in Reih und Glied formieren, ohne den Weg durch die Feder aufs Papier zu finden."

Nr. 701
Berlin 16. 11. 1954. Hs., 1 Bl. Lohner S. 127 (Auszug).

Reihe 2, 3, 4: die Verse: „einem Kusse, Augen, welche glänzen, / fährt man eine Nacht nach, über Grenzen, / fremde Sterne über fremden Höhn" (III, 130).
Radio Bremen: eine Abendsendung am 15. 11. 1954: *Erinnerungen an eine bewegte Epoche. Gespräch mit Gottfried Benn.*
Prof. Gorsemann: die Büste ist nicht ausgeführt worden.

Nr. 702
Bern 21. 11. 1954 (Poststempel). Hs., 1 Ansichtskarte (Bern, Altstadt u. die Alpen). Unveröff.

Nr. 703
Berlin 29. 11. 1954. Hs., 1 Postkarte. Unveröff.

Nr. 704
Berlin 4. 12. 1954. Hs., 1 Bl. Unveröff.

Nr. 705
Berlin 6. 12. 1954. Hs., 1 Bl. Unveröff.

Hellergruppe: Oelze hatte im Brief v. 5. 12. 1954 geschrieben: „Herr *Hamburger*, der Verfasser des gehässigen Aufsatzes über Sie in ‚Encounter' ist also doch Emigrant, und Freund der Herren Peter Mendelssohn und Erich Heller. Das genügt ja, um die Windrichtung festzustellen."
Ordin. für Deutsche Literatur: Ernst Alker (1895-1972) hatte den Lehrstuhl für deutsche Literatur in Fribourg von 1946-1968 inne; seit den Jahren seines schwedischen Exils war er Mitglied der literarischen Klasse der Königlich Schwedischen Akademie der Wissenschaften.
Aufsatz von Herrn Hohoff: Curt H., *Nobelpreis-Mathematik. Zu Hemingways Auszeichnung*, Rheinischer Merkur v. 5. 11. 1954. In diesem Artikel heißt es u. a.: „Der Nobelpreis ist ja weithin eine Frage der public relations des Autors. Jünger ist in Frankreich so bekannt wie bei uns und beginnt Amerika zu erobern. Bei Benn als Lyriker ist es schwieriger, aber seine Fin de siècle-Kameraderie ist ungemein wirkungsvoll. Ließen die Gänse des pseudo-demokratischen Kapitols diese Anwärter durch, hätte Deutschland Nobelpreiskandidaten, die den meisten der letzten Jahre weit überlegen wären, ich würde sagen a l l e n bis auf Faulkner.".
Hohoff: Benn schreibt versehentlich Hohorst.
Vor wem ich vorlese . . .: Oelze hatte Bedenken wegen dieser Lesung und ihres Publikums geäußert.
illuminieren: Benn schreibt versehentlich „illumieren".

Nr. 706
Berlin, undatiert (Briefumschlag nicht erhalten; von Oelze auf 10. 12. 1954 datiert). Ms. (bis auf die Grußformel u. hs. Zusätze in der Programmaufstellung), 2 Bl. Unveröff.

Geselligkeit: typischerweise hatte Benn zuerst „Geduldigkeit" geschrieben und dann mit einem Ausrufungszeichen auf diese Fehlleistung hingewiesen.
Fräulein Hoffmann: sie wollte die Sitzung für eine Porträt-Büste bei Prof. Gorsemann vermitteln.

Nr. 707
Berlin 25. 12. 1954. Hs., 1 Bl. Unveröff.

ihrer Augen: Benn schreibt versehentlich „Ihrer“.

Nr. 708
Berlin 12. 1. 1955. Hs., 1 Ansichtskarte (Berlin. Bayrischer Platz.) Lohner S. 223 (Auszug).

Vorrede: Lyrik des expressionistischen Jahrzehnts, Wiesbaden 1955. Vgl. IV, 377-390.
Auf den Bänken ...: Benns Erläuterungen auf der Bildseite der Karte.

Nr. 709
Berlin 30. 1. 1955. Hs., 1 Bl. Unveröff.

Herr Heller: Peter H., geb. 1920 in Wien, Germanist, Prof. der deutschen Literatur an der State University of New York at Buffalo. Vgl. Brief Nr. 720.

Nr. 710
Berlin 31. 1. 1955. Hs., 1 Bl. Unveröff.

Exner: es handelte sich vermutlich um die Frage einer Publikation seiner Schrift über Gottfried Benn.
Menge Aufsätze: parallel zu diesem Brief schickt Benn einen Sonderdruck: Joachim H. Seyppel, *A Renaissance of German Poetry Gottfried Benn,* Modern Language Forum Vol. XXXIX, 2 (December 1954), S. 115-125. Auf dem Umschlag hs.: „31/I. 55 G B (mit 4,50 M Strafporto!)“. Vgl. die Benn-Bibliografie von E. Lohner, S. 99 f.
„Texte u. Zeichen“: mit dem Untertitel Eine literarische Zeitschrift. Der Herausgeber Alfred Andersch, geb. 1914, war Gründer und Mitglied der Gruppe 47. Ihr gehörten auch viele Mitarbeiter der Zeitschrift an.
jener 30 I 33: Der Tag von Hitlers „Machtergreifung“.

Nr. 711
Berlin 7. 2. 1955. Hs., 1 Bl. Unveröff.

et Dona ferentes: auch gegenüber den Schenkenden; aus Vergils *Aeneis,* 2. Buch V. 49: „quidquid id est, timeo Danaos et dona ferentis.“
„Dichter über Dichtung“: in Briefen, Tagebüchern und Essays,

ausgewählt und kommentiert von W. Schmiele, Darmstadt im Stichnoteverlag 1955. Gemeint sind Eliots Äußerungen über Benn in *The Three Voices of Poetry*, ebd., S. 338-350.

Nr. 712
Berlin 16. 2. 1955. Hs., 1 Bl. Unveröff.

Gregor von Rezorri: dieser „Kolportage-Roman" erschien Hamburg 1954. G. v. R., geb. 1914, ist als Erzähler von Prosawerken bekannt geworden, die vor allem im Bereich der ehemaligen Donaumonarchie spielen.

Nr. 713
Berlin 2. 3. 1955. Hs., 1 Bl. Unveröff.

Brief aus O.N.L.: Oelze war nach dreimonatigem Krankenhausaufenthalt nach Hause zurückgekehrt.
„Ich zähmte die Wölfin": Roman von Marguerite Yourcenar, geb. 1903, erschien 1951, dt. 1953.
„der grosse Regen": Roman von Louis Bromfield (1896-1956), erschien 1937, dt. 1939.
in Erhard's ...: Ludwig E. war von 1949-1963 Wirtschaftsminister in verschiedenen Kabinetten Adenauers.
Krull: über Thomas Manns Roman *Bekenntnisse des Hochstaplers Felix Krull*, erschienen 1954, schrieb Oelze im Brief v. 28. 2. 1955 u. a. folgendes: „‚Krull' habe ich, um ganz sicher zu gehn, zweimal gelesen, finde es abstossend von der ersten bis zur letzten Seite; ... kurz, ich vergleiche dies Buch und vieles andere aus den letzten 2 Jahrzehnten von Th. M. mit einem von einem Koch wundervoll und lecker garnierten Gericht, Aspik und Eierschnitten aussen, aber innen das eigentliche Fleisch ist faul und verdirbt einem den Magen."

Nr. 714
Berlin 7. 3. 1955. Hs., 1 Bl. Unveröff.

das Anliegende: anonym: *Gottfried Benn: A Provocative Writer*, The Times Literary Supplement v. 4. 3. 1955.
„Nouvelle Revue Française": La Nouvelle Revue Française, Februar 1955, S. 332-335.

Nr. 715
Berlin 11. 3. 1955. Hs., 1 Bl. Unveröff.

Kleinigkeiten: Zeitungsausschnitte zu Benns Werk.

Nr. 716
Berlin 16. 3. 1955. Hs., 3 Bl. Lohner S. 219 f. (Auszug).

„Forum-Bücherei“: nicht erschienen, vielleicht ist das Ullsteinbuch *Provoziertes Leben* gemeint. Vgl. Brief Nr. 722.
„Über mich selbst“: Gottfried Benn, *Über mich selbst. 1886-1956*, München, Langen-Müller, 1956.
Band ü b e r mich: der Band ist nicht erschienen. Gerhard F. Hering, geb. 1908, Schriftsteller, Dramaturg und Intendant, hat sich öfter in Rezensionen über die Werke Benns geäußert.
Anlage: Typoskript des Gedichts *Tristesse* (III, 338), 1 Bl., Original, signiert: „G.B.“, nicht datiert.

Nr. 717
Berlin 5. 4. 1955. Hs., 1 Bl. Unveröff.

Nr. 718
Berlin 27. 4. 1955. Hs., 1 Bl. Unveröff.

schönsten Garten: Oelze hatte die Giardini Hanbury in La Mortola als den schönsten Garten der Erde bezeichnet.
Rosen von Jericho: vgl. *Das Buch Jesus Sirach*, 24, 16.
üblen Aufsatz: Eugen G., *Das Schöne und das Nichts. Die Welt Gottfried Benns*, Hochland, Bd. 47 (1954/55), S. 310-321.
Herr Auden: Wystan Hugh A. (1907-1973), englischer Dichter und Essayist, der 1939 in die USA emigrierte und die amerikanische Staatsbürgerschaft erwarb. Seine Dichtung *Das Zeitalter der Angst* erschien dt. 1951, eingeleitet von Gottfried Benn. Vgl. IV, 364-376.
über Schiller: zur Feier seines 150. Todestages.

Nr. 719
Berlin 4. 5. 1955. Hs., 1 Bl. Unveröff.

Stelle über Schiller: Oelze hatte in Zürich eine Aufführung der *Braut von Messina* gesehen und schrieb im Brief v. 2. 5. 1955 dazu u. a.: „Eine schlechte Fabel, in der Antikes, Christliches und Maurisches ein nicht sehr überzeugendes Konglomerat bilden, zugedeckt von dem Glanz einer Sprache, die alle Nuancen vom strömenden Pathos bis hart an die Trivialität der Alltagssprache umfasst –, und alles wie zu Stahl gehämmert von der Zucht eines übermenschlichen künstlerischen Willens. Nur ein Kranker konnte sich so übersteigern, sich solche Leistung abfordern. Und dieser Pessimismus ohne Trost und Hoffnung: – die Vorwegnahme des

ganzen Schopenhauer, das ist erschütternd!" Vgl. Benns Notiz in *Texte aus dem Nachlaß*, S. 113.
ein Brief in dieser Sache: der Brief eines Dr. Herbert Fritsche an den Herausgeber des Hochlands, in dem er gegen den Gürster-Aufsatz über Benn protestierte.
möchten Sie lieber Italiener ...: Oelze hatte im Brief v. 2. 5. 1955 geschrieben: „Ich für meine Person bin bald so weit, daß ich mich nur passmässig noch als Deutscher betrachte – draussen möchte ich heute fast noch weniger als zu Hitler's Zeiten als solcher erkannt werden."

Nr. 720
Berlin 10. 5. 1955. Hs., 1 Bl. Unveröff.

Umweg über meine Frau: Oelze hatte den Gürster-Aufsatz einem Brief an Frau I. Benn beigelegt. Über den Artikel von G. schrieb er im Brief v. 9. 5. 1955 an Benn: „Ich finde ihn nicht eigentlich ‚bösartig' – denn die widerwillige Bewunderung springt ja überall heraus –, wohl aber im Ansatz verfehlt, wie alle diese Emigrantenquengeleien, und viel weniger geistvoll und erregend als den damaligen Rundschauaufsatz."
neue seltsame Sache: die Ankündigung eines Aufsatzes von Peter Heller durch einen Brief von H. Paeschke an Benn. Der Aufsatz erschien unter dem Titel *Eisgekühlter Expressionismus* im Merkur, Bd. 9 (1955), S. 1095-1100.

Nr. 721
Berlin 19. 6. 1955. Hs., 2 Bl. Lohner S. 221 (Auszug).

Rede zu Th. Manns 80. Gebtg.: in der Tat v. 4. 6. 1955 veröffentlicht.
japanische Übersetzung: von *Nach dem Nihilismus*, in der Zeitschrift VOU, Nr. 44 u. 46 (1955).
Gurlitt: der mit Oelze befreundete Dirigent und Komponist Manfred G. (1890-1972). Vgl. Brief Nr. 90.

Nr. 722
Berlin 14. 7. 1955. Hs., 1 Bl. Unveröff.

Ullsteinbuch: Provoziertes Leben. Eine Auswahl aus den Prosaschriften, Frankfurt a. M. 1955, Ullstein Bücher 54.

Nr. 723
Berlin 26. 7. 1955. Hs., 1 Bl. Unveröff.

„*– Keiner weiss . . .*“: letzte Strophe des Gedichts *Apreslude:* „Niemand weiß, wo sich die Keime nähren, niemand, ob die Krone . . .“ (III, 326).
Vorlesung: die Lesung in Flensburg fand am 15. 8. 1955 im Musiksaal des Deutschen Hauses statt, auf Einladung des Buchhändlers Hans Joachim Feldt und Heinz-Günther Pflughaupts im Rahmen einer Vortragsreihe „Wir stellen vor: Verleger und Autoren“ – unter dem Titel *Aufruhr des Geistes.* Benn leitete die Lesung mit Gedenkworten auf den gerade verstorbenen Thomas Mann ein.

Nr. 724
Berlin 30. 7. 1955. Hs., 1 Bl. Unveröff.

Jung: Oelze hatte im Brief v. 28. 7. 1955 mitgeteilt, daß er an C. G. Jung zum 80. Geburtstag ein Glückwunschtelegramm geschickt habe.
Niehansspritzen: vgl. Brief Nr. 674.

Nr. 725
Westerland (Poststempel) 20. 8. 1955. Hs., 1 Postkarte (Wanderkarte Nordsee-Insel Sylt). Unveröff.

Nr. 726
Berlin 25. 8. 1955. Hs., 1 Postkarte. Unveröff.

Nr. 727
Berlin 3. 9. 1955. Hs., 1 Bl. Unveröff.

„*Alles ist Lüneburger Heide . . .*“: aus Benns Gedicht *Spät* (III, 329).

Nr. 728
Berlin 14. 9. 1955. Hs., 1 Bl. Unveröff.

seltsamen Brief: nicht zu ermitteln.

Nr. 729
Berlin 19. 9. 1955. Hs., 1 Bl. Unveröff.

Besuch: bei diesem Besuch am 17. 9. 1955 überreichte Benn Oelze ein Exemplar des Gedichtbandes *Apreslude* (1955) mit der Widmung: „‚Teils teils das Ganze‘ S. 20/21 Herrn F. W. Oelze obschon Gedichte in alter Freundschaft. 17 IX 55. Gottfried Benn.“

Ihre Lebenshaltung: Oelze antwortete am 25. 9. 1955: „ab 1. September habe ich meine Firmen (ausser F. A. Ebbeke) in eine andere grosse hiesige Firma der Branche eingebracht zwecks Unkostenersparnis und rationellerer Arbeit [. . .] Ich werde zwar offiziell Mitgeschäftsführer der Gesellschaft, ziehe mich aber aus dem eigentlichen Verkaufsgeschäft zurück und kümmere mich nur noch, unter geteilter Verantwortung, um die Finanzen."
1890: Oelze wurde 1891 geboren.

Nr. 730
Berlin 25. 10. 1955. Hs., 1 Bl. Unveröff.

Die kompensierende Liebe: Oelze hatte im Brief v. 16. 10. 1955 u. a. geschrieben: „wir müssen fortfahren, an die alles kompensierende Liebe und das Postulat der Zehn Gebote zu glauben, an uns selbst als Abbilder oder Gefässe irgendeines ewig uneinsichtigen Kosmischen Prinzips. Nur so geht weiter, was wir die Welt nennen. Und eine andere kennen wir nicht. –"
„im Dunkel leben": aus dem Stück *Die Stimme hinter dem Vorhang* (II, 440, 445).
meinen Abenden: Lesungen in Essen, Wuppertal und Düsseldorf.

Nr. 731
Berlin 10. 11. 1955. Hs., 1 Bl. Unveröff.

Zeitungen über Gastspiel: Rezensionen erschienen u. a. in folgenden Zeitungen: Der Mittag (Düsseldorf) v. 24. 10. 1955, Der Fortschritt v. 3. 11. 1955, Neue Ruhr-Zeitung (Essen) v. 22. 10. 1955, Neue Rhein-Zeitung (Köln) v. 23. 10. 1955, Düsseldorfer Nachrichten v. 24. 10. 1955 und Rheinische Post v. 25. 10. 1955.
Köln: Benns letztes öffentliches Auftreten am 15. 11. 1955 im Kölner Funkhaus bei der Diskussion mit Reinhold Schneider über das Thema „Soll die Dichtung das Leben bessern?" Vgl. I, 583-593 und *Ausgew. Briefe*, S. 300.
R. Schneider: der katholische Schriftsteller R. Sch. (1903-1958), im Dritten Reich unter Schreibverbot, schrieb Lyrik, Romane, Erzählungen, Autobiografisches und Essays.

Nr. 732
Berlin 21. 11. 1955. Hs., 1 Bl. Unveröff.

Langplatte: Gottfried Benn liest Gedichte und Prosa. Wiesbaden, Limes, 1956. Später in Lizenz bei der Deutschen Grammophon Gesellschaft.

Nr. 733
Berlin 12. 12. 1955. Hs., 1 Bl. Unveröff.

schwarzen Tags: der Beginn von Oelzes schwerer, dreimonatiger Krankheit.

Nr. 734
Berlin Weihnachten 1955. Hs. in einem Exemplar der *Drei alten Männer* und in einem Heft der Zeitschrift Magnum (2, 1955, Heft 7).

Exemplar Nr 1: der 150 Vorzugsexemplare der Neuauflage 1955.
(S. 41): Hinweis auf den Artikel *Gottfried Benn* von Max Bense in der Zeitschrift Magnum.

Nr. 735
Berlin 3. 1. 1956. Telegramm. Unveröff.

Nr. 736
Berlin 28. 1. 1956. Hs., 1 Bl. Unveröff.

wieder im Lande: Benn war am 2. 1. 1956 schwer erkrankt und hatte am 6. 1. ins Krankenhaus eingeliefert werden müssen.

Nr. 737
Berlin 20. 2. 1956. Hs., 1 Bl. Unveröff.

2 Sachen: Benns Beitrag in Köln *Soll die Dichtung das Leben bessern?*, der in den Neuen Deutschen Heften 1956, H. 23, S. 834-839 erschien, und Benns Brief v. 31. 1. 1956 an die Berliner Akademie der Künste. Vgl. *Den Traum alleine tragen*, S. 247 ff.
Heine: anläßlich seines 100. Todestages (17. 2. 1956).

Nr. 738
Berlin 28. 2. 1956. Hs., 1 Bl. Unveröff.

Akademie u Ihrer Frage: Oelze hatte im Brief v. 23. 2. 1956 angefragt, wessen Berufung Benn laut seinem Akademiebrief v. 31. 1. 1956 „auf das erbittertste bekämpfen" würde. Zu Blunck und Vesper vgl. Brief Nr. 19 u. die Erläuterung dazu.

Nr. 739
Berlin 14. 3. 1956. Hs., 1 Bl. Unveröff.

Nr. 740
Berlin 3. 4. 1956. Hs., 2 Bl. Unveröff.

Nr. 741
Berlin 8. 4. 1956. Hs., 1 Bl. Unveröff.

Nr. 742
Berlin 17. 4. 1956. Hs., 1 Briefkarte. Unveröff.

Nr. 743
Berlin 19. 4. 1956. Hs., 1 Briefkarte. Unveröff.

Nr. 744
Berlin 24. 4. 1956. Hs., 2 Bl. Unveröff.

Nr. 745
Berlin 8. 5. 1956. Hs., 1 Bl. Unveröff.

Dank nochmals für Kommen: in Berlin gab Benn Oelze ein Exemplar des Bandes *Über mich selbst* (München 1956) mit der Widmung: „Auch hier Herr Oelze S. 62! 2 V. 1956. Benn."
Gedichtort: Oelze hatte Benn den Goethe-Vers „Daß du nicht enden kannst . . ." aus dem Gedicht *Unbegrenzt (Westöstlicher Divan)* nachgewiesen. Benn hatte diesen Vers in seiner Dankrede bei der Feier seines 70. Geburtstages zitiert.
Neue Züricher Ztg: Ernst Nef, *Gottfried Benn zum 70. Geburtstag (2. Mai); Poesie der Innerlichkeit. Zur dichterischen Sprache Gottfried Benns*, NZZ v. 28. 4. 1956.

Nr. 746
Berlin 23. 5. 1956 (Poststempel 22. 5. 1956). Hs. auf einer gedruckten Danksagungskarte. Unveröff.

Schlangenbad: Benn hielt sich v. 4.-28. 6. 1956 in Schl. auf und kehrte, da sich sein Zustand weiter verschlechterte, am 2. 7. 1956 nach Berlin zurück. Dort starb er am 7. 7. 1956.
diese üble: die Entzifferung des Wortes „diese" ist nicht ganz gesichert.

Nr. 747
Berlin 28. 5. 1956. Hs., 1 Bl. Unveröff.

Blutsenkung: die Normalwerte bei Männern liegen zwischen 3/8 bis 5/18.
Herr Schröder: Oelze hatte angefragt, ob R. A. Schr. Benn zum 70. Geburtstag gratuliert habe.

Nr. 748
Schlangenbad 15. 6. 1956 Hs. (von Ilse Benn nach Diktat; Gruß, Unterschrift und Datum von Benn), 1 Bl. Unveröff.

15/VI: Ilse Benn hat im Briefkopf – wohl versehentlich – „22. 6. 56" als Datum notiert. Der Poststempel auf dem erhaltenen Umschlag ist aber ebenfalls vom 15. 6. 1956.

Nr. 749
Original (Postkarte aus Schlangenbad vom 16. Juni 1956) nicht erhalten. Text nach folgender Abschrift:

Abschrift

Schlangenbad (ohne Datum) Ansichtskarte
Herrn Oelze
Jene Stunde. . wird keine
Schrecken haben, seien Sie beruhigt,
wir werden nicht fallen wir werden
steigen –
Ihr B.

Für die Abschrift
F. W. Oelze
23. Dezember 1956

Letzte Mitteilung von G.B.
an mich aus Schlangenbad
auf Ansichtskarte

Der Abschrift liegt außerdem folgende Notiz bei:
Einliegend auf blauem Papier die authentische Abschrift der letzten Mitteilung Gottfried Benn's an mich aus Schlangenbad, Poststempel 16. Juni 1956, drei Wochen vor seinem Tode.
Original (Postkarte) wurde im Dezember 1956 in meinem Banksafe [. . .] in Bremen in einem Sonderumschlag von mir deponiert.
F. W. Oelze
Bremen —— 3. Januar 1957

Nach einer mündlichen Mitteilung von Oelze bietet die Abschrift nicht den vollen Inhalt der Karte, sondern nur einen Auszug. Oelzes mündliche Mitteilungen über den Verbleib des Originals widersprechen einander: Einerseits berichtete er davon, daß es sich in seinem Banksafe befinde, andererseits sprach er später davon, daß er es – Benns schriftlich geäußertem Wunsch auf der Karte entsprechend – vernichtet habe. Da die Karte nach dem Tod von Oelze nicht gefunden wurde, muß sie als verloren gelten.

PERSONENREGISTER

In diesem kumulierenden Register wurden in der Zwischenzeit festgestellte Irrtümer in bezug auf Schreibung von Namen oder Angabe von Seitenzahlen aus den früheren Registern korrigiert.

WERKREGISTER

Gottfried Benn
Briefe an F. W. Oelze

Diese Briefe Benns an den Bremer Großkaufmann F. W. Oelze, von dem eine breitere Öffentlichkeit erst 1950 durch seine Erwähnung in Benns Autobiographie »Doppelleben« erfuhr, nachdem es bereits fast zwanzig Jahre lang eine Art Geheimkorrespondenz gab, gehören zu den bedeutendsten Briefen, die es von Benn gibt. Sie sind sein rückhaltloses Selbstbekenntnis, geben Auskunft über private Lebensumstände, repressive politische Verhältnisse und über ein für den Dichter ungemein produktives literarisches Gespräch mit einem hochgebildeten, selten belesenen Briefpartner. »Benn, der große Abweisende, der Maskenträger, der Undurchdringliche, der, wie es im »Epilog 1949« heißt, einen »breiten Graben aus Schweigen« um seine Existenz zog, gibt sich hier – im Schutze sicherer Diskretion – einem nahezu Fremden zu erkennen. Er, der die Selbstisolierung zu einem kunstvoll gehandhabten, zu einem instrumentalen Lebensprinzip machte, spricht sich aus – privat, politisch, künstlerisch.« (Günter Blöcker)

Briefe an F. W. Oelze 1932–1945
Band 2187

Briefe an F. W. Oelze 1945–1949
Band 5701

Briefe an F. W. Oelze 1950–1956
Band 5702

Fischer Taschenbuch Verlag